CW00621948

QUAND REVIENDRAS-TU ?

D'abord secrétaire puis hôtesse de l'air, ce n'est qu'au décès de son mari que Mary Higgins Clark se lance dans la rédaction de scripts pour la radio. Son premier ouvrage est une biographie de George Washington. Elle décide ensuite d'écrire un roman à suspense, *La Maison du guet*, son premier best-seller. Encouragée par ce succès, elle continue à écrire tout en s'occupant de ses enfants. En 1980, elle reçoit le Grand prix de littérature policière pour *La Nuit du renard*. Mary Higgins Clark publie alors un titre par an, toujours accueilli avec le même succès par le public. Elle est traduite dans le monde entier et plusieurs de ses romans ont été adaptés pour la télévision.

MARY HIGGINS CLARK

Quand reviendras-tu ?

ROMAN TRADUIT DE L'ANGLAIS (ÉTATS-UNIS) PAR ANNE DAMOUR

ALBIN MICHEL

Titre original :

I'LL WALK ALONE
Publié en accord avec l'éditeur original
Simon & Schuster, Inc, New York.

À la mémoire du révérend Joseph A. Kelly, S.J.
1931-2008

Toujours un éclat dans le regard
de ce compagnon de Jésus,
Toujours un sourire sur ce beau visage
L'âme débordante de foi et de compassion
Il était de l'étoffe dont sont faits les saints
Quand le ciel tout entier déplorait son absence
Son Créateur l'a rappelé à lui

1

Frère Aiden O'Brien entendait toujours ses fidèles en confession dans l'église basse de Saint-François-d'Assise, située dans Manhattan, 31e Rue Ouest. À soixante-dix-huit ans, le moine franciscain appréciait cette manière d'administrer le sacrement où le pénitent était assis avec lui dans la salle de réconciliation plutôt qu'agenouillé sur le bois dur du confessionnal, derrière un grillage qui dissimulait son visage.

Il savait néanmoins que cette nouvelle façon de procéder se révélait inefficace lorsque, face à lui, le pénitent hésitait à confesser ce qu'il aurait confié dans l'obscurité.

C'était le cas aujourd'hui, en cet après-midi glacé et venteux de mars.

Durant la première heure où il était resté à attendre dans la salle, seules deux femmes s'étaient présentées, deux paroissiennes âgées de plus de quatre-vingts ans, dont les péchés, si elles en avaient jamais commis, appartenaient à un lointain passé. L'une d'elles avait confessé se souvenir d'avoir menti à sa mère à l'âge de huit ans. Elle avait mangé deux biscuits et accusé son frère d'avoir chipé le second.

Tandis que frère Aiden récitait son rosaire en attendant l'heure de quitter la salle, la porte s'ouvrit et une mince jeune femme d'une trentaine d'années entra. D'un pas incertain, elle s'avança lentement vers la chaise en face de lui et s'y s'assit avec hésitation. Ses cheveux auburn retombaient librement sur ses épaules. Son tailleur orné d'un col de fourrure était à l'évidence coûteux, comme ses bottines de cuir à hauts talons. Des boucles d'oreilles en argent étaient ses seuls bijoux.

L'air serein, frère Aiden attendit. Puis, voyant que la jeune femme restait muette, il dit d'un ton encourageant : « Puis-je vous aider ?

— Je ne sais par où commencer. »

La voix était basse et agréable, sans trace d'accent.

« Il n'est rien que vous puissiez me confier que je n'aie déjà entendu, dit doucement frère Aiden.

— Je... » La jeune femme se tut, puis les mots se bousculèrent : « Je sais qu'un meurtre va être commis, et je ne peux pas l'empêcher. »

Avec une expression horrifiée, elle plaqua sa main sur sa bouche et se leva brusquement. « Je n'aurais jamais dû venir ici », murmura-t-elle. Puis, tremblante d'émotion, elle ajouta : « Bénissez-moi, mon père, parce que j'ai péché. Je confesse avoir participé à un acte criminel et être complice d'un meurtre imminent. Vous l'apprendrez sans doute par les journaux. Je ne voulais pas y être mêlée, mais il est trop tard. »

Elle tourna les talons et en un instant fut à la porte.

« Attendez, dit frère Aiden en se redressant péniblement. Parlez-moi. Je peux vous aider. »

Elle était partie.

Cette femme était-elle dérangée ? se demanda-t-il. Pensait-elle vraiment ce qu'elle avait dit ? Et si c'était le cas, que faire ?

Si ce qu'elle a dit est vrai, je suis impuissant, soupira-t-il en se laissant retomber sur sa chaise. J'ignore qui elle est et où elle habite. Je peux seulement prier Dieu qu'elle n'ait pas toute sa tête et que ce scénario soit un fantasme. Sinon, elle est assez avisée pour savoir que je suis tenu par le secret de la confession. Elle a peut-être été une catholique pratiquante à une période de sa vie. Les mots qu'elle a employés, « Bénissez-moi, mon père, parce que j'ai péché », sont ceux d'un pénitent au début de sa confession.

Il resta sans bouger pendant de longues minutes. Lorsque la femme était sortie, la lumière verte au-dessus de la porte de la salle de réconciliation s'était automatiquement éteinte, signalant à la personne suivante qui attendait à l'extérieur qu'elle pouvait entrer. Il se surprit à prier avec ferveur pour que la jeune femme revienne, mais elle ne réapparut pas.

Il était censé quitter la salle à dix-huit heures. Il était dix-huit heures vingt quand il renonça à l'espoir de la voir revenir. Finalement, conscient du poids des années et du fardeau spirituel de son rôle de confesseur, frère Aiden plaça ses deux mains sur les accoudoirs de son fauteuil et se leva lentement, grimaçant sous l'effet de la douleur aiguë qui transperçait ses genoux arthritiques. Secouant la tête, il se dirigea vers la porte, mais s'arrêta un moment devant la chaise où la jeune femme s'était assise.

Non, elle n'avait pas l'esprit dérangé, pensa-t-il tristement. Dans le cas où elle saurait vraiment qu'un meurtre était sur le point d'être commis, je peux seulement prier pour qu'elle fasse ce que lui dicte sa conscience. Elle doit l'empêcher.

Il ouvrit la porte et aperçut deux personnes en train d'allumer des cierges devant la statue de saint Jude dans l'atrium de l'église. Un homme était agenouillé sur un prie-Dieu devant la chapelle de saint Antoine, le visage enfoui entre ses mains. Frère Aiden hésita. Devait-il demander à ce visiteur s'il souhaitait se confesser ? Puis il songea que l'horaire affiché pour les confessions était dépassé depuis presque une demi-heure. Cet homme était peut-être simplement en train d'implorer une faveur ou de remercier le saint de lui avoir accordé une grâce. La chapelle de saint Antoine était l'un des lieux de recueillement préférés des fidèles.

Frère Aiden traversa l'atrium jusqu'à la porte qui menait à la Fraternité. Il ne remarqua pas le regard brûlant de l'étranger, qui n'était plus plongé dans ses prières mais avait relevé ses lunettes noires et l'observait avec attention, remarquant sa couronne de cheveux blancs et sa démarche fatiguée.

Elle était là il y a moins d'une minute. Qu'a-t-elle eu le temps de dire à ce vieux prêtre ? se demandait l'homme. Y a-t-il un risque qu'elle lui ait tout balancé ? Il entendit la porte extérieure s'ouvrir et des pas approcher. Il remit vivement ses lunettes en place et remonta le col de son trench-coat. Il avait déjà noté le nom de frère Aiden inscrit sur la porte.

« Que dois-je faire de toi, frère O'Brien ? » se demanda-t-il avec colère, tandis qu'il croisait une douzaine de visiteurs qui pénétraient dans l'église.

Il n'avait pas de réponse pour l'instant.

Ce qu'il ignorait, c'est que lui, l'observateur, était observé à son tour. Alvirah Meehan, l'ancienne femme de ménage devenue chroniqueuse et auteur renommé après avoir gagné quarante millions de dollars à la loterie de New York, était présente. Elle avait fait des achats dans Herald Square et, avant de regagner son appartement de Central Park South, franchi à pied les quelques blocs qui la séparaient de Saint-François. Elle venait de recevoir des droits inattendus pour son autobiographie, *Du balai aux arnaques*, et voulait mettre un cierge à saint Antoine et faire un don aux nécessiteux.

En apercevant l'homme qui paraissait en prière devant le tronc, elle avait choisi de s'arrêter devant la chapelle de Notre-Dame-de-Lourdes. Quelques minutes plus tard, elle vit son vieil ami, frère Aiden, quitter la salle de réconciliation. Elle s'apprêtait à le rattraper pour le saluer quand, à sa stupéfaction, l'homme qui semblait si profondément absorbé dans ses pensées se redressa brusquement, ses lunettes noires relevées sur le front. Il n'y avait pas de doute, il surveillait frère Aiden qui se dirigeait vers la porte de la Fraternité.

La pensée que cet individu venait se confesser ne lui traversa même pas l'esprit. Ce qu'il voulait, en réalité, c'était mémoriser les traits du prêtre, pensa-t-elle en voyant l'homme remonter le col de son imperméable et rajuster ses lunettes. Elle avait retiré les siennes et était trop éloignée pour le distinguer avec précision, mais elle constata qu'il était de grande taille. Son visage était dans l'ombre, mais il lui parut plutôt anguleux. Elle remarqua en passant près de lui, à la hauteur de la statue du saint, qu'il avait des cheveux noirs sans un seul fil blanc. Il cachait son visage dans ses mains.

Pour quel motif est-il ici ? se demanda Alvirah en regardant l'inconnu se lever soudain et sortir d'un pas rapide par la porte la plus proche. Une chose est certaine, conclut-elle. Dès que frère Aiden a quitté la salle de réconciliation, quoi que ce type ait eu à dire à saint Antoine, il n'a pas traîné en route.

2

Nous sommes le 22 mars. S'il est encore en vie, mon Matthew a cinq ans aujourd'hui, pensa Zan Moreland en ouvrant les yeux. Elle resta allongée sans bouger pendant de longues minutes, refoulant les larmes qui trempaient souvent son visage et son oreiller durant la nuit. Elle consulta le réveil sur la commode. Sept heures et quart. Elle avait dormi presque huit heures. Grâce au somnifère, un luxe qu'elle se permettait très rarement. Mais l'approche de l'anniversaire de son petit garçon lui avait fait perdre le sommeil la semaine précédente.

Des bribes de son rêve lui revinrent. C'était toujours les mêmes images : elle était à la recherche de Matthew dans Central Park, elle l'appelait, le suppliait de répondre. Il aimait tant jouer à cache-cache. Dans son rêve, elle se persuadait qu'il n'avait pas réellement disparu. Il se cachait, tout simplement.

Mais il avait bel et bien disparu.

Si seulement j'avais annulé mon rendez-vous ce jour-là, se reprocha Zan pour la énième fois. Tiffany Shields, la baby-sitter, avait reconnu qu'elle avait orienté la poussette de Matthew de manière à le protéger du soleil et qu'elle s'était ensuite endormie sur une couverture dans l'herbe. C'est seulement en se réveillant qu'elle s'était aperçue qu'il n'était plus dans la poussette.

Une vieille dame avait été témoin de la scène et avait téléphoné à la police après avoir lu les titres des journaux concernant la disparition de l'enfant. Elle avait déclaré que son mari et elle promenaient leur chien dans le parc cet après-midi-là et qu'ils avaient remarqué la poussette vide presque une demi-heure avant que la baby-sitter ait prévenu la police. « Je ne m'en suis pas étonnée sur le moment, avait dit la femme d'un ton contrarié. J'ai pensé que quelqu'un, probablement la mère, avait emmené l'enfant à l'aire de jeux. Il ne m'est pas venu à l'esprit que cette jeune fille était censée surveiller un bambin. Elle dormait comme une souche. »

Tiffany avait fini par avouer que Matthew s'était endormi dès le moment où ils avaient quitté l'appartement et qu'elle n'avait pas pris la peine de l'attacher.

Était-il descendu tout seul de sa poussette ? Quelqu'un l'avait-il emmené en voyant que personne ne s'occupait de lui ? Zan se posait inlassablement les mêmes questions. Il y a des prédateurs qui rôdent partout. *Pitié, Seigneur, pas ça !*

La photo de Matthew avait été publiée dans la presse à travers tout le pays et sur l'Internet. J'ai prié pour qu'une personne solitaire l'ait enlevé puis, prise de remords, l'ait abandonné dans un lieu sûr où on le retrouverait, se rappelait Zan. Mais presque deux ans s'étaient écoulés, et il n'y avait jamais eu le moindre indice, la moindre preuve de l'endroit où Matthew pouvait être. Aujourd'hui, il m'a sans doute oubliée, soupira-t-elle.

Elle se redressa lentement et ramena ses longs cheveux auburn en arrière. Elle avait beau s'astreindre à faire régulièrement de la gymnastique, son corps mince était engourdi et douloureux. « C'est le stress, lui avait dit son médecin. Vous êtes tendue vingt-quatre heures sur vingt-quatre, sept jours sur sept. » Elle glissa ses pieds sur le sol, s'étira et se mit debout, puis alla fermer la fenêtre, embrassant du regard au passage la beauté matinale de la statue de la Liberté et de la baie de New York.

C'était ce panorama qui l'avait décidée à louer l'appartement, six mois après la disparition de Matthew. Elle devait quitter l'immeuble de la 86e Rue où la vue de la chambre déserte de son petit garçon avec son lit et ses jouets était un supplice qui lui transperçait le cœur tous les jours.

Elle avait alors décidé de mener une vie plus ou moins normale et concentré toute son énergie sur le développement de la petite agence de décoration intérieure qu'elle avait créée à l'époque où Ted et elle s'étaient séparés. Ils avaient vécu ensemble si peu de temps, elle ne savait même pas qu'elle était enceinte quand ils s'étaient quittés.

Avant d'épouser Ted, elle avait été l'assistante du célèbre décorateur Bartley Longe. Elle était déjà considérée comme l'une des étoiles montantes de la profession. Un critique, qui savait que Bartley lui avait confié la responsabilité d'un projet important pendant qu'il prenait de longues vacances, avait fait l'éloge de son talent, vantant son art de combiner tissus, couleurs et mobilier pour créer un intérieur adapté aux goûts et au mode de vie de son propriétaire.

Zan referma la fenêtre et se hâta vers la penderie. Elle aimait dormir dans une chambre fraîche, mais son long T-shirt ne suffisait pas à la protéger des courants d'air.

Elle s'était délibérément organisé une journée de travail chargée. Elle s'enveloppa dans la vieille robe de chambre que Ted avait toujours détestée et à laquelle elle tenait comme à la prunelle de ses yeux. C'était devenu un symbole pour elle. Quand elle se levait et qu'on gelait dans la pièce, elle se sentait au chaud dès l'instant où elle enfilait sa robe de chambre. Du froid au chaud, du vide au plein ; Matthew disparu ; Matthew retrouvé ; Matthew dans ses bras, avec elle à la maison. Matthew adorait s'y blottir avec elle.

Mais le jeu de cache-cache est fini, pensa-t-elle, refoulant ses larmes. Elle noua sa ceinture et enfila ses pantoufles. Matthew était-il descendu de sa poussette parce qu'il avait eu envie de jouer à cache-cache ? Mais les gens alentour auraient remarqué un enfant sans surveillance. Combien de temps s'était écoulé avant que quelqu'un le prenne par la main et disparaisse avec lui ?

Il avait fait anormalement chaud pour une journée de juin et le parc était rempli d'enfants.

Ne recommence pas à ressasser, se morigéna Zan en se dirigeant vers la cuisine. La machine à café était réglée sur sept heures et la verseuse était pleine. Elle remplit une tasse et prit dans le réfrigérateur le lait écrémé et le mélange de fruits qu'elle avait achetés à l'épicerie du coin. Puis, se ravisant, elle renonça aux fruits : le café suffira pour l'instant. Je sais que je devrais manger davantage, mais on verra demain.

En buvant son café, elle passa en revue son emploi du temps de la journée. Après un passage à son bureau, elle avait rendez-vous avec l'architecte d'un nouvel immeuble donnant sur l'Hudson pour discuter de la décoration de trois appartements modèles, un joli coup si elle obtenait le contrat. Son principal concurrent était son ancien employeur, Bartley, dont elle n'ignorait pas qu'il avait été furieux de la voir créer sa propre affaire au lieu de revenir travailler avec lui.

Il m'a sans doute beaucoup appris, songea Zan, mais je n'avais certes pas l'intention de supporter à nouveau son caractère de chien. Sans parler des avances qu'il lui avait faites. Elle repoussa le souvenir de ce jour embarrassant où elle avait piqué une crise de nerfs dans le bureau de Bartley.

Elle emporta son café dans la salle de bains, le posa sur la coiffeuse et ouvrit le robinet de la douche. La chaleur de l'eau soulagea un peu les contractures de ses muscles et elle se massa le crâne en se lavant les cheveux, un truc supplémentaire pour diminuer la tension, disait-on. Mais pour elle, il n'y avait qu'un moyen d'apaiser ses angoisses.

Ne recommence pas, se dit-elle.

Enveloppée dans une serviette, elle se sécha rapidement les cheveux, puis enfila à nouveau sa robe de chambre, appliqua le mascara et le brillant à lèvres qui constituaient son seul maquillage. Matthew avait les yeux de Ted, d'un magnifique brun profond. Je lui chantais souvent cette chanson, « Beautiful Brown Eyes », se rappela-t-elle. Ses cheveux étaient tout blonds, avec des reflets roux. Je me demande s'ils deviendront d'un roux éclatant comme les miens quand j'étais petite ? J'en avais horreur. Je disais à maman que je ressemblais à Anne, l'héroïne de *La Maison aux pignons verts*, maigre comme un coucou avec d'horribles cheveux carotte. Matthew, lui, serait très mignon en roux.

Sa mère lui avait fait remarquer qu'Anne en grandissant s'était arrondie et que ses cheveux avaient pris une riche teinte auburn.

Maman se moquait souvent de moi, elle m'appelait ma petite Poil de carotte, se souvint Zan. Encore un souvenir qu'elle ne désirait pas réveiller aujourd'hui.

Ted avait insisté pour qu'ils dînent ensemble ce soir, en tête à tête. « Melissa comprendra sûrement, lui avait-il dit au téléphone. Je veux évoquer notre petit garçon avec la seule personne qui sait ce que je ressens le jour de son anniversaire. Je t'en prie, Zan. »

Ils devaient se retrouver au Four Seasons à dix-neuf heures trente. Habiter Battery Park City a pour inconvénient majeur la fréquence des embouteillages en direction de Midtown. Je ne veux pas être obligée de revenir me changer à la maison et je n'ai aucune envie de trimballer une autre tenue au bureau pour me faire belle le soir, songea Zan. Mon tailleur noir à col de fourrure fera l'affaire pour la journée et la soirée.

Un quart d'heure plus tard, elle était dans la rue, grande et mince jeune femme de trente-deux ans en tailleur et bottines à talons hauts, un sac élégant à l'épaule, ses cheveux auburn retombant souplement sur ses épaules. Elle héla un taxi.

3

Pendant le dîner, Alvirah avait raconté à Willy l'étrange regard que ce type avait lancé à leur ami le frère Aiden au moment où il quittait la salle de réconciliation, et elle était revenue sur le sujet au petit-déjeuner. « J'ai rêvé de cet homme cette nuit, Willy, dit-elle, et ce n'est pas bon signe. Quand je rêve de quelqu'un, c'est en général l'annonce que les ennuis vont débouler. »

Encore en peignoir, ils étaient confortablement installés à la table ronde du coin-repas de leur appartement de Central Park South. Dehors, comme elle l'avait déjà fait remarquer à Willy, le temps était typique d'une journée de mars, frais et venteux. Les bourrasques chahutaient les sièges du balcon et, de l'autre côté de la rue, Central Park était pratiquement désert.

Willy jeta un regard affectueux à la femme qui partageait sa vie depuis quarante-cinq ans. Souvent comparé au légendaire speaker de la Chambre des représentants Tip O'Neill, c'était un homme de haute taille, à l'épaisse chevelure blanche, et, comme le disait Alvirah, aux yeux les plus bleus qui fussent sur terre.

Selon lui, Alvirah était encore une belle femme. Il ne remarquait pas que, malgré ses efforts, il lui restait cinq ou six kilos à perdre. Et il ne remarquait pas davantage que deux semaines après sa séance de couleur chez le coiffeur, le blanc réapparaissait à la racine de ses cheveux, devenus, grâce à Dale of London, d'un joli brun tirant sur le roux. Autrefois, avant d'avoir gagné à la loterie, quand elle se teignait elle-même les cheveux au-dessus du lavabo de leur appartement du Queens, ils étaient d'un roux orangé flamboyant.

« Chérie, d'après ce que tu me dis, ce type n'a pas eu tout de suite le courage d'aller se confesser. Et, en voyant frère Aiden s'en aller, il a hésité à le rattraper. »

Alvirah secoua la tête. « Il y a autre chose. » Elle se versa une deuxième tasse de thé et son expression changea. « Tu sais que c'est l'anniversaire du petit Matthew. Il aurait cinq ans aujourd'hui.

— Ou il *a* cinq ans, la corrigea Willy. Alvirah, j'ai des intuitions, moi aussi. Je suis sûr que ce petit bonhomme est en vie quelque part.

— Nous parlons de Matthew comme si nous le connaissions, soupira Alvirah en ajoutant une sucrette dans sa tasse.

— C'est souvent l'impression que j'ai », lui répondit Willy.

Ils restèrent silencieux pendant un instant, se rappelant que, près de deux ans auparavant, après la diffusion sur l'Internet d'un article qu'avait rédigé Alvirah dans le *New York Globe* sur la disparition de l'enfant, Alexandra Moreland lui avait téléphoné. « Madame

Meehan, avait-elle dit, je ne puis vous exprimer à quel point Ted et moi avons été touchés par ce que vous avez écrit. Si Matthew a été enlevé par une personne souhaitant désespérément avoir un enfant, vous avez su trouver les mots pour exprimer notre désir éperdu de le retrouver. La suggestion que vous faites de ramener en secret Matthew dans un endroit sûr pourrait tout changer. »

Alvirah avait été navrée pour elle. « La pauvre petite est elle-même enfant unique et elle a perdu ses parents dans un accident de voiture alors qu'ils venaient la chercher à l'aéroport de Rome. Puis elle s'est séparée de son mari avant de se rendre compte qu'elle était enceinte, et maintenant son petit garçon a disparu. Elle doit en être au point où vous n'avez pas le courage de vous lever le matin. Je lui ai dit que si elle voulait parler à quelqu'un, elle ne devait pas hésiter à m'appeler, mais je sais qu'elle ne le fera pas. »

Cependant, peu après, Alvirah avait lu en page six du *Post* qu'en dépit de tous ses malheurs Zan Moreland avait repris son travail dans son agence de décoration de la 58ᵉ Rue Est. Alvirah avait aussitôt informé Willy que leur appartement avait besoin d'être retapé.

« Je ne le trouve pas en si mauvais état, avait timidement objecté Willy.

— Il n'est pas mal, Willy, mais nous l'avons acheté meublé, il y a six ans, et, pour te dire la vérité, j'en ai assez de voir tout ce blanc autour de moi, rideaux, tapis, meubles. J'ai parfois l'impression de vivre dans de la meringue glacée. Je n'aime pas jeter l'argent par les fenêtres, mais il me semble que c'est le moment ou jamais. »

Le résultat avait été non seulement la transformation de l'appartement, mais une amitié durable avec Alexandra « Zan » Moreland. Depuis, Zan les considérait comme sa famille d'adoption et ils la voyaient fréquemment.

« As-tu dit à Zan de venir dîner avec nous ce soir ? demanda Willy. J'imagine que c'est un jour douloureux pour elle.

— Je le lui ai proposé, répondit Alvirah, et elle a d'abord accepté. Puis elle a rappelé. Son ex-mari veut passer la soirée avec elle et elle ne pouvait pas refuser. Ils ont rendez-vous au Four Seasons.

— Je comprends qu'ils puissent trouver une certaine consolation à être ensemble le jour de l'anniversaire de Matthew.

— En outre, c'est un endroit très fréquenté et Zan sait trop bien se contrôler pour laisser paraître son émotion. Quand elle parle de Matthew, j'aimerais qu'elle se laisse aller à pleurer de temps en temps, mais elle se retient toujours, même avec nous.

— Je parie qu'il y a des soirs où elle s'endort en larmes, dit Willy, mais je pense que passer la soirée avec son ex-mari ne l'aidera en rien. Elle nous a dit que Carpenter ne lui avait jamais pardonné d'avoir laissé Matthew à la garde d'une baby-sitter aussi jeune. J'espère qu'il ne profitera pas de cette soirée pour aborder le sujet.

— Il est, ou était, le père de Matthew », dit Alvirah. Puis, plus pour elle-même que pour Willy, elle ajouta : « D'après tout ce que j'ai lu concernant des cas similaires, même s'ils ne sont présents ni l'un ni l'autre, l'un des parents est toujours jugé responsable, soit de la négligence de la baby-sitter, soit de s'être absenté inconsidérément de la maison. Willy, On porte toujours des accusations à tort et à travers lors de la disparition d'un enfant, et je prie seulement pour que Carpenter ne boive pas trop ce soir et ne s'en prenne pas à Zan.

— Ne joue pas les oiseaux de mauvais augure, chérie, dit Willy.

— Je sais à quoi tu penses. » Alvirah réfléchit, puis mordit dans son bagel. « Mais tu sais bien que lorsque je sens les ennuis venir, ils finissent toujours par arriver. Et crois-moi, si improbable que cela puisse paraître, je sais que Zan va subir un nouveau coup terrible. »

4

Edward « Ted » Carpenter salua sans dire un mot la réceptionniste en traversant le hall de son agence de la 46ᵉ Rue Ouest, au vingt-neuvième étage. Les murs étaient tapissés de photos des clients célèbres, actuels ou anciens, qu'il représentait depuis une quinzaine d'années. Toutes lui étaient dédicacées. Il faisait en général le tour par la gauche de la vaste pièce où travaillaient ses dix assistants. Pourtant, ce matin il alla directement dans son bureau. Il avait prié sa secrétaire, Rita Moran, de ne pas évoquer l'anniversaire de son fils et de ne pas lui apporter les journaux. Mais quand il ouvrit la porte, Rita était tellement absorbée par ce qu'elle lisait sur l'Internet qu'elle ne le vit pas s'approcher. Elle regardait une photo de Matthew affichée sur son écran. En entendant Ted, elle leva la tête. Son visage s'empourpra en le voyant se pencher au-dessus d'elle, s'emparer de la souris et éteindre l'ordinateur. D'un pas rapide, il se dirigea vers sa table de travail et retira son manteau. Mais avant de le suspendre, il s'immobilisa devant la photo encadrée de son fils. Elle avait été prise le jour de son troisième anniversaire. *Il me ressemblait déjà*, songea Ted. Avec son grand front et ses yeux bruns, il était son fils, indéniablement. Quand il grandira, il sera mon portrait craché, pensa-t-il en retournant la photo d'un geste rageur. Il alla accrocher son manteau dans la penderie. Pour son rendez-vous avec Zan au Four Seasons, il avait choisi un costume bleu marine au lieu de sa tenue de sport habituelle.

La veille, pendant le dîner, sa cliente la plus importante, la star du rock Melissa Knight, avait manifesté son agacement quand il lui avait annoncé qu'il ne pourrait pas l'accompagner à la réception prévue ce soir. « Tu as rencard avec ton ex », avait-elle dit d'un air à la fois inquiet et contrarié.

Il ne pouvait se permettre de se fâcher avec Melissa. Ses trois premiers albums s'étaient vendus à plus d'un million d'exemplaires chacun et, grâce à elle, d'autres célébrités avaient choisi son agence de relations publiques. Malheureusement, Melissa était tombée, ou croyait être tombée, amoureuse de lui.

« Tu me connais, ma princesse », avait-il dit en s'efforçant d'adopter un ton badin. Et il avait ajouté avec une amertume qu'il était incapable de dissimuler : « Et tu ne peux m'en vouloir d'avoir rendez-vous avec la mère de mon fils le jour de son cinquième anniversaire. »

Melissa s'était aussitôt excusée : « Pardonne-moi, Ted. Je suis vraiment désolée. Naturellement, je sais pourquoi tu la vois ce soir. Seulement... »

Le souvenir de cette conversation lui était pénible. Melissa le soupçonnait d'être encore amoureux de Zan et ne pouvait s'empêcher d'éprouver une jalousie qui déclenchait chez elle des crises récurrentes. Et les choses allaient en s'aggravant.

Nous nous sommes séparés, Zan et moi, songea-t-il, parce qu'elle a décrété que notre mariage n'était qu'une réaction émotionnelle à la brusque disparition de ses parents. Elle ne s'était même pas rendu compte qu'elle était enceinte. Plus de cinq ans se sont écoulés. Pas de quoi inquiéter Melissa. Je ne peux envisager qu'elle se brouille avec moi, ce serait la mort de l'agence. Elle emmènerait tous ses amis avec elle, c'est-à-dire les plus rentables de mes clients. Si j'avais su, je n'aurais pas acheté ce maudit immeuble. Où avais-je la tête ?

Rita lui apporta timidement le courrier du matin. « Le comptable de Melissa est parfait, lui dit-elle avec un sourire hésitant. Le chèque du mois et le règlement des notes de frais sont arrivés ce matin, comme convenu. La vie serait un rêve si tous nos clients lui ressemblaient.

— À qui le dites-vous ! convint Ted avec un sourire, sachant que Rita avait été peinée par sa brusquerie à son égard.

— Et il a envoyé un message vous annonçant que Jaime-boy allait vous appeler. Il vient de quitter son agent et Melissa vous a chaudement recommandé. Voilà un autre client de poids pour nous. »

Ted ressentit un élan d'affection à l'égard de Rita. Elle travaillait à son côté depuis quinze ans, depuis le jour où, avec l'arrogance de ses vingt-trois ans, il avait ouvert son agence de relations publiques. Elle avait assisté au baptême de Matthew et à ses trois premiers anniversaires. La quarantaine, sans enfants et mariée à un instituteur de caractère tranquille, elle aimait l'agitation qui régnait parmi leurs célèbres clients et s'était toujours montrée ravie lorsque Ted amenait Matthew au bureau.

« Rita, dit Ted, c'est l'anniversaire de Matthew aujourd'hui, et je sais que vous avez ardemment prié pour qu'il nous soit rendu. Priez aujourd'hui pour que l'an prochain nous soyons tous en train de célébrer son anniversaire avec lui.

— Bien sûr, Ted, dit Rita avec ferveur. Bien sûr. »

Quand elle fut sortie, Ted contempla la porte fermée pendant quelques secondes puis décrocha le téléphone avec un soupir. Il était certain que la femme de chambre de Melissa allait décrocher et prendre un message. La veille, ils avaient assisté à la première d'un film, et Melissa faisait souvent la grasse matinée le lendemain d'une soirée. Mais elle répondit à la première sonnerie.

« Ted. »

Que Melissa pût voir son nom et son numéro s'afficher sur son téléphone lui déplaisait. Ce genre de fonction n'existait pas lorsque j'étais jeune, dans le Wisconsin, pensa-t-il, mais il n'existait sans doute pas davantage à New York. Il s'efforça de prendre un ton enjoué : « Bonjour, Melissa, ma princesse préférée.

— Ted. Je croyais que tu serais trop occupé par ton dîner de ce soir pour penser à m'appeler. »

Elle avait son ton agacé des mauvais jours.

Il résista à la tentation de raccrocher et adopta le ton posé qu'il employait toujours quand sa principale cliente se montrait impossible et égoïste. « Le dîner avec mon ex ne va pas s'éterniser plus de deux heures. C'est-à-dire que je quitterai le Four Seasons aux environs de neuf heures et demie. Peux-tu me trouver une petite place dans ton emploi du temps vers dix heures moins le quart ? »

Deux minutes plus tard, assuré d'être rentré dans les bonnes grâces de Melissa, il raccrocha et se prit la tête dans les mains. Oh, mon Dieu, pensa-t-il, pourquoi faut-il que je sois obligé de la supporter ?

5

Zan ouvrit la porte de son petit bureau du Design Center, ses magazines sous le bras. Elle s'était promis d'éviter tout ce qui pourrait faire allusion à Matthew dans la presse. Mais, en passant devant un kiosque, elle n'avait pu résister à la tentation d'acheter deux journaux à sensation connus pour relater des faits divers à rebondissement. L'année précédente, le jour de l'anniversaire de Matthew, tous deux avaient rappelé l'enlèvement avec force détails.

Quelques jours plus tôt, on l'avait prise en photo au moment où elle entrait dans un restaurant proche de son immeuble dans Battery Park City. Elle n'ignorait pas que la photo serait sans doute utilisée dans un reportage ressassant une fois de plus l'histoire de Matthew.

D'un geste instinctif, Zan alluma la lumière et contempla le décor familier de son agence, les rouleaux de tissu appuyés contre les murs blancs, les échantillons de moquette éparpillés sur le sol et les rayonnages remplis de lourds cahiers d'échantillons de tissus.

Après sa rupture avec Ted, elle s'était installée dans ce modeste local pour y créer sa propre agence de décoration et, malgré l'afflux de nouveaux clients, elle avait décidé de conserver les choses en l'état. Le bureau ancien avec ses trois chaises de style édouardien lui suffisait pour dessiner des plans d'aménagement intérieur ou concevoir des combinaisons de couleurs à soumettre à un client.

C'était ici, dans cette pièce, qu'elle parvenait parfois à ne pas penser à Matthew pendant quelques heures et à refouler dans son subconscient le chagrin toujours présent de sa perte. Elle savait qu'il n'en serait rien aujourd'hui.

Le reste de l'agence comprenait une deuxième pièce à l'arrière, à peine assez grande pour contenir un meuble d'ordinateur, un classeur, une table pour l'inévitable machine à café et un petit réfrigérateur. La penderie était en face des toilettes. Josh Green, son assistant, avait fait remarquer d'un ton ironique que les dimensions de la penderie et des toilettes étaient rigoureusement identiques.

Elle avait résisté aux conseils de Josh l'incitant à louer le local voisin quand il s'était libéré. Elle voulait limiter le plus possible ses frais généraux, de façon à pouvoir faire appel à une autre agence de détectives spécialisée dans la recherche d'enfants disparus. Elle avait épuisé la somme versée par l'assurance vie de ses parents dès la première année de la disparition de Matthew, la dépensant sans compter auprès de détectives privés et de charlatans parapsychologues dont aucun n'avait découvert le moindre indice.

Elle accrocha son manteau dans la penderie, se rappelant qu'elle devait dîner avec Ted. Pourquoi tient-il à me voir ce soir ? se demanda-t-elle avec impatience. Il me reproche d'avoir laissé Tiffany Shields emmener

Matthew au parc. Mais il aimait Matthew avec passion et tous les reproches qu'il pouvait lui faire n'égaleraient jamais le remords et le sentiment de culpabilité qui l'accablaient.

Tentant de chasser ces pensées, elle ouvrit les magazines et les parcourut rapidement. Comme elle l'avait redouté, l'un d'eux publiait une photo de Matthew que les médias s'étaient procurée au moment de sa disparition. La légende disait : « Matthew Carpenter est-il encore vivant et en train de fêter son cinquième anniversaire ? »

L'article se terminait sur les paroles que Ted avait prononcées ce jour-là, un avertissement destiné aux parents qui confient la garde d'un petit enfant à une jeune fille inexpérimentée. Zan arracha la page, la froissa et jeta les deux magazines dans la corbeille à papier. Puis, regrettant la curiosité qui l'avait poussée à lire ces torchons, elle alla résolument à son bureau et se mit au travail.

Comme tant de fois au cours des semaines précédentes, elle déroula les plans qu'elle allait soumettre à Kevin Wilson, l'architecte et copropriétaire du gratte-ciel de trente-quatre étages qui dominait la nouvelle promenade piétonnière le long de l'Hudson dans la partie ouest du bas de la ville. S'il lui confiait la tâche de décorer les trois appartements-témoins, ce serait non seulement une ouverture décisive pour sa carrière, mais la première fois qu'elle sortirait victorieuse d'une compétition avec Bartley Longe.

Elle ne comprenait toujours pas pourquoi Bartley, qui l'avait tant appréciée lorsqu'elle était son assistante, s'était ensuite si violemment retourné contre elle ; quand elle avait commencé à travailler pour lui, neuf ans auparavant, après avoir obtenu son diplôme du FIT, le Fashion Institute of Technology, sachant qu'elle apprendrait beaucoup auprès de lui, elle s'était pliée de bonne grâce à un emploi du temps harassant et accommodée de son tempérament volcanique. Divorcé, la quarantaine, Bartley était un séducteur mondain. Il avait toujours eu un caractère difficile, mais quand il avait commencé à s'intéresser à elle et qu'elle lui avait signifié qu'elle n'avait nulle envie d'une relation autre que professionnelle, il lui avait rendu la vie infernale, l'abreuvant de sarcasmes et de critiques.

Je remettais toujours à plus tard ma visite à mes parents qui vivaient alors à Rome, se souvint Zan. Bartley refusait d'entendre que j'avais besoin de prendre deux semaines de congé pour aller les voir. J'ai remis ce voyage pendant six mois. À la fin, lorsque je lui ai dit que je partais en vacances, que cela lui plaise ou non, il était trop tard.

Elle se trouvait à l'aéroport de Rome quand la voiture que conduisait son père pour venir la chercher s'était écrasée contre un arbre. Lui et sa mère étaient morts sur le coup. L'autopsie avait montré qu'une crise cardiaque l'avait terrassé au volant.

Ne pense pas à eux, pas aujourd'hui, se dit-elle. Concentre-toi sur les appartements-témoins. Bartley va soumettre ses propositions. Je connais sa façon de procéder. Je le battrai sur son propre terrain.

Bartley aurait conçu un projet traditionnel et un autre ultramoderne, plus un troisième combinant les deux approches. Elle se concentra sur les dessins et les choix des couleurs qu'elle avait l'intention de montrer, cherchant encore à les améliorer.

Comme si tout ça avait une importance quelconque, pensa-t-elle. Comme si quelque chose pouvait compter en dehors de Matthew.

Elle entendit une clé tourner dans la serrure, annonçant l'arrivée de Josh. Son assistant était diplômé du FIT, comme elle lorsque Bartley l'avait engagée. Vingt-cinq ans, intelligent et doué, ressemblant davantage à un collégien qu'à un designer, il était devenu une sorte de jeune frère pour elle. Il n'était pas encore à l'agence quand Matthew avait disparu et c'était aussi bien, d'une certaine façon. Josh et elle s'étaient aussitôt entendus à merveille.

Mais en voyant son expression aujourd'hui, Zan comprit que quelque chose le préoccupait. Sans préambule, il lui dit : « Zan, je suis resté ici hier soir pour rattraper le retard dans la comptabilité du mois. Je n'ai pas voulu te téléphoner parce que tu avais dit que tu allais prendre un somnifère. Mais dis-moi, pourquoi as-tu acheté un billet d'avion à destination de Buenos Aires pour mercredi prochain ? »

6

L'enfant entendit avant Glory le bruit d'une voiture qui arrivait dans l'allée. En un instant, il se laissa glisser à bas de sa chaise, à la table du petit-déjeuner, et courut vers la penderie du couloir où il savait qu'il devait rester caché « comme une petite souris » jusqu'à ce que Glory vienne le chercher.

Il n'était pas inquiet. Glory lui avait expliqué qu'il s'agissait d'un jeu. Il y avait une lampe de poche sur le plancher de la penderie et un bateau en caoutchouc gonflable assez grand pour qu'il puisse s'y allonger et dormir s'il était fatigué. Il contenait des oreillers et une couverture. Quand il était caché là, Glory lui avait dit qu'il pouvait faire semblant d'être un pirate sur l'océan. Ou qu'il pouvait lire un de ses livres. Il y en avait une pile dans la penderie. La seule chose qu'il ne devait *jamais, jamais faire*, c'était émettre le moindre bruit. Il savait toujours quand Glory devait sortir et qu'il allait rester seul parce qu'elle l'obligeait à aller aux toilettes même s'il n'en avait pas envie. Et elle lui laissait un sandwich, des petits gâteaux, de l'eau et un Coca-Cola.

Cela avait été pareil dans les autres maisons. Glory lui aménageait toujours un endroit où il puisse se cacher, puis y mettait tous ses jouets, trains, puzzles, livres et crayons de couleur. Elle lui avait dit que, même s'il ne jouait jamais avec d'autres enfants, il saurait beaucoup plus de choses qu'aucun d'eux. « Tu lis mieux que les plus grands, Matty, lui disait-elle. Tu es très fort. Et c'est grâce à moi que tu es aussi intelligent. Tu as vraiment de la *chance*. »

Au début, il n'avait pas eu l'impression d'avoir de la chance. Il rêvait qu'il était enveloppé dans une robe de chambre douillette avec maman. Au bout d'un certain temps, il avait eu du mal à se rappeler son visage, mais il se souvenait encore de ce qu'il ressentait lorsqu'elle le serrait dans ses bras. Alors il se mettait à pleurer. Peu à peu, le rêve s'en était allé. Puis Glory lui avait acheté du savon et il s'était lavé les mains avant de se coucher, et le rêve était réapparu parce que ses mains sentaient la même odeur que maman. Il s'était souvenu à nouveau de son nom et même de la sensation d'être blotti contre elle dans sa robe de chambre. Il avait emporté le savon dans sa chambre et l'avait mis sous son oreiller. Lorsque Glory lui avait demandé pourquoi, il lui avait dit la vérité, et elle l'avait laissé faire.

Un jour, il avait voulu jouer à cache-cache avec Glory, mais il n'avait plus recommencé. Glory s'était précipitée dans l'escalier en l'appelant. Et elle s'était mise dans une colère noire quand elle l'avait trouvé derrière le canapé. Elle avait brandi son poing devant son visage en lui disant de ne jamais, jamais refaire ça. Elle était tellement hors d'elle qu'il avait eu vraiment peur.

Ce n'était qu'en voiture qu'il voyait d'autres gens, toujours la nuit. Ils ne restaient jamais longtemps au même endroit, et partout où ils avaient habité, il n'y avait jamais d'autres maisons alentour. Glory le faisait parfois sortir dans la cour de derrière et jouait avec lui ou prenait des photos. Mais ils partaient ensuite s'installer ailleurs, et Glory lui aménageait un autre endroit secret.

Il lui arrivait de se réveiller la nuit après que Glory l'avait enfermé dans sa chambre et il l'entendait parler à quelqu'un. Il se demandait qui c'était. Il n'arrivait jamais à entendre l'autre voix. Il savait que ce n'était pas maman, parce que si elle avait été dans la maison, elle serait certainement montée le voir. Chaque fois qu'il était sûr qu'il y avait quelqu'un dans la maison, il prenait le savon dans sa main et s'imaginait que c'était maman.

Cette fois, la porte de la penderie s'ouvrit presque aussitôt. Glory riait. « Le propriétaire a fait venir le bonhomme du système d'alarme pour s'assurer qu'elle fonctionnait. C'est rigolo, non ? »

7

Après lui avoir fait part de la somme débitée par la compagnie aérienne sur sa carte de crédit, Josh proposa à Zan de vérifier toutes ses autres cartes.

Apparurent alors sur ses autres comptes des achats de vêtements coûteux chez Bergdorf Goodman et Saks Fifth Avenue, des vêtements à sa taille dont elle ne savait rien.

« Il ne manquait plus que ça aujourd'hui », marmonna Josh en téléphonant à la banque pour faire opposition. Puis il ajouta : « Zan, tu es sûre que tu peux aller à ce rendez-vous seule ? Je devrais peut-être t'accompagner. »

Zan lui assura que tout irait bien et, à onze heures précises, elle se trouvait devant le bureau de Kevin Wilson, l'architecte de l'immeuble d'habitations prestigieux en bordure de l'Hudson. La porte était entrouverte. Elle put constater que le bureau était un espace temporaire aménagé au rez-de-chaussée du bâtiment, comme en utilisent en général les architectes pour surveiller l'avancement des travaux.

Wilson lui tournait le dos, la tête penchée vers les plans étalés sur une grande table. Peut-être ceux de Bartley Longe ? Elle savait qu'il avait eu rendez-vous avant elle. Elle frappa à la porte et Wilson lui cria d'entrer sans se retourner.

Elle s'était à peine avancée dans la pièce qu'il fit pivoter son fauteuil, se leva et remonta ses lunettes sur son front. Il était plus jeune qu'elle ne s'y attendait, probablement moins de quarante ans. Grand et mince, il avait davantage l'allure d'un basketteur que d'un architecte récompensé par de nombreux prix. Sa mâchoire volontaire et ses yeux bleus au regard vif dominaient dans son visage séduisant et fermement dessiné.

Il lui tendit la main. « Heureux de faire votre connaissance, Alexandra Moreland, je vous remercie d'avoir accepté de nous présenter vos plans pour nos appartements-témoins. »

Zan s'efforça de sourire en lui serrant la main. Au cours des mois qui avaient suivi la disparition de Matthew, elle avait appris à cloisonner ses pensées, s'efforçant de chasser son souvenir quand elle était en réunion de travail. Mais aujourd'hui, l'anniversaire de son fils, ajouté à la nouvelle que quelqu'un avait utilisé frauduleusement ses cartes de crédit, brisait soudain le rempart qu'elle avait érigé à grand-peine entre sa vie privée et sa vie professionnelle.

Elle savait qu'elle avait la main glacée et fut heureuse que Wilson n'en fît pas la remarque, mais elle ne se sentit pas assez assurée pour prendre la parole. Il lui fallait attendre que se dissipe le nœud qui lui serrait la gorge si elle ne voulait pas fondre en larmes devant lui. Elle espérait seulement qu'il ne verrait dans son silence que de la timidité.

Ce qu'il fit sans doute, suggérant gentiment : « Nous pourrions examiner ce que vous avez apporté. »

Zan avala avec peine sa salive et parvint à parler d'un ton posé : « Si vous êtes d'accord, j'aimerais que nous allions visiter ces appartements et je vous expliquerai sur place comment j'envisage l'agencement des pièces.

— Très bien. »

En deux enjambées, Wilson fit le tour de son bureau et s'empara du dossier qu'elle avait apporté. Ils parcoururent le couloir jusqu'à la seconde rangée d'ascenseurs. Le hall d'entrée était dans la dernière phase de sa construction, des fils électriques pendaient du plafond et des bandes de moquette recouvraient ici et là le sol poussiéreux.

Wilson parlait avec animation, probablement pour aider Zan à surmonter ce qu'il prenait pour de la nervosité. « Ce sera un des immeubles les plus écologiques de New York, dit-il. Nous utilisons l'énergie solaire et avons donné à toutes les fenêtres les dimensions maximales, afin de créer une sensation constante d'espace et de lumière. J'ai grandi dans un endroit où ma chambre faisait face au mur de brique de la maison voisine. Il y faisait si sombre que le jour se confondait avec la nuit. À l'âge de dix ans, j'ai un jour épinglé un écriteau sur ma porte sur lequel j'avais inscrit : "La grotte". Ma mère m'a obligé à l'ôter avant le retour de mon père. Elle craignait qu'il soit peiné de ne pas pouvoir nous offrir un logement plus décent. »

Et moi, j'ai grandi partout dans le monde, pensa Zan. La plupart des gens croient que c'est une existence merveilleuse. Papa et maman aimaient la vie de diplomate, mais moi je rêvais de stabilité. Avoir des voisins qui seraient toujours les mêmes vingt ans plus tard. Habiter une maison à nous. Je leur en ai voulu de m'avoir envoyée dans un pensionnat à l'âge de treize ans. Je voulais être avec eux et je leur reprochais de ne jamais rester en place.

Ils pénétraient dans l'ascenseur. Wilson appuya sur le bouton et la porte se referma. Zan chercha quelque chose à dire. « Votre secrétaire a dû vous rapporter que depuis que j'ai été invitée à concourir pour l'aménagement de ces appartements, je suis venue à plusieurs reprises sur place.

— Je l'ai appris, en effet.

— Je voulais voir les pièces à diverses heures de la journée, afin d'en tirer une impression personnelle et d'imaginer comment des personnes différentes pourraient s'y sentir chez elles. »

Ils commencèrent par l'appartement doté d'une seule chambre à coucher, avec une salle de bains et un cabinet de toilette. « Je suppose que les gens qui s'intéressent à ce type de logement appartiennent à deux catégories, dit Zan. Le prix est suffisamment élevé pour exclure des étudiants en fin d'études, à moins que papa ne paye les factures. En revanche, il séduira de jeunes avocats ou médecins. Et, sauf s'ils sont amoureux, la plupart voudront l'habiter seuls. »

Wilson sourit. « Et l'autre catégorie ?

— Des personnes plus âgées qui désirent un pied-à-terre et ne souhaitent pas de chambre d'amis parce qu'ils ne veulent pas avoir à loger quelqu'un. »

Tout devenait soudain plus facile pour Zan. Elle était en terrain connu. « Voilà ce que j'ai imaginé. » Un long comptoir séparait la cuisine de la partie salle à manger. « Puis-je étaler mes plans et mes échantillons ici ? » proposa-t-elle en lui reprenant le dossier.

Elle resta presque deux heures avec Kevin Wilson à lui expliquer ses différentes solutions pour chacun des trois appartements-témoins. Quand ils eurent regagné son bureau, Wilson déposa les plans sur la table et dit : « Vous avez fait un travail énorme pour ce projet, Zan. »

Il l'avait appelée Alexandra au début, mais elle lui avait dit : « Restons simples. Tout le monde m'a toujours appelée Zan, sans doute parce que je trouvais mon prénom trop long et difficile à prononcer quand j'ai commencé à parler. »

« J'aimerais beaucoup que vous me confiiez cette tâche, disait-elle maintenant. L'agencement de ces appartements m'a passionnée et vaut la peine d'y consacrer du temps et du travail. Je sais que vous avez également consulté Bartley Longe, qui est un remarquable décorateur. La situation est claire. La compétition est serrée et il est possible que vous n'aimiez ni mes projets ni les siens.

— Vous êtes beaucoup plus charitable à son égard qu'il ne l'est envers vous », fit remarquer Wilson d'un ton sec.

Zan ne put dissimuler une note d'amertume quand elle répondit : « Je crains qu'il y ait peu d'atomes crochus entre Bartley et moi. Par ailleurs, je suis certaine que vous ne traitez pas ce concours sous le seul angle de la popularité. » Et je sais que je finirai par coûter un tiers de moins que Bartley, se dit-elle en quittant Wilson devant l'entrée imposante du gratte-ciel. Ce sera mon atout. Je ne gagnerai pas beaucoup d'argent si je l'emporte, mais la notoriété que j'en tirerai vaudra tous les sacrifices.

Dans le taxi qui la ramenait à son agence, elle se rendit compte que les larmes qu'elle était parvenue à contenir jusqu'alors coulaient à présent le long de ses joues. Elle sortit ses lunettes de soleil de son sac. Lorsque le taxi s'arrêta dans la 58e Rue, elle laissa comme toujours un pourboire généreux. Gagner sa vie en passant ses journées dans les encombrements de New York était méritoire.

Le chauffeur, un vieil homme noir à l'accent jamaïcain, la remercia chaudement avant d'ajouter : « Miss, j'ai bien remarqué que vous pleuriez. Vous avez de la peine aujourd'hui. Mais tout vous paraîtra peut-être moins triste demain. Vous verrez. »

Si seulement cela pouvait être vrai, pensa Zan en le remerciant. Se tamponnant une dernière fois les yeux, elle descendit de la voiture. Malheureusement je ne serai pas moins triste demain.

Ni peut-être jamais.

8

Frère Aiden O'Brien avait passé une nuit blanche à s'inquiéter pour la jeune femme qui lui avait avoué, dans le secret de la confession, qu'elle était complice d'un crime et dans l'incapacité de prévenir un meurtre. Il pouvait seulement espérer que le simple fait d'avoir été incitée par sa conscience à se décharger sur lui de son fardeau la pousserait aussi à empêcher l'assassinat d'un être humain.

Il pria pour elle à la messe du matin puis, le cœur lourd, vaqua à ses obligations. Une de ses tâches préférées était la distribution de repas ou de vêtements que l'église organisait depuis quatre-vingts ans pour les familles nécessiteuses. Leur nombre s'était accru ces dernières années. Frère Aiden participait au service des petits-déjeuners et voyait avec satisfaction les visages de ces malheureux tiraillés par la faim s'éclairer en mangeant les céréales et les œufs brouillés accompagnés d'un café bien chaud.

Son moral remonta au milieu de l'après-midi quand il reçut un appel de sa vieille amie, Alvirah Meehan, qui l'invitait à dîner le soir même. « Je dois célébrer la messe de cinq heures, lui dit-il, mais je serai chez vous vers six heures et demie. »

Il se réjouissait à l'avance de cette occasion, même s'il savait que rien ne pourrait soulager le poids que la jeune femme avait déposé sur ses épaules.

À dix-huit heures vingt-cinq, il descendit du bus et longea Central Park South jusqu'à l'immeuble qu'occupaient Alvirah et Willy Meehan depuis qu'ils avaient gagné à la loterie. Le portier l'annonça à l'interphone et il trouva Alvirah devant la porte de l'ascenseur au quinzième étage. Les effluves alléchants d'un canard rôti flottaient dans le couloir et frère Aiden suivit son hôtesse dans leur direction. Willy l'attendait pour le débarrasser de son manteau et lui préparer son drink favori, un bourbon bien frappé avec des glaçons.

Il ne lui fallut pas longtemps pour s'apercevoir qu'Alvirah était moins enjouée qu'à l'habitude. Son expression dénotait une inquiétude, et il eut le sentiment qu'elle se retenait d'aborder un sujet. Il prit l'initiative : « Alvirah, quelque chose vous tracasse. Puis-je vous aider d'une manière ou d'une autre ? »

Alvirah poussa un soupir. « Oh, Aiden, vous lisez en moi comme dans un livre. Vous vous souvenez que je vous ai parlé de Zan Moreland, cette jeune femme dont le petit garçon a disparu dans Central Park.

— Oui, j'étais à Rome à cette époque. On n'a jamais trouvé aucune trace de l'enfant ?

— Aucune. Absolument rien. Les parents de Zan sont morts dans un accident de voiture et elle a dépensé tout l'argent de leur assurance vie pour payer des détectives privés, mais on n'a jamais découvert le moindre indice pouvant mener à l'enfant. Il aurait cinq ans aujourd'hui. J'avais demandé à Zan de venir dîner ce soir, mais elle a rendez-vous avec son ex-mari, ce qui est une erreur, entre nous soit dit. Il l'accuse d'avoir laissé son fils à la garde d'une baby-sitter jeune et inexpérimentée.

— J'aimerais la rencontrer, dit frère Aiden. Je me demande parfois si le pire est d'enterrer un enfant ou de le perdre à la suite d'une disparition.

— Alvirah, parle à frère Aiden de l'homme que tu as vu à l'église hier soir, la pressa Willy.

— C'est un autre sujet, Aiden. Je me suis arrêtée à Saint-François hier…

— Probablement pour glisser un don dans le tronc de saint Antoine, l'interrompit Aiden en souriant.

— En effet. Mais il y avait un homme agenouillé devant le tronc, le visage caché dans ses mains, et vous savez comme il est parfois gênant de s'approcher trop près de quelqu'un. »

Frère Aiden hocha la tête. « Je comprends. C'était très délicat de votre part.

— Peut-être pas une si bonne idée que ça, intervint Willy. Chérie, raconte à Aiden ce que tu as vu.

— Eh bien, poussée par une sorte d'intuition, je me suis dirigée vers le fond de l'église, près de la chapelle de Notre-Dame-de-Lourdes, et je me suis glissée sur le dernier banc d'où je pourrais observer cet individu quand il partirait. Malheureusement, je n'ai pas pu le voir distinctement, et quand vous êtes sorti de la salle de réconciliation et que vous avez traversé l'atrium pour regagner la Fraternité, j'ai voulu vous rattraper, mais ce dévot, appelons-le comme ça, s'est alors brusquement redressé, a relevé ses lunettes et, croyez-moi,

Aiden, il ne vous a pas quitté des yeux jusqu'à ce que vous ayez disparu.

— Peut-être voulait-il se confesser sans en trouver le courage, suggéra frère Aiden. C'est assez fréquent. Les gens ont envie de se libérer de leur fardeau, mais ne parviennent pas à admettre ce qu'ils ont fait.

— Non, il y avait autre chose. Et j'ai été saisie d'une appréhension, dit Alvirah d'un ton ferme. Il arrive parfois qu'une personne à l'esprit dérangé en veuille à un prêtre. Si vous connaissez quelqu'un qui nourrit un grief à votre égard, soyez prudent. »

Les rides qui barraient le front de frère Aiden se creusèrent. Une pensée venait de lui traverser l'esprit. « Alvirah, vous dites que cet homme était agenouillé devant la chapelle de saint Antoine avant que je quitte la salle de réconciliation ?

— Oui. » Alvirah reposa le verre de vin qu'elle avait à la main et se pencha en avant. « Vous suspectez quelqu'un ?

— Non », répondit frère Aiden avec hésitation.

Cette jeune femme, pensa-t-il. Elle m'a dit qu'elle était impuissante à empêcher un meurtre. Quelqu'un l'aurait-il suivie ou accompagnée dans l'église ? Elle est entrée précipitamment dans la salle de réconciliation. Peut-être a-t-elle agi sur une impulsion et l'a-t-elle aussitôt regretté ?

« Aiden, y a-t-il des caméras de surveillance dans l'église ?

— Oui, sur toutes les portes d'accès.

— Bien, pourriez-vous vérifier qui est entré et sorti entre cinq heures et demie et six heures et demie ? Il y avait peu de monde à ce moment-là.

— Oui, vous pouvez compter sur moi.

— Verriez-vous un inconvénient à ce que je vienne demain matin jeter un coup d'œil à ces vidéos ? demanda Alvirah. Je n'ai pas distingué clairement le visage de cet individu, mais il m'a intriguée. Plutôt grand, un imperméable style Burberry. D'épais cheveux noirs. »

L'une des vidéos montrera aussi la jeune femme au moment où elle est entrée dans l'église, songea frère Aiden. Non que j'espère apprendre qui elle est, mais il serait intéressant de savoir si elle était suivie. L'inquiétude qui l'avait taraudé toute la journée s'accrut.

« C'est entendu, Alvirah, dit-il, je vous retrouverai donc demain matin à neuf heures à l'église. »

Si quelqu'un avait suivi cette jeune femme et la soupçonnait d'avoir confessé ce qu'elle savait, n'était-elle pas en danger de mort ?

Il ne vint pas à l'esprit bienveillant du religieux de se soucier du risque qu'il courait lui-même dans le cas où quelqu'un redouterait les révélations qui lui avaient été faites.

9

À dix-neuf heures trente, Zan se présenta à l'accueil du Four Seasons. Un coup d'œil au gril room lui suffit pour constater que Ted était déjà arrivé, comme elle s'y était attendue. Sept ans plus tôt, au début de leur relation, il lui avait dit qu'il tenait toujours à être en avance. « Dans le cas d'un rendez-vous avec un client, c'est une façon de lui montrer que je fais cas du temps qu'il me consacre. S'il s'agit d'une personne qui attend quelque chose de moi, elle est sans doute déjà inquiète et je la mets en situation d'infériorité. Même si elle est à l'heure, elle a l'impression d'être en retard.

— Qui pourrait attendre quelque chose de toi ? lui avait-elle demandé

— Oh, le manager d'un futur acteur ou chanteur qui voudrait que je m'occupe de son client. Ce genre de choses. »

« Madame Moreland, quel plaisir de vous revoir, M. Carpenter vous attend », lui disait ce soir le maître d'hôtel en la conduisant à la table que Ted avait l'habitude de réserver.

Ted s'était levé à l'approche de Zan. Il se pencha pour l'embrasser sur la joue. « Zan. » Sa voix était rauque. Son épaule frôla la sienne au moment où ils

s'assirent. « Tu n'as pas passé une trop mauvaise journée ? » demanda-t-il.

Elle avait décidé de lui cacher les sommes débitées
sur ses cartes de crédit. Elle savait que si Ted était mis
au courant, il proposerait de l'aider, et elle ne voulait
pas s'engager dans ce genre de relation avec lui, sauf
pour ce qui concernait Matthew. « Si, très mauvaise »,
dit-elle.

La main de Ted se referma sur la sienne. « Je
n'abandonne pas l'espoir d'entendre un jour le téléphone sonner pour annoncer une bonne nouvelle.

— J'aimerais le croire moi aussi, mais dans le
meilleur des cas je crains que Matthew ne m'ait
oubliée. Il n'avait que trois ans et trois mois quand il
a disparu. J'ai perdu presque deux ans de sa vie. » Elle
s'interrompit. « Je veux dire, *nous* avons perdu
presque deux ans », rectifia-t-elle prudemment.

Elle vit un éclair de colère passer dans le regard de
Ted et devina ce qu'il pensait. La baby-sitter. Il ne lui
pardonnerait jamais. Il ne lui pardonnerait pas d'avoir
engagé cette jeune écervelée pour se rendre à un
rendez-vous avec un client. Quand allait-il aborder le
sujet ? Quand il aurait bu un verre ou deux ?

Il y avait une bouteille de son vin rouge préféré sur
la table. Sur un signe de Ted, le serveur remplit leurs
verres. Ted leva le sien : « À notre petit garçon.

— Je t'en prie, murmura Zan. Ted, je ne peux pas
parler de lui. J'en suis incapable. Nous savons tous les
deux ce que nous ressentons aujourd'hui. »

Ted but une longue gorgée en silence. Zan
l'observa. Pour la deuxième fois de la journée, elle
songea que Matthew lui ressemblerait en grandissant.

Il aurait les mêmes yeux bruns écartés, les mêmes traits réguliers. Ted était un très bel homme, incontestablement. Et Zan était obligée d'admettre que, si elle refusait catégoriquement de parler de Matthew, Ted pour sa part avait besoin de partager ses souvenirs de son fils. Mais pourquoi ici ? se demanda-t-elle. J'aurais pu lui faire à dîner chez moi.

Non, elle ne l'aurait pas fait. Mais ils auraient pu aller dans un endroit discret, où l'on n'avait pas l'impression que tout le monde vous regardait. Combien sont-ils dans cette salle à avoir vu les articles publiés par ces deux magazines aujourd'hui ?

Elle savait qu'elle devait laisser Ted parler de Matthew. « Ce matin, dit-elle avec hésitation, je me suis dit qu'il serait tout ton portrait en grandissant.

— Tu as raison. Je me souviens de ce jour, quelques mois avant sa disparition, où je suis venu le chercher chez toi pour l'emmener déjeuner. Il a voulu marcher et je le tenais par la main dans la Cinquième Avenue. Il était si mignon que les gens le regardaient en souriant. J'ai croisé un de mes clients qui m'a dit en plaisantant : "Vous ne pourrez jamais renier cet enfant." »

Zan eut un sourire timide. « Je ne pense pas que tu l'aurais jamais renié. »

Comme s'il se rendait compte de l'effort qu'elle s'imposait, Ted changea de sujet : « Comment va ta carrière de décoratrice ? J'ai lu quelque part que tu étais sur les rangs pour aménager les appartements-témoins de l'immeuble de Kevin Wilson. »

Elle était à nouveau en terrain sûr. « Franchement, je pense que j'ai mes chances. » Parce qu'elle croyait Ted sincèrement intéressé et qu'il lui fallait coûte que coûte faire dévier la conversation et l'empêcher de parler de Matthew, elle décrivit en détail les projets qu'elle avait soumis à Wilson et son espoir d'emporter le morceau. « Naturellement Bartley Longe est sur le coup, lui aussi, et, d'après une remarque faite en passant par Kevin Wilson, je sais qu'il a plutôt médit de moi.

— Zan, ce type est un méchant. Je l'ai toujours senti. Il était jaloux de moi quand nous avons commencé à sortir ensemble. Ce n'est pas seulement ton rival en affaires aujourd'hui. Tu étais sa chasse gardée autrefois, et je suis prêt à parier qu'il en pince toujours pour toi.

— Il a vingt ans de plus que moi, Ted. Je suis divorcée et c'est un homme à femmes. Il a un sale caractère. Si je l'intéresse, c'est parce que je n'ai pas répondu à ses avances quand il a essayé de me séduire. Le grand regret de ma vie, c'est de m'être laissé intimider alors qu'un pressentiment me disait d'aller voir mes parents à Rome. »

Elle n'avait rien oublié. L'arrivée à l'aéroport Da Vinci. L'espoir de voir leurs visages après le contrôle de police. La déception. L'inquiétude. L'attente après avoir récupéré ses bagages. Puis l'appel sur son portable international. Les officiels italiens lui annonçant l'accident qui avait mis fin à leur vie.

Le brouhaha et l'agitation de l'aéroport de Rome au début de la matinée. Elle se revoyait, debout au milieu de la foule, pétrifiée, le téléphone à la main, la bouche ouverte en un cri silencieux. « Et je t'ai appelé, dit-elle à Ted.

— Heureusement. Quand je suis arrivé à **Rome,** tu semblais complètement perdue. »

Je le suis restée durant des mois, se rappela Zan. Ted m'a recueillie comme une enfant abandonnée, faisant preuve d'une incroyable gentillesse. Il y avait une quantité de femmes qui ne demandaient qu'à vivre avec lui. « Et tu m'as épousée pour prendre soin de moi, et je t'ai récompensé en laissant ton fils entre les mains d'une baby-sitter inexpérimentée qui ne l'a pas empêché de disparaître. » Zan s'était entendue prononcer ces derniers mots avec stupéfaction.

« Zan, c'est ce que j'ai dit le jour où Matthew a disparu. Ne comprendras-tu donc jamais que j'étais complètement hors de moi ? »

Et nous revoilà en train de ressasser toute l'histoire pour la énième fois, songea-t-elle, et personne ne sait quand nous nous arrêterons. « Ted, quoi que tu dises, je ne cesserai jamais de m'en accuser. Toutes ces agences de détectives que j'ai engagées et qui n'ont servi à rien…

— C'était de l'argent jeté par la fenêtre, Zan. Le FBI enquête toujours, ainsi que la police de New York. Tu t'es laissé berner par des charlatans. Sans parler de cet illuminé de voyant qui nous a fait parcourir Alligator Alley, au sud de la Floride.

— Je ne pense pas que tout ce qui pourrait nous aider à retrouver Matthew soit une perte d'argent. Même si je dois consulter la totalité des agences de détectives répertoriées dans l'annuaire du téléphone. Peut-être trouverai-je un jour la personne qui nous mettra sur la bonne piste. Tu m'as interrogée à propos de ce projet d'aménagement d'appartements-témoins.

Si je l'emporte, il m'ouvrira d'autres portes. Je gagne-rai plus d'argent et chaque centime sera consacré à la recherche de Matthew. Quelqu'un a sûrement vu quelque chose. J'en suis encore convaincue. »

Elle se rendit compte qu'elle tremblait. Le maître d'hôtel se tenait à côté de leur table. Elle avait élevé la voix et il faisait discrètement mine de n'avoir rien remarqué.

« Puis-je vous annoncer les spécialités du jour ? demanda-t-il.

— Oui, s'empressa de lui répondre Ted avant de chuchoter à l'adresse de Zan : Pour l'amour du ciel, Zan, tâche de rester calme. Pourquoi continuer à te torturer ainsi ? »

Une expression de surprise apparut alors sur son visage et Zan se retourna.

Josh traversait la salle. Le visage livide, il s'arrêta à leur table. « Zan, je quittais le bureau quand des reporters de *Tell-All Weekly* se sont présentés. Je leur ai dit que j'ignorais où tu étais. Ils m'ont raconté qu'un Anglais se trouvait dans le parc le jour de la disparition de Matthew et qu'il prenait des photos. Il a voulu les faire agrandir pour l'anniversaire de mariage de ses parents et s'est alors aperçu qu'à l'arrière-plan de deux agrandissements on voyait une femme s'emparer d'un bébé dans une poussette près d'une jeune fille endormie sur une couverture…

— Oh, mon Dieu ! s'écria Ted. Que distingue-t-on de plus sur ces photos ?

— Quand ils les ont agrandies davantage, d'autres détails sont apparus clairement. On ne voit pas le visage de l'enfant, mais il porte une chemise et un short à carreaux bleus. »

Zan et Ted regardèrent Josh, interdits. Les lèvres desséchées au point d'avoir du mal à articuler, Zan dit : « Ce sont les vêtements que Matthew portait ce jour-là. Cet homme a-t-il apporté les photos à la police ?

— Non. Il les a vendues à *Tell-All*. Zan, c'est insensé, mais ils affirment que tu es la femme qui emmène l'enfant sur la photo. Ils disent que c'est toi, sans aucun doute possible. »

Tandis que les élégants clients du gril du Four Seasons se tournaient vers la table d'où jaillissaient de soudains éclats de voix, Ted saisissait Zan par les épaules et la forçait à se lever. « Toi ! Toi ! Misérable folle, hurla-t-il. Où est mon fils ? Que lui as-tu fait ? »

10

Comme beaucoup de femmes fortes, Penny Smith Hammel se déplaçait avec une sorte de grâce naturelle. Dans sa jeunesse, en dépit de son poids, elle avait été l'une des filles les plus populaires du lycée, avec son visage plaisant, sa bonne humeur communicative et son art pour donner au plus gauche des partenaires sur la piste de danse l'impression d'être le double de Fred Astaire.

Dès la fin de ses études, elle s'était mariée avec Bernie Hammel, qui avait aussitôt commencé à travailler comme chauffeur de poids lourd. Satisfaits de leur sort, Bernie et Penny avaient élevé leurs trois enfants dans le milieu rural de Middletown, dans l'État de New York, à un peu plus d'une heure de Manhattan et à des années-lumière de la vie trépidante de la ville.

À cinquante-neuf ans, avec ses enfants et petits-enfants éparpillés entre Chicago et la Californie et Bernie qui sillonnait les routes, Penny occupait agréablement son temps à garder des enfants. Elle aimait les bambins qu'on lui confiait, leur donnait l'affection qu'elle aurait prodiguée à ses petits-enfants s'ils avaient été près d'elle.

Le seul épisode excitant de sa paisible existence s'était produit quatre ans plus tôt quand Bernie, elle et dix collègues de Bernie avaient gagné cinq millions de dollars à la loterie. Ils étaient l'un des groupes les plus importants à avoir jamais gagné le gros lot et, après impôts, chacun avait touché environ trois cent mille dollars, que Bernie et Penny avaient immédiatement placés dans un fonds destiné à assurer les études de leurs petits-enfants.

À leur excitation s'était jointe la fierté d'être invités par Alvirah et Willy Meehan à participer à Manhattan à une réunion de leur groupe de soutien aux gagnants de la loterie. Les Meehan avaient créé ce groupe pour aider les gagnants à ne pas dilapider leurs gains en investissements inconsidérés ou en jouant au Père Noël au bénéfice de gens qui s'étaient comme par hasard découvert un lien de parenté avec eux.

Penny et Alvirah avaient aussitôt sympathisé et se voyaient régulièrement.

L'amie d'enfance de Penny, Rebecca Schwartz, était agent immobilier et tenait Penny au courant des ventes et des achats dans son voisinage. Le 22 mars, elles avaient déjeuné dans leur bistrot préféré et Rebecca avait informé son amie que la petite ferme située au bout de l'impasse près de chez elle avait enfin été louée. La nouvelle locataire s'y était installée le 1er du mois.

« Elle s'appelle Gloria Evans, avait confié Rebecca. La trentaine, très jolie. Une vraie blonde. Tu sais que personne ne peut me tromper sur ce point. Une ravissante silhouette, pas comme toi ou moi. Elle ne voulait pas s'engager pour plus de trois mois, mais je lui ai dit que Sy Owens refuserait de louer pour moins d'un an. Elle n'a pas tiqué. Elle a accepté de payer une année d'avance parce qu'elle terminait d'écrire un livre et avait besoin de solitude.

— Pas une mauvaise affaire pour Sy Owens, avait fait remarquer Penny. Je suppose qu'il loue meublé. »

Rebecca rit. « Oh naturellement. Comment pourrait-il faire autrement avec tout ce bric-à-brac ? Il veut vendre la maison en l'état, avec tout ce qu'elle contient. Tu te croirais aux puces ! »

Le lendemain, comme à son habitude, Penny prit sa voiture pour aller souhaiter la bienvenue à sa nouvelle voisine Gloria Evans en lui apportant une assiette de ses fameux muffins aux myrtilles. Quand elle frappa à la porte, bien qu'une voiture fût garée dans le passage qui menait au garage, elle dut attendre plusieurs minutes avant de voir la porte s'ouvrir prudemment.

Penny s'apprêtait à entrer, mais Gloria Evans maintint la porte entrouverte et Penny ne mit pas longtemps à comprendre qu'elle n'était pas la bienvenue. Elle s'excusa. « Oh, mademoiselle Evans, je *sais* que vous êtes en train d'écrire un livre et j'aurais téléphoné si j'avais eu le numéro de votre portable. Je voulais seulement vous accueillir dans notre petite communauté en vous offrant quelques-uns de mes célèbres muffins aux myrtilles, mais ne craignez rien, je ne suis pas du genre à vous harceler de coups de téléphone ou de visites inopinées…

— C'est très aimable de votre part. Je suis en effet venue ici pour m'isoler », répliqua Gloria Evans tout en tendant à regret une main vers l'assiette de muffins.

Ignorant l'affront, Penny continua : « Ne vous inquiétez pas pour l'assiette. Elle est jetable. J'ai collé sur le fond un Post-it avec mon numéro de téléphone au cas où vous auriez un jour un problème urgent.

— Je vous remercie, mais ce ne sera pas nécessaire », répliqua Gloria Evans.

Elle avait ouvert la porte plus largement et Penny aperçut derrière elle un petit camion qui traînait sur le sol.

« Oh, j'ignorais que vous aviez un enfant, s'exclama Penny. Je suis baby-sitter, si jamais vous avez besoin de le faire garder. La moitié des habitants des environs me connaissent.

— Je n'ai pas d'enfant ! » dit sèchement Gloria. Puis, suivant le regard de Penny, elle se retourna et vit le jouet. « Ma sœur m'a aidée à m'installer. Ce jouet appartient à son fils.

— Eh bien, si jamais elle vient vous voir et que vous avez envie de déjeuner en ville avec elle, dit Penny sans se démonter, vous avez mon numéro de téléphone. »

Les derniers mots furent adressés à une porte qui lui avait été fermée au nez. Elle hésita un instant, manquant de courage pour sonner à nouveau et reprendre ses muffins, puis tourna les talons et se hâta vers sa voiture.

J'espère que Gloria Evans n'écrit pas un manuel de bonnes manières, pensa-t-elle en refoulant son humiliation. Elle renifla, monta dans sa voiture et s'éloigna rapidement.

C'est en écoutant le bulletin d'informations de onze heures du soir qu'Alvirah et Willy apprirent que Zan Moreland était peut-être l'auteur de l'enlèvement de son fils. Ils se préparaient à se coucher, après avoir dîné avec frère Aiden. Bouleversée, Alvirah téléphona immédiatement à Zan et, sans réponse de sa part, laissa un message.

Dans la matinée, elle alla retrouver frère Aiden dans le couvent de la Fraternité qui jouxtait l'église Saint-François-d'Assise. Accompagnés de Neil, l'homme à tout faire de la congrégation, ils allèrent visionner les vidéos des caméras de sécurité enregistrées le lundi à partir de dix-sept heures trente. Pendant les vingt premières minutes, rien de particulier ne retint leur attention parmi les gens qui entraient ou sortaient. Entre-temps, Alvirah informa frère Aiden de la nouvelle diffusée la veille au soir par les médias.

« Aiden, déclara-t-elle, ils pourraient aussi bien raconter que Willy et moi avons enlevé Matthew. C'est tellement absurde que je me demande qui pourrait gober une chose pareille. S'ils ont vraiment ces photos, je dirais seulement que cet Anglais les a trafiquées pour obtenir de l'argent du magazine. » Soudain, elle sursauta et se pencha en avant. « Neil, pouvez-vous arrêter la vidéo ? C'est Zan. Elle est sans doute venue ici hier soir. Je sais qu'elle était bouleversée parce que c'étaient les cinq ans de Matthew. »

Frère Aiden avait lui aussi reconnu la jeune femme élégamment vêtue qui portait des lunettes de soleil et de longs cheveux flottant dans le dos. C'était elle qui était entrée dans la salle de réconciliation et lui avait confessé qu'elle était mêlée à un crime et savait qu'un meurtre se préparait. Il s'efforça de parler calmement : « Alvirah, êtes-vous sûre qu'il s'agit de votre amie Zan ?

— Bien sûr, Aiden. Regardez son tailleur. Zan l'a acheté l'année dernière pendant les soldes. Elle est toujours attentive à ne pas dépenser pour elle. Elle a payé des détectives privés pour retrouver Matthew avec le montant de l'assurance vie que ses parents lui ont laissée. Aujourd'hui, elle économise pour mettre quelqu'un d'autre sur la piste. »

Sans laisser à frère Aiden le temps de répondre, Alvirah engagea Neil à poursuivre la projection. « Je suis impatiente de repérer l'homme qui vous observait, Aiden. »

Celui-ci pesa soigneusement ses mots : « Pensez-vous qu'il puisse avoir accompagné ou suivi votre amie, Alvirah ? »

Elle ne sembla pas avoir entendu la question. « Regardez ! s'exclama-t-elle. Le voilà, c'est le type que je cherche. » Puis elle secoua la tête : « Oh, on ne voit pas son visage, le col de son pardessus est remonté. Il porte des lunettes noires. Tout ce qu'on aperçoit, c'est une masse de cheveux. »

Pendant la demi-heure qui suivit, ils passèrent en revue le reste des vidéos. Ils virent distinctement sortir de l'église la femme qu'Alvirah prenait pour Zan. Elle portait toujours ses lunettes de soleil, mais elle courbait la tête et ses épaules étaient secouées de tremblements. Portant un mouchoir à sa bouche comme si elle voulait étouffer ses sanglots, elle se précipitait hors de l'église et du champ de la caméra.

« Elle n'est pas restée cinq minutes, dit tristement Alvirah. Elle a tellement peur de s'effondrer. Elle m'a confié qu'après la mort de ses parents elle pleurait jour et nuit. Au point qu'elle redoutait de se montrer en public. Elle sait que si ces crises se reproduisaient à cause de Matthew, elle serait incapable de travailler, alors qu'elle a besoin d'avoir l'esprit occupé pour ne pas devenir folle.

— Folle », murmura frère Aiden à voix si basse que ni Alvirah ni Neil ne l'entendirent. « Je confesse avoir participé à un acte criminel et être complice d'un meurtre imminent. Je ne voulais pas y être mêlée, mais il est trop tard. » Depuis deux jours cet aveu désespéré ne quittait pas ses pensées.

« Regardez, voilà encore cet homme, il est en train de s'en aller. Mais il ne montre rien de particulier. » Alvirah fit signe à Neil d'arrêter la projection. « Vous avez vu l'attitude bouleversée de Zan sur cette vidéo ? Est-ce que vous imaginez ce qu'elle ressent en ce moment en lisant dans la presse qu'on l'accuse d'avoir enlevé Matthew ? »

C'était aussi ce que la jeune femme lui avait dit, pensa le frère Aiden. *Vous le lirez dans les journaux.* Le meurtre qu'elle avait prétendu ne pouvoir empêcher avait-il *déjà* été commis ? Avait-elle tué son propre enfant, ou le pauvre petit était-il sur le point de mourir ?

12

Après la violente accusation de Ted, Josh avait saisi Zan par la main et l'avait entraînée à sa suite, en zig-zaguant entre les tables sous les regards stupéfaits des clients du Four Seasons. Ils avaient descendu l'escalier quatre à quatre, traversé à la hâte le hall d'entrée avant de se retrouver dans la rue. « Mon Dieu, ils ont dû me suivre », grommela-t-il en voyant les paparazzi se ruer sur eux et les flashes crépiter.

Un taxi s'arrêtait devant le restaurant. Un bras passé autour des épaules de Zan, Josh fonça et, au moment où les occupants posaient le pied sur le trottoir, s'y engouffra avec elle. « Allez-y », lança-t-il au chauffeur.

L'homme hocha la tête et passa de justesse le feu au croisement de la 52e Rue et de la Troisième Avenue. « Tournez à droite dans la Deuxième Avenue, ordonna Josh.

— C'est une vedette de cinéma ou une chanteuse rock que vous trimballez ? » demanda le chauffeur qui, devant le silence qu'on lui opposait, haussa les épaules.

Josh tenait toujours Zan serrée contre lui. Il se dégagea. « Ça va ? demanda-t-il.

— Je ne sais pas, murmura Zan. Josh, qu'est-ce que cela signifie ? Est-ce qu'ils sont tous devenus fous ?

Comment pourrait-il exister une photo de moi en train de prendre Matthew dans sa poussette ? Pour l'amour du ciel, j'ai la preuve que j'étais dans la maison des Aldrich. Nina Aldrich m'avait demandé de la rejoindre pour discuter de la décoration avec elle.

— Zan, calme-toi, dit Josh, s'efforçant de garder un ton posé, même s'il imaginait la suite lorsque l'éclat de Ted serait connu des médias. Tu peux prouver où tu étais ce jour-là. Maintenant, que veux-tu faire ? Je crains qu'en rentrant chez toi tu ne trouves les photographes à l'affût.

— Il faut que j'aille à la maison, dit-elle d'une voix plus assurée. Peux-tu m'y déposer ? S'il y a des photographes, demande au taxi d'attendre et accompagne-moi jusqu'à ma porte. Josh, je ne comprends pas. J'ai l'impression de vivre un cauchemar dont je ne sais comment sortir. »

Tu *vis* un cauchemar, pensa Josh.

Ils restèrent silencieux pendant le reste du trajet jusqu'à Battery Park City. Lorsque le taxi s'arrêta devant l'immeuble de Zan, ils trouvèrent comme prévu une armée de reporters qui les guettaient. Baissant la tête, ils ignorèrent les : « Regardez par ici, Zan », « De ce côté, Zan », jusqu'à ce qu'ils soient en sécurité à l'intérieur du hall.

« Josh, le taxi attend. Rentre chez toi, lui dit Zan devant l'ascenseur.

— Tu es sûre ?

— Oui.

— Zan... »

Josh se retint. Il aurait aimé l'avertir que la police voudrait sans aucun doute l'interroger à nouveau et qu'avant de lui parler il serait bon qu'elle engage un avocat.

Il se contenta de lui presser la main et quand elle fut dans l'ascenseur, il s'en alla. Dehors, en le voyant seul, les journalistes comprirent qu'ils ne feraient pas davantage de photos et commencèrent à se disperser. Ils reviendront, pensa Josh en montant dans le taxi. Si une chose est sûre, c'est qu'ils vont revenir.

13

À la suite de son éclat au Four Seasons, Ted Carpenter était descendu aux toilettes. Quand il s'était levé brusquement et avait saisi Zan par les épaules, le verre de vin rouge qu'il tenait à la main avait éclaboussé sa chemise et sa cravate. Il prit une serviette, frotta les taches sans succès et se regarda dans la glace.

J'ai l'air d'un cadavre, se dit-il, oubliant pendant un court instant l'incroyable révélation qui l'avait mis hors de lui : Zan photographiée en train d'enlever Matthew dans Central Park.

Il sentit son téléphone portable vibrer dans la poche de sa veste. Sans doute Melissa.

C'était elle.

Il attendit la fin du message enregistré, puis écouta sa boîte vocale. « Je sais que tu ne peux pas parler en ce moment, mais je t'attends au Lola's Café à neuf heures et demie. » Son ton n'avait rien de charmeur. Ted comprit qu'il s'agissait d'un ordre. « Nous ne serons que nous deux. Nous irons ensuite au club vers onze heures et demie. » L'irritation perçait dans sa voix quand elle ajouta : « Évite d'embrasser ton ex en partant. »

Je ne peux pas me montrer dans une boîte de nuit alors que l'on vient de découvrir que mon ex-femme a kidnappé mon enfant, se dit-il, atterré. Je vais rappeler Melissa et lui raconter ce qui est arrivé ; elle comprendra.

Les photos.

Elle n'est sans doute pas encore au courant.

Pourquoi m'inquiéter à propos de Melissa ? La vraie question est de savoir si ces photos sont des faux ou non. Il est facile de truquer. Je suis le premier à le savoir. Combien de fois avons-nous éliminé des personnages sans importance sur nos photos de presse ? Et si on peut supprimer, on peut aussi ajouter. Par exemple donner à une star un corps aux formes parfaites. L'image de Zan en train de prendre Matthew dans sa poussette provient-elle d'un photomontage ? Combien ce touriste a-t-il touché pour vendre son travail à ce torchon de *Tell-All* ?

Un homme entra dans les toilettes et jeta à Ted un regard de sympathie. Ted sortit rapidement, peu désireux d'engager la conversation. S'il s'avère que ces photos sont truquées, j'aurai l'air lamentable de m'en être pris à Zan de cette façon, se reprocha-t-il. Je suis censé m'y connaître en relations publiques, être un expert de la gestion de crise.

Il devait parler à Melissa. Il avait le temps de rentrer chez lui et de se changer avant de la retrouver au Lola's Café. Si les journalistes attendaient dehors, il leur dirait qu'après avoir réfléchi il s'était excusé auprès de la mère de Matthew, qu'il regrettait sincèrement d'avoir cru qu'elle avait pu enlever leur fils.

S'armant de courage, il franchit la porte du hall et se trouva, comme il s'y attendait, face aux photographes. L'un d'eux lui brandit un micro sous le nez.

« S'il vous plaît, dit-il, je vais faire une déclaration, mais cessez d'abord de me bousculer. »

Lorsque le calme fut revenu, il prit le micro des mains d'un journaliste et dit d'une voix ferme : « En premier lieu, je voudrais m'excuser auprès de la mère de Matthew, Alexandra Moreland, pour ma conduite inqualifiable de ce soir. Nous cherchons tous les deux désespérément à retrouver notre petit garçon. Quand j'ai appris l'existence de photos la montrant en train de l'enlever, j'ai littéralement perdu la tête. Un peu de réflexion m'aurait permis de comprendre que ces photos ne peuvent être que falsifiées ou truquées, appelez ça comme vous voulez. »

Ted fit une pause, puis ajouta : « Je suis persuadé qu'elles sont le résultat d'une machination. Maintenant, j'ai l'intention d'aller rejoindre ma cliente, la belle et talentueuse Melissa Knight, au Lola's Café. Mais auparavant je dois rentrer chez moi me changer. Comme vous le voyez, dans mon geste de colère, j'ai renversé du vin sur ma chemise… »

Ted ne put dissimuler le tremblement de sa voix : « Mon fils, Matthew, a cinq ans aujourd'hui. Ni sa mère ni moi ne croyons qu'il est mort. Quelqu'un, peut-être une femme seule désirant désespérément un enfant, a profité de l'occasion qui se présentait pour l'enlever. Si cette personne nous regarde, je voudrais qu'elle dise à Matthew que son papa et sa maman l'aiment et qu'ils espèrent le revoir bientôt. »

Les journalistes gardèrent un silence respectueux tandis que Ted franchissait le trottoir et rejoignait Larry Post, son vieux camarade de classe et chauffeur de longue date, qui lui ouvrait la porte de la voiture.

14

Après le départ de Josh, Zan monta chez elle, ferma la porte à double tour et se déshabilla, s'enveloppant dans sa confortable robe de chambre. Le répondeur du téléphone clignotait. Elle débrancha la sonnerie. Puis elle s'installa dans le fauteuil de sa chambre et resta toute la nuit à contempler la photo de Matthew à la lumière d'une seule lampe. Son regard s'attardait sur chacun de ses traits.

La mèche de cheveux qui lui retombait sans doute sur le front aujourd'hui. Le reflet roux de ses cheveux blonds. Était-il devenu un petit rouquin ?

Il avait toujours été un enfant affectueux, enjoué et confiant avec les étrangers, au contraire de ces enfants naturellement craintifs au même âge. Papa avait un caractère expansif, se souvint Zan. Comme maman. Que m'est-il arrivé ?

Je suis longtemps restée dans une sorte de brouillard après leur mort. On dit maintenant que c'est moi qui ai pris Matthew dans sa poussette.

« Est-ce possible ? »

Elle avait parlé tout haut.

L'énormité de la question, le simple fait qu'elle pût

l'énoncer, la laissa stupéfaite. Elle se força à poursuivre logiquement : « Mais si je l'ai pris, qu'en ai-je fait ? »

Elle n'avait pas de réponse.

Je n'aurais jamais pu lui faire du mal, se dit-elle. Je n'ai jamais porté la main sur lui. Même si je l'ai parfois grondé quand il n'était pas sage, je fondais littéralement en le voyant assis dans sa petite chaise, l'air contrit.

Ted dit-il vrai ? Est-ce que je me complais à m'apitoyer sur moi-même, est-ce que je recherche la compassion ? Suis-je une de ces mères au cerveau dérangé qui maltraitent leurs enfants parce qu'elles veulent être plaintes et consolées ?

Elle croyait avoir dépassé ce stade, cette sensation d'hébétude, le sentiment de se retirer en elle-même pour échapper à la douleur. À l'aéroport de Rome, après avoir téléphoné à Ted quand elle avait appris la mort de ses parents, elle avait senti ses jambes se dérober sous elle. Mais, même si elle ne pouvait pas communiquer avec les gens qui s'étaient massés autour d'elle, l'avaient étendue sur une civière, puis transportée en ambulance à l'hôpital, elle avait conscience de chacune de leurs paroles. Elle était simplement incapable d'ouvrir les yeux, de forcer ses lèvres à former des mots, de lever la main. Comme si elle avait été enfermée dans une pièce hermétiquement close, sans aucun moyen de leur dire qu'elle était encore avec eux.

C'était le même sentiment qui s'emparait d'elle en ce moment. Elle se laissa aller dans le fauteuil moelleux et ferma les yeux.

Un néant miséricordieux la submergea tandis qu'elle murmurait le nom de son fils : « Matthew... Matthew... Matthew... »

15

Qu'est-ce que Gloria avait raconté à ce vieux prêtre ? La question le taraudait. Elle commençait à craquer, et en cet instant crucial. Alors que le dénouement approchait, que tout ce qu'il avait mis sur pied durant ces deux dernières années était sur le point de se réaliser, la voilà qui allait se confesser !

Il avait été élevé dans la religion catholique et il savait que, si Gloria avait parlé dans le cadre de la confession, le prêtre serait tenu de ne rien révéler. Mais il n'était pas certain que Gloria fût catholique, et dans ce cas, si elle avait simplement eu envie d'avoir une petite conversation intime, le prêtre pourrait se considérer comme libre de divulguer que Zan avait un sosie, que quelqu'un usurpait son identité.

Les flics continueraient alors à enquêter et ce serait la fin…

Le vieux prêtre. Les alentours de la 31ᵉ Rue Ouest n'étaient pas très sûrs. Et de nos jours il arrivait que des passants prennent des balles perdues. Pourquoi pas une de plus ?

Il devait s'en charger lui-même. Il ne pouvait courir le risque qu'une autre personne l'implique dans la disparition de Matthew Carpenter. Le mieux serait de retourner à l'église et de se renseigner sur les horaires de la confession. C'était sûrement affiché.

Mais cela prendrait du temps. Je pourrais demander au téléphone à quelle heure frère O'Brien entend les confessions, songea-t-il. La personne qui me répondra ne s'étonnera pas de la question. Il est normal de vouloir raconter chaque fois ses petits problèmes à la même personne. De toute façon, je ne peux pas rester sans rien faire, ni attendre qu'il se pointe chez les flics.

Sa décision prise, il passa un coup de fil et apprit que frère O'Brien entendrait les confessions, pendant les deux prochaines semaines, du lundi au vendredi de seize à dix-huit heures.

Il est temps pour moi d'aller me confesser, se dit-il.

Avant d'engager Gloria pour s'occuper de l'enfant, il avait appris qu'elle était une maquilleuse hors pair. Elle lui avait raconté qu'il lui arrivait pour s'amuser de se déguiser avec des amies en telle ou telle célébrité, et que tout le monde n'y voyait que du feu. Elles avaient bien ri quand la page six du *Post* avait rapporté que des vedettes avaient été vues en train de dîner tranquillement dans un restaurant et de signer des autographes.

« Tu n'imagines pas le nombre de fois où on ne nous a pas fait payer », avait-elle dit en riant.

Je porte toujours la perruque qu'elle m'a donnée pour nos rendez-vous en ville, se dit-il. Avec ça, l'imperméable et des lunettes noires, même mes meilleurs amis ne me reconnaîtraient pas.

Il rit tout haut. Enfant, il aimait jouer la comédie. Son rôle de prédilection était celui de Thomas Becket dans *Meurtre dans la cathédrale*.

16

Après s'être adressé aux journalistes devant le Four Seasons, Ted Carpenter ouvrit son iPhone pendant le trajet en voiture et trouva les photos de cette femme, qui ressemblait tellement à Zan que c'était à s'y méprendre, en train de s'emparer de Matthew dans sa poussette. Encore sous le choc, il descendit devant son immeuble du Meat Packing District, le nouveau quartier à la mode du bas de Manhattan. Il hésitait encore à rejoindre Melissa au Lola's Café. Le moment était-il opportun, tandis que circulaient des photos de son ex-femme en train d'enlever leur enfant ?

Il téléphona au commissariat de police de Central Park et fut mis en relation avec un inspecteur qui lui indiqua qu'il leur faudrait au moins vingt-quatre heures pour vérifier si les photos étaient truquées ou non. Si les journalistes m'interrogent, je pourrai au moins leur faire cette réponse, se dit-il en changeant de chemise avant de regagner sa voiture.

Les journalistes devant le célèbre café étaient massés derrière des cordelières de velours. Un des videurs lui avait ouvert la portière de sa voiture et il s'était précipité tête baissée vers l'entrée. Mais soudain il s'immobilisa, incapable d'ignorer la question qu'on lui lançait : « Avez-vous vu ces photos, Ted ?

— Oui, je les ai vues et j'ai pris contact avec la police. Je pense qu'il s'agit d'une cruelle mystification. »

À l'intérieur du restaurant, il se raidit, conscient d'arriver avec une demi-heure de retard à son rendez-vous. Il s'attendait à trouver Melissa d'une humeur de chien, mais elle était installée à une grande table avec cinq des anciens musiciens du groupe dont elle avait été autrefois la chanteuse. Elle était à l'évidence ravie de l'adulation dont elle était l'objet. Ted connaissait tout le monde et se félicita de la trouver ainsi entourée. Il avait redouté de se retrouver en tête à tête avec elle.

Son accueil, « Dis donc, les médias s'intéressent plus à toi qu'à moi », déclencha le rire de ses compagnons.

Ted se pencha et déposa un baiser sur ses lèvres.

« Que désirez-vous boire, monsieur Carpenter ? » Le serveur se tenait près de la table. Deux bouteilles du champagne le plus coûteux refroidissaient déjà dans un seau. Je n'ai pas envie de leur foutu champagne, pensa Ted en s'asseyant à côté de Melissa, il me donne mal à la tête. « Un Martini gin », dit-il. Un seul, se jura-t-il. Mais j'en ai besoin. Qu'est-ce que je fiche ici alors qu'il y a peut-être une chance de retrouver mon fils ?

Il s'obligea à passer un bras amoureux autour des épaules de Melissa et à garder les yeux fixés sur elle à l'intention des pigistes engagés par les chroniqueurs mondains. Il savait que, le lendemain, Melissa lirait avec satisfaction dans la presse : « Melissa Knight, la célèbre chanteuse, s'est remise de sa rupture avec le rocker Leif Erickson et est aujourd'hui follement amoureuse du roi des relations publiques, Ted Carpenter. On les a vus hier soir au Lola's Café. »

Je me souviens de l'époque où Eddie Fisher, alors marié à Elizabeth Taylor, avait envoyé un télégramme d'Italie signé : « La princesse et son captif », pensa Ted. C'est le genre de satisfaction inepte que je suis supposé fournir à Melissa. Elle se leurre en se croyant amoureuse de moi.

Mais j'ai besoin d'elle. J'ai besoin de son gros chèque tous les mois. Si seulement je n'avais pas acheté cet immeuble à l'expiration du bail. Cette acquisition m'a mis à sec. Et Melissa ne tardera pas à me laisser tomber. Il vida son verre d'un trait. Le tout est de m'assurer qu'elle n'engagera pas un autre agent en emmenant ses copains à sa suite.

« La même chose, monsieur Carpenter ? demanda le serveur.

— Pourquoi pas ? »

À minuit, Melissa décida d'aller au Club. Traîner là-bas une fois de plus jusqu'à quatre heures du matin, Ted sentit que c'était au-dessus de ses forces. Il chercha une excuse.

« Melissa, je me sens patraque, dit-il au milieu du vacarme environnant. Je crois que j'ai attrapé un virus ou un truc de ce genre. Je ne peux pas risquer de te le refiler. Tu as un programme chargé ; pas question que tu tombes malade. »

Il vit avec soulagement le regard de compréhension qu'elle lui adressait. C'était étrange parfois de voir ses traits ravissants se contracter et perdre toute beauté quand elle était troublée ou contrariée. Ses yeux d'un bleu profond se réduisaient à deux fentes et elle tordait ses longs cheveux blonds en une grosse boucle qu'elle ramenait en avant, par-dessus son épaule.

Elle a vingt-six ans et est plus égocentrique que toutes les femmes que j'ai connues dans ce métier, pensa Ted. Si seulement je pouvais lui dire d'aller se faire pendre ailleurs.

« Tu ne vas pas te remettre avec ton ex, n'est-ce pas ? demanda-t-elle.

— Mon ex est la dernière femme que j'aie envie de voir en ce moment. Depuis le temps, tu devrais savoir que je t'aime comme un fou. »

Il se risqua à laisser une légère irritation percer dans sa voix. Il s'amusait rarement à ce petit jeu, mais il voulait lui faire comprendre qu'il était insensé de sa part de croire qu'il pouvait s'intéresser à une autre femme qu'elle.

Melissa haussa les épaules et se tourna vers ses amis. « Teddy met les pouces, dit-elle en riant. Qui m'aime me suive ! »

Ils se levèrent tous d'un seul mouvement.

« Tu as ta voiture ? demanda Ted.

— Non, je suis venue à pied. Voyons, bien sûr que j'ai ma voiture. »

Elle lui donna une tape sur la joue, une petite claque amicale à l'intention des autres.

Ted fit signe au serveur de mettre, comme toujours, l'addition sur le compte de son agence et le petit groupe sortit à la suite de Melissa. Elle lui prit la main et s'arrêta pour sourire aux photographes. Ted l'escorta jusqu'à sa limousine, la prit dans ses bras et l'embrassa longuement. De quoi alimenter les gazettes, pensa-t-il. Et combler Melissa.

Sa bande de vieux copains s'entassa dans la limousine avec elle. Au moment où sa propre voiture s'arrêtait le long du trottoir, Ted vit s'avancer vers lui un journaliste qui brandissait quelque chose. « Monsieur Carpenter, avez-vous vu les photos que ce touriste anglais a prises le jour où votre fils a été enlevé ?

— Oui, je les ai vues. »

Le journaliste lui tendit plusieurs agrandissements. « Souhaitez-vous faire des commentaires ? »

Ted regarda les clichés, s'en empara et se rapprocha de la lumière comme s'il voulait mieux les examiner. Puis il dit : « Comme je l'ai déjà déclaré, je crois que ces photos se révéleront être des faux, une cruelle mystification.

— N'est-ce pas votre ex-femme, Zan Moreland, que l'on voit en train de prendre votre fils dans sa poussette ? »

Ted était cerné par les micros et les photographes. Il secoua la tête. Larry Post lui ouvrait la portière de sa voiture. Il s'engouffra à l'intérieur.

En arrivant chez lui, trop choqué pour éprouver un sentiment quelconque, il se déshabilla et avala un somnifère. Sa nuit fut remplie de rêves atroces, et il se réveilla fiévreux et nauséeux, se demandant si sa grippe fictive n'était pas devenue réalité. À moins d'accuser ces maudits Martini gin ?

À neuf heures le lendemain matin, Ted téléphona à son bureau et s'entretint avec Rita. Coupant court à ses commentaires indignés à propos des photos, il la pria de téléphoner à l'inspecteur Collins, qui avait été chargé de l'enquête le jour de la disparition de Matthew, et de prendre rendez-vous avec lui le lendemain. « Je suis mal fichu, je vais rester chez moi jusqu'au début de l'après-midi, mais je passerai plus tard. Il faut que je visionne les épreuves des prises de vue de Melissa pour *Celeb' Magazine* avant de donner mon accord. Prévenez les journalistes qui appelleront que je ne ferai aucune déclaration avant que la police ait vérifié l'authenticité de ces photos. »

À quinze heures, le visage blafard, il arriva à son bureau. Rita lui prépara aussitôt une tasse de thé. « Vous auriez dû rester chez vous, Ted, dit-elle d'un ton neutre. Je vous promets de ne plus dire un mot sur le sujet, mais il y a une réalité que vous ne devez pas oublier. Zan adorait Matthew. Il est impossible qu'elle lui ait fait du mal.

— Notez que vous avez dit "adorait", lui rétorqua Ted. Pour moi, c'est le passé. Maintenant où sont les épreuves de Melissa pour *Celeb'* ?

— Elles sont superbes », le rassura Rita en les sortant d'une enveloppe posée sur sa table.

Ted les examina. « Pour vous elles sont superbes. Pour moi aussi. Mais je puis vous assurer que Melissa va les détester. Elle a des ombres sous les yeux, sa bouche paraît trop mince. Et n'oubliez pas que c'est moi qui lui ai conseillé d'accepter de poser pour la couverture. Bon Dieu, ça ne pourrait pas être pire. »

Rita jeta un regard compatissant à son patron. Elle travaillait pour lui depuis si longtemps. Ted Carpenter avait aujourd'hui trente-huit ans mais paraissait beaucoup plus jeune. Avec sa chevelure abondante, ses yeux bruns, sa bouche ferme et sa silhouette élancée, elle l'avait toujours trouvé plus beau et séduisant que la plupart des clients qu'il représentait. Mais aujourd'hui, en cet instant précis, il semblait anéanti.

Quand je pense à la pitié que j'ai éprouvée pour Zan pendant toutes ces années, songeait Rita. S'il s'avérait qu'elle a fait du mal à cet adorable bambin, je crois que je pourrais la tuer de mes propres mains !

17

Zan cligna les yeux, les ouvrit en grand et les referma aussitôt. Que s'était-il passé ? Pourquoi était-elle assise dans ce fauteuil ? Pourquoi se sentait-elle frigorifiée bien qu'elle fût enveloppée dans sa robe de chambre ? Et pourquoi tout son corps était-il si douloureux ?

Elle avait les mains glacées. Elle les frotta l'une contre l'autre, cherchant à réchauffer ses doigts, bougea ses pieds engourdis, à peine consciente de ses gestes.

Elle ouvrit à nouveau les yeux, aperçut la photo de Matthew devant elle. La lampe posée à côté était allumée, bien que la lumière du jour tamisée par les nuages filtrât à travers le store à moitié baissé.

Pourquoi ne me suis-je pas couchée hier soir ? se demanda-t-elle, s'efforçant de surmonter le battement sourd qui martelait ses tempes.

Puis elle se souvint.

Ils sont convaincus que c'est moi qui ai enlevé Matthew. Mais c'est impossible. C'est insensé. Pourquoi aurais-je accompli une chose pareille ? Qu'aurais-je fait de lui ?

« Qu'aurais-je fait de toi ? gémit-elle à voix haute en contemplant le portrait de son petit garçon. Quelqu'un peut-il vraiment me croire capable de te faire du mal, à toi, mon propre enfant ? »

Zan se leva brusquement et alla prendre la photo de Matthew qu'elle serra contre elle. « Pourquoi m'accuser ? murmura-t-elle. Comment aurais-je pu me trouver dans le parc ? J'étais avec Nina Aldrich. J'ai passé l'après-midi dans sa nouvelle maison, je peux le prouver. Ce n'est pas difficile. Je sais que je n'ai pas pris Matthew dans sa poussette, répéta-t-elle, s'efforçant de contenir le tremblement de sa voix. J'en ai la preuve. Mais il ne faut pas que ce qui m'est arrivé hier soir se reproduise. Je ne peux pas avoir des pertes de mémoire, des crises d'amnésie comme celles dont j'ai souffert après la mort de papa et de maman. S'il existe une photo d'une femme en train de prendre Matthew dans sa poussette, c'est peut-être le premier indice qui permettra de retrouver sa trace. Je dois m'accrocher à l'espoir que ces photos peuvent nous fournir une piste qui nous conduira jusqu'à mon enfant… »

Il était à peine six heures. Zan ouvrit les robinets du jacuzzi, espérant que les remous d'eau chaude soulageraient son corps douloureux. Que dois-je faire ? se répétait-elle. L'inspecteur Collins est sûrement en possession de ces photos désormais. Après tout, c'est lui qui a dirigé l'enquête depuis le début.

Elle se souvint des journalistes postés à l'extérieur du Four Seasons la veille et qui l'attendaient ensuite à la porte de son immeuble quand Josh l'avait raccompagnée. Allaient-ils recommencer à la suivre aujourd'hui ? Les trouverait-elle devant l'agence, à guetter son arrivée ?

Elle ferma les robinets du jacuzzi, vérifia la température de l'eau, puis se rappela que la veille elle avait coupé la sonnerie du téléphone. Elle retourna dans sa chambre. Le voyant du répondeur clignotait. Elle avait reçu neuf appels.

Les huit premiers provenaient de journalistes désireux de l'interviewer. Déterminée à se protéger d'eux, Zan effaça leurs messages. Le dernier avait été laissé par Alvirah Meehan. Zan l'écouta avec reconnaissance, réconfortée de l'entendre assurer que l'homme qui prétendait détenir cette photo était certainement un escroc. « C'est une honte, une ineptie, Zan, s'offusquait Alvirah de sa voix de stentor. On découvrira bientôt que c'est une imposture, mais c'est une épreuve de plus pour vous. Willy et moi en sommes conscients. Rappelez-moi et venez dîner ce soir. Vous savez que nous vous aimons beaucoup. »

Zan écouta une seconde fois le message et appuya sur la touche trois pour le conserver. Il était trop tôt pour appeler Alvirah, elle le ferait depuis son bureau. La compagnie d'Alvirah et de Willy lui ferait du bien. Et si l'inspecteur Collins pouvait me recevoir dans l'après-midi, la situation serait alors clarifiée. Avec de la chance, les photos prises par cet Anglais au moment de l'enlèvement permettraient de faire avancer l'enquête.

Réconfortée à cette pensée, Zan brancha la cafetière électrique habituellement réglée sur sept heures. Puis elle se plongea dans le jacuzzi, sentant peu à peu la chaleur bienfaisante de l'eau atténuer la tension de tout de son corps. Apaisée, une tasse de café à la main, elle regagna sa chambre, enfila un pantalon, un pull à col roulé et ses boots à talons plats.

Prête quelques minutes avant sept heures, elle réfléchit qu'elle risquait moins de tomber sur des journalistes à une heure aussi matinale. Elle noua ses cheveux en chignon, serra un foulard autour de sa tête et alla chercher dans un tiroir une vieille paire de lunettes de soleil à monture épaisse, différente de celles qu'elle portait en général.

Pour finir, elle choisit un gilet en fausse fourrure dans la penderie, saisit son sac à bandoulière et prit l'ascenseur jusqu'au sous-sol. De là, elle traversa le garage et sortit dans la rue, à l'arrière de l'immeuble. D'un pas vif, elle remonta vers West Side Highway, sans rencontrer personne que des joggers ou des promeneurs de chiens matinaux. Quand elle fut certaine de ne pas être suivie, elle héla un taxi, donna l'adresse de son agence dans la 58e Rue Est, puis changea d'avis et demanda au chauffeur de la déposer dans la 57e. Si les journalistes m'attendent devant l'immeuble, je pourrai entrer par la porte de service, se dit-elle.

Ce ne fut qu'une fois assise sur la banquette arrière de la voiture, se sachant à l'abri des questions et des appareils photo pendant la durée du trajet, qu'elle put réfléchir à l'autre problème : le fait que quelqu'un se servait de ses cartes de crédit pour prendre des billets d'avion et acheter des vêtements. Ces acquisitions risquaient-elles d'affecter le montant de son crédit ? Bien sûr. Et si elle travaillait pour Kevin Wilson, il ne fallait pas qu'elle se retrouve dans l'incapacité d'acheter des tissus et des meubles pour les appartements modèles.

Que lui arrivait-il ? Pourquoi s'attaquait-on à elle ?

Zan repoussa l'impression presque physique d'être prise dans un tourbillon, exposée à un violent courant qui l'entraînait au fond de l'eau. Elle ne parvenait plus à respirer, avait la sensation de suffoquer.

La panique s'emparait d'elle à nouveau.

Non, elle ne devait pas se laisser gagner par l'affolement. Elle ferma les yeux et s'obligea à respirer profondément, régulièrement. Lorsque le taxi s'arrêta à l'angle de la 57e Rue et de la Troisième Avenue, elle avait retrouvé un semblant de calme, en dépit du tremblement qui agitait ses mains quand elle tendit ses billets au chauffeur.

La pluie s'était mise à tomber. Des gouttes froides mouillaient ses joues. Le choix du gilet était une erreur, se dit-elle. J'aurais mieux fait de prendre un imperméable.

Devant elle une femme se hâtait avec un petit garçon de quatre ou cinq ans vers une voiture en stationnement. Zan accéléra le pas pour les dépasser afin de voir le visage de l'enfant. Mais, naturellement, ce n'était pas Matthew.

Quand elle tourna à l'angle de la rue, elle ne vit personne en train de faire le guet. Elle poussa la porte à tambour et pénétra dans le hall. Le kiosque à journaux se trouvait sur sa gauche : « Le *Post* et le *News*, s'il vous plaît, Sam », dit-elle au vieux vendeur.

C'est sans son sourire habituel que Sam lui tendit les journaux pliés.

Elle attendit d'être seule et tranquille pour les parcourir. Alors seulement elle les posa sur son bureau et les déplia. En première page du *Post* on la voyait penchée sur la poussette. La photo en première page du *News* la montrait en train de s'éloigner en emportant Matthew dans ses bras.

Incrédule, son regard passa de l'une à l'autre. Mais ce n'est pas moi, protesta-t-elle intérieurement. Cela ne peut *pas* être moi. C'est quelqu'un qui me *ressemble* qui a enlevé Matthew... Cela n'a aucun sens.

Josh ne devait arriver que plus tard. Zan tenta de se concentrer. À midi, elle n'y tint plus et s'empara du téléphone. Il faut que je parle à Alvirah. Je sais qu'on lui livre le *Post* et le *News* tous les matins.

Alvirah répondit à la deuxième sonnerie. « Zan, je viens de voir les journaux, s'écria-t-elle en reconnaissant sa voix. J'ai failli tomber à la renverse. Pourquoi quelqu'un vous ressemblant aurait-il enlevé Matthew ? »

Que veut dire Alvirah en posant cette question ? s'interrogea Zan. Demande-t-elle pour quelle raison quelqu'un se donnerait la peine de me ressembler pour s'emparer de Matthew, ou pense-t-elle vraiment que c'est moi qui l'ai enlevé ?

« Alvirah, dit-elle, choisissant ses mots avec soin, quelqu'un veut me nuire. J'ignore qui, même si j'ai des soupçons. En tout cas, si Bartley Longe se donnait toute cette peine pour me faire du mal, je suis certaine d'une chose : il ne maltraiterait jamais Matthew. Dieu merci, Alvirah, nous avons ces photos. Grâce à elles, je vais revoir mon petit garçon. Elles sont la preuve que quelqu'un se fait passer pour moi, que quelqu'un me hait suffisamment pour avoir volé mon enfant et pour prendre maintenant mon identité. »

Il y eut un silence. Puis Alvirah dit : « Zan, je connais une bonne agence de détectives privés. Si vous n'avez pas suffisamment d'argent pour les rémunérer, je m'en chargerai. Si ces photos ont été trafiquées, nous trouverons qui est à l'origine de l'imposture. Attendez.

Laissez-moi rectifier. Si vous dites que ces photos sont truquées, je vous crois sur parole, mais je pense que leur auteur est allé trop loin. Je suppose que vous avez mis un cierge à saint Antoine l'autre jour quand vous vous êtes arrêtée à Saint-François-d'Assise.

— Quand je me suis arrêtée… où ? »

Zan avait posé la question avec appréhension.

« Lundi après-midi entre cinq heures et demie et six heures moins le quart. Je suis entrée dans l'église pour faire un don à saint Antoine et j'ai alors remarqué un type qui observait mon ami, frère Aiden, d'une façon qui m'a déplu. C'est pourquoi je suis allée visionner les vidéos des caméras de surveillance ce matin, pour vérifier s'il s'agissait de quelqu'un que frère Aiden aurait déjà vu. Avec tous les cinglés qui se baladent dans New York, un homme averti en vaut deux. Je ne vous ai pas vue à l'église, mais vous êtes sur la vidéo. Vous êtes restée peu de temps. J'ai pensé que vous étiez venue dire une prière pour Matthew. »

Lundi après-midi, à cette heure-là, j'avais décidé de rentrer à pied à la maison, se souvint Zan. Je ne me suis pas arrêtée en route. Je suis allée jusqu'à la 31e ou la 32e Rue, mais je me suis sentie fatiguée et j'ai continué en taxi.

Je ne me suis pas arrêtée à Saint-François. Je *sais* que je ne m'y suis pas arrêtée.

En suis-je *sûre* ?

Elle se rendit compte qu'Alvirah parlait toujours et lui demandait si elle comptait venir dîner.

« Je serai là, promit Zan, à six heures et demie. »

Elle reposa le récepteur et se prit la tête entre les mains. Ai-je à nouveau des trous de mémoire ? Est-ce que je deviens folle ? Ai-je kidnappé mon propre fils ? Et si c'est le cas, qu'ai-je fait de lui ?

Si je peux oublier ce que j'ai fait il y a moins de quarante-huit heures, qu'ai-je effacé d'autre de ma mémoire ? se demanda-t-elle, désespérée.

18

À l'époque où il travaillait à la brigade des stups comme policier « infiltré », l'inspecteur Billy Collins n'avait eu aucun mal à se faire passer pour un marginal. Avec sa silhouette efflanquée, son visage décharné, ses rares cheveux grisonnants et son regard mélancolique, les dealers le prenaient facilement pour un drogué en quête d'une dose ou deux.

À quarante-deux ans, il était aujourd'hui affecté au commissariat de Central Park et arrivait au bureau en costume-cravate, affichant un naturel aimable et une attitude effacée. Si bien que les gens qui ne le connaissaient pas avaient tendance, au premier abord, à le considérer comme un type ordinaire, sans originalité, voire pas très intelligent.

Beaucoup de suspects partageaient ce jugement tant il se montrait habile à les leurrer en posant des questions de routine et en faisant mine d'accepter leur version des faits. Mais la plupart d'entre eux ne mettaient pas longtemps à constater leur erreur. Billy avait un cerveau en forme de piège qui retenait des informations d'apparence banale et insignifiante au moment où elles étaient fournies, mais qu'il était capable selon les circonstances de retrouver en un clin d'œil.

La vie privée de Billy était sans histoire. Il cachait sous sa mine sinistre un sens aigu de l'humour, un don inné de conteur et il formait un couple uni avec sa femme, Eileen, qu'il avait connue au lycée. Il disait qu'elle était la seule personne sur terre à le trouver séduisant, et que c'était pour cette raison qu'il était toujours amoureux d'elle. Ses deux fils, qui avaient la chance de ressembler à leur ravissante mère, étaient étudiants à la Fordham University.

Billy avait été le premier policier à arriver sur les lieux, moins de deux ans auparavant, quand un appel lancé par le 911 avait signalé la disparition d'un enfant de trois ans dans Central Park. Il s'était précipité sur place avec un sentiment d'angoisse. Pour lui, le pire aspect de son job était de traiter une affaire d'enlèvement ou de mort d'enfant.

C'était par une chaude journée de juin. Tiffany Shields, la baby-sitter, avait raconté en sanglotant qu'elle s'était endormie à côté de la poussette et qu'à son réveil Matthew avait disparu. Tandis que le parc était passé au crible et les promeneurs alentour minutieusement interrogés, les parents divorcés étaient arrivés. Ted Carpenter, le père, avait failli se ruer sur Tiffany quand elle avait avoué s'être endormie ; Zan Moreland, la mère, était restée étrangement calme, une réaction que Billy avait mise sur le compte du choc. Et, même après, elle avait conservé cette étrange passivité, alors que les heures s'égrenaient sans qu'on retrouve une trace de Matthew, sans que se présente le moindre témoin.

Au cours des presque deux années qui s'étaient écoulées depuis ce jour, Billy Collins avait conservé le dossier de Matthew sur son bureau. Il avait scrupuleusement vérifié les déclarations des parents concernant l'endroit où ils se trouvaient au moment où l'enfant avait disparu et, dans les deux cas, leurs explications avaient été confirmées par des témoins. Il leur avait demandé si d'éventuels ennemis auraient pu leur en vouloir au point d'enlever leur enfant. Zan Moreland avait confié avec hésitation qu'il existait une seule personne qu'elle considérait comme un ennemi. C'était Bartley Longe, un célèbre décorateur, qui éclata de rire à la pensée qu'il aurait pu enlever l'enfant d'une ancienne employée.

« Cette déclaration confirme ce que j'ai toujours pensé de Zan Moreland, avait déclaré Longe d'un ton furieux et méprisant. D'abord elle m'a pratiquement accusé d'avoir causé la mort de ses parents, sous prétexte que s'ils n'étaient pas venus la chercher en voiture à l'aéroport ce jour-là, son père n'aurait pas eu d'accident. D'ailleurs c'était parce que j'exigeais trop d'elle qu'elle voyait si rarement ses parents. Maintenant elle vous raconte que j'ai enlevé son enfant. Inspecteur, croyez-moi. Ne perdez pas votre temps à chercher ailleurs. Quoi qu'il soit arrivé à ce pauvre gosse, c'est le cerveau dérangé de sa mère qui en est la cause. »

Billy Collins l'avait écouté avec attention et s'était fié à son instinct. D'après ce qu'il avait appris, le ressentiment de Bartley Longe à l'égard de Zan Moreland était amplifié par le fait qu'elle était devenue une concurrente sérieuse en affaires. Mais Billy avait vite conclu que ni Longe ni Moreland n'étaient impliqués dans la disparition du petit garçon. Dans son for intérieur, il était convaincu que Zan était une victime, une victime profondément meurtrie, prête à remuer ciel et terre pour retrouver son enfant.

C'est pourquoi, en recevant un appel le mardi soir chez lui, à Forest Hills, dans Queens, concernant un développement important dans l'affaire Matthew Carpenter, Billy avait été tenté de sauter dans sa voiture et de se rendre au commissariat.

Son patron lui avait dit ne pas bouger pour l'instant. « D'après ce que nous savons, les photos qui ont été vendues à ce magazine ont pu être trafiquées. Si elles sont authentiques, il vous faudra avoir l'esprit clair avant de reprendre l'affaire. »

Le mercredi matin, Billy se réveilla à sept heures. Vingt minutes plus tard, douché, rasé, habillé, il était en route pour la ville. À son arrivée au commissariat, les photos qui avaient été publiées dans *Tell-All Weekly* et sur le Net étaient étalées sur son bureau.

Il y en avait six en tout ; les trois originales prises par le touriste anglais, plus les trois qu'il avait agrandies pour l'album de famille. C'étaient celles où l'on apercevait à l'arrière-plan Zan Moreland en train d'enlever son propre fils.

Billy émit un sifflement, seule réaction de sa part indiquant qu'il était stupéfait et attristé. J'ai vraiment cru cette pleureuse d'opérette, pensa-t-il en examinant les trois photos qui montraient Zan penchée sur la poussette, soulevant l'enfant endormi et s'éloignant dans l'allée. Aucune erreur possible, pensa Billy en examinant les photos, l'une après l'autre. Les longs cheveux auburn tombant droit sur ses épaules, la silhouette mince, les lunettes à la mode…

Il prit le dossier sur son bureau. En sortit les clichés qui avaient été pris par le photographe de la police quand Zan était arrivée précipitamment sur le lieu de l'enlèvement. La robe courte à fleurs et les sandales à talons hauts qu'elle portait alors étaient identiques aux vêtements de la ravisseuse.

Billy se targuait en général d'être un bon juge de la nature humaine. Son dépit en constatant son erreur fut vite supplanté par une question critique : qu'est-ce que Zan Moreland avait pu faire de son fils ?

L'alibi de la jeune femme à propos de ses déplacements ce jour-là lui avait paru solide. Pourtant, quelque chose avait dû lui échapper. Je vais commencer par la baby-sitter, décida-t-il. Je vais reprendre l'emploi du temps de Zan minute par minute et découvrir par quelle mystification elle s'en est tirée. Puis, je le jure, je l'obligerai à dire ce qu'elle a fait de ce petit bonhomme.

19

Tiffanny Shields vivait encore chez ses parents. Elle terminait sa deuxième année au Hunter College et le jour où Matthew Carpenter avait disparu avait marqué un tournant dans sa vie. Outre le remords constant de s'être endormie alors qu'elle avait la charge de l'enfant, elle était montrée du doigt chaque fois que l'affaire refaisait surface dans les médias, devenue pour tous la baby-sitter négligente qui avait oublié de mettre sa ceinture à Matthew, s'était allongée sur une couverture près de la poussette et « s'était endormie comme une masse », ainsi que l'avait écrit un journaliste.

Presque chaque article faisait allusion à l'appel affolé qu'elle avait passé au 911. Au cours des deux années écoulées, à chaque disparition d'enfant ressortait la question : était-ce une situation à la Tiffany Shields ? Quand elle était confrontée à ces propos, Tiffany entrait en rage devant tant d'injustice.

Le souvenir de cette journée était encore présent à son esprit. Le matin, elle s'était réveillée avec un début de rhinopharyngite. Elle avait annulé la rencontre prévue avec certaines de ses amies pour fêter la prochaine remise de leur diplôme de fin d'études. Sa mère était partie travailler chez Bloomingdale's où elle était vendeuse. Son père était l'intendant de l'immeuble qu'ils habitaient dans la 86ᵉ Rue Est. À midi, le téléphone avait sonné. Si seulement je n'avais pas répondu…, s'était sans cesse répété Tiffany au cours des vingt et un mois qui avaient suivi. J'ai failli ne pas décrocher. J'ai pensé que c'était un locataire qui appelait pour se plaindre d'une fuite d'eau ou d'autre chose.

Mais elle avait répondu.

Et elle avait entendu Zan Moreland lui demander : « Tiffany, pourrais-tu me dépanner ? La nouvelle nounou de Matthew était censée commencer ce matin et elle vient de téléphoner pour me prévenir qu'elle ne pourra être là qu'à partir de demain. J'ai un rendez-vous très important. Une cliente potentielle qui n'est pas le genre de personne à se soucier de mes problèmes de garde d'enfant. Pourrais-tu emmener Matthew au parc pendant deux heures ? Je viens de lui donner à manger et c'est l'heure de sa sieste. Il va probablement dormir. »

J'avais l'habitude de garder Matthew de temps en temps lorsque l'autre nounou prenait sa soirée et j'aimais beaucoup ce petit bonhomme, se rappelait Tiffany. Ce jour-là j'ai dit à Zan que je me sentais fiévreuse, mais elle a tellement insisté que j'ai fini par céder. Et j'ai ruiné mon existence du même coup.

Ce mercredi-là, tandis qu'elle parcourait les journaux du matin en buvant un verre de jus d'orange, Tiffany éprouva une vive colère mêlée de soulagement. Colère parce que Zan Moreland l'avait manipulée, et soulagement à la pensée qu'elle n'était pas responsable de la disparition de l'enfant. J'ai dit à la police que j'avais pris un antiallergique, que je me sentais groggy et que je n'avais pas envie de faire du baby-sitting, se souvint-elle. Mais s'ils reviennent m'interroger, j'insisterai sur le fait que Zan Moreland *savait* que j'étais fatiguée. À mon arrivée chez elle, elle m'a offert un Pepsi. Elle a dit que je me sentirais mieux, que le sucre était bénéfique quand on couvait un rhume.

À la réflexion, pensa Tiffany, je me demande si Zan n'avait pas introduit quelque chose dans ce soda pour me faire dormir. Et Matthew n'a pas bougé quand je l'ai installé dans sa poussette. C'est pour cela que je n'ai pas pris soin de l'attacher... Il s'est endormi à l'instant.

Tiffany relut chaque mot de l'article et étudia les photos avec attention. C'est la robe que portait Zan, mais les chaussures ne sont pas tout à fait les mêmes. Par erreur, Zan avait acheté deux paires de sandales identiques et elle en avait une autre presque pareille. C'étaient des sandales beiges à talons hauts. La seule différence était que les brides des deux nouvelles paires étaient plus étroites que celles de l'autre. Elle m'a donné une des deux paires, se rappela la jeune fille. Je l'ai encore.

Je n'en parlerai pas. À personne. Si les flics l'apprennent, ils risquent de me prendre mes sandales, et je les ai bien *méritées* !

Trois heures plus tard, quand elle releva les messages sur son téléphone portable après son cours d'histoire, Tiffany vit que l'un d'eux provenait de l'inspecteur Collins, qui l'avait interrogée sans relâche après la disparition de Matthew. Il voulait à nouveau s'entretenir avec elle.

La bouche mince de Tiffany se crispa. Son visage éveillé perdit son expression juvénile et plaisante. Elle rappela Billy Collins.

Moi aussi je veux vous parler, inspecteur Collins, pensa-t-elle.

Et cette fois, c'est moi qui mènerai la danse.

Glory lui mettait encore cette chose gluante sur les cheveux. Matthew en avait horreur. Ça lui brûlait la peau et il avait failli en avoir dans l'œil. Glory avait frotté si fort avec la serviette pour l'enlever qu'elle lui avait fait mal. Mais il savait que s'il protestait, elle répondrait : « Pardonne-moi, Matty. Ce n'est pas ma faute, je suis obligée de le faire. »

Il n'avait pas dit un mot aujourd'hui. Il savait que Glory était très en colère contre lui. Ce matin, quand on avait sonné à la porte, il s'était précipité dans la penderie. Ça lui était égal de rester là, il y avait de la place et assez de lumière pour qu'il puisse y voir. Mais il s'était soudain rappelé qu'il avait laissé son camion préféré dans l'entrée. C'était son préféré parce qu'il était rouge vif et avait trois vitesses et, quand il jouait avec lui dans le couloir, il pouvait le faire avancer très vite ou tout doucement.

Il avait ouvert la porte de la penderie et couru le reprendre. Il avait alors vu Glory refermer la porte d'entrée et dire au revoir à une dame. Elle s'était ensuite retournée et l'avait surpris. Elle avait eu l'air tellement furieux qu'il avait craint qu'elle le frappe. « La prochaine fois, je t'enfermerai dans la penderie et je ne te laisserai plus jamais en sortir », avait-elle dit d'un ton méchant. Il avait eu tellement peur qu'il avait regagné en vitesse la penderie en sanglotant si fort qu'il ne pouvait plus respirer.

Même au bout d'un moment, quand Glory avait dit qu'il pouvait sortir, que ce n'était pas vraiment sa faute, qu'il n'était qu'un petit enfant et qu'elle regrettait de s'être fâchée, il n'était pas parvenu à se calmer. Il répétait « Maman, maman ». Il aurait voulu s'arrêter, mais c'était plus fort que lui.

Puis, plus tard, alors qu'il regardait un de ses DVD, il avait entendu Glory parler à quelqu'un. Il s'était avancé sur la pointe des pieds jusqu'à la porte de sa chambre, l'avait entrouverte et avait écouté. Glory parlait au téléphone. Il n'entendait pas ce qu'elle disait, mais sa voix était réellement mécontente. Puis il l'avait entendue crier : « Je suis désolée, je suis désolée », et elle avait l'air vraiment effrayé.

À présent, il était assis avec la serviette autour de ses épaules et le truc qui dégoulinait sur son front. Gloria lui dit de s'approcher du lavabo, qu'il était temps de lui rincer les cheveux.

« Bon, dit-elle enfin. C'est fini, tu es prêt. » Quand il se pencha au-dessus du lavabo, elle ajouta : « C'est vraiment dommage. Plus tard, je pense que tu seras un beau petit rouquin. »

21

Les journaux du matin sous le bras, l'air particuliè-rement satisfait, Bartley Longe parcourut le long cou-loir qui menait à ses bureaux du 400 Park Avenue. À cinquante-deux ans, avec ses cheveux châtains où cou-raient quelques fils blancs, ses yeux bleu clair et son allure autoritaire, c'était le genre d'homme capable d'intimider un maître d'hôtel ou un subordonné d'un simple regard. En revanche, il pouvait se montrer un hôte charmant, apprécié de ses nombreux clients, aussi bien les célébrités du moment que des personnes fortunées, mais discrètes.

Ses employés attendaient toujours avec une certaine appréhension son arrivée à neuf heures trente. Quelle serait l'humeur de Bartley ? Un premier regard suffi-sait à les renseigner. S'il avait l'air aimable et leur adressait un chaleureux « Bonjour », ils pouvaient se détendre, du moins pendant un moment. S'il fronçait les sourcils, les lèvres pincées, ils savaient qu'une chose lui avait déplu et que l'un d'eux allait se faire remonter les bretelles.

Aujourd'hui, chacun des huit salariés de l'agence avait lu ou entendu l'incroyable nouvelle concernant Zan Moreland, qui avait précédemment travaillé pour

Bartley et était aujourd'hui suspectée de l'enlèvement de son fils. Ils se souvenaient tous du jour où elle avait fait irruption à l'agence après la mort accidentelle de ses parents et hurlé à l'intention de Bartley : « Je n'avais pas vu mon père et ma mère depuis deux ans et maintenant je ne les reverrai plus jamais. Vous m'avez toujours empêchée d'aller passer quelques jours avec eux sous prétexte que je devais m'occuper d'un projet ou d'un autre. Vous n'êtes qu'une brute, un égocentrique. Plus encore, vous êtes un type dégueulasse. Si vous ne me croyez pas, demandez à tous ceux qui travaillent pour vous. Et si vous voulez savoir, Bartley, je vais ouvrir ma propre agence et vous battre sur votre propre terrain. »

Elle avait éclaté en sanglots et Elaine Ryan, la secrétaire de Bartley de longue date, l'avait gentiment raccompagnée chez elle.

Bartley ouvrait la porte de son bureau à présent. Le petit sourire qui flottait sur son visage signala à Elaine et à la réceptionniste, Phyllis Garrigan, qu'elles n'avaient pas à s'inquiéter pour l'instant. « Je pense qu'à moins d'être sourdes, muettes ou aveugles, vous êtes au courant pour Zan Moreland ? demanda Bartley aux deux femmes pour la forme.

— Je ne crois pas un mot de cette histoire », dit Elaine Ryan d'un ton ferme. Âgée de soixante-deux ans, avec ses cheveux bruns toujours parfaitement coiffés, ses yeux noisette dominant son visage mince, elle était l'unique collaboratrice de Bartley à avoir de temps en temps le cran de lui tenir tête. Comme elle le disait souvent à son mari, deux raisons l'incitaient à continuer de travailler pour Bartley : un bon salaire et la possibilité de le quitter à tout moment s'il devenait trop insupportable. Son mari, un ancien gendarme à la retraite, était aujourd'hui chef du service de sécurité d'un grand magasin discount. Chaque fois qu'Elaine rentrait à la maison hors d'elle à cause de l'attitude de Bartley, il la faisait taire d'un seul mot : « Démissionne. »

« Peu importe ce que vous croyez, Elaine, répliqua Bartley. Les photos sont convaincantes. Vous n'imaginez tout de même pas que ce magazine les aurait achetées s'il y avait le moindre doute sur ce qu'elles montrent, non ? » Le sourire satisfait s'effaça du visage de Bartley. « Il est clair à présent que Zan a enlevé son petit garçon dans le parc. C'est à la police de découvrir ce qu'elle en a fait ensuite. Mais si vous voulez connaître ma théorie, je vais vous l'exposer. »

Bartley Longe pointa son doigt en direction d'Elaine pour souligner ses paroles. « Quand elle travaillait ici, combien de fois avez-vous entendu Zan se plaindre, dire qu'elle aurait aimé grandir dans une vraie maison plutôt que d'aller d'un endroit à l'autre à cause de la situation de son père ? demanda-t-il. Ma théorie est que toute la compassion que lui avait attirée la mort de ses parents était épuisée et qu'elle avait besoin d'une nouvelle tragédie dans sa vie.

— C'est absolument insensé ! se récria Elaine. Zan a peut-être mentionné qu'elle aurait préféré ne pas avoir eu à déménager sans arrêt, mais c'était dans le cadre d'une conversation générale où nous évoquions nos passés respectifs. Cela ne signifie certainement pas qu'elle cherchait à s'attirer la sympathie des uns ou des autres. Et elle adorait Matthew. Ce que vous insinuez est ignoble, monsieur Longe. »

Elaine vit le rouge monter au visage de Bartley Longe. On ne contredit pas son patron, pensa-t-elle. Mais comment osait-il suggérer que Zan avait enlevé Matthew pour se faire plaindre ?

« J'avais oublié à quel point vous êtes partiale quand il s'agit de mon ancienne assistante, dit sèchement Bartley Longe. Mais je vous parie qu'au moment où nous parlons Zan Moreland est à la recherche d'un avocat, et je vous assure qu'il aura intérêt à être bon. »

22

Kevin Wilson fut obligé d'admettre qu'il n'arrivait pas à se concentrer sur les plans qu'il avait sous les yeux. Il était en train d'examiner les projets du paysagiste chargé de décorer le hall d'entrée du 701 Carlton Place.

C'était dorénavant le nom de l'immeuble. Il avait été adopté après une discussion animée avec les responsables de Jarrell International, la société qui en finançait la construction. Plusieurs membres du conseil d'administration en avaient proposé d'autres qu'ils jugeaient plus appropriés. La plupart étaient d'une veine plus romantique ou historique, comme Windsor Arms, Camelot Towers, Le Versailles, Stonehenge, et même Amsterdam Court.

Wilson avait écouté chacun avec une impatience grandissante. Quand son tour était venu, il avait demandé : « Quelle est l'adresse la plus prestigieuse de New York ? »

Sept des huit membres du conseil avaient fait la même réponse : Park Avenue.

« Exactement, leur avait répliqué Wilson. Mon point de vue est que cet immeuble est luxueux et que nous devons le remplir. Au moment où nous parlons, les constructions résidentielles se multiplient dans tout

Manhattan. Je n'ai pas besoin de vous rappeler que la situation économique est tendue, ni qu'il faut nous démarquer auprès de nos clients potentiels. Le site est spectaculaire. La vue sur l'Hudson et la ville est spectaculaire. Mais nos prospects doivent savoir que lorsqu'on mentionnera le 701 Carlton Place, tout le monde saura que la personne qui donne cette adresse habite un endroit privilégié. »

Je pense avoir eu gain de cause, pensa-t-il en faisant pivoter son fauteuil vers son bureau. Mon Dieu, si grand-père était là, que penserait-il en entendant ce baratin ? Son grand-père avait été le gérant de l'immeuble voisin de celui où il avait vécu avec ses parents. Son nom, Lancelot Towers, était gravé dans la pierre de cet immeuble de six étages sans ascenseur avec ses appartements lugubres, avec ses monte-charges grinçants, sa plomberie antédiluvienne, le tout situé Webster Avenue dans le Bronx.

Grand-père aurait pensé que j'ai perdu la tête, reconnut Kevin, et papa aussi, s'il était encore en vie. Maman est habituée à mes boniments de vendeur. Après la mort de papa, quand j'ai enfin réussi à la faire déménager dans la 57e Rue Est, elle a déclaré que je serais capable de vendre de la glace à un Esquimau. À présent, elle adore Manhattan. Je parie qu'elle s'endort le soir en fredonnant « New York, New York ».

Tous ces souvenirs ne me mènent à rien, conclut-il en se renfonçant dans son fauteuil. Du fond du couloir lui parvenaient les coups de marteau et le sifflement aigu et lancinant des machines qui polissaient les sols de marbre.

Le vacarme d'un chantier était plus beau à ses oreilles qu'une symphonie. Enfant, songea-t-il, je disais à mon père que je préférais aller sur un chantier qu'au zoo. Je savais déjà que je voulais être architecte.

Les dessins du paysagiste n'étaient pas au point. Il faudra qu'il reprenne tout de zéro ou j'en choisirai un autre, décida-t-il. Je ne veux pas d'une entrée qui ressemble à une serre. Ce type n'a rien compris.

Il passa aux appartements-témoins. La veille au soir, il avait longuement examiné les propositions de Longe et de Moreland. Les deux étaient remarquables. Il comprenait pourquoi Bartley Longe était considéré comme un des meilleurs décorateurs d'intérieur du pays. S'il l'emportait, les appartements seraient spectaculaires.

Mais le projet de Zan Moreland était tout aussi séduisant. À l'évidence, elle avait été influencée par son travail auprès de Bartley pour ensuite s'en écarter et développer ses propres idées. Il y avait davantage de chaleur, une impression d'intimité dans les touches personnelles qu'elle ajoutait à ses maquettes. Et elle était trente pour cent moins cher.

Il s'avoua qu'il lui était difficile de la chasser de ses pensées. Une femme ravissante. Mince, voire un soupçon trop maigre, avec ces immenses yeux noisette qui lui mangeaient le visage… Il avait été étonné par son manque d'assurance, jusqu'à ce qu'elle commence à expliquer sa vision des choses. Ses yeux s'étaient illuminés et son visage et sa voix s'étaient soudain animés, comme exaltés par une flamme intérieure.

Après son départ hier, je l'ai regardée traverser le trottoir et héler un taxi, se rappela Wilson. Le vent soufflait fort et je me suis demandé si son tailleur était assez chaud en dépit du col de fourrure. Elle donnait une impression de fragilité, comme si une rafale pouvait l'emporter.

On frappa à la porte. Sans attendre de réponse, sa secrétaire, Louise Kirk, entra dans la pièce et s'approcha de son bureau. « Laissez-moi deviner. Il est exactement neuf heures », dit-il.

Louise, une blonde énergique et corpulente de quarante-cinq ans, frisée comme un mouton, était la femme d'un des chefs de chantier. « Bien sûr qu'il est neuf heures », répondit-elle vivement.

Wilson regretta d'avoir ainsi donné à Louise l'occasion de lui servir son habituelle comparaison entre elle et Eleanor Roosevelt. Comme le racontait Louise, férue d'histoire, Eleanor était toujours à l'heure. « Même le jour où elle a descendu l'escalier de la Maison-Blanche pour arriver au moment précis où devait commencer la cérémonie devant le cercueil de FDR dans l'East Room. »

Mais Louise avait manifestement autre chose en tête aujourd'hui. « Avez-vous eu le temps de lire le journal ? demanda-t-elle.

— Non. La réunion a commencé à sept heures ce matin.

— Eh bien, jetez un coup d'œil là-dessus. »

Ravie de son rôle de messagère, Louise déposa les journaux du matin, le *New York Post* et le *Daily News*, sur son bureau. Tous deux publiaient une photo de Zan Moreland en première page. Les titres étaient similaires et sensationnels. L'un comme l'autre prétendaient que Zan avait enlevé son propre enfant.

Stupéfait, Wilson contempla longuement les photos. « Saviez-vous que son enfant avait disparu ? demanda-t-il à Louise.

— Non, je n'avais pas fait le rapprochement avec elle. Je connaissais le nom de l'enfant, Matthew Carpenter, naturellement. Les journaux ne parlaient que de cette histoire à l'époque, mais, autant que je m'en souvienne, ils appelaient toujours sa mère Alexandra. Je n'ai pas fait le rapprochement. Qu'allez-vous faire, Kevin ? Elle va sans doute être arrêtée. Faut-il renvoyer ses dessins à son bureau ?

— Il me semble que nous n'avons pas le choix, dit doucement Wilson, avant d'ajouter : Le plus drôle c'est que j'avais pratiquement décidé de lui confier le projet. »

23

Le mercredi matin, après avoir célébré la messe de sept heures, frère Aiden regarda les nouvelles sur CNN en buvant un café dans la cuisine de la Fraternité. Bouleversé, il écouta le présentateur révéler qu'Alexandra Moreland avait enlevé son propre enfant. Il garda les yeux rivés sur l'écran où l'on voyait la jeune femme qui était venue se confesser à lui le lundi quitter le Four Seasons. Elle s'efforçait de cacher son visage en passant en toute hâte devant les journalistes et les photographes avant de monter dans un taxi, mais c'était bien elle, il était impossible de ne pas la reconnaître.

Puis il vit les photos qui apportaient la preuve irréfutable qu'elle avait bel et bien enlevé le petit Matthew.

« Je sais qu'un meurtre va être commis et je ne peux pas l'empêcher... Je confesse avoir participé à un acte criminel et être complice d'un meurtre imminent. »

Cet acte criminel, était-ce le fait qu'Alexandra Moreland avait kidnappé son fils et menti aux autorités à propos de sa disparition ?

Le présentateur interviewait maintenant June Langreen, qui se trouvait à la table voisine des Carpenter au Four Seasons, à propos de la violente sortie de

Ted. « J'ai cru qu'il allait l'agresser, disait June, haletante. Mon ami s'est levé pour le retenir si nécessaire. »

Au cours de ses cinquante années passées à entendre des hommes et des femmes en confession, frère Aiden croyait connaître le catalogue complet des iniquités que l'être humain est capable de perpétrer. Des années auparavant, il avait entendu les sanglots désespérés d'une toute jeune fille qui avait donné naissance à un enfant et, craignant la colère de ses parents, l'avait laissé dans un container, enfermé dans un sac-poubelle.

La grâce divine avait voulu que l'enfant ne soit pas mort, qu'un passant ait entendu ses cris et l'ait sauvé.

La situation était différente.

« Un meurtre imminent. »

Elle n'avait pas dit : « Je suis sur le point de commettre un meurtre. » Elle s'était accusée de complicité. Aujourd'hui où ces photos prouvent qu'elle a kidnappé l'enfant, la personne dont elle est complice prendra peut-être peur et renoncera à son acte. Je peux seulement prier pour qu'il en soit ainsi.

Plus tard dans la matinée, après avoir examiné les enregistrements des caméras de surveillance avec Alvirah, frère Aiden consulta son agenda. Il avait plusieurs dîners prévus la semaine suivante avec de généreux donateurs qui contribuaient à l'œuvre charitable des frères et étaient devenus des amis personnels. Il voulait vérifier l'heure à laquelle il devait rencontrer les Anderson.

Il avait rendez-vous à dix-huit heures trente au New York Athletic Club dans Central Park South. À peu de distance de l'endroit où habitaient Alvirah et Willy.

Ça tombe bien, se dit-il. J'ai oublié mon écharpe chez eux hier soir. Alvirah ne l'a sans doute pas remarqué sinon elle me l'aurait dit quand elle est venue ce matin. Je les appellerai après dîner et, s'ils sont chez eux, j'irai la récupérer. Sa sœur Veronica l'avait tricotée pour lui et tenait à ce qu'il la porte.

Comme il quittait la salle de la Fraternité après le déjeuner, il vit Neil sortir de la chapelle, un chiffon à poussière et une boîte d'encaustique à la main. « Mon frère, avez-vous vu que cette femme, je veux dire celle que votre amie a reconnue sur les vidéos, est celle qui a enlevé son enfant ?

— En effet, c'est elle », dit frère Aiden d'un ton sec, signifiant à Neil qu'il ne désirait pas s'étendre sur le sujet.

Neil s'apprêtait à lui faire remarquer que quelque chose l'avait frappé sur l'enregistrement. Le lundi soir, peu après que Mme Moreland eut été filmée par la caméra de surveillance, lui-même avait regagné à pied son appartement dans la Huitième Avenue. Or, à l'instant où il tournait à l'angle de l'avenue, il avait vu une jeune femme se précipiter sur la chaussée et héler un taxi. Elle a failli être renversée par une voiture, se souvint-il. Je l'ai bien regardée.

C'était pour cette raison qu'il avait voulu revoir l'enregistrement, l'arrêtant à l'endroit où Alvirah Meehan avait reconnu son amie. On aurait juré que la femme qui montait dans le taxi était celle qui apparaissait sur la bande, se dit-il. Pourtant, à moins qu'elle n'ait changé de vêtements en cours de route, ce ne pouvait pas être la même personne.

Neil haussa les épaules. C'était ce qu'il voulait expliquer à frère Aiden, mais il était clair que celui-ci n'avait pas envie de l'écouter. Ce ne sont pas mes affaires de toute manière, décida Neil. À quarante et un ans, à cause de ses problèmes d'alcoolisme, Neil avait fait tous les métiers. Son préféré était celui de flic, mais il ne l'avait exercé que quelques années. Vous avez beau jurer que vous ne boirez plus une goutte, vous soûler trois fois quand vous êtes en service ne pardonne pas. Vous êtes viré.

J'avais tout pour devenir un bon policier, songea Neil avec amertume en se dirigeant vers le placard où étaient rangés les ustensiles de ménage. Ils disaient tous qu'il me suffisait de voir une seule fois une photo anthropométrique pour reconnaître le type un an plus tard dans Times Square. J'aurais bien voulu rester dans la police. Je serais peut-être commissaire aujourd'hui !

Il ne s'était pas inscrit aux Alcooliques Anonymes alors. Il avait erré d'un petit boulot à l'autre, puis fini dans la rue, à faire la manche et à dormir dans des asiles. Trois ans plus tôt, il était venu à une distribution de repas chez les frères, et l'un d'eux l'avait envoyé à St. Christopher's Inn, un organisme qui avait un programme de réhabilitation pour des types comme lui, et il avait enfin cessé de picoler.

Maintenant il était content de travailler à la Fraternité, d'être sobre. Il s'était fait des amis chez les Alcooliques Anonymes. Les frères l'appelaient leur majordome, un euphémisme pour homme à tout faire, mais bon, il avait une certaine dignité.

Si frère Aiden ne souhaite pas parler de cette Mme Moreland, tant pis, décida Neil. Je n'ai qu'à la boucler. De toute façon, le fait que j'aie vu le sosie de cette femme ne l'intéresserait sans doute pas…

Quelle importance ?

24

De toute évidence, l'homme qui se présenta d'un pas hésitant à l'agence de Bartley Longe n'était pas un client potentiel. Ses cheveux blancs clairsemés étaient mal peignés, son blouson des Dallas Cowboys avait connu des jours meilleurs, ses pieds étaient chaussés de baskets élimées. Il s'avança lentement vers le bureau de l'accueil. Phyllis, la réceptionniste, le prit d'abord pour un coursier. Puis elle écarta cette hypothèse. L'aspect malingre de l'homme, le teint cireux de son visage ridé indiquaient qu'il était, ou avait été, sérieusement malade.

Elle se félicita que son patron soit en réunion avec Elaine, sa secrétaire, et deux créateurs de tissus, et que sa porte soit fermée. Bartley Longe aurait décrété que, quel que soit l'objet de sa visite, cet homme détonnait dans ce cadre raffiné et n'avait rien à faire là. Même au bout de six ans, la généreuse Phyllis se hérissait encore devant l'attitude méprisante de Bartley à l'égard d'une personne dans le dénuement. Comme son amie Elaine, elle ne gardait sa place que pour le salaire confortable qu'elle lui assurait, et parce que Bartley s'absentait assez souvent pour leur permettre à tous de respirer.

Elle sourit au visiteur visiblement nerveux. « Que puis-je faire pour vous, monsieur ?

— Je m'appelle Toby Grissom. Je ne veux pas vous déranger. C'est juste que je suis sans nouvelles de ma fille depuis six mois et que je ne dors plus la nuit parce que je crains qu'elle n'ait des ennuis. Elle travaillait ici, il y a environ deux ans. J'ai pensé que quelqu'un dans ce bureau saurait peut-être quelque chose.

— Elle travaillait ici ? demanda Phyllis, passant mentalement en revue la liste des employés qui auraient pu partir ou être renvoyés deux ans plus tôt. Quel est son nom ?

— Brittany La Monte. C'est son nom de théâtre. Elle est venue à New York il y a douze ans. Comme tous les jeunes, elle voulait être comédienne, et elle a réussi à avoir quelques petits rôles off-Broadway de temps en temps.

— Je suis désolée, monsieur Grissom, mais je suis ici depuis six ans, et je peux vous assurer que personne du nom de Brittany La Monte ne travaillait dans ce bureau il y a deux ans. »

Comme s'il avait peur d'être éconduit sur-le-champ, Grissom expliqua : « En fait, elle ne travaillait pas exactement *ici*. Ce que je veux dire, c'est qu'elle gagnait sa vie comme maquilleuse. Parfois, à l'occasion des cocktails que donnait M. Longe pour faire la promotion des appartements-témoins qu'il décorait, il demandait à Brittany de s'occuper du maquillage des mannequins. Il lui avait même proposé d'être un des mannequins. C'est vraiment une très jolie fille.

— Oh, c'est sans doute pourquoi je ne l'ai jamais rencontrée, dit Phyllis. Cependant, je peux interroger la secrétaire de M. Longe. Elle assiste à toutes ces réceptions et elle a une mémoire exceptionnelle. Mais elle est en réunion en ce moment et elle ne sera pas libre avant deux heures environ. Pouvez-vous repasser plus tard ? »

Le Roi-Soleil a prévenu qu'il irait passer la nuit dans sa maison de Litchfield, se rappela Phyllis, et qu'il partirait après le déjeuner. « Monsieur Grissom, revenez dans l'après-midi, après trois heures, ce sera parfait, dit-elle aimablement.

— Merci. Vous êtes très gentille. Vous comprenez, ma fille m'écrivait régulièrement. Il y a deux ans, elle m'a dit qu'elle partait en voyage et m'a envoyé vingt-cinq mille dollars pour être sûre que j'aurais quelque chose à la banque. Sa mère est morte il y a longtemps et ma petite fille et moi sommes toujours restés très proches. Elle m'a prévenu qu'elle ne pourrait pas m'écrire très souvent. Je recevais une lettre de temps en temps. Il y a six mois, sa dernière carte postale venait de Manhattan, je savais donc qu'elle était revenue de voyage. Mais comme je vous l'ai dit, je n'ai plus eu de nouvelles d'elle depuis, et il faut que je la voie. La dernière fois qu'elle est venue à Dallas, c'était il y a quatre ans.

— Monsieur Grissom, si nous avons une adresse où la joindre, je vous promets de vous la communiquer cet après-midi. » En prononçant ces mots, Phyllis savait qu'elle ne trouverait aucune trace de paiement à l'ordre de Brittany La Monte. Bartley rémunérait toujours en liquide les gens qui travaillaient occasionnellement pour lui afin d'éviter de payer des charges.

« Voyez-vous, mon docteur m'a donné de mauvaises nouvelles, expliqua Grissom sur le pas de la porte. C'est pourquoi je suis ici. Je n'en ai plus pour longtemps et je ne voudrais pas mourir avant d'avoir revu Glory et d'être sûr qu'elle va bien.

— Glory ? Je croyais qu'elle s'appelait Brittany. »

Toby Grissom sourit. « Son vrai nom est Margaret Grissom, le prénom de sa mère. Comme je l'ai dit, son nom de théâtre est Brittany La Monte. Mais elle était si jolie à sa naissance que j'ai dit : "Ta maman peut t'appeler Margaret, pour moi tu seras toujours Glory." »

25

À midi quinze, quelques minutes après lui avoir parlé, Alvirah rappela Zan. « Zan, j'ai réfléchi, dit-elle. Il est hors de doute que la police va vouloir vous interroger. Avant qu'elle le fasse, vous devez engager un avocat.

— Un avocat, Alvirah, pourquoi ?

— Parce que la femme sur ces photos vous ressemble à s'y méprendre, Zan. La police va venir frapper à votre porte. Je ne veux pas que vous répondiez aux questions sans avoir un avocat à votre côté. »

Zan sentit la stupeur qui s'était emparée d'elle se transformer en un calme terrifiant. « Alvirah, vous n'êtes pas sûre que je ne suis pas la femme qui apparaît sur ces photos, n'est-ce pas ? » Puis elle ajouta : « Vous n'êtes pas obligée de répondre. Je comprends votre inquiétude. Avez-vous un avocat à me recommander ?

— Oui, certainement. Charley Shore est un avocat d'assises de premier plan. J'ai écrit un papier sur lui autrefois dans ma chronique, et nous sommes devenus bons amis. »

Un avocat d'assises, pensa Zan amèrement. Bien sûr. J'ai enlevé Matthew, j'ai commis un crime.

Ai-je vraiment enlevé Matthew ?

Où l'aurais-je emmené dans ce cas ? À qui l'aurais-je confié ?

À personne. C'est impossible. Peu m'importe que je me sois arrêtée ou non à Saint-François l'autre soir. J'étais si malheureuse en pensant à l'anniversaire de Matthew qu'il est possible que j'y sois allée et que j'aie fait brûler un cierge pour lui. Je l'ai déjà fait d'autres fois. Mais je sais que je n'aurais jamais, jamais pu le prendre dans sa poussette et le rayer de mon existence.

« Zan, vous êtes toujours là ?

— Oui, Alvirah. Pouvez-vous me donner le numéro de téléphone de cet avocat ?

— Bien sûr. Mais attendez quelques minutes avant de l'appeler. Je voudrais d'abord le contacter. Lorsque je lui aurai parlé, il acceptera volontiers de vous aider. À ce soir. »

Zan raccrocha lentement. Un avocat va me coûter de l'argent, pensa-t-elle, de l'argent que je pourrais utiliser pour engager un nouveau détective.

Kevin Wilson.

Au souvenir de l'architecte, elle eut un sursaut. Il allait voir les photos et croire qu'elle avait enlevé son enfant. Il allait s'attendre à ce qu'elle soit arrêtée. Et choisir Bartley. « J'ai tellement travaillé sur ce projet, songea-t-elle. Je ne peux pas perdre ce contrat. J'en ai besoin, aujourd'hui plus que jamais. Je dois lui parler ! »

Elle rédigea une note pour Josh, quitta en toute hâte son bureau, descendit par l'ascenseur de service et sortit par l'entrée des fournisseurs. Je ne sais même pas si Kevin Wilson sera là, pensa-t-elle en hélant un taxi. Mais même si je dois l'attendre tout l'après-midi, je le verrai.

Il faut qu'il me donne une chance de me disculper.

La circulation était encore plus dense qu'à l'accoutumée et le taxi mit presque quarante minutes pour atteindre l'immeuble qui s'appelait depuis peu le 701 Carlton Place. La course lui coûta vingt-deux dollars. Elle n'en avait que quinze dans son portefeuille et régla avec sa carte de crédit.

Elle s'était fixé pour règle d'utiliser sa carte aussi parcimonieusement que possible et, chaque fois qu'elle le pouvait, d'aller à pied à ses rendez-vous. C'est drôle cette façon que j'ai de me concentrer sur le prix des taxis, pensa-t-elle en pénétrant dans l'immeuble. C'est comme à l'enterrement de papa et de maman. À la messe, je n'ai cessé de penser que j'avais une tache sur ma veste. Comment ne l'avais-je pas remarquée ? J'avais une autre veste noire que j'aurais pu mettre.

Consciente de se réfugier à nouveau dans des détails pour fuir l'essentiel, elle poussa la porte à tambour et fut aussitôt happée par le vacarme qui régnait dans le hall.

Kevin Wilson s'était installé un endroit pour travailler sur place, se souvint-elle en parcourant le corridor encombré menant à la pièce qui lui servait de bureau.

La porte était entrouverte. Elle frappa et entra sans attendre de réponse. Une jeune femme blonde était assise à une table derrière le bureau de Wilson. À son expression stupéfaite quand elle se retourna et la vit, Zan comprit qu'elle avait lu les journaux.

Malgré tout, elle se présenta : « Je suis Alexandra Moreland. J'ai rencontré M. Wilson hier. Est-ce qu'il est là ?

— Je suis sa secrétaire. Il est dans les parages mais... »

Feignant d'ignorer la nervosité que trahissait l'attitude de la femme, Zan l'interrompit : « C'est un immeuble magnifique qu'apprécieront sûrement les gens qui auront la chance de l'occuper. Je l'ai visité à plusieurs reprises et j'espère vraiment participer à ce programme. »

Elle s'étonna de pouvoir afficher une telle détermination. Elle devait absolument obtenir ce contrat, se dit-elle en fixant la secrétaire.

« Madame Moreland, dit Louise Kirk avec hésitation, il n'est pas nécessaire que vous attendiez Kevin – je veux dire M. Wilson. En arrivant ce matin, il m'a demandé de vous retourner vos plans et votre proposition. Je les ai emballés. Vous pouvez les prendre tout de suite si vous le désirez, sinon je vous les ferai porter, bien entendu. »

Zan ne regarda pas le paquet posé en évidence sur la table. « Où se trouve M. Wilson ?

— Madame Moreland, il n'a pas... »

Il est dans un des appartements-témoins, pensa Zan. J'en suis sûre. Elle contourna le bureau et saisit son dossier. « Merci », dit-elle.

Dans le hall, elle se dirigea vers les ascenseurs.

Kevin Wilson n'était pas dans le premier appartement ni dans le deuxième. Elle le trouva dans le troisième, le plus grand. Sur ce qui devait être le comptoir de la cuisine étaient étalés des croquis et des échantillons de tissus. Sans doute le projet de Bartley Longe.

Zan s'approcha de Wilson et posa son dossier sur le comptoir. Sans prendre la peine de le saluer, elle commença : « Je vais vous dire ce que j'en pense. Si vous choisissez Bartley Longe, vous aurez un appartement superbe, mais peu confortable. » Elle souleva un dessin. « Superbe, fit-elle. Mais regardez la causeuse. Elle est trop basse. Qui voudra s'asseoir dessus ? Et les tentures. Elles sont magnifiques, mais si peu modernes. Il s'agit d'un appartement spacieux, qui pourrait intéresser une famille avec enfants. Pourtant cet aménagement ne les séduira pas. Riche ou pas, quand vous rentrez à la maison, vous avez envie d'être chez vous, pas dans un musée. Je vous ai proposé trois types d'appartements différents susceptibles de satisfaire tout le monde. »

Elle se rendit compte que, dans son désir de le convaincre, elle lui avait saisi le bras. « Je regrette de m'être imposée ainsi, dit-elle, mais je devais vous expliquer mon point de vue.

— C'est ce que vous avez fait, avez-vous terminé ? demanda doucement Kevin Wilson.

— Oui, j'ai fini. Vous savez probablement qu'on vient de publier dans la presse des photos qui me montrent soi-disant en train d'enlever l'enfant que je désespère de retrouver depuis presque deux ans. J'espère être bientôt en mesure de prouver que, quelle que soit ma ressemblance avec la femme qui a été photographiée, ce n'est pas moi. Répondez seulement à une question : si ces photos n'existaient pas, à qui auriez-vous confié ce job, à Bartley Longe ou à moi ? »

Kevin Wilson regarda longuement Zan avant de répondre : « J'étais plutôt tenté de vous le confier.

— Dans ce cas, je vous demande, je vous supplie, d'attendre avant de prendre votre décision. Je vais réussir à prouver que je ne suis pas la femme que l'on voit sur ces photos. Je vais retrouver la cliente chez laquelle j'avais rendez-vous pendant que la baby-sitter gardait Matthew et lui demander de témoigner que je ne pouvais pas être dans le parc à cette heure-là. Si vous choisissez Bartley parce que vous préférez ses projets, monsieur Wilson, je m'incline. Mais si vous aviez l'intention de me confier ce projet parce que mes propositions vous plaisaient davantage, je vous implore de me laisser démontrer mon innocence. Je vous implore d'attendre avant d'annoncer votre décision. »

Elle leva les yeux vers lui. « J'ai besoin de ce travail. Je ne veux pas que vous me le donniez par pitié, ce serait ridicule. Mais j'ai besoin d'argent pour engager une nouvelle agence de détectives afin de tenter de retrouver mon enfant. Et puis il y a un autre élément à prendre en considération : je parie que je suis trente pour cent moins chère que Bartley. Ce qui devrait compter. »

Zan se sentit soudain vidée de toute énergie. Elle désigna le paquet qui contenait ses dessins et ses échantillons sur le comptoir. « Acceptez-vous de les examiner à nouveau ?

— Oui.

— Merci. »

Sans regarder Kevin Wilson, elle quitta les lieux. En s'arrêtant devant la baie vitrée, face à la batterie d'ascenseurs, elle vit que la pluie avait redoublé, s'accompagnant de violentes bourrasques. Un hélicoptère tournait au-dessus de l'héliport du West Side, s'apprêtant à atterrir. Bousculé par le vent, il finit par se poser sans encombre sur le tarmac. Il s'en est sorti, pensa-t-elle.

Mon Dieu, faites que je m'en sorte moi aussi.

26

Billy Collins avait pour adjointe l'inspectrice Jennifer Dean, une très belle femme, afro-américaine, qu'il
avait connue à l'académie de police, où ils s'étaient
liés d'amitié. Après un passage à la brigade des stupéfiants, Jennifer avait été promue inspectrice et affectée
au commissariat de Central Park. Là, à leur mutuelle
satisfaction, elle avait été désignée pour faire équipe
avec lui.

Ils rencontrèrent ensemble Tiffany Shields au
Hunter College pendant la pause du déjeuner. Tiffany s'était convaincue que Zan Moreland les avait
délibérément drogués, elle et Matthew. « Elle a
insisté pour que je boive du Pepsi ce jour-là, leur
confia-t-elle avec une grimace. Je me sentais mal
fichue. Je n'avais pas envie de faire du baby-sitting.
Elle m'a fait prendre un cachet. J'ai pensé que c'était
du Tylenol pour le rhume, mais j'estime à présent
que c'était le genre de médicament qui vous fait dormir. Et laissez-moi vous dire autre chose. Matthew
dormait comme une masse. Je suis prête à parier
qu'elle l'avait drogué, lui aussi, pour qu'il ne se
réveille pas au moment où on le prendrait dans sa
poussette.

— Tiffany, ce n'est pas ce que vous m'avez dit au moment de la disparition de Matthew. Vous n'y avez jamais fait allusion », dit tranquillement Billy Collins.

Sa voix ne trahissait pas que les propos de la jeune fille lui paraissaient sensés. Si Zan Moreland cherchait un moyen d'enlever son enfant, Tiffany lui avait fourni une occasion en or. La température était anormalement élevée pour la saison. Il faisait une chaleur abrutissante qui vous donnait envie de dormir, à plus forte raison si vous aviez un rhume ou si on vous avait donné un soporifique.

« Un autre détail m'est revenu à l'esprit, continua Tiffany d'un air renfrogné. Zan avait ajouté une deuxième couverture au pied de la poussette au cas où j'aurais voulu m'asseoir sur l'herbe. Elle a dit qu'il faisait si chaud que tous les bancs du parc seraient occupés. J'ai pensé que c'était gentil de sa part, mais, à la réflexion, je suis sûre qu'elle espérait que je m'endormirais immédiatement. »

Les inspecteurs échangèrent un regard. Zan Moreland avait-elle pu être à ce point manipulatrice ? « Vous n'avez jamais évoqué cette histoire de somnifère auparavant, Tiffany, lui rappela calmement Jennifer Dean.

— J'étais hystérique. J'avais tellement peur. Tous ces gens, tous ces photographes autour de moi, puis Zan et M. Carpenter qui arrivaient, et je savais qu'ils allaient m'accuser. »

Le parc avait été particulièrement fréquenté ce jour-là à cause de la chaleur, pensa Billy Collins. Si Zan avait choisi le bon moment pour prendre Matthew dans sa poussette, personne n'y aurait rien trouvé d'étrange. Même si Matthew s'était réveillé, il n'aurait pas pleuré. Nous avons attribué le calme de Zan au fait qu'elle était sous le choc. Quant à Ted Carpenter, il a fait ce que la plupart des pères auraient fait, il s'en est pris aussitôt à la baby-sitter.

Tiffany se leva. « Je dois aller à mon cours. Je ne peux pas être en retard.

— Personne n'a envie que vous soyez en retard, Tiffany, dit Billy en se levant du banc où il était assis avec Jennifer.

— Inspecteur Collins, ces photos prouvent que Zan Moreland a enlevé Matthew et m'a fait jouer le rôle du bouc émissaire. Vous ne pouvez pas savoir à quel point j'ai été malheureuse durant ces deux années. Vous n'avez qu'à écouter l'appel que j'ai lancé à la police le jour même.

— Nous comprenons ce que vous ressentez, Tiffany, dit Jennifer Dean d'un ton conciliant.

— Non, vous ne comprenez pas. Personne ne peut comprendre. Mais pensez-vous que Matthew soit encore en vie ?

— Nous n'avons aucune preuve du contraire, dit Billy avec prudence.

— En tout cas, s'il ne l'est pas, j'espère que sa salope de mère passera le reste de sa vie en tôle. Et que je serai témoin à son procès. Je l'ai bien mérité. »

Tiffany avait littéralement craché ces derniers mots.

27

Il avait conçu le plan de A à Z. Et le dénouement approchait. Il était temps. Gloria devenait trop nerveuse. Et il avait eu tort de lui dire qu'il serait nécessaire de tuer Zan et de maquiller sa mort en suicide. Gloria avait accepté de faire équipe avec lui uniquement pour l'argent. Elle ne comprenait pas qu'il ne suffisait pas de livrer Alexandra Moreland, tel un pantin, à la vindicte publique.

Il ne serait satisfait que lorsque Zan serait morte.

Quand il avait téléphoné à Gloria, la veille au soir, il lui avait annoncé son intention de retourner bientôt avec elle à l'église, sans lui dire pourquoi. Elle avait commencé par protester, mais il l'avait forcée à se taire. Il ne lui avait pas dit qu'il avait décidé de se débarrasser du vieux prêtre et qu'il fallait qu'on la prenne pour Zan sur les vidéos des caméras de surveillance.

Le suicide de Zan serait plausible.

Son plan était le suivant : le même jour, Gloria abandonnerait Matthew dans un lieu public. Il imaginait déjà les titres des médias : L'ENFANT DISPARU RETROUVÉ QUELQUES HEURES APRÈS LE SUICIDE DE SA MÈRE.

Il se réjouissait à l'avance à la pensée des articles qui suivraient : « Alexandra Moreland a été retrouvée morte dans son appartement de Battery Park City. Tout porte à croire qu'elle s'est suicidée. Mentalement dérangée, cette jeune architecte d'intérieur était soupçonnée d'avoir enlevé son propre enfant... »

Pourquoi ces photos prises par un touriste faisaient-elles surface maintenant ? Cela ne pouvait tomber plus mal. Sauf s'il était capable d'en tirer profit.

Il les avait examinées longuement, agrandies sur son ordinateur. Gloria ressemblait à Zan. La similitude était frappante. Si la police estimait que ces photos étaient authentiques, les dénégations de Zan à propos des débits sur sa carte de crédit ne serviraient qu'à prouver encore davantage qu'elle était folle, qu'elle avait organisé l'enlèvement elle-même.

Actuellement, les policiers se demandaient sans doute si elle n'avait pas mis fin aux jours de son enfant.

Mais s'ils découvraient un seul détail qui clochait dans ces photos, ils mettraient en doute tout le reste. Et son plan s'écroulerait.

Allaient-ils interroger à nouveau la baby-sitter ?

Sans aucun doute.

Allaient-ils interroger Nina Aldrich, la cliente chez laquelle Zan avait déclaré se trouver quand son fils avait disparu ?

Sans aucun doute.

Mais Nina Aldrich avait eu une bonne raison de rester vague sur l'heure précise du rendez-vous presque deux ans auparavant, et cette raison existait toujours. On ne l'obligerait pas à se montrer plus explicite aujourd'hui.

Les deux principales menaces pour lui restaient d'abord Gloria, puis les photos prises par le touriste.

Il n'avait jamais appelé Gloria durant la journée. Il y avait toujours le risque que le gamin soit dans les parages et puisse écouter et, malgré ses avertissements, Gloria avait la mauvaise habitude de l'appeler par son prénom quand elle lui parlait au téléphone.

Il consulta la pendule. Presque dix-sept heures. Impossible d'attendre davantage. Il avait acheté deux téléphones portables à cartes prépayées, un pour elle et l'autre pour lui-même. Il ferma la porte de son bureau et composa le numéro de Gloria.

Elle répondit dès la première sonnerie. Au ton furieux de sa voix, il comprit que la conversation serait houleuse.

« Toute l'histoire est diffusée sur l'Internet. Les photos sont partout.

— Le gosse était-il près de toi quand tu regardais ton ordinateur ?

— Bien sûr qu'il était là. Il s'est trouvé très mignon sur la photo, répliqua Gloria.

— Ne fais pas l'andouille avec moi. Où est-il en ce moment ?

— Il est déjà couché. Il ne se sentait pas bien. Il a vomi à deux reprises.

— Il va tomber malade ? Il est hors de question qu'il voie un médecin.

— Il n'est pas vraiment malade. Je lui ai refait sa teinture et il en a horreur. Cette existence de dingue commence à être difficile à supporter pour lui. Et pour moi aussi. Tu avais dit un an au maximum, et cela en fait presque deux.

— C'est bientôt la fin. Je te le promets. Ces photos dans le parc vont hâter la conclusion. Mais tu dois les examiner attentivement. Te creuser les méninges. Chercher s'il existe quoi que ce soit, la moindre chose qui pourrait indiquer aux flics que la femme n'est pas Zan.

— Tu m'as payée pour la suivre, l'étudier sur les photos, apprendre à marcher et à parler comme elle. Je suis une bonne comédienne et c'est faire l'actrice qui m'intéresse, pas garder un petit bonhomme et l'empêcher de voir sa mère. Bonté divine, tu sais qu'il met un savon sous son oreiller parce que le parfum lui rappelle celui de sa maman… »

Le tremblement dans la voix de Gloria ne lui avait pas échappé, pas plus que son hostilité manifeste ni sa hâte à détourner la conversation vers l'enfant.

« Gloria, concentre-toi, lui ordonna-t-il. Y a-t-il le plus petit détail dans ta tenue qui pourrait inciter la police à croire Zan quand elle affirme ne pas être la femme qui apparaît sur les photos ? »

Comme elle ne répondait pas, il ajouta : « Et qu'as-tu dit exactement à ce prêtre ?

— Si tu continues à me tarabuster, je vais péter les plombs. Voilà exactement ce qui s'est passé. Je lui ai dit que j'étais complice d'un acte criminel, qu'un meurtre allait bientôt avoir lieu et que je ne pouvais pas l'empêcher.

— Tu lui as dit ça ? »

La voix de son interlocuteur était blanche.

« Je lui ai dit ça, exactement. Mais je l'ai dit dans le secret du confessionnal. Si tu ne sais pas ce que cela signifie, renseigne-toi. Et je vais être franche. Une semaine de plus et je me tire d'ici. Tu ferais mieux d'avoir deux cent mille dollars en liquide à me donner.

Parce que si tu ne les as pas, je vais trouver les flics et je leur dirai que tu m'as forcée à garder l'enfant en menaçant de le tuer. Je leur dirai tout ce que je sais à ton sujet, je déposerai comme témoin à charge. Et tu sais quoi ? Je deviendrai une héroïne. Je signerai un contrat d'un million de dollars pour écrire un livre. J'ai tout prévu. »

Il n'eut pas le temps de répondre. La femme que Matthew connaissait uniquement sous le nom de Glory avait refermé son portable.

Il eut beau tenter désespérément de la joindre à nouveau, elle ne répondit pas à ses appels.

28

Après avoir quitté Kevin Wilson, Zan regagna directement son bureau, utilisant à nouveau l'entrée des fournisseurs pour pénétrer dans l'immeuble.

Josh l'attendait. Elle avait laissé une note lui indiquant qu'elle allait essayer de rencontrer Kevin Wilson. Voyant l'expression inquiète de son jeune assistant, elle l'attribua à sa crainte qu'ils aient perdu le projet et tenta de le rassurer : « Josh, je crois qu'il nous reste une chance avec Wilson. Il va attendre pour prendre une décision que j'aie pu prouver mon innocence. »

L'expression de Josh resta inchangée. « Zan, comment vas-tu y parvenir ? » demanda-t-il d'une voix frémissante. Il désigna la première page des deux journaux posés sur son bureau.

« Ce n'est pas moi qui suis sur ces photos, Josh, protesta Zan. Cette femme me ressemble, mais ce n'est pas moi. » Elle sentit soudain sa bouche se dessécher. Josh était un ami autant qu'un assistant, se dit-elle. La veille au soir, il était venu à son secours au Four Seasons et l'avait aidée à échapper à la meute des journalistes. *Mais il n'avait pas encore vu les photos alors.*

« Zan, un avocat du nom de Charles Shore a téléphoné. Il a dit qu'il était recommandé par Alvirah. Je vais le rappeler. Tu as besoin d'être assistée sans tarder.

— Assistée pour me protéger de qui ? demanda Zan. De la police ?

— De toi-même, répliqua Josh, les larmes aux yeux. Zan, quand j'ai commencé à travailler avec toi, après la disparition de Matthew, tu m'as parlé de ces accès d'amnésie dont tu avais souffert après la mort de tes parents. » Il fit le tour du bureau et posa affectueusement les mains sur ses épaules. « Zan, tu m'es très chère. Tu es une brillante décoratrice. Tu es la grande sœur que je n'ai pas eue. Mais tu as besoin d'aide. Tu dois préparer ta défense avant que la police ne commence à t'interroger. »

Zan repoussa ses mains et s'écarta. « Tu es gentil, Josh, mais il faut que tu comprennes. Je peux prouver que j'étais avec Nina Aldrich quand Matthew a été enlevé. Je vais aller la trouver. Tiffany a emmené Matthew au parc vers midi et demi. Quand elle s'est réveillée, il n'était plus dans sa poussette. Je peux prouver que j'étais en réunion avec Nina Aldrich durant ce temps. Crois-moi, je vais y arriver ! C'est peut-être insensé, mais je ne suis pas la femme qui apparaît sur ces photos. »

Josh n'eut pas l'air convaincu. « Laisse-moi appeler tout de suite cet avocat, Zan. Mon oncle est dans la police. Je lui ai parlé ce matin. Pour lui, il est évident qu'à partir de maintenant tu es suspectée de la disparition de Matthew, et il ne serait pas surpris que tu sois interrogée avant la fin de la journée. »

Nina Aldrich est mon seul espoir, pensa Zan. « Appelle cet avocat, dit-elle. Redis-moi son nom.

— Charles Shore. »

Josh décrocha le téléphone.

Pendant qu'il composait le numéro, Zan resta les deux mains posées à plat sur son bureau, cherchant à reprendre son calme. Elle sentait monter la panique, luttait contre l'envie de rentrer en elle-même pour lui échapper. Pas maintenant, implora-t-elle, pas maintenant. Mon Dieu, donnez-moi la force de tenir le coup. Puis, dans le lointain, elle entendit Josh crier son nom, mais elle n'eut plus la force de lui répondre.

Elle flottait dans un brouillard. Des gens se pressaient autour d'elle, criaient son nom, elle entendait la sirène d'une ambulance. Elle sanglotait, appelait Matthew. Quelqu'un lui faisait une piqûre dans le bras.

Quand elle se réveilla, elle était au service des urgences d'un hôpital. Josh et un homme aux cheveux gris avec des lunettes cerclées de métal étaient assis à côté d'elle dans un box isolé par des rideaux. « Je suis Charley Shore, dit l'homme. Je suis l'ami d'Alvirah, et votre avocat si vous désirez que je vous défende. »

Zan fit un effort pour concentrer son regard sur lui. « C'est Josh qui vous a appelé, dit-elle lentement.

— Oui. N'essayez pas de parler maintenant. Nous aurons tout le temps demain. À titre de précaution, le médecin préférerait que vous passiez la nuit ici.

— Non, non. Il faut que je rentre chez moi. Je dois parler à Nina Aldrich. »

Zan tenta de se redresser.

« Il est presque six heures du soir. » La voix de Shore était apaisante. « Nous parlerons à Mme Aldrich demain. Il vaudrait mieux que vous restiez ici, je vous assure.

— Ce serait beaucoup mieux, Zan, insista Josh doucement.

— Non, non. Ça ira très bien. » Zan se sentait l'esprit plus clair. Elle devait quitter l'hôpital dès maintenant. « Je peux très bien rentrer à la maison. Et d'abord, j'ai promis à Alvirah et à Willy de dîner chez eux ce soir. »

Alvirah m'aidera, pensa-t-elle. Elle m'aidera à faire la preuve que je ne suis pas la femme des photos.

Le fil des événements lui revenait peu à peu en mémoire. « Je me suis évanouie, n'est-ce pas ? Et on m'a emmenée dans une ambulance ?

— Oui. »

Josh posa sa main sur la sienne.

« Et dites-moi, est-ce que je me trompe ou y avait-il des gens autour de moi ? Y avait-il des journalistes quand on m'a emmenée en ambulance ?

— Oui, Zan, reconnut Josh.

— J'ai eu une autre perte de conscience. » Zan se redressa, puis se rendit compte qu'elle était à peine couverte d'une petite chemise d'hôpital. Elle serra ses bras autour d'elle. « Tout ira bien. Si vous voulez bien tous les deux attendre à l'extérieur, je vais m'habiller.

— Bien sûr. »

Charles Shore et Josh se levèrent mais s'immobilisèrent en entendant soudain sa voix inquiète demander :

« Quelle est la réaction de Ted ? Il a certainement vu les photos à l'heure qu'il est.

— Habillez-vous, Zan, lui dit Shore. Nous parlerons de tout ça en allant chez Alvirah et Willy. »

En quittant la salle des urgences, Zan réalisa dans un éclair de lucidité que ni Josh ni Charles Shore n'avaient réagi quand elle avait assuré que Nina Aldrich témoignerait qu'elle était en sa compagnie au moment de la disparition de Matthew.

29

Le mercredi après-midi, Penny Hammel téléphona à son amie Rebecca Schwartz et l'invita à dîner. « J'ai préparé un rôti de bœuf braisé pour Bernie parce que le pauvre chéri est sur la route depuis deux semaines et que c'est son plat préféré, expliqua-t-elle. Il devait rentrer à quatre heures mais figure-toi que son maudit camion est tombé en panne en Pennsylvanie. Il est obligé de passer la nuit à King of Prussia pendant qu'ils essaient de le réparer. Quoi qu'il en soit, je me suis mise en quatre pour le dîner et je n'ai pas envie de le manger seule.

— J'arrive, lui assura Rebecca. Je n'ai rien à la maison pour dîner, comme d'habitude. Je m'apprêtais à commander un truc tout préparé chez Sun Yan, mais, à ce régime, je vais me transformer en beignet chinois. »

À dix-huit heures quinze les deux amies étaient en train de savourer des manhattans dans le séjour-cuisine de Penny. Les effluves alléchants qui émanaient du four combinés à la chaleur de la cheminée emplissaient les deux femmes d'une agréable sensation de bien-être.

« Oh, j'ai une histoire à te raconter à propos de la nouvelle locataire de la ferme de Sy Owens », dit Penny.

L'expression de Rebecca changea. « Penny, cette femme a dit très clairement qu'elle se retirait là pour finir son livre. Tu n'es pas allée la déranger, j'espère ? »

Rebecca connaissait la réponse avant même d'avoir posé la question. Elle aurait dû deviner que Penny ne résisterait pas à l'envie de savoir à quoi ressemblait la nouvelle locataire.

« Je n'avais pas l'intention de lui faire une visite, se défendit Penny. Je lui ai juste apporté six de mes muffins aux myrtilles en guise de bienvenue, mais cette femme a été très désagréable. J'ai commencé par lui dire que je ne voulais pas l'interrompre dans son travail mais que je pensais lui faire plaisir en lui apportant des muffins, et que j'avais inscrit mon numéro de téléphone sur un Post-it collé au dos de l'assiette. Moi, si je m'installais dans un endroit où je ne connais personne, je serais contente de pouvoir appeler quelqu'un en cas d'urgence.

— C'était très gentil de ta part, reconnut Rebecca. Tu es le genre de personne que tout le monde aimerait avoir pour amie. Mais je n'y retournerais pas si j'étais à ta place. C'est une vraie sauvage, cette bonne femme. »

Penny pouffa. « Tu sais, j'ai failli lui demander de me rendre mes muffins. De toute façon, elle a une sœur qu'elle peut sonner si elle a besoin d'aide. »

Rebecca but la dernière goutte de son manhattan. « Une sœur ? Comment sais-tu qu'elle a une sœur ?

— Oh, j'ai vu un jouet, un petit camion, dans le couloir et je lui ai dit que j'aimais bien garder les enfants. Elle m'a dit que le camion appartenait au fils de sa sœur. Sa sœur était venue l'aider à emménager et l'avait oublié.

— C'est bizarre, dit Rebecca d'un air pensif. Quand je lui ai remis les clés, elle m'a dit qu'elle avait une réunion avec son éditeur et qu'elle arriverait tard dans la soirée. Je suis passée dans le coin le lendemain matin et j'ai vu sa voiture sous le porche. Il n'y en avait pas d'autre. La sœur et son gosse sont sans doute arrivés plus tard.

— À moins qu'il n'y ait pas de sœur et qu'elle aime jouer aux petites voitures, dit Penny en riant. En tout cas je peux t'assurer qu'avec une attitude aussi désagréable elle ne se fera pas beaucoup d'amis. »

Elle se leva, s'empara du shaker et répartit le reste du cocktail dans leurs deux verres. « Le dîner est prêt. Mais avant de nous mettre à table, j'aimerais regarder les informations de dix-huit heures trente. Je voudrais savoir s'ils ont arrêté cette cinglée qui a enlevé son propre enfant. Je n'arrive pas à croire qu'elle se balade encore en liberté.

— Moi non plus », dit Penny.

Comme elles s'y attendaient, les photos prises dans Central Park qui montraient Alexandra Moreland en train de prendre son fils Matthew dans sa poussette faisaient l'ouverture des nouvelles. « Je me demande ce qu'elle a fait de lui, pauvre gamin, soupira Penny en attaquant une tranche de rôti.

— Alexandra Moreland ne serait pas la première mère à tuer son enfant, dit Rebecca d'un air sombre. Tu crois qu'elle est assez folle pour accomplir un acte pareil ? »

Penny ne répondit pas. Quelque chose dans ces photos la troublait. Quoi ? se demanda-t-elle. Mais la séquence sur la disparition de l'enfant se terminait et elle éteignit la télévision en haussant les épaules. « Qui a envie d'entendre vanter les mérites du Viagra et des vaporisateurs contre le rhume ? dit-elle. On vous apprend ensuite tous les problèmes que ces trucs peuvent provoquer, les crises cardiaques, les ulcères et les attaques cérébrales, et vous vous demandez qui peut être assez stupide pour les acheter. »

Pendant le reste du dîner les deux amies bavardèrent de choses et d'autres, et Penny relégua dans son subconscient ce qui l'avait intriguée sur les photos.

30

La réunion à laquelle assistait Bartley Longe quand Toby Grissom s'était présenté pour demander des nouvelles de sa fille dura toute la matinée. Puis, au lieu de sortir déjeuner comme à son habitude, Bartley demanda qu'on lui fasse livrer un repas depuis le restaurant voisin.

Sa secrétaire, Elaine, et la réceptionniste, Phyllis, partagèrent leurs salades basses calories dans la kitchenette au fond du couloir. Elaine avait l'air épuisé. Elle déclara que Bartley était d'une humeur de chien et que ça n'annonçait rien de bon. Il avait rembarré ce pauvre Scott qui suggérait de ne pas mettre de cantonnières dans les plus petites chambres du Rushmore, et traîné Bonnie dans la boue pour son choix de tissus. Tous deux étaient presque en larmes. « Il les traite comme il a traité Zan, dit-elle.

— Scott et Bonnie ne resteront pas plus longtemps que tous ceux qu'il a engagés depuis Zan, déclara Phyllis avec véhémence. À propos, j'ai vu ces photos dans les journaux. Bartley a raison. Il n'y a aucun doute, c'est Zan qui a kidnappé son propre fils. J'espère seulement qu'elle l'a donné à quelqu'un de confiance.

— C'est à cause de Bartley qu'elle a fait une dépression, dit Elaine. Et tu sais quoi ? Pendant qu'il faisait un foin du diable ce matin à cause de Scott et de Bonnie, il avait laissé la télévision allumée. Le son était coupé, mais il gardait un œil sur l'écran et, à la minute où les photos de Zan sont apparues, elles ont capté toute son attention.

— Tu crois que c'est ça qui l'a mis de mauvais poil aujourd'hui ? demanda Phyllis. Je pensais qu'il serait ravi d'apprendre que Zan mentait.

— Tu n'imagines pas à quel point il la déteste, à quel point il se réjouit de la voir prise dans ce piège. En fait, c'est quand Scott a insinué que ces photos pouvaient être truquées que Bartley est devenu fou. N'oublie pas que Zan vient de soumissionner contre lui pour le projet de Kevin Wilson. Si elle parvient d'une manière ou d'une autre à prouver que ces photos sont des faux et qu'elle obtient ce contrat, ce sera un coup terrible pour lui. Il y a au moins quatre jeunes décorateurs en dehors de Zan qui lui piquent des affaires. »

Phyllis consulta sa montre. « Je ferais mieux de retourner à l'accueil. Il est capable de me reprocher ma pause-déjeuner. Comme si je n'ouvrais pas toujours la porte au moindre coup de sonnette. À propos, tu te souviens d'une dénommée Brittany La Monte ? »

Elaine termina lentement son soda. « Brittany La Monte ? Oh, bien sûr. C'était il y a deux ans. Elle a commencé par venir maquiller les mannequins ou les actrices débutantes que Bartley engageait pour servir cocktails et canapés aux réceptions qu'il organisait pour la promotion de ses appartements-témoins. Entre nous soit dit, je crois que Bartley avait le béguin pour elle. Il lui avait dit qu'elle était plus jolie que la plupart des filles qu'elle maquillait et lui avait demandé de servir le champagne. J'ai toujours pensé qu'il la voyait en dehors du boulot. Nous n'avons plus refait ce genre d'appartement depuis au moins un an, et il n'a jamais utilisé ses services pour d'autres réceptions. J'imagine qu'il l'a laissée tomber comme les autres.

— Le père de Brittany, Toby Grissom, est à sa recherche, il s'est présenté à l'agence ce matin, expliqua Phyllis. Le pauvre vieux semblait très inquiet. La dernière carte postale qu'il a reçue d'elle date de six mois. Il est convaincu qu'elle a des ennuis. Je lui ai promis de t'en parler, que tu te souviendrais d'elle si elle avait travaillé pour nous. Il doit revenir tout à l'heure. J'ai pensé que Bartley serait en route pour Litchfield à ce moment-là. Que vais-je dire à Grissom ?

— Tout simplement qu'elle a travaillé pour nous en free-lance il y a quelques années et que nous ne savons ni ce qu'elle fait ni où elle habite aujourd'hui, dit Elaine. C'est la vérité.

— Mais si tu crois que Bartley a eu une aventure avec elle, peux-tu lui demander s'il est resté en contact avec elle ? Son père dit que son médecin lui a donné de mauvaises nouvelles concernant sa santé, et il souhaite désespérément revoir sa fille.

— Tu veux que je pose cette question à Bartley ? protesta Elaine. Mais s'il a vraiment existé quelque chose entre eux, il refusera même de mentionner son nom. Il n'a pas oublié ce mannequin qui l'a poursuivi en justice pour harcèlement sexuel. Il a payé gros pour cette affaire et il craindra que se renouvelle le même genre d'histoire. Y avait-il un cachet de la poste sur la dernière carte que Brittany a envoyée à son père ?

— Oui, de Manhattan. C'est pour cette raison qu'il est venu ici. Brittany l'avait prévenu, il y a deux ans, qu'elle avait trouvé un travail et qu'elle ne lui donnerait pas souvent de ses nouvelles.

— Oh, mon Dieu. » Elaine soupira. « J'espère au moins que Bartley ne l'a pas mise enceinte. À quelle heure le père de Brittany doit-il repasser ?

— Après trois heures.

— Alors espérons que Bartley sera parti pour Litchfield et que je pourrai tranquillement parler à ce pauvre homme. »

Mais à quinze heures, quand Toby Grissom sonna timidement à la porte et que Phyllis lui ouvrit, Bartley Longe était encore enfermé dans son bureau. Les baskets de Grissom clapotaient sur le sol et Phyllis s'aperçut avec effroi qu'elles répandaient de la boue sur le tapis d'Aubusson.

« Oh, monsieur Grissom, dit-elle, auriez-vous la gentillesse de vous essuyer les pieds sur le paillasson ? » Elle tenta d'adoucir sa demande en ajoutant : « Il fait un temps épouvantable aujourd'hui, n'est-ce pas ? »

Tel un enfant obéissant, Grissom retourna jusqu'au paillasson et y frotta les semelles de ses baskets. Apparemment inconscient des taches qu'il avait faites sur le tapis, il dit : « J'ai passé des heures à rechercher les filles chez lesquelles Brittany habitait quand elle était à New York. Puis-je voir Bartley Longe à présent ?

— M. Longe est retenu à une réunion, dit Phyllis, mais sa secrétaire, Elaine Ryan, se fera un plaisir de vous recevoir.

— Je n'ai pas demandé à parler à la secrétaire de Bartley Longe. Je vais m'asseoir dans cette belle salle et attendre ce monsieur aussi longtemps qu'il le faudra », dit Grissom, manifestement déterminé.

Son regard trahissait pourtant une lassitude extrême. Sa veste et son jean étaient trempés. J'ignore de quoi il souffre, se dit Phyllis, mais il aura de la chance s'il n'attrape pas une pneumonie. Elle décrocha le téléphone. « M. Grissom est là, dit-elle à Elaine. Je lui ai expliqué que Longe était en réunion, mais il a l'intention d'attendre le temps qu'il faudra. »

Elaine saisit l'avertissement contenu dans la voix de la réceptionniste. Le père de Brittany La Monte ne partirait pas avant d'avoir vu Bartley. « Je vais voir ce que je peux faire », dit-elle à Phyllis. Il faut que je parle de cet homme à notre bien-aimé patron, pensa-t-elle. Il faut que je le mette en garde. La lumière sur le panneau du téléphone indiquait que Bartley était en conversation. Elaine attendit de la voir s'éteindre, se leva et frappa à la porte de Bartley. Sans attendre, elle entra dans le bureau.

La télévision était toujours en marche, sans le son. Le plateau-repas était repoussé sur le côté. En temps normal, Bartley aurait dû demander à quelqu'un de l'en débarrasser. Il se tourna vers Elaine, l'air étonné et contrarié. « Je ne crois pas vous avoir appelée. »

La journée avait été longue. « Personne ne m'a appelée en effet, monsieur Longe », dit Elaine sèchement. Virez-moi si ça vous chante, je m'en fiche, pensa-t-elle. Elle n'attendit pas la réaction de Longe avant de poursuivre : « Il y a un homme à la réception qui insiste pour vous voir. Je suppose qu'il va attendre jusqu'à la fin des temps et, à moins de sortir par la porte de service, vous feriez mieux de le recevoir. Il s'appelle Toby Grissom et c'est le père de Brittany La Monte. Je suis sûre que son nom ne vous est pas inconnu. Elle a travaillé en free-lance pour vous il y a environ deux ans, quand nous faisions la promotion des appartements du Waverly. »

Bartley Longe se renfonça dans son fauteuil, une expression perplexe sur le visage, comme s'il essayait de se remémorer cette Brittany La Monte. Il sait parfaitement de qui je parle, pensa Elaine, notant la crispation de ses mains jointes.

« Je me souviens de cette jeune femme, bien sûr, dit-il enfin. Elle voulait devenir actrice et je l'avais même présentée à quelques personnes susceptibles de l'aider. Mais autant qu'il m'en souvienne, la dernière fois que nous avons eu besoin de mannequins, elle n'était pas disponible. »

Ni Elaine ni Bartley Longe n'avaient entendu Toby Grissom traverser le bureau d'Elaine. Il surgit dans l'encadrement de la porte. « Ne racontez pas de bobards, monsieur Longe, lança-t-il d'une voix où perçait la colère. Vous avez raconté à Brittany que vous feriez d'elle une star de cinéma. Vous l'avez invitée en week-end dans votre luxueuse maison de Litchfield. Où est-elle maintenant ? Qu'avez-vous fait de ma petite fille ? Je veux la vérité, et si je ne l'obtiens pas, j'irai directement trouver la police. »

31

Il était dix-neuf heures trente quand Zan, contre l'avis du médecin, monta dans un taxi en compagnie de Charley Shore avec l'intention de se rendre chez Alvirah et Willy. Elle avait dit à Josh de rentrer chez lui, refusant catégoriquement qu'il dorme sur le canapé de son appartement. S'il était une chose dont elle avait besoin en ce moment, c'était d'être seule à la maison et d'essayer de retrouver ses esprits.

« Et vous, ne devriez-vous pas aussi rentrer chez vous ? » demanda-t-elle à Charley Shore tandis que le taxi progressait lentement dans York Avenue.

L'avocat préféra lui taire qu'il devait retrouver sa femme au théâtre et qu'il lui avait demandé de laisser son billet au contrôle, il arriverait quand il pourrait. Dieu merci, Lynn faisait toujours preuve de compréhension dans ce genre de situation. « Je ne pense pas être très en retard, lui avait-il dit. Zan Moreland n'est pas en état d'avoir une longue conversation ce soir. »

Son impression était renforcée par la pâleur extrême de la jeune femme que l'on devinait frissonnante sous son gilet de fausse fourrure. Je suis content qu'elle aille chez Alvirah et Willy, pensa Charley. Elle a confiance en eux. Peut-être même leur dira-t-elle où se trouve son fils.

Quand Alvirah lui avait téléphoné au début de l'après-midi au sujet d'Alexandra Moreland, elle s'était montrée très directe : « Vous devez l'aider, Charley. En voyant ces photos, j'ai cru que le ciel me tombait sur la tête. Je doute qu'elles soient falsifiées. Mais je peux vous assurer qu'il n'y a rien de feint dans les souffrances de cette pauvre femme et dans ses efforts pour retrouver son fils. Si elle l'a kidnappé, elle n'en a plus le souvenir. Les gens peuvent-ils devenir de vrais zombies à la suite d'une dépression ?

— Oui, ce n'est pas fréquent, mais cela arrive. »

À présent Charley se demandait si Alvirah n'avait pas vu juste dans son diagnostic. Quand il était arrivé à l'hôpital, la jeune femme avait perdu conscience et répétait sans cesse la même phrase : « Rendez-moi Matthew… rendez-moi Matthew… »

Il avait eu le cœur serré en l'entendant. Il avait dix ans lorsque sa petite sœur de deux ans était morte et il se souvenait encore distinctement des gémissements déchirants de sa mère devant la tombe : « Rendez-moi mon bébé, rendez-moi mon bébé. »

Il regarda Zan. Il faisait sombre à l'intérieur du taxi, mais il distinguait son visage à la lumière des phares des autres voitures et des enseignes lumineuses des magasins. Vous pouvez compter sur moi, lui promit-il en silence. Je vais vous aider. Je fais ce métier depuis quarante ans et je vous assurerai la meilleure défense possible. Vous ne simuliez pas une perte de mémoire. J'en donnerais ma tête à couper.

Une fois à destination, il décida de l'accompagner jusque chez les Meehan et monta avec elle dans l'ascenseur. Le portier les avait annoncés et Alvirah attendait dans le couloir quand ils arrivèrent au quinzième étage. Sans dire un mot, elle prit Zan dans ses bras et regarda l'homme de loin. « Vous pouvez y aller, Charley, lui dit-elle. Zan a surtout besoin de se détendre maintenant.

— Vous avez raison et je suis sûr que vous saurez prendre soin d'elle », répondit-il avec un sourire en reprenant l'ascenseur.

Le taxi le conduisit au théâtre à temps pour le lever de rideau. Pourtant, bien que le spectacle fût aussi divertissant qu'il l'avait espéré, il fut incapable de fixer son attention et de l'apprécier.

Comment représenter une femme qui risque d'être incapable de contribuer à sa propre défense ? se demanda-t-il. Et combien de temps se passera-t-il avant qu'on décide de lui passer les menottes ?

Il avait l'affreux pressentiment qu'elle pourrait alors commettre l'irréparable.

Enveloppée dans une couverture, un oreiller calé sous sa tête, Zan savourait son thé agrémenté d'une cuillerée de miel et d'un clou de girofle. Elle avait l'impression de sortir d'un tunnel. C'est la seule image qui lui vint à l'esprit pour expliquer à Alvirah et à Willy sa perte de connaissance. « En voyant ces photos, je n'en ai pas cru mes yeux. Car je peux démontrer que je me trouvais avec Nina Aldrich pendant que Matthew était dans le parc. Mais pourquoi quelqu'un se donnerait-il la peine de me ressembler à ce point ? C'est insensé. »

Elle n'attendit pas leur réaction et poursuivit : « Vous savez ce qui me tourne dans la tête... cet air de *A Little Night Music* : "Faites entrer les clowns". J'aime beaucoup cette chanson et elle me paraît de circonstance. C'est une farce. C'est du cirque. Rien d'autre. Mais je sais que tout s'arrangera quand j'aurai parlé à Nina Aldrich. Je m'apprêtais à y aller aujourd'hui quand je me suis évanouie.

— Il n'est pas suprenant que vous vous soyez évanouie avec tout ce qui vous arrive, Zan. Souvenez-vous que Josh était au téléphone avec Charley Shore et que Charley a tout laissé tomber pour être auprès de vous. C'est un bon avocat et un ami fidèle. Josh m'a raconté ce qui s'était passé au Four Seasons avec Ted. Je parie que vous n'avez rien avalé hier soir, et qu'avez-vous pris aujourd'hui ?

— Pas grand-chose. Une tasse de café ce matin, et je n'ai pas déjeuné avant de retourner au bureau. C'est ensuite que je me suis évanouie. » Zan finit son thé. « Alvirah, vous croyez tous les deux que c'est moi qui figure sur ces photos. Je l'ai perçu dans votre voix cet après-midi. Puis, quand Josh m'a dit que j'avais besoin d'un avocat, j'ai compris que lui aussi en était convaincu. »

Willy regarda Alvirah. Elle est persuadée que ces photos sont authentiques, songeait-il. Et moi aussi. Mais cela n'empêche pas la pauvre petite de croire dur comme fer que ce n'est pas elle qui est en train de kidnapper Matthew. Attendons la réaction d'Alvirah.

Elle fut chaleureuse mais évasive : « Zan, si vous affirmez que ce n'est pas vous qui figurez sur ces photos, Charley devra d'abord obtenir une copie des négatifs ou des photos numériques, si le photographe a utilisé un téléphone portable, et engager un expert pour démontrer qu'elles sont truquées. Par ailleurs, l'heure à laquelle vous avez rencontré cette femme pour la décoration de sa maison devrait vous innocenter. Vous avez dit qu'elle s'appelait Nina Aldrich, n'est-ce pas ?

— Oui.

— Charley fera les vérifications nécessaires pour accréditer cette preuve.

— Alors pourquoi ni Josh ni Charley n'ont-ils réagi lorsque je leur ai dit que mon rendez-vous avec Nina prouverait que je n'étais pas dans le parc ? » demanda Zan.

Alvirah se leva. « D'après ce que je sais, Zan, vous n'avez pas eu de véritable conversation avec Josh avant de vous évanouir. Croyez-moi, nous ne négligerons aucun indice pour découvrir la vérité et retrouver Matthew. Mais avant tout, sachez que vous allez être attaquée de toutes parts et que vous devrez être forte. Je veux dire forte physiquement. Il faut manger. Le dîner sera très simple. Quand vous m'avez promis de venir, je me suis souvenue que vous aimiez le chili. Donc ce sera chili, salade et petits pains chauds italiens. »

Zan tenta de sourire. « Vous me mettez l'eau à la bouche. »

Et c'était délicieux, en effet, reconnut-elle en savourant le repas accompagné d'un verre de vin rouge.

Elle avait raconté à Alvirah et à Willy son projet d'aménager les appartements-témoins de l'immeuble du 701 Carlton Place conçus par l'architecte Wilson. « Je suis en concurrence avec Bartley Longe, expliqua-t-elle. Je me suis dit qu'après avoir lu les journaux du matin Wilson me croirait coupable d'enlèvement. Je suis donc allée le trouver à son bureau et je lui ai demandé de me donner une chance de démontrer mon innocence. »

Alvirah ignorait la somme de travail que Zan avait consacrée aux plans de ces appartements… « Vous a-t-il donné cette chance ? »

Zan haussa les épaules. « Nous verrons. Il m'a autorisée à lui laisser mes dessins et mes tissus. J'espère que je suis toujours dans la course. »

Ils renoncèrent au dessert et ne prirent qu'un simple cappuccino. Quand Zan fut sur le point de partir, Willy alla discrètement commander une voiture pour la reconduire à Battery Park City. Il ne voulait pas la laisser affronter seule une meute de journalistes et de photographes. Je l'accompagnerai jusqu'à chez elle, décida-t-il.

« Vous aurez une voiture dans quinze minutes, monsieur Meehan », lui assura le dispatcheur.

Willy regagnait la table quand le téléphone sonna. C'était frère Aiden. « Je suis dans la rue, annonça-t-il. Si vous n'y voyez pas d'inconvénient, j'aimerais récupérer mon écharpe.

— Oh, vous tombez à pic, lui assura Alvirah. Je comptais justement vous présenter quelqu'un. »

Zan avalait les dernières gouttes de son café. « Je préfère ne rencontrer personne, dit-elle au moment où

Alvirah raccrochait. S'il vous plaît, laissez-moi partir avant.

— Zan, ce n'est pas quelqu'un d'ordinaire, plaida Alvirah. Je n'ai rien dit, mais j'espérais que vous seriez encore là lorsque frère Aiden passerait nous voir. C'est un vieil ami et il vient récupérer son écharpe qu'il a oubliée hier soir. Je ne veux pas vous forcer, mais j'aimerais beaucoup que vous fassiez sa connaissance. Il officie à Saint-François-d'Assise et je crois qu'il pourrait vous apporter un réel réconfort.

— Alvirah, je n'ai pas trop l'esprit à la religion en ce moment, dit Zan, et j'aimerais autant m'éclipser rapidement.

— Zan, j'ai commandé une voiture. Je vous raccompagne chez vous. Tout est arrangé », dit Willy.

La sonnerie de l'interphone retentit. C'était le portier qui annonçait frère O'Brien. Alvirah se hâta d'ouvrir et, un instant plus tard, l'ascenseur s'arrêtait à leur étage.

Tout sourire, le religieux embrassa Alvirah, serra la main de Willy puis se tourna vers leur jeune invitée.

Le sourire s'effaça de son visage.

Sainte Mère de Dieu, pensa-t-il, c'est la femme qui a participé à un acte criminel.

Et qui prétend ne pas pouvoir empêcher un crime.

32

Durant le court trajet en voiture qui les amenait de Hunter College à la maison des Aldrich dans la 69e Rue Est, les inspecteurs Billy Collins et Jennifer Dean convinrent que jamais ils n'auraient imaginé Zan Moreland capable d'avoir enlevé son propre fils.

Ils reconstituèrent la journée pendant laquelle Matthew Carpenter avait disparu. « Je nous croyais à la recherche d'un prédateur qui avait profité de l'occasion pour accomplir son forfait, dit Billy d'un air sombre. Il y avait foule dans le parc, le petit dormait dans sa poussette, la baby-sitter était endormie dans l'herbe. L'idéal pour un pervers sexuel.

— Tiffany était complètement hystérique, dit Jennifer d'un ton pensif. Elle criait : "Qu'est-ce que je vais dire à Zan ? Qu'est-ce que je vais dire à Zan ?" Mais pourquoi n'avons-nous pas cherché à en savoir davantage ? La pensée que Tiffany pouvait avoir été droguée ne nous a même pas effleurés.

— Nous aurions dû réfléchir. Il faisait chaud, certes, mais peu d'adolescents, même avec un début de rhume, s'endorment aussi profondément dans l'herbe au milieu de la journée, dit Collins. Oh, nous y sommes. »

Il s'arrêta devant la superbe résidence en double file et posa sa carte de police en évidence sur le pare-brise. « Récapitulons les faits, proposa-t-il.

— Alexandra Moreland aurait attendri un rocher avec l'histoire de sa vie, commença Jennifer Dean : les parents morts en allant la chercher à l'aéroport, le mariage qui tourne court, la mère isolée qui lutte pour créer son entreprise, l'enlèvement du gamin. »

Le mépris perçait dans sa voix au fur et à mesure de son énumération.

Billy Collins tapotait le volant, cherchant à se remémorer en détail les événements qui s'étaient déroulés deux ans auparavant. « Nous avons parlé à cette Mme Aldrich ce soir-là. Elle a confirmé ce que disait Moreland. Elles avaient rendez-vous. Moreland examinait des dessins et des tissus dans la nouvelle maison d'Aldrich quand je l'ai appelée pour lui dire que son fils avait disparu. » Il s'interrompit et ajouta avec colère : « Et dire que nous n'avons pas pensé à poser d'autres questions !

— Il faut l'admettre, dit Jennifer Dean en cherchant un mouchoir dans sa poche. Nous pensions avoir tout compris. Mère au travail, baby-sitter irresponsable. Prédateur saisissant l'occasion de s'emparer d'un enfant.

— En rentrant à la maison, j'ai trouvé Eileen dans tous ses états, se souvint Billy Collins. Elle avait regardé la télévision. Elle m'a dit qu'elle avait pleuré en voyant le visage bouleversé d'Alexandra Moreland. Cela lui avait rappelé l'histoire d'Etan Patz, ce petit garçon disparu il y a des années et qu'on n'a jamais retrouvé. »

À la vue des rafales de vent et de la pluie qui cinglait les vitres de la voiture, Jennifer releva le col de son manteau. « Nous avons tous cru cette histoire à vous briser le cœur. Si ces photos ne sont pas truquées, elles démontrent qu'Alexandra Moreland n'a pas pu rester tout ce temps avec Nina Aldrich. En revanche, si Aldrich peut témoigner qu'elle était avec Zan, alors les photos sont probablement truquées.

— Je te parie qu'elles ne le sont pas, dit Billy, et qu'Aldrich ne m'a pas dit la vérité quand j'ai parlé avec elle. Mais pourquoi aurait-elle menti ? » Sans attendre de réponse, il ajouta : « Bon, allons-y. »

Ils descendirent de la voiture, coururent jusqu'à la porte de la maison et sonnèrent. « Elle a dû débourser une sacrée somme pour ce petit nid », grommela Billy.

Le carillon sonnait encore à l'intérieur quand une femme d'origine latino-américaine vint ouvrir la porte. Elle portait un uniforme noir et ses cheveux bruns, striés de blanc, étaient noués en un chignon strict. Son visage ridé trahissait une lassitude qui se reflétait dans ses yeux aux paupières lourdes.

Billy lui présenta leurs cartes.

« Je m'appelle Maria Garcia, dit-elle. Je suis la gouvernante de Mme Aldrich. Elle vous attend. Puis-je prendre vos manteaux ? »

Maria Garcia alla suspendre leurs vêtements dans la penderie et les invita à la suivre. Tout en parcourant le couloir, Billy jeta un coup d'œil dans le salon et ralentit le pas, l'œil attiré par le tableau accroché au-dessus de la cheminée. En habitué des musées, il reconnut un Matisse. Et ce n'est pas une copie, se dit-il.

La gouvernante les conduisit dans une vaste pièce qui semblait faire double usage. D'une part des canapés recouverts de cuir souple brun foncé étaient massés autour d'un écran plat de télévision. De l'autre, les murs étaient occupés par des bibliothèques qui s'élevaient jusqu'au plafond. Tous les livres étaient parfaitement alignés sur les rayons. On ne plaisante pas avec la lecture, ici, songea Billy. Les murs étaient d'un beige soutenu assorti aux motifs brun clair de la moquette.

Ce n'est pas mon goût, en définitive, décréta Bill. La déco a sans doute coûté une fortune, mais une petite touche de couleur ne ferait pas de mal à l'ensemble.

Nina Aldrich les fit attendre presque une demi-heure. Ils savaient qu'elle avait soixante-trois ans. Quand elle entra d'un pas olympien dans la pièce, droite comme un i, avec ses cheveux gris ondulés, ses traits patriciens, son teint sans défaut, vêtue d'un caftan noir, parée de bijoux en argent, elle arborait l'expression glaciale d'un monarque accueillant un visiteur importun.

Billy Collins ne fut pas impressionné pour autant. En se levant, il se souvint brusquement d'une réflexion de son oncle, chauffeur d'une famille qui habitait Locust Valley, dans Long Island. Il lui avait dit : « Il y a une quantité de gens bien dans cette ville, Billy, qui ont beaucoup d'argent qu'ils ont gagné eux-mêmes. Je le sais, parce que c'est le genre de personnes pour qui je travaille. Mais ils sont différents des gens réellement fortunés, ceux qui le sont depuis

157

des générations. Ceux-là vivent dans un monde particulier. Ils ne pensent pas comme nous autres. »

Dès leur première rencontre, Billy Collins avait
compris que Nina Aldrich appartenait à cette catégorie. Elle cherche à nous mettre mal à l'aise, pensa-t-il.
Très bien, ma p'tite dame, allons-y. Il amorça la
conversation : « Bonsoir, madame Aldrich. C'est très
aimable à vous de nous recevoir aussi rapidement, car
nous nous doutons bien que vous avez un emploi du
temps très chargé. »

En voyant ses lèvres se pincer, il comprit qu'elle
avait saisi l'allusion. Sans y être invités, Jennifer et lui
se rassirent. Après un instant d'hésitation, Nina
Aldrich choisit un siège derrière l'étroit bureau ancien
qui leur faisait face.

« J'ai vu les nouvelles dans la presse ce matin et sur
l'Internet, dit-elle d'un ton froid. Je ne peux croire que
cette jeune femme soit dérangée au point d'avoir
enlevé son propre enfant. Quand je pense à la compassion que j'ai ressentie à son égard et à la lettre de
sympathie que je lui ai adressée, je suis tout simplement révoltée. »

Jennifer Dean posa la première question :
« Madame Aldrich, lorsque nous vous avons interrogée après l'enlèvement de Matthew Carpenter, vous
avez déclaré que vous aviez effectivement rendez-
vous ce jour-là avec Alexandra Moreland, et qu'elle se
trouvait avec vous quand je lui ai appris la disparition
de son fils.

— Oui, il était environ trois heures de l'après-midi.

— Comment a-t-elle réagi à cet appel ?

— Rétrospectivement, après avoir vu ces photos, je peux vous dire que c'est une comédienne accomplie. Comme je vous l'ai dit à notre première rencontre, elle est devenue blanche comme un linge et s'est levée précipitamment. J'ai voulu appeler un taxi, mais elle s'est élancée hors de la maison et a couru comme une folle jusqu'au parc. Elle a laissé ici tous ses dossiers, ses échantillons de tissus et de moquette, les photos de meubles anciens et de lampes.

— Je vois. La baby-sitter a emmené Matthew au parc entre midi trente et midi quarante. D'après mes notes, votre rendez-vous avec elle était fixé à treize heures, continua Jennifer.

— C'est exact. Elle m'avait appelée sur mon portable pour me prévenir qu'elle aurait quelques minutes de retard à cause de la baby-sitter.

— Vous étiez ici ?

— Non. J'étais dans mon ancien appartement de Beekman Place. »

Billy Collins s'efforça de dissimuler son excitation. « Madame Aldrich, dit-il, je ne crois pas que vous m'ayez précisé ce point lorsque nous vous avons interrogée. Vous nous avez dit que vous aviez rendez-vous avec Mme Moreland dans cette maison.

— C'est la vérité. Je lui ai dit que je ne voyais pas d'inconvénient à ce qu'elle ait un peu de retard, mais au bout d'une heure, je l'ai rappelée. Or elle était déjà ici.

— Madame Aldrich, vous dites maintenant que lorsque Alexandra Moreland vous a parlé à quatorze heures passées, vous ne l'aviez toujours pas vue ? insista Billy.

— C'est exactement ce que je dis. Laissez-moi vous expliquer. Elle avait une clé de cette maison. Elle y était déjà venue pour mettre au point ses projets d'aménagement. Elle croyait que nous devions nous rencontrer sur place. Il s'est donc passé plus d'une heure et demie avant que nous parvenions à nous joindre. Elle s'est excusée de son erreur et a proposé de venir me retrouver à Beekman Place, mais j'avais rendez-vous avec des amis au Carlyle vers cinq heures et je lui ai dit que je préférais la rejoindre ici. Franchement, je commençais à être exaspérée.

— Madame Aldrich, gardez-vous une trace écrite de vos rendez-vous ? demanda Dean.

— Bien sûr. Je les note tous dans un agenda.

— Auriez-vous gardé ce carnet en particulier ?

— Oui. Il doit être à l'étage. »

Avec un soupir d'impatience, Nina Aldrich se leva, alla ouvrir la porte et appela la gouvernante. Jetant un coup d'œil à sa montre, geste sans nul doute destiné à ses visiteurs, elle demanda à Maria Garcia d'aller chercher dans le tiroir supérieur de son bureau son carnet de rendez-vous d'il y avait deux ans.

Tandis qu'ils patientaient tous les trois, elle dit : « J'espère que nous n'aurons pas à nous rencontrer une troisième fois. Mon mari n'a aucun goût pour ce genre d'histoire et il n'a pas apprécié que les médias aient rapporté que Zan Moreland avait rendez-vous avec moi ce jour-là. »

Marcia revint, un carnet relié de cuir rouge à la main. Elle l'avait ouvert à la date du 10 juin.

« Merci, Maria. » Nina Aldrich jeta un regard sur la page ouverte et tendit le carnet à Billy. En face de

treize heures était inscrit le nom d'Alexandra Moreland.

« Ceci n'indique pas l'endroit où vous aviez rendez-
vous, fit remarquer Billy. Si vous deviez discuter de la
décoration de cette maison, pourquoi l'auriez-vous
rencontrée dans votre autre résidence ?

— Mme Moreland avait pris une quantité de photos
de toutes les pièces. Nous n'avions pas d'autres
meubles ici qu'une table de bridge et quelques chaises.
J'ai préféré être mieux installée pour discuter, c'était
normal. Mais, pour les raisons que je vous ai données,
j'ai fini par lui demander de m'attendre sur place au
lieu de venir me rejoindre à Beekman Place.

— Je comprends. Donc vous êtes arrivée ici peu de
temps avant que je lui téléphone ? demanda Jennifer.

— Un peu plus d'une demi-heure avant.

— Lorsque vous êtes arrivée, quelle a été l'attitude
de Mme Moreland ?

— Elle était nerveuse, s'est répandue en excuses.

— Je vois. Quelles sont les dimensions de cette
maison, madame Aldrich ?

— Elle a cinq étages et treize mètres de profondeur,
ce qui en fait l'une des plus grandes maisons de ville
de ce quartier. Le dernier étage est à présent une terrasse arborée couverte. Nous avons onze pièces. »

Nina Aldrich prenait un plaisir visible à vanter sa
demeure.

« Et le sous-sol ?

— Il comporte une deuxième cuisine, une cave à
vin, et encore une grande pièce que les petits-enfants
de mon mari apprécient quand ils nous rendent visite.
Il y a aussi une réserve.

— Vous dites qu'il n'y avait qu'une table de bridge et quelques chaises le jour de votre rencontre avec Mme Moreland ?

— Oui. La restauration de la maison avait été entreprise par les précédents propriétaires. À la suite de problèmes financiers, ils l'ont mise en vente et nous l'avons achetée. D'une manière générale, nous étions satisfaits du travail de l'architecte et ne voulions pas engager d'autres frais de rénovation. La décoration intérieure n'avait pas commencé et c'est alors qu'on m'a recommandé Alexandra Moreland.

— Bien. » Billy regarda Jennifer et ils se levèrent. « Vous nous avez dit que Mme Moreland possédait une clé de la maison. Y est-elle revenue après la disparition de Matthew ?

— Je ne l'ai jamais revue. Je sais qu'elle est passée à un certain moment récupérer son porte-documents, ses échantillons et le reste. Franchement, je ne me souviens pas qu'elle ait rapporté la clé, mais nous avons fait changer toutes les serrures lorsque nous avons emménagé.

— Vous n'avez pas chargé Mme Moreland de la décoration intérieure ?

— J'ai estimé qu'elle ne serait pas en état sur le plan émotionnel de mener à bien un tel projet. Je ne pouvais courir le risque qu'elle sombre dans la dépression et me laisse en plan.

— Puis-je vous demander qui a décoré cette maison ?

— Bartley Longe. Peut-être en avez-vous entendu parler. Il est extrêmement brillant.

162

— Ce qui m'intéresserait, c'est de savoir à partir de quel moment il est intervenu. »

Le cerveau de Billy tournait à plein régime. Cette maison était vide le jour de la disparition de Matthew. Zan Moreland y avait accès. Était-il possible qu'elle ait amené son enfant ici et l'ait caché dans l'une des pièces ou au sous-sol ? Personne n'aurait eu l'idée de le chercher là. Elle aurait pu ensuite revenir au milieu de la nuit et l'emmener ailleurs, vivant ou mort.

« Oh, Bartley a pris les choses en main très rapidement. Je n'avais pas formellement confié le travail à Alexandra Moreland. Nous en étions au stade des discussions. Et maintenant, inspecteur Collins, si vous n'y voyez pas d'inconvénient... »

Billy l'interrompit : « Nous avons fini, madame Aldrich.

— Maria va vous raccompagner. »

La gouvernante les précéda dans le couloir et sortit leurs manteaux de la penderie. Sous son air impassible, elle bouillait de colère en son for intérieur. Bien sûr que Bartley Longe avait pris aussitôt la suite de cette gentille jeune femme. Sa Majesté avait eu une aventure avec lui et laissé cette pauvre Mme Moreland faire tous ces plans pour rien. Elle ne l'admettrait jamais aujourd'hui, mais elle était déjà décidée à ne pas donner suite aux propositions de Mme Moreland avant même la disparition de son enfant.

Jennifer commença à boutonner son manteau. « Merci, madame Garcia, dit-elle.

— Inspecteur Collins... », commença Maria Garcia en se tournant vers Billy.

Elle se tut. Elle avait été sur le point de dire qu'elle se trouvait dans la pièce quand Mme Aldrich avait donné rendez-vous à Alexandra Moreland ici, et non à Beekman Place. Mais que pouvait valoir sa parole contre celle de sa patronne ? soupira-t-elle. Et quelle importance en fin de compte ? Elle avait vu les photos dans le journal. Il n'y avait aucun doute. Mme Moreland avait enlevé son propre enfant.

« Vous vouliez me dire quelque chose ? demanda Billy Collins.

— Oh, non, non. » Elle soupira : « Je voulais seulement vous souhaiter une bonne journée à tous les deux. »

33

Il avait à nouveau tenté d'appeler Gloria dans la soirée, sans obtenir de réponse. À quoi jouait-elle avec lui ? Il finit par la joindre à minuit et s'aperçut aussitôt qu'elle avait perdu beaucoup de son arrogance. Sa voix paraissait lasse et indifférente quand elle répondit : « Qu'est-ce que tu veux ? »

Il prit soin de garder un ton mesuré et amical : « Gloria, je sais combien toute cette histoire a été pénible pour toi. » Il se retint d'ajouter « au moins autant que pour moi ». Ce qui aurait aggravé chez elle l'impression d'être prise au piège.

« J'ai réfléchi, Gloria, poursuivit-il. Je vais te donner plus que les deux cent mille dollars dont nous étions convenus. Tu auras le triple : six cent mille dollars en liquide, dès la fin de la semaine prochaine. »

Son exclamation de surprise le ravit. Était-elle à ce point stupide pour tomber dans le panneau ? « Je ne te demanderai qu'une seule chose encore, c'est de te montrer une dernière fois dans cette église franciscaine vers cinq heures moins le quart. Je te dirai à quelle date exactement.

— Tu ne crains pas que je me confesse à nouveau ? »

Si elle était dans cette pièce, je la tuerais sur-le-champ, pensa-t-il. Mais il éclata de rire. « Je me suis renseigné. Tu avais raison à propos du secret de la confession.

— Tu n'as donc pas suffisamment torturé la mère de Matthew ? Pourquoi faut-il que tu la tues ? »

Pas pour la même raison que celle qui va me forcer à te supprimer, pensa-t-il. Tu en sais trop. Je n'ai jamais été sûr que ta soi-disant conscience morale n'allait pas refaire surface un jour ou l'autre. En ce qui concerne Zan, je ne serai tranquille que le jour où l'on organisera ses funérailles.

« Je n'ai pas l'intention de la tuer, Gloria. C'était seulement un mouvement d'humeur.

— Je ne te crois pas. Je sais à quel point tu la hais. »

Une colère mêlée de frayeur perçait dans sa voix.

« Gloria, qu'est-ce qu'on disait au début de cette conversation ? Rappelle-toi. Je vais te refiler six cent mille dollars en liquide, de vrais billets américains, que tu pourras mettre dans un coffre à la banque et qui te permettront de vivre tranquillement et de faire la seule chose dont tu crèves d'envie, monter sur une scène à Broadway ou tourner dans un film. Tu es très belle. Et, contrairement à toutes les poupées Barbie de Hollywood, tu es un vrai caméléon. Capable d'imiter la démarche et la voix de n'importe qui. Aussi douée qu'Helen Mirren dans *The Queen*. Tu as un talent énorme. Accorde-moi encore une semaine. Dix jours maximum. Je veux que tu retournes dans cette église, je te dirai comment t'habiller. Dès l'instant où tu quitteras les lieux, tout sera fini. Nous nous retrouverons quelque part dans les environs et je te donnerai cinq mille dollars. C'est le maximum que tu peux avoir sur toi au cas où tu serais fouillée à l'aéroport.

— Et ensuite ?

— Ensuite, tu regagneras Middletown. Tu attendras jusqu'à neuf ou dix heures du soir, puis tu abandonneras Matthew dans un grand magasin ou dans un centre commercial. Après ça, tu prendras un avion pour la Californie ou le Texas, comme tu voudras, et tu démarreras une nouvelle vie. Je sais que tu t'inquiètes pour ton père. Tu pourras lui raconter que tu étais en mission pour la CIA, par exemple.

— Dix jours, pas plus. » Sa voix était moins impérative, on la sentait presque convaincue. Elle ajouta : « Mais comment vais-je toucher le reste de l'argent ? »

C'est un problème que tu n'auras pas, pensa-t-il. « Je le l'adresserai où tu voudras.

— Mais comment être sûre que le paquet arrivera et, s'il arrive, qu'il ne sera pas bourré de vieux journaux ? »

Tu n'as pas confiance, hein ? se dit-il avec un ricanement. Tendant la main vers le double scotch auquel il s'était promis de ne toucher qu'après lui avoir parlé, il répondit : « Dans ce cas, Gloria, tu pourras toujours revenir au plan B. Te trouver un avocat, lui raconter ton histoire, signer un contrat avec un éditeur, puis aller trouver la police. Entre-temps, on aura retrouvé Matthew en pleine santé, et il saura seulement que Glory a bien pris soin de lui.

— Je lui ai souvent fait la lecture. Il est plus intelligent que la plupart des enfants de son âge. »

Je suis certain que tu as été une vraie nounou pour lui, songea-t-il. « Gloria, tout sera bientôt fini et tu vas être riche.

— D'accord, je regrette de m'être énervée. C'est simplement que la femme qui habite à côté s'est pointée ce matin avec ses foutus muffins. Je sais qu'elle venait juste fouiner pour voir qui j'étais. »

Il parvint à garder son calme :

« Tu ne m'en as pas parlé. Est-ce qu'elle a vu Matthew ?

— Non, mais elle a aperçu un de ses jouets, un camion, et elle m'a dit qu'elle aimait beaucoup garder les enfants, au cas où j'aurais besoin d'une baby-sitter. Je lui ai dit que ma sœur m'avait aidée à emménager et que c'était le camion de son petit garçon.

— C'est bien.

— C'est la copine de la femme de l'agence immobilière. Je lui avais dit, à elle, de ne pas se déranger, que j'arriverais le soir. Encore une fouineuse, celle-là ! Je sais qu'elle est passée en voiture devant la maison le lendemain matin de mon arrivée. »

Il se sentit tout à coup baigné de sueur : *Faute d'un clou le fer fut perdu, faute d'un fer le cheval fut perdu...* Comment puis-je me souvenir de cette vieille comptine en ce moment ? s'étonna-t-il. Son esprit analysa les scénarios possibles. La femme aux muffins qui vient fureter avec sa copine agent immobilier. Non. Il préférait ne pas y penser.

Dorénavant, le temps lui était mesuré.

Il parvint avec peine à garder un ton rassurant : « Écoute, Gloria, tu t'inquiètes pour rien. Compte le peu de jours qui restent.

— Tu parles que je vais les compter. Et pas seulement pour moi. Il y a ce petit bonhomme qui ne veut plus rester caché. Il veut retrouver sa maman. »

34

Kevin Wilson arriva chez sa mère à dix-neuf heures, à la fin du bulletin d'informations sur Channel 2. Il avait sonné à la porte à deux reprises, puis était entré avec sa clé. C'était un arrangement conclu de longue date. « De cette manière, si je suis au téléphone ou en train de m'habiller, je n'ai pas besoin de courir à la porte », lui avait dit sa mère.

Mais quand il entra dans l'appartement, Catherine Kelly Wilson, Cate pour les intimes, une petite dame de soixante et onze ans, n'était ni dans sa chambre ni au téléphone. Elle avait le regard rivé sur la télévision et ne leva même pas les yeux quand il pénétra dans le salon.

L'appartement de trois pièces que Kevin lui avait acheté était dans la 57e Rue, non loin de la Première Avenue. Il était situé à proximité d'une ligne de bus qui traversait la ville, d'un cinéma où l'on pouvait se rendre à pied et, plus important pour elle, de l'église Saint-Jean-l'Évangéliste à un bloc de là.

Les réticences de sa mère à quitter son ancien quartier, trois ans plus tôt, quand il avait eu la possibilité d'acheter ce nouvel appartement, faisaient encore sourire Kevin. Aujourd'hui, elle s'y plaisait.

Il s'approcha de son fauteuil et l'embrassa sur le front.

« Bonsoir, mon chéri. Assieds-toi une minute, dit-elle, changeant de chaîne sans même lever les yeux vers lui. *Headline News* va commencer et il y a un sujet que je voudrais regarder. »

Kevin mourait de faim et aurait préféré aller sans attendre au Neary's. Ce n'était pas seulement son restaurant favori, il avait aussi l'avantage d'être de l'autre côté de la rue.

Il s'installa sur le divan et jeta un coup d'œil autour de lui. Le divan, et le fauteuil assorti sur lequel sa mère était assise faisaient partie du mobilier familial, et elle avait obstinément refusé de s'en séparer quand elle avait déménagé. Kevin avait donc fait recouvrir les deux sièges, de même qu'il avait fait rénover l'ensemble de la chambre à coucher qui datait de son mariage. « Ces meubles sont en placage d'acajou, Kevin, j'y tiens comme à la prunelle de mes yeux. » Et il avait également fait restaurer la table et les chaises de la salle à manger, « en trop bon état pour être jetées ». Elle l'avait néanmoins autorisé à remplacer le tapis d'Orient usé jusqu'à la corde. Il ne lui avait pas avoué combien avait coûté le nouveau.

Le résultat était un appartement chaleureux empli de photos de son père et de ses grands-parents, de cousins divers et de vieux amis. Un endroit où Kevin se sentait bien dès qu'il y pénétrait, même après une journée épuisante. Où il se sentait *chez lui*.

C'était exactement cette notion que Zan Moreland avait voulu exprimer quand elle lui avait dit : « Les gens veulent se sentir chez eux, pas dans un musée. »

Kevin avait passé une partie de la journée à s'interroger. Pourquoi n'avait-il pas simplement renvoyé les dessins et les échantillons de Zan Moreland à son bureau avec une note expliquant que Bartley Longe lui paraissait plus apte à mener ce projet ?

Qu'est-ce qui l'avait retenu ? Dieu sait que sa secrétaire, Louise, ne s'était pas privée de lui faire remarquer qu'il perdrait son temps avec une ravisseuse doublée d'une affabulatrice : « Croyez-moi, Kevin, j'ai été stupéfaite en voyant cette femme débarquer au bureau et ne tenir aucun compte de ce que je lui disais. Quand je lui ai conseillé d'emporter ses affaires, lui proposant même de les lui renvoyer par la poste, quelle a été sa réaction ? Elle est partie en courant à votre recherche et a essayé envers et contre tout d'obtenir le contrat. Écoutez, ils l'arrêteront et l'emmèneront à Rickers Island avant même que vous ayez pris une décision. »

Sans dissimuler son irritation, Kevin avait répliqué : « Si elle est arrêtée, elle sera libérée sous caution. » Puis il avait carrément demandé à Louise de ne plus aborder le sujet, et elle avait pris alors un air outragé, vexée au point de lui donner du « monsieur Wilson » pendant le restant de la journée.

« Kevin, regarde ! Ils montrent les photos de cette femme, Alexandra Moreland, en train de prendre son enfant dans sa poussette. Quel aplomb de mentir ainsi à la police. Tu imagines ce que doit ressentir le père en ce moment ? »

Kevin se leva brusquement et alla se poster devant la télévision. Il y avait une photo d'Alexandra soulevant un petit garçon de sa poussette et une autre où

elle s'éloignait avec lui dans l'allée. Les photos restèrent à l'écran tandis que le présentateur poursuivait :
« Nous la voyons maintenant arriver précipitamment
dans Central Park après avoir appris par la police que
son fils avait disparu. »

Kevin étudia l'image. Zan Moreland semblait
bouleversée. On lisait une souffrance indicible dans
son regard. La même expression qu'il avait vue sur
son visage cet après-midi, quand elle l'avait supplié de
lui laisser une chance de prouver son innocence.

Supplié ? À la réflexion le mot était trop fort. Elle
lui avait laissé le choix, lui disant que s'il préférait le
projet de Bartley Longe, elle comprendrait.

Elle a l'air en proie à une telle détresse, pensa-t-il.
Il écouta avec attention le présentateur : « Hier on
aurait dû fêter le cinquième anniversaire de Matthew
Carpenter et aujourd'hui, tout le monde se demande si
sa mère l'a confié à la garde de quelqu'un... ou si le
pauvre enfant n'est plus en vie. »

Ces deux derniers mois, Zan avait multiplié les
visites aux appartements-témoins et passé de longues
heures à en concevoir l'aménagement, se rappela-t-il.
Lorsque je l'ai vue hier, à Carlton Place, j'ai senti à quel
point elle était secouée, malgré ses efforts pour rester
calme. Pourquoi un tel désarroi si elle savait que son
enfant est en sûreté ? Est-il possible qu'elle l'ait tué ?

Non, c'est impossible. Non, en mon âme et
conscience, je suis certain que Zan n'est pas une meur-
trière.

Kevin s'aperçut que sa mère s'était levée. « Il est
difficile de mettre en doute des preuves aussi tan-
gibles, disait Catherine Wilson. Et pourtant, comment

rester indifférent devant l'expression de cette jeune femme quand elle apprend la disparition de son enfant ? Bien sûr, tu es trop jeune pour t'en souvenir, mais quand le bébé des Fitzpatrick est mort en tombant par la fenêtre de notre immeuble, c'est l'expression que j'ai vue dans le regard de sa mère, une douleur si grande qu'en on avait le cœur brisé. Mme Moreland doit être une fameuse comédienne.

— Si elle joue la comédie », répliqua malgré lui Kevin, étonné lui-même de prendre la défense de Zan.

Surprise, sa mère le regarda. « Que veux-tu dire ? Tu as vu ces photos, n'est-ce pas ?

— Oui, je les ai vues, je ne sais pas pourquoi j'ai dit ça. Allons dîner. Je meurs de faim. »

Ce ne fut que plus tard, à leur table habituelle du Neary's, que Kevin raconta à sa mère qu'il avait envisagé d'engager Alexandra Moreland pour décorer les trois appartements-témoins.

« Naturellement, j'imagine qu'il n'en est plus question dans les circonstances actuelles, coupa Catherine Wilson d'un ton péremptoire. Mais dis-moi, à quoi ressemble-t-elle de près ? »

Elle a un visage qu'on ne peut oublier, pensa Kevin. Avec ses yeux expressifs, cette bouche sensuelle. « Elle est plutôt grande, mince, élégante. Elle a une démarche de danseuse. Hier ses cheveux retombaient sur ses épaules, comme sur les photos. Aujourd'hui, ils étaient ramassés en chignon. » Il se rendit compte qu'il faisait un portrait de Zan très personnel.

« Mon Dieu, il semble qu'elle ne te soit pas indifférente ! » s'exclama sa mère.

Kevin réfléchit un long moment. Il y avait quelque chose de particulier chez Zan. Il se souvint de son trouble en sentant son épaule effleurer la sienne quand elle avait critiqué certains aspects du projet de Bartley Longe. À ce moment précis, elle avait vu les photos de Central Park et savait les difficultés qu'elle aurait à surmonter.

« Elle m'a seulement demandé de lui donner un peu de temps pour prouver que ces photos étaient truquées, dit-il. Je n'ai pas besoin de choisir tout de suite entre son projet et celui de Bartley Longe. Et ce n'est pas mon intention. Je reste sur mes positions. Je tiens à lui donner sa chance.

— Kevin, tu pars toujours à la rescousse des opprimés, dit sa mère. Mais tu vas peut-être trop loin, cette fois-ci. Tu as trente-sept ans et je commence à craindre de me retrouver avec un célibataire irlandais sur les bras. Pour l'amour du ciel, ne te lance pas dans une aventure avec quelqu'un qui est dans une situation désespérée. »

Sur ce, leur vieil ami Jimmy Neary vint les saluer à leur table. Il avait entendu les dernières paroles de Catherine. « Je ne peux que donner raison à votre mère, Kevin, dit-il. Si vous êtes prêt à vous ranger, j'ai une liste d'un kilomètre de long de jeunes femmes qui ont déjà jeté leur dévolu sur vous. Soyez raisonnable. Ne cherchez pas les ennuis. »

Comme il l'avait promis, Willy raccompagna Zan chez elle en taxi. Il proposa à frère Aiden de le déposer en chemin, mais ce dernier refusa : « Non, allez-y. Je vais rester un peu avec Alvirah. »

En lui disant bonsoir, frère Aiden regarda Zan dans les yeux et dit : « Je prierai pour vous, avant de lui prendre la main et de la serrer.

— Priez surtout pour que mon petit garçon soit sain et sauf, répondit Zan. Ne vous donnez pas la peine de prier pour moi, mon père. Dieu a oublié que j'existais. »

Frère Aiden ne chercha pas à lui répondre. Il s'écarta pour la laisser sortir. « Je ne vais pas m'attarder plus de cinq minutes, Alvirah, promit-il après que la porte se fut refermée sur Zan et Willy. J'ai compris que cette jeune femme ne souhaitait pas ma compagnie, et je n'ai pas voulu m'imposer, même pour un court trajet en voiture.

— Oh, Aiden, soupira Alvirah. Je donnerais cher pour croire que ce n'est pas Zan qui a enlevé Matthew, mais c'est elle. Personne ne peut en douter.

— Pensez-vous que l'enfant soit en vie ?

— Je ne l'imagine pas plus s'attaquant à son fils

que moi en train de planter un couteau dans le cœur de Willy.

— Vous m'avez dit n'avoir connu Mme Moreland qu'après la disparition de son fils », continua frère Aiden.

Attention, s'exhorta-t-il. Alvirah ne doit pas deviner que tu as déjà rencontré Alexandra Moreland.

« Oui, j'ai fait sa connaissance parce que j'avais écrit un article à son sujet et elle m'a téléphoné pour me remercier. Oh, Aiden, il est possible que Zan souffre de catatonie, peut-être même de schizophrénie. En tout cas, je ne l'ai jamais entendue mentionner personne qui pourrait élever Matthew à sa place.

— Elle n'a pas de famille ?

— Elle est enfant unique. Comme l'était sa mère, et son père avait un frère qui est mort quand lui-même était adolescent.

— A-t-elle une amie proche ?

— Je suis sûre qu'elle a des amis, mais si proche que vous soyez, qui accepterait d'être impliqué dans un kidnapping ? Pourtant, à supposer qu'elle ait abandonné Matthew quelque part sans savoir où, je suis convaincue que, dans son esprit, l'enfant a disparu. »

Dans son esprit, l'enfant a disparu. Frère Aiden méditait encore cette pensée lorsque, quelques minutes plus tard, le portier héla un taxi à son intention dans la rue.

« *Je confesse avoir participé à un acte criminel et être complice d'un meurtre imminent.* »

Cette jeune femme souffre-t-elle vraiment de schizophrénie ou, comme on dit aujourd'hui, de troubles dissociatifs de l'identité ? Et dans ce cas, était-ce l'amie d'Alvirah, la personnalité réelle, qui a tenté de s'exprimer quand elle s'est précipitée dans la salle de réconciliation ?

Le taxi attendait. Se raidissant contre la douleur qui irradiait dans ses genoux au moment où il s'installait sur la banquette arrière, frère Aiden réfléchit. Il était tenu par le secret de la confession. Il lui était impossible de faire la plus petite allusion à ce qu'elle lui avait confié. Elle m'a demandé de prier pour son enfant, se rappela-t-il. Mais si un meurtre est sur le point d'être commis, je vous supplie, mon Dieu, d'intervenir et de l'arrêter.

Ce que le vieux religieux ignorait, c'était qu'il n'y avait pas un, mais trois meurtres en préparation. Et que le sien était le premier sur la liste.

36

Le jeudi matin, Josh était déjà à l'agence quand Zan arriva, à huit heures. À son expression, elle comprit aussitôt qu'il s'était produit un autre incident. Trop hébétée pour ressentir autre chose que de la résignation, elle se contenta de lui demander : « Que se passe-t-il ?

— Zan, tu m'as bien dit que Kevin Wilson avait accepté d'attendre quelque temps avant de choisir entre toi et Bartley ?

— Oui. Mais avec les photos parues ce matin dans la presse où l'on me voit partir en ambulance, il n'y a plus d'espoir. Je serais surprise si tout le dossier que j'ai laissé sur place ne nous était pas renvoyé avant midi.

— Zan, dit Josh, tendu, c'est probablement vrai, mais je ne te parle pas de ça. Comment as-tu pu commander tissus, meubles et tentures murales pour ces appartements avant d'avoir le feu vert ?

— Tu plaisantes ? se récria Zan.

— J'aimerais bien. Mais tu l'as fait ! Mon Dieu, tu as absolument *tout* commandé ! Nous avons déjà les bons de livraison pour les tissus. Sans parler du coût, où allons-nous stocker tout ça ?

— Ils n'auraient jamais commencé les livraisons sans avoir reçu une avance », dit Zan.

Je peux prouver que c'est une erreur, pensa-t-elle, affolée.

« J'ai appelé la fabrique de tissus Wallington, Zan. Tu leur as proposé par écrit de ne pas verser les dix pour cent d'acompte habituels en déclarant que tu payerais la totalité dès que tu aurais reçu le contrat signé par Kevin Wilson. Tu prétends qu'il est déjà signé, et que le chèque doit arriver dans les prochains jours. »

Josh saisit une feuille de papier sur son bureau. « Je leur ai demandé de me faxer une copie de ta lettre. La voilà. Elle est à notre en-tête et c'est ta signature.

— Je n'ai ni écrit ni signé cette lettre, protesta Zan. Je jure, Josh, que je n'ai pas signé cette lettre, et que je n'ai rien commandé pour la décoration de ces appartements. Les seules choses que j'aie jamais prises chez ces fournisseurs ce sont des échantillons de tissus, de tentures et de rideaux, et des photos des meubles et des tapis persans que j'avais l'intention d'utiliser si ma proposition était acceptée.

— Zan…, commença Josh, puis il secoua la tête. Écoute, je t'aime comme une sœur. Il faut immédiatement prévenir Charley Shore. Quand j'ai appelé chez Wallington, je pensais que quelqu'un avait fait une erreur. Maintenant ils vont commencer à s'inquiéter du paiement. Et tu as envoyé des acomptes minimum pour retenir les tapis et une partie des meubles. Tu as sans doute fait les chèques sur ton compte personnel.

— Je n'ai pas signé cette lettre, répéta calmement Zan. Je n'ai pas fait de chèques sur mon compte personnel. Et je ne suis pas folle. » Sur le visage de Josh elle vit l'incrédulité se mêler à l'inquiétude. « Josh, je comprendrais que tu démissionnes. Si nos fournisseurs nous poursuivent et qu'un scandale éclate, je ne veux pas que tu y sois mêlé. On pourrait t'accuser de tremper dans une sorte d'escroquerie. Prends tes affaires et quitte l'agence. »

Le voyant figé sur place, elle ajouta avec amertume : « Avoue-le. Tu crois que j'ai kidnappé mon propre fils et que j'ai perdu la tête. Qui sait, peut-être suis-je dangereuse ? Peut-être vais-je t'assommer quand tu auras le dos tourné ?

— Zan, dit sèchement Josh, je ne vais pas te quitter, et je ferai tout pour t'aider. »

La sonnerie du téléphone retentit, aiguë, insistante. Josh décrocha, écouta et dit : « Elle n'est pas encore arrivée. Je lui transmettrai le message. »

Zan le regarda griffonner un numéro de téléphone. Quand il eut raccroché, il dit : « C'était l'inspecteur Collins. Il voudrait que tu te rendes aujourd'hui au commissariat de Central Park avec ton avocat. Dès que possible. Je vais appeler Charley Shore. Il est tôt mais il m'a dit qu'il arrivait toujours à son cabinet à sept heures et demie. »

Je me suis évanouie hier, pensa Zan. Je ne peux pas, je ne veux pas recommencer aujourd'hui.

La veille au soir, après que Willy l'eut raccompagnée, elle était restée étendue sur son lit, en proie à un désespoir profond, muet, avec une seule lampe allumée près de la photo de Matthew. Sans raison, le regard compatissant du religieux, l'ami d'Alvirah, lui revenait à l'esprit. J'ai été impolie envers lui, pourtant je sentais qu'il voulait m'aider. Il a dit qu'il allait prier pour moi, mais je lui ai dit de prier plutôt pour Matthew. Quand il a pris mes mains dans les siennes, j'ai eu l'impression qu'il me bénissait. Peut-être voulait-il simplement m'aider à affronter la vérité ?

Pendant toute la nuit, à part les brèves périodes pendant lesquelles elle s'était assoupie, Zan avait veillé, sans quitter des yeux la photo de Matthew. Aux premières lueurs du jour, elle avait murmuré : « Mon tout-petit, je ne crois plus que tu sois en vie. Je me suis fait des illusions. Tu es mort, et c'est fini pour moi aussi. Je ne sais pas ce qui m'arrive. Je n'ai plus le courage de lutter. Je pense qu'au plus profond de moi, pendant tous ces mois, j'ai vraiment cru que tu avais été enlevé par un criminel qui avait abusé de toi avant de tuer. Je n'aurais pas pensé en arriver là, mais il y a un flacon de somnifères dans ce tiroir qui va nous réunir. Le temps est venu. »

Envahie par un sentiment de soulagement et d'épuisement, elle avait fermé les yeux. Puis, évoquant l'image de frère Aiden, elle avait demandé pardon et tendu la main vers le flacon. C'est alors qu'elle avait entendu la voix de Matthew l'appeler : « Maman, maman. » Elle avait bondi hors du lit en hurlant : « Matthew ! Matthew ! » Et à cet instant, contre toute évidence, elle avait su avec une certitude absolue que son petit garçon était toujours vivant.

Matthew est en vie, pensa-t-elle farouchement tandis que Josh parlait à Charley Shore. Après avoir raccroché, il dit : « Me Shore passera te prendre à dix heures et demie. »

Zan hocha la tête. « Tu as dit que j'avais sans doute payé des acomptes pour les fournitures sur mon compte personnel. Peux-tu consulter mon solde sur l'ordinateur ?

— Je ne connais pas ton mot de passe.

— Tu le connaîtras désormais. C'est "Matthew". J'ai un peu plus de vingt-sept mille dollars en banque. »

Josh s'assit devant l'ordinateur et frappa rapidement les touches du clavier.

Zan l'observa. Il paraissait troublé mais pas surpris. « Combien reste-t-il ? demanda-t-elle.

— Deux cent trente-trois dollars et onze cents.

— Mon compte a été piraté », dit-elle fermement.

Josh ignora sa remarque. « Zan, qu'allons-nous faire de toutes ces commandes que tu as passées ?

— Tu veux dire, toutes ces commandes que je n'ai pas passées, rectifia-t-elle. Écoute, Josh, je n'ai pas peur d'aller au commissariat et de parler à l'inspecteur Collins. Je pense qu'il y a une explication à toute cette histoire. Quelqu'un me hait au point de vouloir me détruire, et ce quelqu'un s'appelle Bartley Longe. J'en avais parlé à l'inspecteur Collins et à son adjointe au moment de la disparition de Matthew. Ils ne m'ont pas prise au sérieux. Je le sais. Mais si Bartley me hait au point de vouloir ruiner ma réputation et mon agence, peut-être qu'il me hait assez pour avoir enlevé mon fils et – qui sait ? – l'avoir confié à une amie qui désirait un enfant.

— Zan, ne répète pas ces propos aux flics. Ils les retourneront contre toi en un clin d'œil », l'implora Josh.

La sonnerie de l'interphone retentit. Josh répondit. C'était le concierge de l'immeuble. « Une livraison pour vous. C'est encombrant et sacrément lourd. »

Quelques minutes plus tard, vingt longs rouleaux de tissu envahissaient la pièce. Zan et Josh durent repousser le bureau sur le côté et empiler les chaises pour leur faire de la place. Une fois les livreurs partis, Josh ouvrit le bordereau attaché à l'un des rouleaux et le lut à haute voix : « Cent mètres de tissu à cent vingt-cinq dollars le mètre. Accord préalable, achat non remboursable. Paiement sous dix jours. Total, taxes incluses, treize mille huit cent soixante-quatorze dollars. »

Il regarda Zan. « Nous avons quarante mille dollars en banque et seize mille dollars de factures en attente de règlement. Tu étais tellement concentrée sur ces appartements-témoins que tu ne t'es pas occupée de quatre projets moins importants que nous avions en vue. Nous devons payer le loyer la semaine prochaine et le remboursement du prêt bancaire contracté pour créer la société, sans compter les frais habituels et nos salaires. »

Le téléphone sonna à nouveau. Cette fois, Josh ne se donna pas la peine de décrocher et laissa Zan répondre. C'était Ted. D'une voix amère et furieuse, il gronda : « Zan, j'ai rendez-vous dans un instant avec l'inspecteur Collins. Je suis le père de Matthew, j'ai des droits parentaux, des droits dont tu m'as volontairement privé. Je vais exiger qu'on t'arrête sur-le-champ et je ferai l'impossible pour te faire avouer ce que tu as fait de mon fils. »

37

Toby Grissom poussa la porte du commissariat du trei-zième district de Manhattan et, ignorant le tohu-bohu de la salle bondée, s'approcha du sergent à l'accueil.

« Je m'appelle Toby Grissom, commença-t-il timide-ment, mais il n'y avait plus une trace d'hésitation dans sa voix quand il ajouta : Ma fille a disparu, et je soup-çonne un de ces pontes de la décoration d'y être pour quelque chose. »

Le sergent le regarda : « Quel âge a votre fille ?

— Elle a eu trente ans le mois dernier. »

Le sergent dissimula son soulagement. Au moins ne s'agissait-il pas d'une de ces adolescentes en fugue qui tombaient entre les griffes d'un proxénète et finis-saient sur le trottoir ou disparaissaient pour de bon. « Monsieur Grissom, dit-il, si vous voulez bien vous asseoir, je vais demander à l'un de nos inspecteurs d'enregistrer votre déclaration. »

Il y avait deux bancs près de l'accueil. Toby, sa casquette de laine à la main, une enveloppe de papier kraft serrée sous son bras, s'assit sur l'un d'eux et observa avec une curiosité détachée le va-et-vient des policiers en uniforme qui entraient et sortaient, escor-tant parfois des individus menottés.

Quinze minutes plus tard, un homme d'une trentaine d'années, à la carrure imposante et aux cheveux blonds clairsemés, s'approcha calmement de Toby. « Monsieur Grissom, je suis l'inspecteur Wally Johnson. Désolé de vous avoir fait attendre. Si vous voulez bien me suivre dans mon bureau. »

Toby se leva docilement. « J'ai l'habitude d'attendre, dit-il. J'ai l'impression d'avoir toujours attendu une chose ou une autre pendant la plus grande partie de ma vie.

— Nous connaissons tous de tels moments, dit Wally Johnson. Par ici, je vous prie. »

Il le conduisit dans une vaste salle encombrée. La plus grande partie des bureaux étaient inoccupés, mais les dossiers éparpillés sur chacun d'eux suggéraient que les affaires en cours étaient activement suivies.

« J'ai de la chance, dit Wally Johnson en arrivant à son bureau et en approchant une chaise. Non seulement on m'a attribué une place près de la fenêtre avec vue sur la rue – qui vaut ce qu'elle vaut –, mais c'est un des endroits les plus tranquilles de tout le commissariat. »

Avec un aplomb qui le surprit, Toby l'interrompit : « Inspecteur Johnson, peu m'importe l'emplacement de votre bureau. Je suis ici parce que ma fille a disparu, et je pense qu'il lui est arrivé quelque chose ou qu'elle est mêlée à une affaire louche.

— Pouvez-vous m'expliquer ce que vous entendez par là ? »

Pendant un instant, Toby crut qu'il n'aurait plus le courage de débiter une fois encore toute son histoire, comme il l'avait fait chez Bartley Longe et chez les deux jeunes femmes qui logeaient avec Glory avant sa disparition. Il se reprit. Si je n'ai pas l'air crédible, pensa-t-il, cet inspecteur va m'envoyer paître.

« Le vrai nom de ma fille est Margaret Grissom, commença-t-il. Je l'ai toujours appelée Glory parce que c'était un bébé magnifique. Elle a quitté le Texas quand elle avait dix-huit ans pour venir à New York. Elle voulait être comédienne. Elle avait eu le prix de la meilleure actrice à son lycée, dans la pièce jouée par les élèves de dernière année. »

Seigneur, pensa Johnson, combien de ces gamines qualifiées de meilleure actrice au lycée se précipitent à New York ? C'est toujours le même scénario. *Jusqu'au bout du rêve.* Il se força à écouter le récit de Grissom. Sa fille qui adoptait le nom de Brittany La Monte, et qui était tellement gentille. À qui on avait offert de jouer dans des films pornos mais qui avait refusé bien sûr, et qui était devenue maquilleuse. Elle gagnait assez d'argent pour subvenir à ses besoins et même lui envoyer des petits cadeaux à son anniversaire et à Noël…

Johnson l'interrompit : « Vous dites qu'elle est venue s'installer à New York il y a douze ans. Combien de fois l'avez-vous vue depuis ?

— Cinq fois. Réglé comme du papier à musique. Glory passait toujours Noël avec moi une année sur deux. Sauf la dernière fois. Il y aura deux ans en juin prochain, elle a téléphoné pour dire qu'elle ne viendrait pas à Noël. Elle a dit qu'elle avait un nouveau job dont elle ne pouvait pas parler, mais qu'elle serait très bien payée. Quand je lui ai demandé si elle était entretenue par quelqu'un, elle a dit : "Oh non, papa, non, je te le promets." »

Et il l'a crue ! pensa Johnson, apitoyé.

« Elle a dit qu'elle avait reçu une avance pour ce job et qu'elle m'en donnerait la plus grande partie. *Vingt-cinq mille dollars*. Vous vous rendez compte ? Elle voulait être certaine que je ne manquerais de rien, parce qu'elle resterait longtemps sans me donner de nouvelles. J'ai pensé qu'elle travaillait peut-être pour la CIA ou quelque chose de ce genre. »

Ou, plus vraisemblablement, Margaret-Glory-Brittany s'était trouvé un milliardaire, pensa encore Johnson.

« La dernière fois que j'ai eu de ses nouvelles, c'était il y a six mois. J'ai reçu une carte postale postée de Manhattan où elle disait que son travail allait durer plus longtemps que prévu, qu'elle s'inquiétait pour moi et que je lui manquais, continua Grissom. C'est pourquoi je me suis décidé à venir à New York. Mon médecin m'a donné de mauvaises nouvelles de ma santé mais, surtout, j'ai le pressentiment que quelqu'un retient Glory prisonnière. Je suis allé voir les filles avec lesquelles elle partageait un appartement et elles m'ont dit que ce grand décorateur lui avait monté le bourrichon, qu'il lui faisait croire qu'il la présenterait à des gens de théâtre et qu'il ferait d'elle une star. Il l'a emmenée dans sa maison du Connecticut en week-end pour qu'elle y rencontre des gens importants.

— Qui est ce décorateur, monsieur Grissom ?

— Bartley Longe. Il a des bureaux du super luxe sur Park Avenue.

— Lui avez-vous parlé ?

— Il m'a raconté le même bobard qu'à Glory. Il m'a dit qu'il l'avait engagée de temps en temps, quand il faisait la promotion de ses appartements, et qu'il l'avait présentée à des personnalités du théâtre. Mais toutes lui avaient dit que Glory n'avait pas le talent nécessaire et que ce n'était pas la peine de harceler tout le monde avec elle. D'après ce qu'il dit, ça s'est arrêté là. »

Et c'est probablement la vérité, estima Wally Johnson. L'histoire classique du type qui promet la lune, a une petite aventure, se lasse de la fille et lui dit de ne pas revenir chez lui le week-end suivant.

« Monsieur Grissom, je vais mener une enquête, mais je crains qu'elle ne donne pas grand-chose. Cependant, j'aimerais en savoir davantage sur cet emploi à propos duquel votre fille est restée si mystérieuse. Pouvez-vous me dire quelque chose de plus précis à ce sujet ?

— Je ne sais rien », répondit Toby Grissom.

En posant cette question, Wally Johnson se traita intérieurement de faux jeton : je ferais mieux de dire à ce pauvre vieux que sa fille est sans doute une prostituée qui vit à la colle avec un mac, et qu'elle a intérêt à garder profil bas.

Néanmoins, il continua son interrogatoire de routine. Taille, poids, couleur des yeux, couleur des cheveux.

« Tous ces renseignements se trouvent dans le press-book de Glory, dit Toby Grissom. J'ai apporté quelques photos avec moi. » Il plongea la main dans l'enveloppe qu'il serrait contre lui et en sortit une demi-douzaine de photos grand format. « Vous savez, ils veulent que les filles aient l'air doux et innocent sur une photo, et sexy sur une autre, et si elles ont les cheveux courts, comme Glory, ils leur font porter des perruques ou je ne sais quoi. »

Wally Johnson parcourut rapidement les photos. « Elle est vraiment très jolie, dit-il, sincère.

— Oui, je sais. Je l'ai toujours préférée avec les cheveux longs, mais elle disait qu'il est plus facile avec des cheveux courts de porter une perruque, comme ça vous pouvez prendre l'apparence de n'importe qui.

— Monsieur Grissom, pouvez-vous me laisser le montage qui la montre dans différentes poses ? Il pourrait nous être utile.

— Bien sûr. » Toby Grissom se leva. « Je retourne dans le Texas. Je dois continuer mes séances de chimiothérapie. Le traitement ne va pas me guérir, mais peut-être me gardera-t-il en vie assez longtemps pour que je revoie ma Glory. » Il marcha vers la porte puis revint sur ses pas. « Vous irez parler à ce Bartley Longe ?

— Oui, comptez sur moi. Et si nous avons quelque chose de nouveau, nous reprendrons contact avec vous, je vous le promets. »

Wally Johnson glissa le photomontage de Margaret-Glory-Brittany sous la pendule de son bureau. Il avait l'intuition que la jeune femme était en vie, probablement mêlée à une histoire sordide, voire illégale.

Je vais passer un coup de fil à ce Bartley Longe, puis je classerai la photo de Glory à la place qui est la sienne, dans le dossier des affaires sans suite.

38

Le jeudi, à neuf heures du matin, Ted Carpenter se présenta au commissariat de police de Central Park. Hagard, épuisé par les évènements et les émotions de la veille, il annonça d'un ton brusque qu'il avait rendez-vous avec l'inspecteur Billy Collins. « Et il m'a dit que son adjointe serait avec lui », ajouta-t-il sans attendre la réponse du policier de l'accueil.

Ignorant son ton hostile, ce dernier lui annonça :

« Les inspecteurs Collins et Dean vous attendent, je vais les prévenir de votre arrivée. »

Moins de cinq minutes plus tard, Ted était assis à une table de réunion dans un petit bureau, en face de Billy Collins et de Jennifer Dean.

Billy le remercia de sa visite. « J'espère que vous vous sentez mieux, monsieur Carpenter. Lorsque votre secrétaire a téléphoné hier pour prendre rendez-vous, elle nous a dit que vous étiez souffrant.

— Je l'étais et je le suis toujours, répondit Ted Carpenter. Mais pas uniquement sur le plan physique. Avec tout ce que j'ai traversé depuis bientôt deux ans, voir ces photos et me rendre compte que mon ex-femme, la mère de Matthew, est coupable d'avoir enlevé mon fils, a failli me rendre fou. »

La colère vibrait dans sa voix. « Je me suis trompé en accusant la baby-sitter de s'être endormie quand elle aurait dû surveiller mon fils. Aujourd'hui, je commence à me demander si elle n'était pas de mèche avec mon ex-femme. Je sais que Zan donnait régulièrement à Tiffany des vêtements qu'elle ne portait plus. »

Billy Collins et Jennifer Dean avaient appris à ne jamais manifester leur surprise quoi qu'ils entendent. Mais chacun devina les pensées de l'autre. Voilà un angle qu'ils n'avaient jamais envisagé. Et, s'il contenait une part de vérité, quelle raison Tiffany Shields avait-elle de s'en prendre à Zan au point d'insinuer qu'ils avaient été drogués, Matthew et elle ?

Billy choisit de ne pas suivre cette piste. « Monsieur Carpenter, pendant combien de temps êtes-vous resté marié avec Mme Moreland ?

— Six mois. Où voulez-vous en venir ?

— Je veux seulement en venir à sa santé mentale. À l'époque de la disparition de Matthew, elle nous a dit qu'après la mort de ses parents vous étiez allé la rejoindre à Rome et que vous l'aviez aidée à organiser les funérailles, expédier leurs effets personnels, régler les formalités qui suivent un décès. Elle nous a dit qu'elle vous en était très reconnaissante.

— Reconnaissante ! C'est une façon de parler. Elle ne voulait pas que je quitte la pièce. Elle avait des crises de larmes, tombait dans les pommes pour un oui ou pour un non. Elle s'accusait d'être restée trop longtemps sans rendre visite à ses parents. Elle accusait Bartley Longe d'avoir refusé de lui accorder des vacances. Elle accusait les embarras de la circulation à Rome d'avoir provoqué la crise cardiaque de son père.

— Mais, en dépit de cette lourde charge émotionnelle, vous n'avez pas hésité à l'épouser ? demanda calmement Jennifer Dean.

— Nous étions sortis ensemble sans faire de projets particuliers, mais notre relation était peu à peu devenue plus sérieuse. Je pense que j'étais plus ou moins amoureux d'elle à ce moment-là. Elle est ravissante, comme vous avez pu le constater, et très intelligente. C'est une décoratrice d'intérieur talentueuse, grâce, je dois le reconnaître, à Bartley Longe qui l'a engagée à sa sortie du FIT, la fameuse école de design, et en a rapidement fait son bras droit.

— Vous pensez donc que Mme Moreland est injuste envers lui lorsqu'elle prétend que Bartley Longe l'a empêchée de rendre visite à ses parents ?

— Absolument. Elle savait parfaitement qu'il aurait piqué une crise si elle avait pris quelques semaines de congé, mais qu'il ne l'aurait jamais licenciée. Elle était trop importante pour lui.

— Vous sortiez avec Mme Moreland à cette époque. Lui avez-vous dit ce que vous pensiez de Longe alors ?

— Certainement. En fait, Longe lui avait donné une chance qu'un jeune designer ne rencontre qu'une fois dans sa vie. Il avait décroché un contrat prestigieux pour rénover le penthouse de Toki Swan, le chanteur rock, dans TriBeCa. Accaparé par un autre projet, une demeure à Palm Beach, il avait confié le travail à Zan. Elle était folle de joie. Elle ne serait pas partie en vacances pour tout l'or du monde.

— Mme Moreland avait-elle montré des signes de surmenage, ou annonciateurs d'une dépression, avant de prendre l'avion pour Rome ?

— D'après ce que j'ai compris, u... travail dont il l'avait chargée, Longe... rester pour l'aider à achever son projet... C'est à ce moment que la dispute a écla... donné sa démission. Comme je viens de... ce prétendu renvoi n'était qu'une plaisante...

— Après la mort de ses parents, n'auriez-pu l'aider sans l'épouser ? demanda Jennifer...

— Quand vous voyez quelqu'un enfermé da... voiture en flammes, est-ce que vous composez l... au lieu de lui porter secours ? Zan avait besoin d'a... un foyer. C'est ce que je lui ai donné.

— Mais elle vous a très vite quitté. »

Ted se raidit. « Je ne suis pas venu ici pour discuter de la durée de mon mariage avec la femme qui a enlevé mon fils. Zan a estimé qu'elle avait profité de mes sentiments pour elle et préféré partir. Ce n'est qu'après son départ qu'elle a découvert qu'elle était enceinte.

— Comment avez-vous réagi ?

— J'ai été agréablement surpris. Je m'étais rendu compte qu'il n'y avait rien de solide entre nous, mais je lui ai promis de l'aider à vivre confortablement et à élever notre enfant. Elle m'a confié qu'elle avait l'intention de créer sa propre agence de décoration. Ce que j'ai très bien compris. Après la naissance de mon fils, j'ai demandé à rencontrer la nounou qu'elle avait l'intention d'engager afin de juger par moi-même de sa compétence.

— L'avez-vous fait ?

— Oui. Et cette fille, Gretchen Voorhees, était parfaite. Je dirais même qu'elle était plus maternelle que Zan, qui était obnubilée par son désir de surpasser

ley Longe. Je peux vous assurer que le temps
elle a passé pour décrocher ce contrat avec Nina
drich était hors de proportion.

— Comment le savez-vous ?

— Gretchen me l'a raconté la veille de son départ.
'étais venu chercher Matthew pour passer l'après-
midi avec lui. Gretchen partait se marier en Hollande.

— Mme Moreland avait-elle engagé une rempla-
çante, et l'avez-vous rencontrée ?

— Je ne l'ai vue qu'une seule fois. Elle avait de
bonnes références. Elle paraissait très gentille. Mais
on ne pouvait visiblement pas compter sur elle. Elle
ne s'était pas présentée le premier jour et Zan s'est
rabattue sur Tiffany Shields qui a emmené mon fils à
Central Park et s'est soi-disant endormie sur l'herbe. »

Le visage de Ted Carpenter devint écarlate. Il
s'étrangla, incapable de continuer. Puis, serrant les
poings, il reprit d'une voix forte : « Je vais vous dire
ce qui est arrivé ce jour-là. Zan s'est rendu compte que
Matthew allait être un poids pour elle. Peut-être
l'avait-elle compris depuis longtemps. Gretchen m'a
raconté qu'elle était souvent venue le garder pendant
ses jours de congé parce que Zan était trop occupée
pour rester à la maison avec son enfant. Zan n'avait,
et n'a toujours, qu'un seul but : devenir une décoratrice renommée. Rien d'autre ! Elle en prend le chemin. Cette histoire selon laquelle elle dépense jusqu'à
son dernier sou pour lancer des détectives privés à la
recherche de Matthew n'est qu'un coup de relations
publiques. Si quelqu'un le sait, c'est bien moi. C'est
mon métier. Jetez un coup d'œil sur l'article que le
magazine *People* a consacré au premier anniversaire

de la disparition de Matthew. On la montre dans son modeste trois pièces, se plaignant de vivre chichement afin d'économiser le moindre sou pour retrouver Matthew, etc. Remarquez ensuite la façon dont elle ne cesse de parler de sa carrière de décoratrice.

— Vous dites que votre femme s'est débarrassée de votre enfant parce qu'il la gênait dans sa carrière ?

— Exactement. C'est une martyre-née. Combien de personnes ont perdu leurs parents dans un accident et ont continué à vivre normalement malgré leur douleur ? Si elle m'avait demandé d'assumer seul la garde de Matthew, je l'aurais fait sans hésitation.

— Avez-vous *demandé* à avoir la garde de l'enfant ?

— Autant demander à la Terre d'arrêter de tourner autour du Soleil. Comment les journaux auraient-ils présenté la chose ? » Ted se leva. « Je n'ai rien d'autre à ajouter sinon ceci : je présume que vous avez vérifié que les photos ont bien été prises dans Central Park. À moins qu'elles ne soient truquées – et vous ne l'avez pas mentionné –, je veux savoir pourquoi Alexandra Moreland n'a pas été arrêtée. Vous avez une preuve irréfutable qu'elle a enlevé mon fils. Il est clair qu'elle vous a menti tout au long de l'enquête. Mais il ne s'agit plus de ça. Les chefs d'accusation que vous devez maintenant retenir contre Alexandra Moreland sont l'enlèvement et le meurtre de Matthew. Qu'attendez-vous ? »

Au moment de s'en aller, incapable de retenir ses larmes, Ted Carpenter répéta : « Qu'attendez-vous ? »

39

Ce n'était pas seulement son arthrite aux genoux, cette douleur aiguë qu'il appelait avec un sourire désabusé sa visiteuse nocturne, qui avait maintenu frère Aiden éveillé pendant une bonne partie de la nuit. C'était le visage de cette femme venue se confesser à lui l'autre jour, cette femme dont il connaissait maintenant le nom : Alexandra Moreland.

Par quelle ironie du sort l'avait-il rencontrée chez **Alvirah et W**illy ? Entre deux et quatre heures du matin, il revécut chaque seconde de ces quelques instants passés avec elle. Il était manifeste que Zan Moreland, comme la nommait Alvirah, souffrait. L'expression de son regard était celle d'une âme en proie aux supplices de l'enfer, si l'on pouvait oser une telle comparaison. Elle avait dit : « Dieu a oublié que j'existe. »

Elle est sincère, pensa frère Aiden. Cependant, elle m'a demandé de prier pour son fils. Si seulement je pouvais l'aider ! Quand elle s'est confessée, elle a mentionné clairement qu'elle était mêlée à un crime et qu'un meurtre se préparait. Il n'y a aucun doute, c'était bien elle.

Alvirah la connaît, elle a reconnu son visage sur la vidéo de surveillance et confirmé que c'était elle qui figurait sur les photos prises dans Central Park. Si je pouvais seulement suggérer que Zan Moreland souffre du syndrome de la personnalité multiple, on pourrait la faire soigner et trouver un traitement qui libère son inconscient. Mais je ne peux rien révéler, même pour l'aider...

Il ne lui restait qu'à prier pour que la vérité éclate d'une manière ou d'une autre et permette de sauver l'enfant, s'il n'était pas trop tard. La lassitude finit par l'emporter et ses yeux se fermèrent. Il se réveilla avant le lever du jour et le visage de Zan Moreland emplit son esprit à nouveau. Mais il y avait autre chose. Quelque chose lui était venu en rêve. Un détail troublant. Un doute s'insinuait en lui, et il n'arrivait pas à en déceler l'origine.

Il récita une prière pour Zan Moreland et son petit garçon, puis sombra à nouveau dans un sommeil clément jusqu'à ce que sonne l'heure de la célébration de la messe de huit heures dans l'église basse.

Peu avant dix heures et demie, frère Aiden commençait à parcourir son courrier empilé sur son bureau quand on l'appela au téléphone. C'était Alexandra Moreland. « Mon père, dit-elle, je vais être brève. Mon avocat doit arriver d'une minute à l'autre pour m'accompagner au commissariat de police. Je suppose que je vais être arrêtée. Je voudrais m'excuser de m'être montrée discourtoise envers vous hier soir, et je vous remercie de prier pour Matthew. Je veux aussi vous avouer ceci : j'ai failli avaler un flacon de somnifères ce matin, mais le souvenir de votre regard bienveillant quand vous avez pris mes mains entre les vôtres m'a retenue. Quoi qu'il arrive, cette tentation ne me viendra plus. Je voulais vous remercier. Priez pour Matthew, et pour moi aussi, si vous le voulez bien. »

Clic. Stupéfait, frère Aiden resta immobile à son bureau. Voilà ce qui m'a troublé, le contact de ses mains.

Mais pourquoi ?

Qu'y avait-il de particulier ?

Après l'agréable dîner qu'elle avait partagé avec son amie Rebecca, ajouté aux manhattans et à quelques verres de vin, Penny avait dormi d'un sommeil profond et s'était même offert le luxe de boire au lit son café matinal. Confortablement appuyée à ses oreillers, elle avait regardé les informations à la télévision. On montrait à nouveau les photos de Zan Moreland kidnappant son enfant à Central Park et celles où on la voyait partir en ambulance.

« À moins de prouver que ces photos sont truquées, l'arrestation d'Alexandra Moreland me paraît imminente », expliquait le spécialiste juridique de la chaîne dans l'émission *Today*.

« Elle aurait dû avoir lieu dès hier ! s'écria Penny. Qu'est-ce qu'ils attendent, un signe du ciel ? » Outrée, elle se leva en secouant la tête, enfila une robe de chambre et rapporta sa tasse à la cuisine, où elle entreprit de préparer son copieux petit-déjeuner habituel.

Bernie téléphona pendant qu'elle sauçait consciencieusement la dernière trace de son œuf au plat. Il annonça en ronchonnant qu'il lui fallait attendre encore deux heures avant que son camion soit réparé et qu'il ne rentrerait pas avant le milieu de l'après-midi. « J'espère que Rebecca et toi n'avez pas boulotté tout le bœuf braisé, conclut-il.

— Il t'en reste bien assez », le rassura Penny.

Ah, les hommes, pensa-t-elle avec indulgence. Il est furieux parce qu'il est coincé dans une station-service à King of Prussia, et il cherche une raison pour passer ses nerfs sur moi. J'aurais dû lui dire que nous avions tout mangé et qu'il aurait une pizza surgelée pour le dîner.

Alors qu'elle chargeait le lave-vaisselle, Penny vit le facteur déposer le courrier dans la boîte aux lettres au bout de l'allée. Elle attendit que la camionnette eût disparu pour serrer sa robe de chambre autour d'elle et sortir de la maison. Ce sont peut-être les premiers jours du printemps, mais on ne s'en aperçoit guère, se dit-elle en s'emparant d'une petite pile de lettres avant de repartir en courant retrouver la chaleur de sa maison.

Quelques enveloppes contenaient des sollicitations provenant de diverses œuvres caritatives. Une autre renfermait un petit échantillon d'une nouvelle crème pour le visage. La dernière amena un sourire sur le visage de Penny. C'était une lettre d'Alvirah Meehan. Penny l'ouvrit rapidement. Une invitation à la réunion semestrielle du groupe de soutien aux gagnants de la loterie qui se tiendrait la semaine suivante dans l'appartement d'Alvirah et Willy Meehan.

Alvirah avait ajouté un mot personnel sur l'invitation : « Chère Penny, nous comptons sur vous et sur Bernie. Votre présence est toujours la bienvenue. »

Nous y serons, se réjouit Penny en se remémorant l'emploi du temps de Bernie. J'aimerais beaucoup avoir l'opinion d'Alvirah sur cette Alexandra Moreland.

Mais son sentiment de satisfaction s'évanouit tandis

qu'elle prenait sa douche et s'habillait. Quelque chose la tracassait au sujet de cette peste de Gloria Evans, la locataire de la ferme de Sy Owens. Ce n'était pas seulement son attitude désagréable quand elle lui avait apporté ses muffins aux myrtilles, ni la présence du petit camion dans le couloir. C'était autre chose. Cette femme était censée écrire un livre, mais même les écrivains en quête de tranquillité ne vous claquent pas la porte au nez.

Penny était de nature économe. Or il y avait encore autre chose qui la troublait concernant Gloria Evans – Rebecca lui avait dit qu'elle avait payé sans sourciller une année de loyer d'avance alors qu'elle ne comptait rester que trois mois.

Cette femme est louche, décida-t-elle. Elle ne s'est pas seulement montrée désagréable. Elle était visiblement nerveuse en venant m'ouvrir la porte. Je me demande si elle n'est pas impliquée dans un truc illégal, trafic de drogue ou je ne sais quoi. Une voiture pourrait s'engager la nuit dans cette voie sans issue sans que personne s'en aperçoive. La ferme de Sy Owens est complètement isolée.

J'irais volontiers faire un tour dans le coin, songea Penny. Avec le risque que Gloria Evans regarde par la fenêtre et me voie passer et repasser devant la maison. Mon manège lui mettrait la puce à l'oreille.

Tandis qu'elle appliquait son rouge à lèvres, seul maquillage qu'elle s'était jamais permis, elle s'esclaffa, étalant du rouge sur sa joue. « Bon sang ! s'exclamat-elle. J'ai trouvé ce qui me tarabuste au sujet de cette bonne femme. Elle me rappelle Alexandra Moreland. C'est cocasse non ? Quand je vais raconter à Alvirah que je suis la reine du suspense, elle va bien rire. »

41

Charley Shore ne put dissimuler son étonnement quand Josh lui ouvrit la porte de l'agence Moreland et qu'il vit les rouleaux de moquette qui occupaient la moitié du bureau.

« C'est un malentendu avec l'un de nos fournisseurs, voulut expliquer Josh.

— Pas du tout, le corrigea Zan. Monsieur Shore, ou plutôt Charley, puisque nous avons décidé de nous appeler par nos prénoms, quelqu'un passe des commandes pour un contrat que nous n'avons pas encore signé et cette même personne a piraté mon compte bancaire. »

Elle a perdu la tête, pensa Shore, se gardant de montrer autre chose que de l'inquiétude. « Quand vous en êtes-vous aperçu, Josh ?

— La première alerte date de quelques jours, lorsque l'achat d'un billet de première classe pour l'Amérique du Sud au nom de Zan a été débité sur le compte de la société, dit Josh d'un ton intentionnellement neutre. Ensuite sont venues des factures pour des vêtements coûteux, cette fois sur le compte de Zan. Et maintenant nos fournisseurs nous parlent de tentures, tapis et tissus que nous n'avons jamais commandés.

— Josh essaie de vous faire comprendre qu'il me prend pour une affabulatrice et qu'il ne croit pas à l'existence d'un hacker, intervint calmement Zan, mais le fait est là, et on ne devrait pas avoir de mal à le prouver.

— Comment ont été passées ces commandes ? demanda Charley Shore.

— Par téléphone, et... », commença Josh.

Zan l'interrompit :

« Montre la lettre à Charley. »

Josh lui obéit.

« Est-ce votre papier à lettres ? demanda l'avocat.

— Oui.

— Est-ce votre signature, Zan ?

— Elle lui ressemble, mais je n'ai pas signé cette lettre. D'ailleurs, j'aimerais l'apporter au commissariat. Quelqu'un usurpe mon identité et essaie de ruiner ma vie et mon travail, et c'est ce même individu qui a enlevé mon fils. »

Charles Robert Shore était un pénaliste renommé. La liste impressionnante des décisions de justice favorables à ses clients en faisait un avocat redouté par de nombreux procureurs. Pourtant il regretta pendant une fraction de seconde d'avoir cédé à son affection pour Alvirah Meehan et accepté de défendre son amie qui était manifestement psychotique.

Choisissant ses mots avec soin, il demanda : « Zan, avez-vous informé la police de cette usurpation d'identité ? »

Josh répondit à sa place. « Non, nous n'avons encore informé personne. Comprenez-nous. Il s'est passé trop de choses durant ces derniers jours.

— C'est normal, dit posément Charley. Je préfère ne pas évoquer ce problème devant les inspecteurs Collins et Dean aujourd'hui, Zan. Promettez-moi de ne rien leur dire.

— Pourquoi me tairais-je ? protesta Zan. Vous ne comprenez donc pas ? Tout ça fait partie d'un plan et, quand nous aurons découvert le fin mot de l'affaire, nous saurons où Matthew est séquestré.

— Zan, faites-moi confiance. Nous devons en discuter sérieusement avant de décider d'en parler aux inspecteurs et à quel moment. » Il consulta sa montre. « Il nous faut partir maintenant. Une voiture nous attend en bas.

— Je préfère entrer et sortir par la porte de service, l'informa Zan. Il y a toujours un journaliste qui traîne devant la porte principale. »

Charley Shore examina sa nouvelle cliente. Il y avait quelque chose de différent chez elle. Quand il l'avait déposée chez Alvirah la veille au soir, elle lui avait paru fragile, pâle, tremblante, sans ressort.

Aujourd'hui, elle était ferme et résolue. Un léger maquillage soulignait ses beaux yeux noisette frangés de longs cils. Ses cheveux auburn, ramenés la veille en un chignon serré, flottaient sur ses épaules. Elle avait troqué jean et gilet pour un tailleur-pantalon gris anthracite qui mettait en valeur sa mince silhouette, le tout égayé par une écharpe de couleur vive.

L'épouse de Charley, Lynn, était toujours vêtue avec élégance. En témoignait la facture mensuelle de l'American Express. Mais ces dépenses lui paraissaient une faible compensation pour toutes les occasions où il la laissait assister seule à un dîner ou à un spectacle au Lincoln Center sous prétexte qu'il préparait un procès important. Cependant, s'il devait choisir, il préférait l'image de Zan Moreland en victime que celle que les médias publieraient s'ils la photographiaient aujourd'hui.

Mais il n'y pouvait rien. Il ouvrit son téléphone portable et donna pour instructions à son chauffeur de les attendre à l'arrière du building.

Il faisait encore anormalement froid pour la saison, mais le soleil brillait et les nuages blancs qui flottaient dans le ciel annonçaient un temps sec. Charley leva les yeux, espérant que la clarté du jour était signe de chance. Il avait de sérieux doutes.

Une fois dans la voiture, pesant ses mots, il dit : « Vous devez suivre mes instructions à la lettre, Zan, c'est important. Si Collins ou Dean vous pose une question et que je vous dis de ne pas répondre, obéissez-moi. Je sais qu'il y aura des moments où vous brûlerez de leur clouer le bec, mais il ne faudra pas vous laisser emporter. »

Zan enfonçait ses ongles dans ses paumes et s'efforçait de ne pas lui laisser voir qu'elle était terrifiée. Elle avait confiance en Charley Shore. Il s'était montré bienveillant et paternel à son chevet la veille, avant de la conduire chez Alvirah. Elle savait aussi qu'il était convaincu qu'elle était la femme photographiée à Central Park. Et, bien qu'il cherchât à le cacher, il croyait manifestement que la commande adressée chez Wallington portait bien sa signature.

Un de ses livres préférés dans son enfance était *Alice au pays des merveilles*. Les mots « Qu'on lui tranche la tête, qu'on lui tranche la tête », lui traversèrent l'esprit. Mais Charley voulait sincèrement l'aider, et le moins qu'elle puisse faire était de suivre ses conseils. Elle n'avait pas le choix.

« Maman… Maman… » J'ai entendu la voix de Matthew ce matin, se souvint-elle. Je dois m'accrocher à la certitude qu'il est vivant et que je le retrouverai. C'est la seule chose qui puisse me maintenir debout.

La voiture était sur le point de s'arrêter devant le commissariat de Central Park. Un petit groupe de journalistes les attendait, armés de caméras de télévision.

« Oh, la barbe, murmura Charley Shore. Quelqu'un les a prévenus de notre arrivée. »

Zan se mordit les lèvres. « Je saurai m'en tirer.

— N'oubliez pas, Zan. Ne répondez pas à leurs questions. S'ils vous tendent un micro, ignorez-le. »

La voiture s'arrêta et Zan en descendit à la suite de Charley Shore. Les reporters se précipitèrent à leur rencontre. Zan ferma les yeux tandis que les questions fusaient. « Allez-vous faire une déclaration, madame Moreland ? » « Où est Matthew, madame Moreland ? » « Qu'avez-vous fait de lui ? » « Pensez-vous qu'il soit encore vivant ? »

Passant son bras autour des épaules de Zan, Charley tenta de l'entraîner vers le commissariat, mais elle se dégagea et se tourna vers les caméras. « Mon fils est en vie, déclara-t-elle d'une voix forte. Je crois savoir qui me hait au point de l'avoir kidnappé. J'ai essayé de le dire à la police il y a deux ans, mais ils ne m'ont pas écoutée. Je vais faire en sorte qu'ils m'entendent cette fois. »

Elle se tourna vers Charley et le fixa d'un air déterminé. « Je suis désolée, dit-elle, mais il est temps que quelqu'un commence à m'écouter et à chercher la vérité. »

Kevin Wilson louait un appartement dans TriBeCa, un quartier situé en bas de Greenwich Village et jadis occupé par de vieilles usines et des imprimeries poussiéreuses. C'était un vaste espace comprenant une cuisine et un bar, un séjour et une bibliothèque. Le mobilier en était résolument moderne, mais le bureau attenant comportait un large canapé de cuir et des fauteuils assortis agrémentés de poufs. La chambre à coucher était relativement petite, car le propriétaire avait déplacé la cloison pour aménager une salle de gymnastique. Une pièce d'angle faisait office de bureau. Partout, les baies vitrées laissaient entrer le soleil du matin au soir.

Kevin se plaisait dans cet endroit et avait récemment fait une offre pour l'acheter meublé. Il faisait déjà des plans pour l'aménager à son goût, prévoyant de réduire les dimensions de la salle de gymnastique pour ne garder que le minimum d'équipement, d'agrandir la chambre à coucher et la salle de bains, et de transformer la pièce d'angle en deux chambres supplémentaires avec une salle de bains contiguë.

Quant aux meubles, il avait déjà choisi ceux qu'il garderait et ceux qui finiraient chez Emmaüs. Sa mère se réjouissait de le voir enfin songer à s'installer. « Tu es le dernier de ta bande d'amis à être encore céliba-taire, ne cessait-elle de lui rappeler. Il est temps que tu renonces à tes aventures sans lendemain et que tu fasses ta vie avec une gentille fille. » Récemment, elle était passée à la vitesse supérieure ; « Toutes mes amies ne parlent que de leurs petits-enfants », s'était-elle plainte.

Après avoir dîné avec elle, Kevin était rentré se coucher. Une bonne nuit de sommeil, et il s'était réveillé à six heures, comme à son habitude. Céréales, jus d'orange, café, un coup d'œil à la première page du *Wall Street Journal* et du *Post*, puis une heure d'exercice dans la salle de gymnastique. Il regarda les informations du matin, tomba sur l'émission *Today*, où un expert judiciaire donnait son avis sur l'arresta-tion imminente d'Alexandra Moreland.

Mon Dieu, songea Kevin, est-ce possible ? Il res-sentit à nouveau le trouble qui s'était emparé de lui quand son épaule avait frôlé la sienne. Si ces photos prises dans Central Park ne sont pas truquées, c'est le signe qu'elle ne tourne pas rond.

Il prit sa douche et s'habilla, incapable d'effacer le visage de Zan de son esprit. Il y avait quelque chose d'infiniment triste et douloureux dans ses grands yeux expressifs. À l'origine c'était Louise qui avait appelé l'agence Moreland et invité Zan à soumissionner pour la décoration des appartements. Étrangement, il ne l'avait pas rencontrée durant toute la période où elle avait fait de constants allers-retours, jusqu'au jour où elle avait apporté ses dessins et ses échantillons. Elle les avait apportés seule. Bartley Longe était venu accompagné de son assistant qui marchait derrière lui en portant ses cartons.

C'était une des raisons pour lesquelles il n'aimait pas ce type. Son attitude l'avait exaspéré. « Je vais être ravi de travailler avec vous, Kevin », avait-il dit. Comme si l'affaire était conclue.

À huit heures moins dix, il était prêt. Il avait prévu de passer une partie de la journée au 701 Carlton Place, et choisi une tenue adéquate : chemise de sport, pull et pantalon de toile beige. Il jeta un coup d'œil dans la glace. Il avait besoin d'une bonne coupe, se dit-il en se brossant les cheveux.

J'étais tellement bouclé quand j'étais petit que maman disait que j'aurais dû être une fille, songea-t-il. Zan Moreland a de longs cheveux qui tombent droit sur ses épaules ; ils ont la couleur auburn des érables japonais. J'ignorais que j'avais une âme de poète, pensa-t-il, légèrement moqueur. Il attrapa une veste dans la penderie et quitta l'appartement.

Si Louise Kirk avait cinq minutes de retard, Kevin avait droit à ses récriminations véhémentes contre la circulation à New York qui, disait-elle, finirait par s'arrêter définitivement. Aujourd'hui, cependant, elle était arrivée avec quinze minutes d'avance.

Kevin lui avait confié qu'il regardait de temps en temps la télévision pendant sa gymnastique matinale.

« Vous avez vu *Today* ce matin, Kevin, quand ils ont parlé de Zan Moreland ? » demanda-t-elle avec curiosité.

Kevin sourit. Voilà qu'elle m'appelle de nouveau par mon prénom. J'en conclus que nous sommes redevenus amis.

« Oui, j'ai vu l'émission. »

Louise ne parut pas remarquer le ton sec de sa réponse. « Chacun peut constater que, sauf si ces photos sont truquées, et je donnerais ma main à couper qu'elles ne le sont pas, cette pauvre fille est folle.

— Louise, la "pauvre fille", comme vous appelez Alexandra Moreland, est non seulement une décoratrice d'intérieur de grand talent, mais une personne très attachante. Pourrions-nous désormais nous abstenir de porter des jugements et abandonner le sujet ? »

Kevin n'adoptait jamais une attitude autoritaire envers ceux qui travaillaient avec lui, que ce soit au bureau ou sur un chantier, mais, pour une fois, il n'avait pas essayé de dissimuler son irritation.

Enfant, poussé par sa mère, il avait pris des leçons de piano. Il était rapidement devenu évident pour eux trois – sa mère, son professeur et lui-même – qu'il n'avait pas le moindre talent de musicien, mais il avait toujours gardé un certain plaisir à pianoter. Il aimait un air en particulier : « The Minstrel Boy ».

Quelques fragments de cette ballade patriotique lui revinrent en mémoire. *« Tout le monde te trahit… Une épée, au moins, tes droits sauvera… Une harpe fidèle t'encensera ! »* Quelle épée défendrait Zan Moreland ?

Louise Kirk comprit le message. « Bien sûr, monsieur Wilson, répondit-elle d'une voix docile.

— Louise, pouvez-vous laisser tomber votre "monsieur Wilson" ? Nous allons faire un tour d'inspection de l'immeuble. Prenez votre carnet. J'ai remarqué que certains travaux avaient été bâclés, et il y a des gens qui vont avoir de mes nouvelles aujourd'hui. »

À dix heures, Kevin signalait à Louise des défauts de jointage dans trois douches des appartements du douzième étage, lorsque son portable sonna. Ne voulant pas être interrompu, il passa l'appareil à Louise.

Elle écouta puis répondit : « Je regrette, M. Wilson n'est pas disponible pour l'instant mais je lui transmettrai votre message. » Elle coupa la communication et lui rendit le téléphone. « C'était Bartley Longe. Il voudrait vous inviter à déjeuner aujourd'hui, ou sinon à dîner ce soir ou demain soir. Que dois-je lui dire ?

— Dites-lui que ce n'est pas possible pour le moment. »

Longe jubile à la pensée qu'il va l'emporter, songea-t-il, s'avouant à regret que c'était probable. Il fallait terminer les appartements-témoins. Le consortium propriétaire de l'immeuble se plaignait déjà du dépassement de budget et du retard des travaux. Ils voulaient voir avancer l'aménagement de ces appartements afin que le service des ventes puisse les faire visiter. Si Zan Moreland était arrêtée, il lui serait impossible de superviser le chantier. Or un décorateur doit être constamment sur place pendant cette période cruciale.

À dix heures quarante-cinq, Louise et lui étaient de retour dans le bureau quand l'un des ouvriers se présenta. « Dans quel appartement voulez-vous qu'on dépose les rouleaux de tissu et tout le reste, monsieur ?

— De quoi parlez-vous avec vos rouleaux de tissu et le reste ? »

L'ouvrier, un homme d'une soixantaine d'années au visage buriné, parut décontenancé par la question.

« Je parle de tout ce que le décorateur a commandé pour les appartements-témoins. Ils sont en train de faire la livraison. »

Louise répondit à la place de Kevin : « Dites aux livreurs qu'ils peuvent tout remporter. Pas une seule commande n'a été validée par M. Wilson. »

Kevin s'entendit avec stupéfaction rectifier : « Non. Mettez tout dans le plus grand appartement. » Il se tourna vers Louise. « Nous tirerons cette histoire au clair, dit-il, mais si nous refusons les livraisons, nous allons nous retrouver mêlés à l'affaire Moreland. Les fournisseurs feront un scandale auprès des médias. Je ne veux pas que cette histoire rejaillisse sur l'image de l'immeuble. »

Louise Kirk hocha la tête. Vous n'êtes pas insensible au charme de cette jeune dame, Kevin Wilson, se dit-elle.

Coup de foudre et conséquences...

43

Matthew commençait pour de bon à avoir peur de Glory. Elle l'avait effrayé la veille en se fâchant très fort contre lui parce qu'il avait laissé traîner son camion et que la dame l'avait vu. Il avait couru se cacher dans la penderie et elle l'avait enfermé. Ensuite, elle avait dit qu'elle regrettait, mais il ne pouvait s'arrêter de pleurer. Il voulait sa maman.

Il essayait de se rappeler son visage, mais il ne voyait qu'une ombre. Il se souvenait qu'elle l'enveloppait dans sa robe de chambre et que ses longs cheveux lui chatouillaient le nez. Il les repoussait de la main. Si elle était avec lui en ce moment, il ne les écarterait pas. Il les tiendrait très fort sans les lâcher, même si elle disait qu'il lui faisait mal.

Plus tard, après lui avoir mis ce truc qui sentait si mauvais sur les cheveux, Glory lui avait donné un des muffins que la dame avait apportés, mais il avait eu mal au cœur et avait vomi. Ce n'était pas à cause du muffin. Mais parce que quand maman n'allait pas travailler, elle faisait souvent des muffins avec lui. C'était comme le savon qu'il gardait sous son oreiller. Les muffins lui faisaient penser à sa maman.

Glory avait essayé d'être gentille. Elle avait lu une

histoire avec lui. Mais elle avait beau lui dire qu'il était très intelligent et lisait presque comme une grande personne, il ne s'était pas senti mieux. Puis Glory lui avait dit d'inventer une histoire. Il en avait imaginé une – celle d'un petit garçon qui avait perdu sa maman et savait qu'il devait partir à sa recherche. Elle ne plut pas à Glory. Il voyait qu'elle était fatiguée de s'occuper de lui. Lui aussi était fatigué, et il alla se coucher tôt.

Il dormait depuis un grand moment quand il fut réveillé par la sonnerie du téléphone. Bien que sa porte fût à peine entrebâillée, il entendit une partie de ce que disait Glory. Elle parlait de « garder ce gosse loin de sa mère ». Est-ce que c'était lui le gosse ? Était-ce à cause de Glory qu'il n'était pas avec maman ? Elle lui avait dit que maman voulait qu'il se cache parce que des gens très méchants voulaient le prendre.

Est-ce qu'elle lui mentait ?

44

Quand il quitta le commissariat à dix heures, Ted Carpenter se fraya un passage à travers les journalistes massés devant le bâtiment, les yeux résolument fixés sur sa voiture qui l'attendait non loin de là. Mais avant de l'atteindre, il s'arrêta et saisit l'un des micros qui lui étaient tendus. « Pendant presque deux ans, dit-il, en dépit de son instabilité émotionnelle, j'ai voulu croire que mon ex-femme, Alexandra Moreland, n'était en rien responsable de la disparition de mon fils. Ces photos sont la preuve irréfutable que je me trompais. Mon seul souhait désormais est qu'elle soit obligée de dire la vérité et que, par la grâce de Dieu, Matthew soit encore en vie. »

Assailli de questions, il secoua la tête. « S'il vous plaît. C'est tout ce que j'ai à dire. » Les yeux pleins de larmes, il monta dans la voiture et enfouit son visage dans ses mains.

Son chauffeur Larry Post démarra sans attendre. Quand ils eurent dépassé le commissariat, il demanda : « Voulez-vous rentrer chez vous, Ted ?

— Oui. »

Je n'ai pas le courage d'aller au bureau, songea-t-il. Je serais incapable de parler. Incapable entre autres de convaincre Jaime-boy, ce balourd ignorant, égocentrique et sans aucun talent, dont le reality show rapporte des milllions, de signer avec moi. Qu'est-ce qui m'a pris d'aller dîner avec cette sangsue de Melissa et sa bande de parasites hier soir, le jour de l'anniversaire de Matthew ? Mon ex-femme va être soumise à l'interrogatoire de la police et peut-être dira-t-elle ou fera-t-elle quelque chose qui fera éclater la vérité.

Larry jeta un bref regard dans le rétroviseur et remarqua l'expression hagarde de Ted. « Je me mêle peut-être de ce qui ne me regarde pas, Ted, dit-il, mais vous avez l'air à bout de forces. Peut-être devriez-vous consulter un médecin.

— Mes problèmes ne relèvent pas de la médecine », dit Ted d'un ton las.

Il appuya sa tête contre le dossier de son siège et ferma les yeux. Il repassa en esprit, méticuleusement, les principaux moments de sa réunion avec les inspecteurs. Leurs visages étaient restés impénétrables.

Qu'est-ce qu'ils mijotent ? soupira-t-il. Pourquoi n'ont-ils pas arrêté Zan ? Y a-t-il quelque chose qui cloche dans ces photos ? Et, dans ce cas, pourquoi ne m'ont-ils rien dit ? C'est *moi* le père. J'ai le droit de savoir. Zan a toujours prétendu que Bartley Longe la haïssait et la jalousait au point de tout faire pour lui nuire. Mais les flics croient-ils vraiment que ce ponte de la déco irait jusqu'à enlever et peut-être tuer un enfant dans le seul but de se venger d'une ancienne employée ? Il passait et repassait ces questions dans sa tête.

Larry Post savait ce qui tourmentait son patron. Ted était malade d'inquiétude. Sa rencontre avec cette

Moreland avait ruiné sa vie. Elle l'avait largué alors qu'il avait tout fait pour elle et elle n'avait pas voulu de lui quand elle avait commencé à aller mieux, alors même qu'elle était enceinte de son gosse.

Avec sa peau tannée et sa calvitie naissante, Larry paraissait plus âgé que ses trente-huit ans. Son corps puissamment musclé était le résultat d'un rigoureux entraînement quotidien. Il avait commencé à l'âge de vingt ans pendant qu'il purgeait une peine de quinze ans de prison pour avoir tué un dealer qui avait essayé de l'arnaquer. À sa sortie, dans l'impossibilité de trouver du boulot à Milwaukee, il avait appelé Ted, son camarade de lycée, l'implorant de lui venir en aide. Ted l'avait fait venir à New York. Aujourd'hui, Larry lui servait d'homme à tout faire. Il faisait la cuisine quand Ted restait le soir chez lui, lui servait de chauffeur et s'occupait de l'entretien général de l'immeuble que Ted avait acheté sur un coup de tête trois ans plus tôt.

Le téléphone de Ted sonna. Comme il s'y attendait, c'était Melissa. Elle attaqua aussitôt : « Je n'ai pas apprécié que tu aies prétendu te sentir trop mal pour m'accompagner au club l'autre soir. J'ai quand même remarqué que tu as pu te présenter au commissariat de police à la première heure. »

Ted attendit un moment avant de pouvoir répondre d'un ton posé : « Melissa chérie, je t'avais dit que la police voulait s'entretenir avec moi. Je les avais décommandés hier et, de toute manière, je ne voulais pas te refiler mes microbes. Je suis encore mal fichu et, malgré l'envie que j'ai de rencontrer Jaime-boy, je ne m'en sens pas capable aujourd'hui. Je vais rentrer à la maison et rester près du téléphone. Mon ex a rendez-vous avec la police dans moins d'une heure. Avec un peu de chance, ils vont l'arrêter et peut-être la faire parler. Je suis sûr que tu comprends que je ne me sente pas au meilleur de ma forme en ce moment.

— Oublie Jaime-boy. Il s'est réconcilié avec son agent. Mais ne t'inquiète pas, il se brouillera avec lui avant la fin de la semaine. Écoute, j'ai imaginé un supercoup de pub. Tu convoques les médias et tu leur donnes rendez-vous à ton bureau à trois heures, au moment du bulletin d'informations. Je serai auprès de toi et j'annoncerai que j'offre une prime de cinq millions de dollars à la personne qui retrouvera ton gosse en vie.

— Melissa, tu as perdu la tête ? »

En entendant Ted élever la voix, Larry regarda dans le rétroviseur.

Melissa laissa éclater sa colère : « Ne t'avise pas de me parler sur ce ton. J'essaie de t'*aider*, un point c'est tout ! Et réfléchis une seconde. Suppose que Bartley Longe – cette espèce de snob que je ne peux pas blairer – tu te souviens des remarques qu'il a faites sur mon dernier album, quand il a expliqué aux journalistes pourquoi il ne m'avait pas invitée à sa réception... Bref, tu m'as dit que ton ex répète à tout bout de champ que c'est Bartley Longe qui a enlevé ton gosse. Suppose que ce soit vrai.

— Melissa, réfléchis à ton tour. On t'a entendue dire, non pas une fois mais à plusieurs reprises, que tu étais convaincue que Matthew avait été brutalisé et tué le jour même de son enlèvement. Pourquoi est-ce qu'on croirait que tu as changé d'avis maintenant ?

Ton offre ressemblera seulement à un mauvais coup de pub et nuira à ta carrière. On te comparera à O.J. Simpson promettant une récompense pour retrouver le meurtrier de sa femme et son amant. Ajoute à cela les centaines de gens qui prétendront avoir vu un enfant ressemblant en tout point à Matthew. J'avais moi-même offert une récompense d'un million de dollars quand il a disparu, et la police a perdu un temps précieux à suivre la piste de tous les cinglés qui se sont manifestés.

— Écoute, insista Melissa, ils ont les photos de ton ex en train de prendre l'enfant dans sa poussette. Supposons qu'elle ne s'effondre pas. Supposons que le gosse soit en vie quelque part sous la garde de quelqu'un. Ne crois-tu pas que cette personne sauterait sur l'occasion de gagner cinq millions de dollars ?

— Elle devrait attendre longtemps en prison avant de pouvoir dépenser cet argent.

— Tu te goures. Souviens-toi de ce gangster qui a tué une quantité de gens et n'a même pas fait de prison parce qu'il a aidé les flics à démasquer ses copains. Peut-être y a-t-il plus d'une personne dans le coup. Peut-être que l'une d'entre elles avouera et permettra aux flics de retrouver ton fils. Elle conclura un bon arrangement avec le procureur et recevra une grosse somme de ma part. Mon idée est formidable, Ted. Ton fils fera les gros titres dès que ton ex sera arrêtée et ça continuera pendant longtemps après son procès. Le mari de ma sœur est avocat commis d'office. Ce n'est pas une flèche, Dieu vienne en aide aux pauvres malheureux qu'il défend, mais il connaît la loi. Tu sais combien je gagne. Je peux me permettre de débourser ces cinq millions et j'y gagnerai la réputation d'une sainte. Angelina Jolie et Oprah récoltent une publicité monstre grâce à leurs bonnes actions envers les enfants. Pourquoi pas moi ? Donc, sois à trois heures à ton bureau et prépare une déclaration. »

Sans ajouter un mot, Melissa raccrocha.

Ted renversa la tête en arrière et ferma les yeux. Il devait *réfléchir*, ne pas s'affoler. Analyser les conséquences si Melissa mettait son plan à exécution. Si je pouvais la laisser choir maintenant, pensa-t-il. Lui dire d'aller au diable. Si seulement je n'avais pas à supporter ses sautes d'humeur, ses caprices et ses accès de colère, et ensuite à réparer les pots cassés quand elle se rend ridicule…

Il appuya sur la touche « rappel » de son téléphone. Comme il s'y attendait, Melissa ne décrocha pas. Il tomba sur le répondeur. Au signal sonore, il prit une profonde inspiration. « Chérie, dit-il d'un ton enjôleur, tu sais que je t'aime et que je consacre chaque minute de mon temps à faire de toi la star numéro un que tu mérites d'être. Mais je veux aussi que le public connaisse ton caractère attentionné et généreux. Je te remercie de cette offre exceptionnelle, mais je suis ton compagnon, ton meilleur ami, ton agent, et, à ce titre, je voudrais que tu m'écoutes quand je te dis qu'il est possible d'agir différemment. »

Un bip lui annonça qu'il venait de dépasser le temps imparti à un message. Serrant les dents, Ted réappuya sur la touche « rappel ». « Chérie, j'ai une idée qui aura un effet durable. Nous organiserons demain, ou quand tu le voudras, cette conférence de presse. Tu annonceras à cette occasion que tu fais un don de cinq millions de dollars à la Fondation pour les enfants disparus. Tous les parents d'enfants disparus te porteront aux nues et tu n'auras pas à répondre aux calomnies de ceux qui voudront salir ta générosité. Penses-y, chérie, et rappelle-moi. »

Ted ferma son portable et parvint à attendre d'être arrivé chez lui avant d'être pris de violents vomissements. Un peu plus tard, grelottant, secoué de frissons, il alla dans sa chambre et décrocha le téléphone.

Rita Moran lui répondit. Sa voix était pleine d'une inquiétude presque maternelle. « Ted, je vous ai vu aux informations diffusées sur l'Internet. Vous aviez une mine épouvantable. Comment allez-vous à présent ?

— Aussi mal que j'en ai l'air. Je vais me coucher. Pas d'appels, à moins... »

Rita finit la phrase à sa place : « À moins que l'ensorceleuse ne téléphone.

— Elle n'appellera pas tout de suite. Je viens de lui faire une suggestion de bon sens qui fait peut-être son chemin dans sa tête à l'heure où nous parlons.

— Et votre rendez-vous avec ce fêlé de Jaime-boy ?

— Il a été annulé, ou peut-être seulement remis. »

Il savait que Rita comprenait les implications financières que représentait la perte d'un prospect de ce calibre.

« Seulement remis, j'espère. »

Ted perçut la fausse assurance de son ton. Elle était la seule de ses employés à savoir que l'acquisition de l'immeuble était un gouffre financier et une terrible erreur. « Qui sait ? dit-il. Je vous rappellerai plus tard. La police interroge Zan en ce moment. Si jamais Collins ou Dean demandent à me parler, dites-leur qu'ils peuvent me joindre chez moi. »

Il se déshabilla, se glissa dans son lit et remonta ses couvertures jusqu'au menton.

Il passa les quatre heures qui suivirent à somnoler.

À quinze heures, le téléphone sonna à nouveau.

C'était l'inspecteur Collins.

45

Zan gardait le souvenir de la bienveillance que lui avaient manifestée les inspecteurs Billy Collins et Jennifer Dean le jour où Matthew avait disparu. Après l'explosion de colère de Ted en apprenant que Matthew avait été laissé à la garde d'une jeune baby-sitter, ils avaient tenté de la réconforter : « Dans de telles circonstances, certaines personnes font face à la tragédie en cherchant un coupable. Il ne faut pas lui en vouloir. »

Elle savait qu'ils avaient interrogé Nina Aldrich et que cette dernière avait confirmé qu'elle avait bien rendez-vous avec Zan ce jour-là. Lorsque Tiffany Shields avait fini par se calmer, elle avait rapporté aux inspecteurs que la nouvelle nounou avait fait défaut à Zan qui l'avait appelée en catastrophe, l'implorant de garder Matthew parce qu'elle avait un rendez-vous avec une cliente très importante.

Zan leur avait dit que la seule personne à la haïr réellement était à son avis Bartley Longe, mais elle s'était rendu compte qu'ils n'avaient pas pris au sérieux ses insinuations.

Ils avaient suggéré que la sortie de Ted lui reprochant l'inexpérience de la baby-sitter prouvait un certain ressentiment à son égard, idée que Zan avait aussitôt écartée. Elle leur avait dit que Ted avait donné son accord pour la première nounou de Matthew ainsi que pour la nouvelle qu'elle avait engagée peu avant la disparition de son fils.

Les photos. Bien sûr qu'elles avaient été truquées ! Stimulée par la certitude d'avoir entendu la voix de Matthew ce matin, Zan prit le bras de Charley Shore et suivit les inspecteurs Collins et Dean dans la salle d'interrogatoire.

Charley Shore s'assit à côté d'elle, Billy Collins et Jennifer Dean se placèrent en face d'eux. Dans les semaines qui avaient suivi la disparition de Matthew, Zan n'avait vu les inspecteurs qu'à travers une sorte de brouillard. Aujourd'hui, elle les examina attentivement. Ils avaient tous les deux la quarantaine. Billy Collins possédait le genre de physionomie qui se fond dans la foule, sans traits particuliers : des yeux rapprochés, des oreilles un peu trop grandes pour son visage étroit et mince. Des poches sous les yeux. Des sourcils broussailleux. Un comportement réservé. Quelque chose de fripé dans l'apparence, comme s'il n'avait pas pris le temps de nouer sa cravate. Une fois qu'ils furent tous installés, Collins leur demanda aimablement s'ils voulaient du café ou un verre d'eau.

À côté de lui son adjointe, Jennifer Dean, une séduisante Afro-Américaine, mit aussitôt Zan mal à l'aise. Il y avait chez elle quelque chose de sec, de sévère. Zan se souvint de sa gentillesse quand elle s'était presque évanouie peu après son arrivée dans Central Park. Jennifer avait été la première à se précipiter vers elle et à la retenir avant qu'elle tombe. Aujourd'hui, elle portait un tailleur vert bouteille sur un pull blanc à col roulé. Ses seuls bijoux étaient une large alliance et de petites boucles d'oreilles en or. Quelques fils blancs apparaissaient dans ses cheveux d'un noir d'ébène. Sans un sourire, elle dévisagea Zan comme si elle la voyait pour la première fois.

Zan avait refusé d'un geste le café qui lui était proposé, mais le changement inattendu dans l'attitude de Jennifer Dean la surprit. « Peut-être vais-je accepter ce café, après tout, dit-elle.

— Bien sûr, dit Collins. Vous désirez du sucre ou autre chose ?

— Rien, merci.

— Je reviens dans une minute. »

Ce fut une longue minute. L'inspecteur Dean ne fit aucun effort pour alimenter la conversation.

Charley Shore passa naturellement son bras par-dessus le dossier de la chaise de Zan, montrant ainsi qu'il était là pour la protéger.

Mais la protéger de quoi ?

Billy Collins revint avec un gobelet en carton rempli d'un breuvage tiède. « Ce n'est pas un café Starbucks », s'excusa-t-il.

Zan le remercia d'un signe de tête tandis que Collins s'asseyait et lui tendait les photos grand format d'une femme prenant Matthew endormi dans sa poussette à Central Park. « Madame Moreland, est-ce vous qui êtes sur ces photos ?

— Non, ce n'est pas moi, dit Zan d'une voix ferme. Cette femme me ressemble, mais ce n'est pas moi. »

Il lui en tendit une autre.

« Madame Moreland, est-ce vous sur cette photo-ci ? »

Zan la regarda. « Oui, elle a probablement été prise lorsque je suis arrivée à Central Park après avoir reçu votre appel.

— Voyez-vous une différence entre les deux femmes qui sont sur ces photos ?

— Oui. La femme qui prend Matthew dans sa poussette est une mystificatrice. La photo où j'arrive dans le parc après le kidnapping est authentique. Vous êtes parfaitement au courant. J'étais chez une cliente, Nina Aldrich. Je sais que vous l'avez vérifié.

— Vous ne nous avez pas dit qu'au lieu de rencontrer Mme Aldrich dans son appartement de Beekman Place où elle vous a attendue pendant plus d'une heure, vous vous trouviez seule dans sa maison de la 69e Rue Est, dit Jennifer Dean d'un ton accusateur.

— J'y étais parce que c'est là qu'elle m'avait priée de la retrouver. Je n'étais pas surprise de son retard. Nina Aldrich était systématiquement en retard à nos rendez-vous, qu'ils aient lieu dans la nouvelle maison ou dans l'appartement qu'elle habitait encore.

— La maison se trouve à quelques minutes de l'endroit où Matthew a disparu dans Central Park, n'est-ce pas ? demanda Billy Collins.

— Je dirais à quinze minutes à pied. Lorsque j'ai reçu votre appel, j'ai couru durant tout le trajet.

— Madame Moreland, Mme Aldrich affirme qu'elle vous a donné rendez-vous à Beekman Place, dit l'inspecteur Dean.

— C'est faux. Elle m'a demandé de la rejoindre dans sa maison, s'emporta Zan.

— Nous ne cherchons pas à vous prendre en défaut, dit Collins d'une voix conciliante. Vous nous dites que Mme Aldrich était systématiquement en retard à vos rendez-vous.

— Oui, c'est vrai.

— Savez-vous si elle possède un téléphone portable ?

— Elle en a un, bien sûr.

— Connaissez-vous son numéro ? » Tout en parlant, Billy Collins avala une gorgée de café et fit la grimace. « Encore pire que d'habitude. »

Zan se rendit compte qu'elle tenait toujours son gobelet à la main et but à son tour. Que lui demandait Collins ? Ah oui, il voulait savoir si elle avait le numéro du portable de Nina Aldrich. « J'ai son numéro dans le répertoire de mon téléphone personnel.

— Quand avez-vous parlé avec Mme Aldrich pour la dernière fois ? demanda Dean d'une voix cassante.

— Il y a presque deux ans. Elle m'a écrit un mot de compassion au sujet de Matthew, ajoutant qu'entreprendre la décoration de sa grande maison serait à son avis une trop lourde responsabilité pour moi étant donné les circonstances. En clair, elle craignait que je sois incapable de me concentrer sur ce projet.

— Qui a obtenu le contrat ?

— Bartley Longe.

— N'est-ce pas lui que vous croyez capable d'avoir enlevé Matthew ?

— C'est la seule personne que je connaisse qui éprouve à mon égard autant de haine et de jalousie.

— Vers où nous mènent ces questions ? demanda Charley Shore en pressant légèrement l'épaule de Zan.

— Nous voulons simplement savoir si Mme More-land était fréquemment en contact avec Mme Aldrich à l'époque où elle concourait pour la décoration de sa maison. »

Zan l'interrompit :

« Bien sûr que je l'étais. »

Elle sentit à nouveau une pression sur son épaule.

« Étiez-vous en termes amicaux avec Mme Aldrich ? demanda Jennifer Dean.

— Dans le cadre d'une relation avec un client, je dirais que oui. Elle appréciait ma façon d'envisager l'aménagement intérieur de sa maison dont l'objectif était de mettre en valeur certains éléments architecturaux propres à ces merveilleuses demeures de la fin du dix-neuvième siècle.

— Combien comporte-t-elle de pièces ? » continua Dean.

Pourquoi s'intéressaient-ils autant au plan de la maison ? Zan repassa dans son esprit la disposition des lieux. « C'est une grande maison, dit-elle. Treize mètres de profondeur, ce qui est inhabituel. Cinq étages. L'étage supérieur est occupé par un jardin couvert. Il y a onze pièces en tout, une cave à vin, et une deuxième cuisine ainsi qu'une réserve au sous-sol.

— Je vois. Donc, vous vous êtes rendue sur place pour rencontrer Nina Aldrich et vous ne vous êtes pas étonnée de ne pas l'y trouver ? demanda Collins.

— Je vous l'ai dit. Elle était toujours en retard. La seule fois où c'est moi qui ai eu cinq minutes de retard, elle m'a fait remarquer que son temps était précieux et qu'elle n'avait pas l'habitude qu'on la fasse attendre.

— Le fait que la baby-sitter se soit sentie souffrante

ne vous a pas suffisamment inquiétée pour que vous repoussiez votre rendez-vous ?

— Non. » Zan avait l'impression de s'enfoncer dans un marécage et que chacune de ses réponses sonnait faux. « Nina Aldrich aurait été furieuse.

— Combien de fois vous avait-elle fait attendre une heure ou plus ? demanda Dean.

— C'était la première fois qu'elle était aussi en retard.

— Vous n'avez pas pensé à l'appeler pour lui demander si vous ne vous étiez pas trompée de lieu de rendez-vous ?

— J'étais sûre du lieu et de l'heure. Vous ne rappelez pas aux gens comme Nina Aldrich qu'ils ont peut-être fait une erreur.

— Ce qui signifie que vous avez patienté pendant une heure ou plus avant qu'elle finisse par vous téléphoner.

— J'ai passé en revue mes croquis, les photos des meubles anciens et des éléments de décoration, appliques et chandeliers, que j'avais l'intention de lui montrer. Dans certains cas, je devais choisir entre plusieurs propositions. Je n'ai pas vu le temps passer.

— J'ai cru comprendre qu'il n'y avait pratiquement aucun meuble dans la maison, dit Collins.

— Une table de bridge et deux chaises pliantes.

— Vous êtes donc restée assise à la table pendant plus d'une heure à passer en revue vos propositions.

— Non. Je suis montée dans la chambre principale au deuxième étage. Je voulais vérifier l'effet que donnaient en pleine lumière les tissus que j'avais choisis. Souvenez-vous que la journée était inhabituellement chaude et ensoleillée.

— Auriez-vous entendu Mme Aldrich si elle était arrivée pendant que vous étiez au deuxième étage ? demanda Jennifer Dean.

— Elle aurait vu mon dossier et les croquis dès qu'elle aurait franchi la porte.

— Vous aviez une clé de la maison, n'est-ce pas ?

— Naturellement. Je devais concevoir toute la décoration intérieure. J'ai fait de fréquents allers-retours pendant plusieurs semaines.

— Vous connaissiez parfaitement la maison, dans ce cas ?

— C'est évident, dit sèchement Zan.

— Y compris le sous-sol avec sa deuxième cuisine, sa cave à vin et la réserve. Aviez-vous l'intention d'aménager aussi la réserve ?

— Cet endroit est vaste et sombre, presque inaccessible. C'est en réalité une sorte de deuxième cave que dessert une porte au fond de la cave à vin. Il y avait d'autres espaces de rangement dans la maison. J'ai proposé de repeindre cette pièce, d'y installer un bon éclairage et des rayonnages pour y entreposer des affaires comme les vêtements de ski des petits-enfants du mari de Mme Aldrich.

— L'endroit rêvé pour y cacher quelque chose – ou quelqu'un – ne pensez-vous pas ? demanda Jennifer Dean.

— Ne répondez pas à cette question, Zan », ordonna Charley Shore.

Billy Collins ne parut pas s'en offusquer. « Madame Moreland, quand avez-vous rendu ses clés à Mme Aldrich ?

— Environ deux semaines après la disparition de Matthew. Au moment où elle m'a écrit qu'elle pensait que je serais sans doute trop perturbée par la disparition de mon fils pour surveiller le chantier.

— Pendant ces deux semaines, espériez-vous encore qu'elle vous chargerait du projet ?

— Absolument.

— En auriez-vous été capable ?

— Oui, j'aurais pu m'en charger. En réalité, me concentrer sur mon travail était la seule manière de conserver ma santé mentale.

— Donc, vous êtes venue plusieurs fois dans cette maison vide après la disparition de votre fils ?

— Oui.

— Veniez-vous pour y voir Matthew ? »

Zan bondit de sa chaise. « Vous êtes fou ? s'écria-t-elle. Vous êtes en train d'insinuer que j'ai enlevé mon fils et que je l'ai caché dans la réserve ?

— Asseyez-vous, Zan, dit Charley Shore d'un ton ferme.

— Madame Moreland, vous l'avez dit et répété, c'est une grande maison. Pourquoi dites-vous que nous vous soupçonnons de l'avoir caché dans la réserve ?

— Parce que c'est *vous* qui le sous-entendez ! cria Zan. Vous insinuez que j'ai enlevé mon enfant, que je l'ai caché dans cette maison. Pourquoi perdez-vous ainsi votre temps ? Pourquoi ne cherchez-vous pas qui a trafiqué ces photos pour faire croire que c'est moi qui prends Matthew dans sa poussette ? Vous ne comprenez donc pas que c'est la clé pour retrouver mon fils ? »

L'inspecteur Collins répliqua sèchement : « Madame Moreland, nos techniciens ont étudié ces photos avec le plus grand soin. Elles n'ont pas été "trafiquées", comme vous le dites. Ces photos sont authentiques. »

Malgré ses efforts, Zan ne put retenir ses sanglots. « Alors quelqu'un se fait passer pour moi. Pour quelle raison ? s'exclama-t-elle. Pourquoi ne m'écoutez-vous pas ? Bartley Longe me hait. Il m'accuse de lui avoir pris des clients quand j'ai ouvert mon agence. Il m'avait fait des avances à l'époque où je travaillais pour lui. C'est un homme à femmes. Il ne supporte pas qu'on le repousse. C'est aussi pour ça qu'il me déteste. »

Ni Collins ni Dean ne manifestèrent la moindre émotion en la voyant cacher son visage en larmes entre ses mains. Puis, lorsque Zan releva la tête, s'efforçant de maîtriser l'angoisse qui l'avait saisie devant le feu roulant de leurs questions, Jennifer Dean reprit : « Voilà qui modifie vos précédentes déclarations. Vous n'avez jamais mentionné que Bartley Longe vous avait fait des avances.

— Je ne l'ai pas dit parce que à cette époque je ne n'ai pas pensé que cela pouvait avoir une importance quelconque. Ce n'était qu'un élément parmi d'autres.

— Madame Moreland, combien de fois avez-vous souffert d'évanouissements et de pertes de mémoire après la mort de vos parents ? » demanda Billy Collins.

On sentait à nouveau de la compassion dans sa voix.

Zan essuya ses larmes. Lui, au moins, ne se montrait pas ouvertement hostile. « J'ai vécu dans une sorte de brouillard pendant six mois. Lorsque j'ai commencé à retrouver mes esprits, je me suis rendu compte que j'avais été terriblement injuste envers Ted. Il avait supporté mes crises de larmes, mon apathie. Il refusait de sortir le soir pour rester auprès de moi alors qu'il aurait dû assister à des manifestations organisées pour ses clients et à des premières, sans parler des remises de prix. Quand vous dirigez une agence de relations publiques, vous ne pouvez pas négliger ces obligations.

— Quand lui avez-vous annoncé que vous le quittiez ?

— Je savais qu'il s'inquiéterait pour moi et essaierait de m'en dissuader. J'ai trouvé un petit appartement. Ma mère et mon père avaient contracté chacun une assurance vie, pas une fortune, cinquante mille dollars au total, mais cela m'a permis de démarrer. Et j'ai souscrit un modeste emprunt.

— Quelle a été la réaction de votre mari quand vous vous êtes décidée à lui annoncer que vous vouliez divorcer ?

— Il devait se rendre en Californie pour la première du nouveau film de Marisa Young. Il avait prévu d'engager une garde-malade pour rester avec moi. C'est alors que je lui ai dit que je ne le remercierais jamais assez, mais que je ne voulais plus être un tel fardeau pour lui, qu'il m'avait épousée par pure générosité, mais que je pouvais me débrouiller seule dorénavant et lui rendre sa liberté. Je lui ai dit que j'avais décidé de partir. Il s'est montré compréhensif au point de m'aider à m'installer. »

Au moins s'abstiennent-ils de m'accuser quand ils me posent des questions sur Ted, pensa-t-elle.

« À quel moment avez-vous réalisé que vous étiez enceinte de Matthew ?

— Je n'avais pas eu mes règles pendant plusieurs mois après la mort de mes parents. Le médecin m'avait dit que ce n'était pas inhabituel dans les cas de stress extrême. Tout est ensuite rentré dans l'ordre et ce n'est que quelques mois après avoir quitté Ted que j'ai su que j'attendais un enfant.

— Quelle a été votre réaction alors ? demanda Jennifer Dean.

— J'ai été d'abord stupéfaite, ensuite très heureuse.

— Même avec un emprunt sur les bras ? demanda Collins.

— Je savais que ce serait difficile, mais cela m'était égal. J'ai mis Ted au courant, naturellement, en ajoutant qu'il ne devait pas se sentir responsable sur le plan financier.

— Pourquoi pas ? Il était le père, non ?

— Bien sûr ! répondit vivement Zan.

— Et son agence de relations publiques était très prospère, dit à son tour Dean. Avez-vous été jusqu'à lui déclarer que vous ne teniez pas à ce qu'il s'occupe de votre enfant ?

— *Notre* enfant, corrigea Zan. Ted a insisté pour payer la nounou en attendant que mon affaire démarre, et il a placé dans un fonds destiné à Matthew le montant de la pension qu'il aurait versée en temps normal pour subvenir à ses besoins.

— Vous embellissez quelque peu la réalité, madame Moreland, dit Jennifer Dean d'un ton moqueur. N'est-il pas vrai que le père de Matthew s'inquiétait parce que vous le laissiez toute la journée avec sa nounou ? N'a-t-il pas demandé à avoir la garde de l'enfant après avoir constaté que vous vous consacriez de plus en plus à vos affaires ?

— C'est un mensonge ! s'écria Zan. Matthew était toute ma vie. Au début, je n'avais qu'un secrétaire à mi-temps et, sauf si je recevais un client ou si j'avais un rendez-vous à l'extérieur, Gretchen, la nounou, déposait Matthew au bureau après l'avoir promené dans le parc. Vous pouvez consulter mes agendas depuis sa naissance jusqu'à sa disparition. Je suis restée presque tous les soirs avec mon fils. Je l'aimais trop pour avoir envie de sortir.

— Vous *l'aimiez* ? Vous croyez donc qu'il est mort ?

— Il n'est pas mort. Il m'a parlé ce matin. »

Les inspecteurs ne purent dissimuler leur stupéfaction. « Il vous a parlé ce matin ? s'exclama Billy Collins.

— Je veux dire que tôt ce matin j'ai entendu sa voix… »

Visiblement déconcerté, Charley Shore l'interrompit :

« Cet interrogatoire est terminé, Zan. Allons-nous-en.

— Non, je vais vous expliquer. Frère Aiden s'est montré très bon envers moi hier soir chez Alvirah et Willy Meehan. Je sais que même eux sont persuadés que c'est moi et personne d'autre qui figure sur les photos. Mais frère Aiden m'a donné un sentiment de paix qui ne m'a pas quittée pendant toute la nuit. Et quand je me suis réveillée ce matin, j'ai entendu la voix de Matthew aussi clairement que s'il avait été dans la pièce et j'ai compris qu'il était toujours vivant. »

En se levant, Zan repoussa sa chaise si brusquement qu'elle se renversa. « Il est vivant, cria-t-elle. Pourquoi me torturez-vous ? Pourquoi ne recherchez-vous pas mon petit garçon ? Pourquoi n'admettez-vous pas que c'est une autre que moi qui figure sur ces photos ? Vous me croyez folle. C'est vous qui êtes aveugles et stupides. » D'une voix hystérique, elle hurla : « *Il n'est pire aveugle que celui qui ne veut pas voir.* Au cas où vous ne le sauriez pas, c'est une prophétie de Jérémie dans la Bible. »

Elle se tourna vers Charley Shore. « Suis-je en état d'arrestation ? Sinon, fichons le camp d'ici. »

46

Lorsque Alvirah avait voulu joindre Zan à son bureau, Josh lui avait appris que Charley Shore était venu la chercher afin de l'emmener au commissariat pour un interrogatoire. Ensuite, il lui avait parlé du billet pour Buenos Aires et des commandes passées auprès de leurs fournisseurs.

Le cœur lourd, Alvirah rapporta sa conversation à Willy quand il revint de sa marche matinale dans Central Park. « Oh, Willy, je suis complètement désemparée, soupira-t-elle. Il n'y a aucun doute possible concernant ces photos. Et maintenant la voilà qui s'achète un billet pour Buenos Aires et commande des fournitures pour un contrat qu'elle n'a même pas signé.

— Peut-être se croit-elle piégée et s'apprête-t-elle à prendre la fuite, dit Willy. Écoute, Alvirah, si elle a réellement enlevé Matthew, il est possible qu'elle l'ait confié à un ami en Amérique du Sud. Nous savons que Zan parle deux ou trois langues, dont l'espagnol.

— Oui. Elle a beaucoup voyagé avec ses parents dans son enfance. Mais, Willy, cela revient à dire que Zan est une manipulatrice. Je ne le crois pas. Je pense plutôt qu'elle souffre d'amnésie, ou d'une sorte de dédoublement de la personnalité. Je me suis renseignée sur des cas similaires. Une des personnalités n'a aucune idée de ce que fait l'autre. Tu te souviens de ce livre, *Les Trois Visages d'Ève* ? Cette femme possède trois "multiples" différents et chacun ignore tout des deux autres. Se pourrait-il qu'une des personnalités multiples de Zan ait enlevé Matthew ? Dans ce cas, tu as raison, peut-être va-t-elle le rejoindre en Amérique du Sud.

— Pour moi cette histoire de personnalité multiple est de la bouillie pour les chats, ma chérie, dit Willy. Je ferais tout pour Zan, mais je pense sincèrement qu'elle souffre de maladie mentale. J'espère seulement que, sous l'empire de la déraison, elle n'a rien fait à ce pauvre petit. »

Pendant que Willy faisait son tour dans le parc, Alvirah avait fait le ménage dans l'appartement. Malgré les confortables revenus que leur assuraient leurs placements, elle n'avait jamais pu se résoudre à prendre une femme de ménage. La seule fois où elle l'avait fait, sur les conseils de Willy, elle s'était aperçue qu'elle-même faisait le travail plus soigneusement et en trois fois moins de temps.

Aujourd'hui leur appartement de trois pièces avec vue sur Central Park étincelait, les rayons du soleil jouaient sur la surface polie de la table basse et les frondaisons du parc se reflétaient dans le miroir du fond. Passer l'aspirateur, épousseter, briquer la cuisine, autant de tâches routinières qui avaient aidé Alvirah à retrouver son calme. Elle avait remis sa « casquette à penser », couvre-chef imaginaire qui l'aidait à résoudre les problèmes.

Il était presque onze heures. Elle alluma la télévision et tomba sur les informations : Zan descendait d'une voiture avec Charley Shore qui tentait de l'entraîner loin des journalistes. Lorsque la jeune femme s'immobilisa et commença à parler dans le micro, Alvirah vit la consternation se peindre sur le visage de Charley. « Oh, Willy, soupira Alvirah, après cette déclaration, tout le monde sera désormais convaincu qu'elle sait où se trouve Matthew. Elle a l'air tellement certaine qu'il est vivant. »

Willy s'était installé dans son fauteuil club avec les journaux du matin, mais il leva les yeux en entendant sa femme. « Elle en a l'air certaine parce qu'elle sait où il se trouve, chérie, assura-t-il. Je dois avouer qu'à en juger par la comédie qu'elle nous a jouée hier soir quand Charley Shore l'a accompagnée ici, c'est une formidable actrice.

— Comment était-elle quand tu l'as ramenée en voiture ? »

Willy passa les doigts dans son épaisse crinière blanche et fronça les sourcils. « Exactement comme à son arrivée chez nous, une biche blessée. Elle a dit que nous étions devenus ses meilleurs amis et qu'elle ne savait pas ce qu'elle ferait sans nous.

— Je suis convaincue que si elle a caché Matthew quelque part, elle ignore où, affirma Alvirah en éteignant la télévision. J'aimerais connaître l'impression de frère Aiden. Quand il lui a dit qu'il allait prier pour elle, j'ai entendu sa réponse, elle lui a dit de prier plutôt pour Matthew, que Dieu avait oublié qu'elle existait. Cela m'a brisé le cœur. J'aurais tant aimé pouvoir la réconforter.

— Alvirah, Zan va être arrêtée. Tu ferais bien de t'y préparer.

— Oh, Willy, ce serait horrible. La laisseront-ils en liberté sous caution ?

— Je n'en sais rien. Ils ne vont pas apprécier cette histoire de billet pour l'Amérique du Sud. Ce serait une raison suffisante pour l'incarcérer. »

Le téléphone sonna. C'était Penny Hammel qui les prévenait que Bernie et elle assisteraient volontiers à la réunion du groupe de soutien aux gagnants de la loterie le mardi après-midi.

Préoccupée par Zan, Alvirah aurait volontiers reporté cette réunion à plus tard, mais la voix enjouée de Penny lui remonta le moral. Toutes deux se ressemblaient sur bien des points. Elles étaient dotées d'un bon sens de l'humour, avaient su faire fructifier leurs gains à la loterie, étaient heureuses en ménage. Bien sûr, Penny avait trois enfants et six petits-enfants, et Alvirah ne connaissait pas ce bonheur, bien qu'elle aimât Brian, le neveu de Willy, comme un fils, et fût attachée à ses enfants comme si elle était leur grand-mère. À part ça, elle n'aurait pas changé d'existence pour un empire.

« Avez-vous résolu quelque affaire criminelle récemment, Alvirah ? demanda Penny.

— Pas une seule.

— Vous avez vu ce reportage à la télévision sur cette femme qui a kidnappé son propre enfant ? Je suis restée scotchée devant le poste. »

Alvirah n'avait aucune envie d'entamer une discussion sur Zan Moreland avec la bavarde invétérée qu'était Penny, ni de lui dire qu'elle connaissait la jeune femme. « C'est une histoire navrante, dit-elle prudemment.

— C'est aussi mon avis. À propos, j'en ai une drôle à vous raconter quand nous nous verrons la semaine prochaine. J'ai cru, au début, que j'étais tombée sur une affaire de drogue ou un truc glauque de ce genre, puis je me suis rendu compte que je me montais la tête pour rien. Bref, je pense que je n'écrirai jamais comme vous un livre sur la manière de résoudre une énigme. Vous ai-je dit que j'avais trouvé le titre *Du balai aux arnaques* particulièrement inspiré ? »

Vous me le répétez chaque fois, pensa Alvirah avec indulgence, mais elle dit : « Moi-même j'en suis assez satisfaite. Je le trouve plutôt accrocheur.

— En tout cas je me demande ce que vous penserez de mon histoire de crime qui n'a pas été commis. Ma meilleure amie, Rebecca Schwartz, est agent immobilier... »

Alvirah savait qu'elle ne pourrait interrompre Penny sans avoir l'air grossier. Le téléphone à la main, elle traversa le séjour jusqu'au fauteuil où Willy était occupé à faire les mots croisés du jour et lui tapa sur l'épaule.

Quand il leva les yeux, elle articula en silence : « Penny Hammel. »

Willy hocha la tête, se dirigea vers la porte d'entrée et sortit dans le couloir.

« Je disais donc que Rebecca a loué une maison près de chez moi à une jeune femme, et je vous dirai pourquoi j'ai trouvé qu'il y avait quelque chose de bizarre chez elle. »

Willy sonna à la porte, gardant son doigt appuyé assez longtemps pour être sûr que Penny l'entendrait.

« Oh, Penny, je suis désolée de vous interrompre mais on sonne et Willy n'est pas là pour ouvrir. Je suis impatiente de vous voir la semaine prochaine. Au revoir, ma chère. »

« J'ai horreur de mentir, dit Alvirah à Willy quand il revint dans la pièce, mais je me tourmente trop au sujet de Zan pour écouter un des interminables récits de Penny, et d'ailleurs, j'ai dit la vérité, tu n'étais pas dans l'appartement. Tu étais dehors dans le couloir.

— Alvirah, dit Willy en souriant, je l'ai souvent dit, tu es la meilleure quand il s'agit de plaider ta cause. »

47

À onze heures du matin, Toby Grissom paya sa note au Cheap & Cozy Motel où il avait passé la nuit dans le Lower East Side de Manhattan et partit à pied en direction de la 42e Rue où il prendrait un bus pour l'aéroport de La Guardia. Son avion n'était qu'à dix-sept heures, mais il devait rendre sa chambre et, de toute façon, il n'avait pas envie d'y traîner plus long-temps.

Il faisait froid, mais la journée était claire et enso-leillée. Un temps qu'il affectionnait en général pour faire ses longues marches. Naturellement, ce n'était plus pareil depuis qu'il suivait ses séances de chimio. Elles le mettaient vraiment à plat et il se demandait s'il était nécessaire de continuer un traitement quand sa seule utilité était de soulager la douleur.

Le médecin pourrait peut-être me prescrire des pilules ou je ne sais quoi pour m'empêcher d'être aussi fatigué, se dit-il en avançant avec peine le long de l'Avenue B. Il jeta un coup d'œil à son sac de toile pour s'assurer qu'il ne l'avait pas oublié. Il y avait placé le dossier contenant les photos de Glory. C'étaient les plus récentes qu'elle lui avait envoyées avant de disparaître.

Il avait toujours sur lui la carte postale qu'elle lui avait écrite. Il la gardait pliée dans son portefeuille, car il se sentait plus proche d'elle ainsi. Mais, depuis son arrivée à New York, il avait l'intuition grandissante qu'il lui était arrivé quelque chose.

Ce type, Bartley Longe, ne lui inspirait pas confiance. D'accord, il portait des fringues dont n'importe quel crétin pouvait voir qu'elles coûtaient une fortune, et il avait un physique avantageux, mais avec un nez trop étroit et des lèvres trop minces. Il vous regardait comme si vous étiez de la boue sur ses chaussures.

Bartley Longe s'est fait lifter, pensa Toby. C'est flagrant, même pour un type comme moi. Et puis il porte ses cheveux trop longs ! Pas comme ces stars du rock avec leurs crinières hirsutes qui leur donnent une apparence de clochards, mais trop longs quand même. Je parie qu'une séance chez le coiffeur lui coûte quatre cents dollars. Il se prend pour un sénateur en campagne.

Et ses mains. À les voir, vous n'imagineriez pas que ce type a fait une seule journée d'un travail honnête dans sa vie.

Il ralentit soudain le pas, conscient qu'il avait du mal à respirer. Il marchait au bord du trottoir. Lentement, il fendit le flot de piétons qui arrivaient en sens inverse et se dirigea vers l'immeuble le plus proche. S'appuyant au mur, il laissa tomber son sac et en sortit son inhalateur.

Il s'administra la dose nécessaire, respira profondément, s'efforçant de faire pénétrer davantage d'air dans ses poumons, puis attendit un moment avant de reprendre sa marche. Il profita de cette pause pour observer les passants. La foule new-yorkaise lui parut incroyablement diverse. Plus de la moitié des gens parlaient dans leurs portables, même les femmes qui poussaient des voitures d'enfant. Bla, bla, bla. Que diable peuvent-ils avoir à se dire ? Un groupe de jeunes femmes d'une vingtaine d'années le dépassa. Elles bavardaient, riaient et Toby les observa avec tristesse. Elles étaient bien habillées. Toutes portaient des bottillons ou bien des bottes qui montaient jusqu'aux genoux. Comment pouvaient-elles marcher sur des talons aussi hauts ? se demanda-t-il. Certaines avaient les cheveux courts, d'autres aux épaules. Brillants comme si elles sortaient de la douche.

Elles avaient probablement toutes de bonnes situations dans des magasins ou des bureaux, songea-t-il.

Toby se remit à marcher. Je peux comprendre pourquoi Glory voulait venir à New York, songea-t-il. J'aurais seulement voulu qu'elle trouve un travail dans un bureau, au lieu d'essayer de devenir actrice. Ses ennuis sont venus de là.

Je sais qu'elle a des ennuis et que c'est la faute de ce type, ce Longe.

Toby se souvint des taches que ses baskets avaient laissées sur le tapis de la réception de l'agence. J'espère qu'ils ne pourront jamais les nettoyer, pensa-t-il en évitant une SDF qui poussait une carriole chargée de vêtements et de vieux journaux.

Le bureau de Longe sue la frime autant que son propriétaire, réfléchit Toby. Pompeux. On se croirait dans un bureau présidentiel, sans un papier qui traîne. Qu'est-ce qu'il fait de tous les plans tape-à-l'œil des maisons qu'il décore ?

Plongé dans ses pensées, Toby faillit descendre du trottoir au feu rouge. Il fit un bond en arrière pour éviter d'être pris en écharpe par un bus de tourisme. Je ferais mieux de faire attention où je mets les pieds, maugréa-t-il. Je ne suis pas venu à New York pour me faire écrabouiller par un bus.

Ses pensées revinrent immédiatement à Bartley Longe. Je ne suis pas né d'hier, se dit-il. Je sais pourquoi Longe a attiré Glory dans sa maison de campagne. C'est comme cela qu'il a désigné sa maison dans le Connecticut : sa « maison de campagne ». Glory était une gentille fille innocente quand elle est arrivée à New York. Longe ne l'a pas amenée là-bas pour jouer aux dominos. Je suis sûr qu'il a abusé d'elle.

Si seulement Glory avait épousé Rudy Schell à la fin de ses études, regretta-t-il. Il l'aimait comme un fou. Il a commencé à travailler quand il avait dix-huit ans et il est à la tête d'une grosse affaire de plomberie à présent. Et possède une belle maison. Il ne s'est marié que l'année dernière. Avant, quand je le rencontrais, il me demandait toujours des nouvelles de Glory. Je voyais bien qu'il l'aimait encore.

Il était à deux rues du commissariat du treizième district où il avait la veille rencontré l'inspecteur Johnson. Une idée lui traversa l'esprit. Johnson n'avait pas demandé à voir la carte postale de Glory. Elle était rédigée en caractères d'imprimerie, songea-t-il, et j'ai pensé que Glory n'avait pas eu assez de place pour écrire avec ses grandes lettres ornées, pleines de boucles. Mais si ce n'était pas elle qui avait l'envoyée, cette carte ? Si quelqu'un s'était dit que je commençais à m'inquiéter à son sujet et avait voulu me dissuader de la chercher ? Cette personne sait peut-être que je n'en ai plus pour très longtemps.

Je vais aller revoir l'inspecteur Johnson, m'asseoir dans son bureau, qu'il semble tellement apprécier, et je vais lui demander de faire relever les empreintes digitales sur la carte. Puis j'exigerai qu'il se rende sans tarder chez Bartley Longe, s'il ne l'a pas déjà fait. L'inspecteur Johnson ne croit quand même pas que je vais tomber dans le panneau ? Tout ce qu'il a sans doute l'intention de faire, c'est d'appeler Longe, de s'excuser de le déranger, de lui raconter qu'un vieux schnock est venu le voir et qu'il est obligé de s'exécuter. Ensuite, il lui demandera s'il a connu Glory et quelle était la nature de leurs relations. Et l'autre lui débitera le même genre de bobards qu'il m'a servis, qu'il voulait aider Glory dans sa carrière, et qu'il n'a plus de nouvelles d'elle. Et l'inspecteur Johnson, assis à son bureau près de la fenêtre sans vue, s'excusera d'avoir ennuyé M. Longe et ça s'arrêtera là.

Tant pis si je rate mon avion, pensa Toby en tournant à l'angle de la rue et en se dirigeant vers le commissariat du treizième district. Je ne rentrerai pas chez moi tant que cet inspecteur n'aura pas vérifié les empreintes sur la carte de Glory et cuisiné ce pourri de Longe pour lui faire cracher quand il a vu Glory pour la dernière fois.

48

« Madame Moreland, vous n'êtes pas en état d'arrestation, du moins pas pour l'instant, dit Billy Collins en voyant Zan se diriger vers la porte. Mais je vous conseille de rester. »

Zan regarda Charley Shore qui hocha la tête. Elle se rassit et, cherchant à gagner du temps, demanda un verre d'eau. Pendant que Collins allait le lui chercher, elle se prépara à surmonter une nouvelle crise. Charley, qui avait à nouveau passé le bras par-dessus le dossier de sa chaise, lui pressa brièvement l'épaule. Mais son geste ne la rassura pas.

Pourquoi ne réfutait-il pas leurs insinuations ? Non, ce ne sont pas des insinuations, corrigea-t-elle, ce sont des accusations. À quoi sert d'avoir un avocat, s'il ne me défend pas ?

Elle orienta légèrement sa chaise vers la gauche pour éviter d'avoir à regarder Jennifer Dean en face. Mais l'inspectrice était en train de compulser un carnet qu'elle avait sorti de sa poche.

Billy Collins revint avec le verre d'eau et s'assit à la table en face de Zan. « Madame Moreland... »

Zan l'interrompit : « J'aimerais m'entretenir en privé avec mon avocat », dit-elle.

Collins et Dean se levèrent d'un même mouvement. « Nous allons prendre un café, dit Collins. Je propose que nous nous retrouvions dans un quart d'heure. »

À la seconde où la porte se referma sur eux, Zan se planta en face de Charley Shore. « Pourquoi les laissez-vous porter ces accusations contre moi ? demanda-t-elle. Pourquoi ne prenez-vous pas ma défense ? Vous restez assis à me tapoter l'épaule et vous les laissez insinuer que j'ai enlevé mon enfant, que je l'ai ramené dans cette maison et que je l'ai enfermé dans la réserve.

— Je comprends ce que vous ressentez, Zan, dit Charley Shore. Mais je dois procéder ainsi. J'ai besoin de connaître tous les moyens qu'ils vont utiliser pour monter l'accusation contre vous. Si je ne les laisse pas poser ces questions, nous ne pourrons pas commencer à construire notre défense.

— Vous croyez qu'ils vont m'arrêter ?

— Oui. Je suis désolé de vous le dire, mais je pense qu'ils vont délivrer un mandat d'arrêt contre vous. Peut-être pas aujourd'hui, mais certainement dans les jours qui viennent. Mon souci est de savoir quels chefs d'accusation ils vont retenir contre vous. Entrave à la justice. Faux témoignage. Privation de ses droits parentaux infligée à votre mari. J'ignore s'ils iront jusqu'à vous accuser de kidnapping puisque vous êtes la mère, mais ils le pourraient. Vous venez de leur dire que Matthew vous avait parlé aujourd'hui.

— Ils ont compris ce que je voulais dire.

— Vous croyez qu'ils ont compris. Ils peuvent avoir cru que vous parliez au téléphone avec Mat-thew. » Voyant l'expression stupéfaite de Zan, Char-ley Shore ajouta : « Zan, nous devons prévoir le pire scénario. Et j'ai besoin que vous me fassiez confiance. »

Ils restèrent silencieux pendant les dix minutes qui suivirent. Quand les inspecteurs revinrent dans la pièce, Collins demanda : « Désirez-vous avoir un peu plus de temps ?

— Non, ce n'est pas nécessaire, répondit Charley Shore.

— Dans ce cas, parlons de Tiffany Shields, madame Moreland. Combien de fois a-t-elle gardé Matthew ? »

C'était une question inattendue, mais il était facile d'y répondre. « Pas très souvent, juste de manière occasionnelle. Son père est le gérant de l'immeuble que j'habitais à la naissance de Matthew et que j'ai quitté six mois après sa disparition. Sa première nou-nou, Gretchen, ne venait pas pendant les week-ends, ce qui me permettait de m'occuper seule de Matthew. Mais quand il a cessé d'être un bébé, si j'étais obligée de sortir le soir après l'avoir couché, Tiffany venait le garder.

— Vous étiez satisfaite de Tiffany ? demanda Jennifer Dean.

— Bien sûr. C'était une fille intelligente, très gentille et visiblement très attachée à Matthew. Il m'arrivait même de lui demander de me tenir compagnie lorsque j'emmenais Matthew au parc pendant le week-end.

— L'appréciiez-vous au point de lui faire des cadeaux ?

— Je n'appellerais pas cela des cadeaux. Tiffany a plus ou moins ma taille et, lorsque je voyais dans mon placard une veste, un chemisier ou une écharpe que je n'avais pas portés depuis un certain temps et qui étaient susceptibles de lui plaire, je les lui donnais.

— Estimiez-vous qu'elle était prudente ?

— Je ne lui aurais jamais confié mon enfant si je ne l'avais pas pensé. Jusqu'à ce jour tragique où elle s'est endormie dans le parc.

— Vous saviez que Tiffany avait un rhume, qu'elle ne se sentait pas bien et n'avait pas envie de faire du baby-sitting ce jour-là, objecta l'inspecteur Dean. N'aviez-vous personne d'autre dans votre entourage à qui vous adresser ?

— Personne qui habite suffisamment près pour venir chez moi sur-le-champ. En outre, presque toutes mes amies travaillent. Elles sont occupées. Il faut que vous sachiez que j'étais plutôt stressée. On ne peut pas appeler au téléphone quelqu'un comme Nina Aldrich et décommander un rendez-vous à la dernière minute. J'avais passé des heures entières sur les croquis et les plans que je voulais lui proposer et elle aurait été capable de tout annuler et de me renvoyer si j'avais décommandé ce rendez-vous. Et pourtant, si seulement je l'avais fait ! »

Bien qu'elle s'efforçât de suivre docilement les instructions de Charley Shore pour lui permettre de savoir où voulaient en venir les inspecteurs, Zan ne pouvait empêcher sa voix de trembler. Pourquoi lui posaient-ils toutes ces questions à propos de Tiffany Shields ?

« Donc Tiffany a accepté, à regret, de vous dépanner et elle est venue chez vous ? dit Jennifer Dean d'un ton froid.

— Oui.

— Où était Matthew ?

— Il dormait dans sa poussette. Il avait fait très chaud pendant la nuit et j'avais laissé sa fenêtre ouverte. À cinq heures du matin le tintamarre des camions-poubelles l'avait réveillé. Il dormait habituellement jusqu'à sept heures, mais il ne s'est pas rendormi, alors nous nous sommes levés et avons pris notre petit-déjeuner. Je lui ai donné son déjeuner plus tôt que d'habitude et, parce que Tiffany devait venir le chercher, je l'ai installé dans sa poussette. Ils sont partis aussitôt.

— Quelle heure était-il, selon vous, quand vous l'avez mis dans sa poussette ? demanda Collins.

— Je dirais aux environs de midi. Juste après son repas.

— Et à quelle heure Tiffany est-elle arrivée chez vous ?

— Vers midi et demi.

— Il dormait donc quand Tiffany est venue le chercher, et il était toujours endormi quand quelqu'un l'a sorti de sa poussette environ une heure et demie plus tard. » Le sarcasme était perceptible dans le ton de Jennifer. « Mais vous n'avez pas pris la peine d'attacher sa ceinture, n'est-ce pas ?

— J'avais l'intention de le faire quand Tiffany arriverait.

— Mais vous ne l'avez pas fait.

— J'avais protégé Matthew avec une couverture de coton légère. Avant qu'elle ne quitte l'appartement, j'ai demandé à Tiffany de s'assurer que la ceinture était bien attachée.

— Vous étiez trop pressée pour vous assurer vous-même que votre enfant était en sécurité dans sa poussette ? »

Zan crut qu'elle allait se mettre à hurler. *Cette femme déforme tout ce que je lui dis.* Mais elle sentit à nouveau la ferme pression de la main de Charley Shore sur son épaule et comprit sa mise en garde. Elle fixa froidement le visage impassible de Jennifer Dean. « Quand Tiffany est arrivée, j'ai vu qu'elle ne se sentait pas très bien. Je lui ai dit que je mettais une couverture de plus au pied de la poussette afin qu'elle puisse l'étendre sur le sol et s'y reposer dans un endroit tranquille pendant que Matthew continuerait à dormir.

— Ne lui avez-vous pas aussi offert un Pepsi ? demanda Collins.

— Si. Elle avait soif.

— Qu'y avait-il d'autre dans le Pepsi ? demanda à son tour Dean.

— Rien du tout. Où voulez-vous en venir ?

— Avez-vous donné autre chose à Tiffany Shields ? Elle pense que vous avez versé dans le soda quelque chose pour lui faire perdre conscience une fois qu'elle serait dans le parc. Et que vous lui avez donné un sédatif en guise de cachet contre le rhume.

— Vous avez perdu la tête ! s'écria Zan.

— Absolument pas, répliqua Jennifer Dean d'un ton cassant. Vous vous décrivez comme une femme très attentionnée, madame Moreland, mais n'est-il pas vrai que cet enfant était un obstacle à votre précieuse carrière ? J'ai des enfants. Ils sont au lycée à présent, mais je me souviens que lorsqu'ils se réveillaient trop tôt, la journée pouvait être un cauchemar. Votre carrière était la seule chose qui comptait pour vous, n'est-ce pas ? Ce petit trésor tombé du ciel commençait à être difficile à supporter, et vous saviez que vous aviez un moyen idéal d'y remédier. »

Jennifer Dean se leva et pointa un doigt vers Zan : « Vous vous êtes rendue délibérément dans la nouvelle maison de Nina Aldrich alors qu'elle vous attendait à son appartement de Beekman Place. Vous êtes allée dans cette maison avec tous vos dessins et vos tissus et vous les avez laissés sur place. Puis vous êtes partie à pied jusqu'au parc, sachant que Tiffany ne mettrait pas longtemps à s'endormir. Une opportunité s'offrait et vous l'avez saisie. Vous avez pris votre enfant et l'avez ramené dans cette grande maison vide et vous l'avez caché dans la réserve derrière la cave à vin. La question qui se pose maintenant est : que lui avez-vous fait, madame Moreland ? Que lui avez-vous fait ?

— Objection ! s'écria Charley Shore en forçant Zan à se mettre debout. Nous ne restons pas une minute de plus ici, dit-il. En avez-vous fini avec nous ? »

Billy Collins sourit d'un air indulgent. « Oui, maître. Mais nous voulons les noms et adresses des deux personnes que vous avez mentionnées, Mme Meehan et le religieux. Et laissez-moi vous faire une suggestion. Si Mme Moreland entend à nouveau la voix de son fils, elle devrait lui dire – ainsi qu'à la personne qui le cache – qu'il est temps maintenant de rentrer à la maison. »

49

À Middletown, les affaires dans l'immobilier, comme presque partout ailleurs dans le pays, avaient été désastreuses depuis des mois. Assise dans son bureau, Rebecca Schwartz broyait du noir en contemplant la rue. Les vitrines étaient remplies de photos de propriétés à vendre. Sur plusieurs, le mot VENDU s'étalait en diagonale, mais certaines l'avaient été cinq ans auparavant.

Rebecca était une virtuose dans l'art de décrire les logements disponibles. La plus petite baraque style Cape Cod devenait, dans les prospectus qu'elle affichait en ville : « douillette, chaleureuse, pleine de charme ».

Une fois qu'elle avait décidé des acquéreurs potentiels pour ce genre de maison, elle enjolivait le tableau, dépeignant tout ce que pourrait entreprendre une maîtresse de maison talentueuse pour en révéler la beauté cachée.

Mais malgré son talent unique pour faire apparaître les vertus secrètes de demeures qui nécessitaient d'importants travaux, les jours n'étaient pas roses pour Rebecca. Aujourd'hui, prête à passer une nouvelle journée sans voir un seul client, elle se rappela que sa situation était néanmoins plus enviable que celle de beaucoup de ses semblables. Contrairement à d'autres sexagénaires qui traversaient une période difficile, elle avait de quoi tenir le coup jusqu'à la reprise de l'économie. Enfant unique, ses parents aujourd'hui décédés, elle avait hérité de la maison qu'elle avait habitée toute sa vie et des revenus de deux immeubles de rapport dans Main Street.

Mais ce n'est pas uniquement une question d'argent, songeait-elle. C'est aussi que j'aime vendre des maisons. J'aime voir l'excitation des nouveaux propriétaires le jour où ils emménagent. Même s'ils ont beaucoup de travaux à faire, c'est un nouveau chapitre de leur existence qui s'ouvre. Ce jour-là, je leur apporte toujours un cadeau. Une bouteille de vin, du fromage et des crackers, sauf s'ils ne boivent pas d'alcool. Dans ce cas, j'apporte une boîte de thé et un biscuit de ma fabrication.

Sa secrétaire à temps partiel, Janie, n'arriverait pas avant midi. Sa collègue Millie Wright, qui travaillait à la commission, avait dû y renoncer et accepter un travail au centre commercial. Dès que le marché reprendrait, elle avait promis à Rebecca de revenir à l'agence.

Rebecca était tellement perdue dans ses pensées qu'elle sursauta quand le téléphone sonna. « Immobilier Schwartz, Rebecca à l'appareil, dit-elle, priant le ciel qu'il s'agisse d'un acquéreur potentiel et non d'une énième personne désireuse de vendre sa maison.

— Madame Schwartz, ici Bill Reese. »

Bill Reese, se souvint Rebecca, tandis qu'une soudaine bouffée d'espoir l'envahissait. Bill Reese était venu à deux reprises l'année précédente pour visiter la ferme Owens mais n'avait pas donné suite.

« Monsieur Reese, ça me fait plaisir de vous entendre.

— Est-ce que la propriété d'Owens a été vendue ?

— Non, pas encore. » Rebecca lui servit immédiatement l'habituel jargon immobilier : « Nous avons plusieurs personnes qui sont sérieusement intéressées, dont une est prête à faire une offre. »

Reese éclata de rire. « Allons, madame Schwartz, ne me racontez pas de salades. Sur votre honneur de girl-scout, combien d'acheteurs potentiels sont prêts à signer à l'heure qu'il est ? »

Rebecca ne put s'empêcher de rire avec lui. Elle se représenta Reese. Un homme charmant, intelligent, un peu enveloppé, la quarantaine, père de deux enfants. Comptable, il vivait et travaillait à Manhattan, mais il avait passé sa jeunesse dans une ferme et lui avait confié qu'il regrettait ce genre de vie. « J'aime planter, voir pousser ce que j'ai semé. Et j'aimerais qu'en week-end mes gosses puissent s'amuser avec des chevaux, comme moi à leur âge. »

« Il n'y a aucune offre pour la ferme Owens, admit-elle, mais croyez-moi, je ne vous sers pas le baratin habituel, c'est vraiment une belle propriété, et quand vous aurez viré les vieux rideaux, les meubles fatigués, refait la peinture et modernisé la cuisine, vous aurez une maison spacieuse, charmante que vous serez fier de posséder. Ce marché déprimé ne durera pas éternellement, et quelqu'un un jour ou l'autre va se rendre compte que huit hectares d'excellente terre plus une maison fondamentalement saine sont un bon investissement.

— Madame Schwartz, je pense que vous avez raison. Et puis Theresa et les enfants en sont tombés amoureux. Croyez-vous que Sy Owens fera un petit effort pour le prix ?

— Croyez-vous qu'un crocodile va se mettre à chanter des chansons d'amour ? »

Bill Reese rit à nouveau. « OK, j'ai compris le message. Écoutez, nous allons venir faire un tour dimanche, et si la maison correspond bien à notre souvenir à tous, nous conclurons l'affaire.

— Une locataire l'occupe en ce moment, dit Rebecca. Le bail est d'un an et elle a payé la totalité d'avance. Mais peu importe, le contrat stipule qu'à condition de prévenir la veille nous pouvons faire visiter la maison, et si elle est vendue, la locataire devra libérer les lieux dans un délai de trente jours. Naturellement, elle sera remboursée au prorata des journées de non-occupation. Mais il n'y aura pas de problème. Même si elle a signé un bail d'une année, cette femme m'a dit qu'elle n'avait pas l'intention de rester plus de trois mois.

— C'est parfait, dit Reese. Si nous nous décidons, je voudrais en disposer dès le 1er mai pour pouvoir faire des plantations. Disons qu'on se retrouve dimanche prochain vers treize heures à votre bureau ? »

Rebecca était aux anges. « C'est noté », dit-elle. Pourtant son enthousiasme faiblit quelque peu dès qu'elle eut raccroché. La pensée de téléphoner à Gloria Evans pour lui annoncer qu'elle devrait peut-être quitter la maison ne la réjouissait guère. D'un autre côté, se dit-elle pour se rassurer, le contrat est sans ambiguïté et Gloria Evans aura un délai d'un mois pour s'en aller. Je pourrai lui montrer d'autres maisons, et je suis sûre que nous en trouverons une qui se loue sur la base de trois mois. Elle a dit que c'était le temps qu'il lui fallait pour terminer son livre. Et je lui ferai valoir qu'elle sera remboursée de l'avance qu'elle a versée.

Gloria Evans décrocha à la première sonnerie. « Allô », dit-elle d'un ton où perçait l'agacement.

J'ai de bonnes nouvelles et de mauvaises nouvelles à lui annoncer, se dit Rebecca en prenant sa respiration avant de lui expliquer la situation.

« *Ce* dimanche qui vient ? s'écria Gloria. Vous voulez que des gens viennent me déranger ce dimanche-ci ? »

Rebecca perçut une note d'anxiété dans sa voix et tenta de la rassurer : « Madame Evans, je peux vous montrer au moins une demi-douzaine de très jolies maisons plus modernes, et vous pourrez faire des économies en louant au mois.

— À quelle heure ces gens doivent-ils débarquer ? demanda Gloria Evans.

— Un peu après une heure de l'après midi.

— Je vois. Quand j'ai accepté de payer un an de loyer pour trois petits mois d'utilisation, vous auriez pu m'indiquer que des gens allaient entrer et sortir comme dans un moulin.

— Madame Evans, c'était clairement indiqué dans le bail que vous avez signé.

— Je vous ai posé la question. Vous m'avez répondu que je n'avais pas besoin de m'inquiéter, que personne ne s'intéresserait à cette maison pendant le temps où je l'occuperais. Vous avez dit que le marché serait gelé jusqu'au début du mois de juin au moins.

— C'est ce que je pensais vraiment. Mais Sy Owens ne vous aurait pas loué la maison sans inclure cette clause dans le bail. »

Rebecca se rendit compte qu'elle parlait dans le vide. Gloria Evans avait raccroché. Dommage pour elle, pensa-t-elle en composant le numéro de Sy Owens pour lui annoncer la bonne nouvelle.

Sa réaction fut celle qu'elle escomptait : « Vous avez clairement dit qu'il n'était pas question que je réduise le prix de cinq centimes, n'est-ce pas, Rebecca ?

— Bien sûr que je l'ai dit », répondit-elle, et elle ajouta en son for intérieur : vieux grigou.

50

L'inspecteur Wally Johnson examina la carte postale fripée que Toby Grissom lui avait tendue. « Qu'est-ce qui vous fait supposer que votre fille n'a pas écrit cette carte ? demanda-t-il.

— Je ne dis pas qu'elle ne l'a pas écrite. C'est à cause des caractères d'imprimerie. Je me suis dit qu'elle ne l'avait peut-être pas écrite, que quelqu'un s'en était *peut-être* pris à elle et avait ensuite essayé de faire croire qu'elle était encore en vie. Glory a une grande écriture fleurie, si vous voyez ce que je veux dire, et c'est ce qui m'a fait penser aujourd'hui qu'elle n'avait peut-être pas envoyé cette carte.

— Vous dites l'avoir reçue il y a six mois, fit remarquer Johnson.

— Ouais. C'est ça. Et vous ne me l'avez jamais demandé, mais je me suis dit que vous devriez peut-être y rechercher des empreintes digitales.

— Combien de personnes ont eu cette carte en main, monsieur Grissom ?

— Eu en main ? je n'en sais rien. Je l'ai montrée à des amis au Texas, et aussi aux filles chez qui habitait Glory à Manhattan.

— Nous allons relever les empreintes, naturellement, mais je peux vous prédire dès à présent que nous ne pourrons jamais savoir si c'est votre fille ou quelqu'un d'autre qui a envoyé la carte car il nous sera impossible d'éliminer les autres empreintes. Réfléchissez. Vos amis, les colocataires de Glory. Et avant, il y a eu les employés de la poste et le facteur. »

Toby Grissom aperçut le photomontage de Glory sur le coin du bureau de Johnson. Il le montra du doigt. « Quelque chose est arrivé à ma fille. Je le sais. » Puis, d'une voix pleine d'amertume, il demanda : « Avez-vous fini par appeler ce Bartley Longe, ce fumier qui l'emmenait dans sa maison de campagne ?

— J'ai eu d'autres affaires urgentes à régler hier soir, monsieur Grissom, mais je vous assure que c'est ma priorité.

— Pas la peine de m'assurer quoi que ce soit, inspecteur Johnson. Je ne partirai pas d'ici avant que vous n'ayez décroché ce téléphone et pris rendez-vous avec Bartley Longe. Si je dois rater mon avion, je m'en fiche. Parce que je vais rester ici jusqu'à ce que vous ayez vu ce type. Si vous voulez m'arrêter, je m'en fiche aussi. Mais comprenez-moi bien. Je ne quitterai pas ce commissariat avant de vous avoir vu prendre rendez-vous avec Longe, et n'y allez pas la tête basse en vous excusant de le déranger parce que le père de la gamine est un emmerdeur patenté. Allez-y, soyez intraitable et obtenez les noms des gens de théâtre que ce salaud prétend avoir présentés à Glory, et débrouillez-vous pour savoir si elle en a jamais rencontré un seul. »

Le malheureux, pensa Wally Johnson. Je n'ai pas le courage de lui briser le cœur en lui disant que sa fille est sans doute aujourd'hui une prostituée de luxe maquée avec un gros richard.

Johnson décrocha le téléphone et demanda aux renseignements le numéro de Bartley Longe. Quand la réceptionniste répondit, il se présenta. « M. Longe est-il là ? demanda-t-il. Je dois lui parler de toute urgence.

— Je ne suis pas sûre qu'il soit encore dans son bureau... », commença la réceptionniste.

Si elle n'en est pas sûre, cela signifie qu'il est là. Il attendit un moment.

« Je crains qu'il ne soit déjà parti, mais je peux prendre un message, dit la femme d'un ton aimable quand elle revint en ligne.

— Je n'ai pas l'intention de laisser de message, répondit fermement Johnson. Vous savez aussi bien que moi que Bartley Longe est là. Je peux me trouver chez vous dans une vingtaine de minutes. Il est essentiel que je le voie tout de suite. Le père de Brittany La Monte est dans mon bureau et il cherche à savoir ce qu'est devenue sa fille.

— Si vous voulez bien patienter... » Après une courte pause la réceptionniste dit : « Si vous pouvez venir maintenant, M. Longe vous attendra.

— C'est parfait. » Johnson reposa le téléphone et regarda Toby Grissom avec compassion, frappé par l'expression de fatigue extrême dans le regard du vieil homme et les rides profondes qui marquaient son visage. « Monsieur Grissom, il se peut que je reste absent pendant quelques heures. Vous devriez aller manger un morceau avant de revenir ici. À quelle heure avez-vous dit qu'était votre avion ?

— À cinq heures.

— Il est un peu plus de midi. Je pourrais vous faire conduire par un de nos hommes à La Guardia à mon retour, après vous avoir rapporté ce que j'aurai appris. Je vais cuisiner Longe et, comme vous l'avez suggéré, obtenir qu'il me donne les noms des personnes que Glory aurait rencontrées chez lui. Mais vous attarder à New York ne me paraît pas raisonnable. Vous m'avez dit que vous deviez suivre une chimiothérapie. Il ne faut pas tarder, vous le savez. »

Toby Grissom eut soudain l'impression d'être complètement vidé. La longue marche dans le froid l'avait épuisé. Et il avait faim. « Je crois que vous avez raison, dit-il. Il y a sûrement un McDonald's dans le coin. » Avec un sourire dépourvu d'humour, il ajouta : « Je vais peut-être m'offrir un Big Mac.

— C'est une bonne idée », approuva Wally Johnson en se levant.

Il prit la photo de Glory Grissom sur son bureau.

« Pas la peine de l'emporter, dit Toby Grissom d'un ton amer. Ce type sait parfaitement à quoi ressemble Glory. Faites-moi confiance, il le sait. »

Wally Johnson acquiesça. « Vous avez raison. Mais je veux l'avoir sur moi quand j'interrogerai les gens qui l'ont vue chez Bartley Longe. »

51

« Je serai absent pendant une heure environ, dit Kevin Wilson à Louise Kirk, sans satisfaire sa curiosité en lui expliquant où il allait. Il savait qu'après s'être attiré une réponse cinglante de sa part à cause de ses réflexions sur Zan Moreland elle n'aurait pas l'aplomb de lui poser de questions. Il savait aussi que lorsqu'il lui donnerait la note d'un déjeuner, elle l'examinerait avec soin pour voir s'il avait marqué le nom d'un client ou s'il l'avait payée avec sa carte de crédit personnelle.

Ce matin, il y avait eu deux livraisons supplémentaires. Des rouleaux de revêtements muraux, et des cartons de lampes de table.

Louise ne put s'empêcher de poser une autre question : « Voulez-vous faire entreposer les commandes de Zan Moreland dans le plus grand appartement ? J'ai vu que certains articles étaient destinés au plus petit.

— Mettez tout ensemble », répondit Kevin Wilson en s'emparant de son blouson.

Louise Kirk hésita puis se lança : « Kevin, je sais que je me mêle de ce qui ne me regarde pas, mais je suis sûre que vous vous rendez au bureau de Zan Moreland. Croyez-moi, je vous en supplie, ne vous laissez pas embobiner par cette femme. Elle est très séduisante, personne ne vous dira le contraire, mais je pense que c'est une malade mentale. Avant de pénétrer dans le commissariat de police ce matin, elle a dit aux journalistes que son fils était en vie. Si elle le sait, c'est qu'elle sait où il se trouve, et qu'elle a joué la comédie depuis deux ans. Sur l'Internet, on peut accéder à certaines vidéos qui ont été mises en ligne par les médias au lendemain de l'enlèvement de l'enfant dans Central Park. Elles la montrent dans le parc, près de la poussette vide. On voit bien que c'est la même femme qui apparaît sur les photos prises par le touriste anglais. »

Louise reprit sa respiration.

« Autre chose ? » demanda calmement Kevin.

Elle haussa les épaules. « Je sais que vous m'en voulez, et je vous comprends. Mais je suis votre amie et je vous comprends. Mais je suis votre amie et votre secrétaire et je serais désolée de vous voir éclaboussé par cette histoire. Et une relation avec elle, de quelque nature qu'elle soit, vous causera du tort sur le plan professionnel et personnel.

— Louise, je n'ai aucune sorte de relation avec elle. Je vais vous dire où je vais. Je vais au bureau d'Alexandra Moreland. J'ai parlé à son assistant qui m'a l'air d'un brave garçon. J'aimerais régler cette histoire avec aussi peu de tapage que possible. Très franchement, je n'aime pas ce Bartley Longe. Vous l'avez entendu quand il a téléphoné. On aurait dit le chat qui a avalé le canari. À l'entendre, les jeux sont faits : il est persuadé que c'est avec lui que je veux travailler. »

La main sur la poignée de la porte, Kevin Wilson se tourna et ajouta : « J'ai étudié et comparé leurs deux propositions, et celle de Zan Moreland me plaît davantage. Comme elle l'a elle-même souligné, Bartley Longe est incapable de créer une atmosphère d'intimité. Il est trop pompeux. Cela ne signifie pas que je vais engager Moreland, mais je pourrais choisir son projet, utiliser ses fournitures, trouver un arrangement financier avec elle pour le travail qu'elle a accompli, et le faire exécuter par quelqu'un d'autre. Cela vous paraît-il rationnel ? »

Louise Kirk ne put se retenir de lui lancer une dernière pique : « Rationnel peut-être, mais raisonnable ? »

Josh s'était préparé à sa rencontre avec Kevin Wilson. Il savait ce qu'il allait lui dire. Zan et lui croyaient qu'un hacker avait infiltré leur système informatique et ils avaient chargé le labo de le vérifier. Dès qu'ils pourraient prouver que les commandes avaient été passées à leur insu, ils feraient reprendre les marchandises par les fournisseurs.

Histoire de gagner un peu de temps, s'était-il dit. Car il n'y avait pas de hacker. C'était Zan qui avait passé toutes ces commandes à partir de son ordinateur portable. Qui d'autre aurait su de quoi elle avait besoin exactement ?

Et c'était sans doute elle qui avait écrit cette lettre.

Le téléphone sonna. Le portier demandait s'il pouvait faire monter M. Wilson.

Kevin Wilson ne savait pas à quoi s'attendre, mais il n'avait pas imaginé l'agence Moreland installée dans un modeste bureau encombré par des rouleaux de moquette qui s'empilaient presque jusqu'au plafond. Les meubles avaient été repoussés contre le mur opposé pour faire de la place. Et il ne s'attendait pas non plus à ce que Josh Green fût si jeune. Guère plus de vingt-cinq ans, jugea-t-il, tandis qu'il lui serrait la main en se présentant.

Reconnaissant le nom du fournisseur inscrit sur le papier d'emballage qui protégeait la moquette, il demanda : « Toutes ces fournitures sont-elles destinées à mes appartements ?

— Monsieur Wilson…, commença Josh.

— Laissons tomber les conventions. Appelez-moi Kevin.

— Très bien, Kevin. Voici ce qui est arrivé. Un hacker s'est apparemment introduit dans notre système informatique et a passé ces commandes. C'est la seule explication que je puisse vous donner.

— Savez-vous que nous avons eu trois livraisons ce matin au 701 Carlton Place ? » demanda Kevin. Devant l'expression stupéfaite du jeune homme, il ajouta : « J'ai l'impression que vous n'étiez pas au courant ?

— Non, en effet.

— Josh, je sais que Zan s'est rendue au commissariat avec son avocat ce matin. L'attendez-vous bientôt ?

— Je ne sais pas, dit Josh sans chercher à masquer son inquiétude.

— Depuis combien de temps travaillez-vous avec elle ?

— Presque deux ans.

— Je lui ai demandé un projet de décoration pour mes appartements-témoins après avoir visité une maison dans le Connecticut et un appartement dans la Cinquième Avenue, deux réalisations différentes qu'elle venait de terminer six mois auparavant.

— Sans doute la maison des Campion et l'appartement des Lyon.

— Avez-vous participé à ces chantiers ? » demanda Kevin.

Où veut-il en venir ? se demanda Josh. « Oui, en effet. Naturellement, c'est Zan qui conçoit la décoration et je suis son assistant. Comme les deux chantiers étaient menés de front, nous nous chargions à tour de rôle de l'avancement de chaque projet.

— Je comprends. »

J'aime bien ce garçon, pensa Kevin. Il va droit au but. Quels que soient les problèmes de Zan, ses projets me conviennent tout à fait pour ces appartements. Primo, je n'ai pas envie de traiter avec Bartley Longe, secundo, ce qu'il m'a présenté ne m'a pas séduit. Et je ne peux pas demander à d'autres designers de se mettre sur les rangs. Le conseil d'administration s'arrache déjà les cheveux à cause des retards dans l'achèvement des travaux.

La porte s'ouvrit derrière eux. Il se retourna et vit Zan Moreland entrer dans le bureau, accompagnée d'un homme plus âgé, sans doute son avocat. Zan se mordait les lèvres, tentant en vain de refouler les san-

270

glots qui secouaient ses épaules. Elle avait les yeux gonflés et le visage mouillé de larmes.

Sentant que sa présence était déplacée, Kevin se tourna vers Josh. « Je vais appeler Starr Carpeting, dit-il, et leur dire de faire prendre toutes ces marchandises et de les livrer à Carlton Place. Si d'autres livraisons semblables vous arrivent, ne les acceptez pas. Envoyez-les-nous ainsi que les factures. Je resterai en contact avec vous. »

Zan avait le dos tourné et il comprit qu'elle était gênée qu'il la voie pleurer. Il partit sans lui adresser la parole. Tandis qu'il attendait l'ascenseur, il s'avoua qu'il mourait d'envie de revenir sur ses pas et de la prendre dans ses bras

Rationnel et raisonnable, pensa-t-il avec un sourire ironique, au moment où s'ouvrait la porte de l'ascenseur. Je me demande quelle sera la réaction de Louise quand elle apprendra ce que je viens de faire.

52

Melissa avait failli s'étrangler de fureur en entendant Ted lui suggérer de faire don à la Fondation pour
les enfants disparus des cinq millions de dollars
qu'elle voulait offrir en récompense à qui permettrait
de retrouver Matthew.

« Il ne parle pas sérieusement, j'espère », dit-elle à
Bettina, son assistante.

Bettina avait quarante ans. Toujours soignée de sa
personne, le cheveu noir de jais, le regard pénétrant,
elle avait quitté le Vermont pour New York à l'âge de
vingt ans, dans l'espoir de faire une carrière de chanteuse rock. Elle avait vite compris que sa voix, certes
agréable, ne la mènerait nulle part dans ce monde-là
et elle était devenue l'assistante personnelle d'une
chroniqueuse mondaine. Son efficacité avait frappé
Melissa qui l'avait débauchée en lui offrant un salaire
supérieur. Bettina n'avait pas hésité longtemps à laisser tomber la journaliste, qui, prenant de l'âge, se
reposait trop sur elle.

Les sentiments de Bettina à l'heure actuelle
oscillaient entre le mépris qu'elle partageait avec Ted
à l'égard de Melissa et l'excitation de participer à la
vie trépidante d'une célébrité. Et puis, dans ses bons

jours, lors d'un concert ou d'une remise de prix, Melissa pensait à garder pour Bettina un de ces coûteux cadeaux destinés aux stars dont on l'inondait.

À la minute où elle avait mis le pied dans l'appartement de Melissa, à neuf heures du matin, Bettina avait compris que la journée s'annonçait mal. Sa patronne lui avait immédiatement vanté son idée de prime en échange du retour de Matthew sain et sauf. « Vous remarquerez que je dis "sain et sauf". Presque tout le monde pense que ce gosse est mort, je bénéficierai donc d'une publicité conséquente sans que cela me coûte un centime. »

Elle avait également relaté la réaction de Ted qui l'avait mise hors d'elle. « Il veut que je donne cinq millions à une fondation ? Il est complètement cinglé ou quoi ? » s'était-elle écriée.

Bettina aimait bien Ted. Elle savait qu'il se donnait un mal fou pour assurer la promotion de Melissa. « Je ne pense pas qu'il soit cinglé, dit-elle d'un ton conciliant. Vous en retireriez l'image d'une personne d'une générosité extraordinaire, ce qui serait la vérité, il faudrait même remplir ce chèque devant les caméras.

— Ce que je n'ai pas l'intention de faire, rétorqua Melissa en rejetant en arrière sa longue chevelure blonde.

— Melissa, je suis ici pour exécuter vos ordres. Vous le savez, dit Bettina. Mais Ted a raison. Depuis que vous êtes devenus un couple célèbre tous les deux, vous n'avez pas fait mystère de votre conviction que l'enfant avait été enlevé et tué par un pédophile. Offrir à présent une récompense en échange d'informations permettant de le retrouver vous attirerait des commentaires malveillants à la télévision et sur l'Internet.

— Je suis décidée à faire cette offre, Bettina. Organisez une conférence de presse demain à une heure de l'après-midi. Je sais exactement ce que je dirai. Je dirai que j'ai toujours cru que Matthew n'était plus en vie, mais que l'incertitude ronge mon fiancé, Ted Carpenter, le père de Matthew. Cette offre peut décider quelqu'un à se dévoiler, quelqu'un dont une parente ou une amie élèverait Matthew comme son propre enfant.

— Et si ce quelqu'un se présente, vous êtes prête à lui signer un chèque de cinq millions de dollars ? demanda Bettina.

— Ne soyez pas stupide. Primo, ce pauvre gosse est sans doute mort. Secundo, si quelqu'un sait vraiment où il se trouve et qu'il ne s'est pas manifesté pendant tout ce temps, il sera considéré comme complice et ne pourra donc pas profiter de l'argent. Vous comprenez ? On me traite souvent de cruche, mais nous recevrons des centaines d'informations provenant de tous les coins du monde, et chacune mentionnera la récompense promise par Melissa Knight. »

Elles étaient dans la salle de séjour du luxueux appartement de Melissa, qui donnait sur Central Park West. Bettina alla jusqu'à la fenêtre et regarda le parc. Tout avait commencé là. Par un après-midi ensoleillé de juin presque deux ans plus tôt. Mais Melissa avait raison. Ce petit garçon était probablement mort. Et on parlerait d'elle sans qu'elle débourse un centime.

53

« Bon, nous avons fait sortir Alexandra Moreland de ses gonds », dit Billy Collins avec satisfaction. Jennifer Dean et lui savouraient leurs sandwichs au pastrami accompagnés d'un café dans leur bistrot préféré de Columbus Avenue.

L'inspecteur Dean avala une bouchée avant de répondre. « L'inquiétant à mon avis, c'est que cette affaire est presque trop parfaite. Tu crois que Moreland a voulu dire qu'elle avait entendu la voix de son fils en rêve, ou qu'elle lui parlait réellement au téléphone ?

— Qu'elle ait été au téléphone ou en train de rêver, elle dit que cet enfant est vivant, et je le crois aussi, dit Billy Collins fermement. La question est de savoir où il est, et si celui qui le détient va être pris de panique, avec tout ce ramdam dans la presse. Je vais chercher un autre café. Et toi ?

— Non, assez de caféine pour la journée. Je vais plutôt essayer de joindre à nouveau Alvirah Meehan. D'après son mari, elle devrait être sortie de chez le coiffeur. »

Alvirah répondit en personne au téléphone. « Venez si vous voulez, mais je ne sais pas si je pourrai vous être d'une grande utilité, dit-elle prudemment. Mon mari et moi sommes très liés à Zan depuis qu'elle a décoré notre appartement, il y a un an et demi. C'était après la disparition de son fils. C'est une jeune femme charmante et nous l'aimons beaucoup.

— Nous pourrions passer chez vous maintenant. Nous sommes à quelques pas de votre immeuble », proposa Jennifer Dean tandis que Billy regagnait leur table avec sa seconde tasse de café.

Dix minutes plus tard, ils se garaient dans l'allée semi-circulaire du 211 Central Park South. Elle était assez large pour permettre aux autres véhicules de passer et, voyant Billy placer sa carte de police de l'État contre le pare-brise, le portier l'autorisa à stationner. « Mme Meehan a dit que vous pouviez monter dès votre arrivée. C'est l'appartement 16B. »

« Sais-tu que certains de nos collègues connaissent Alvirah Meehan ? demanda Jennifer à Billy dans l'ascenseur. Elle était femme de ménage quand elle a gagné à la loterie et elle est devenue détective amateur, elle a même écrit un livre sur le sujet.

— On n'a franchement pas besoin d'avoir un détective amateur dans les pattes », grommela Billy tandis qu'ils s'arrêtaient au quinzième étage.

Mais ils n'étaient pas depuis deux minutes dans l'appartement que, comme tous ceux qui rencontraient Alvirah et Willy pour la première fois, ils eurent l'impression de les avoir toujours connus.

Willy Meehan rappelait à Billy son grand-père, un homme de haute taille aux cheveux blancs qui avait travaillé toute sa vie dans la police. Alvirah, impeccablement coiffée, portait un simple pantalon et un cardigan. Billy devinait que ses vêtements ne venaient pas du magasin du coin, mais sa tenue sobre aurait presque pu être celle d'une femme de ménage au service des gens fortunés qui habitaient le quartier.

Il s'étonna de voir Jennifer accepter le café que leur proposait Alvirah. C'était inhabituel, mais il eût été fâcheux de vexer Alvirah, qui leur avait déclaré au téléphone être une amie de Zan Moreland. Et prendrait probablement sa défense, pensa-t-il.

J'avais vu juste, se dit-il quelques minutes plus tard en entendant Alvirah insister sur le drame qu'avait été pour Zan Moreland la disparition de son fils. « J'ai une certaine expérience, affirma Alvirah avec énergie, mais il y a des choses qu'on ne peut simuler. La souffrance que j'ai lue dans le regard de cette femme m'a brisé le cœur.

— Vous a-t-elle beaucoup parlé de Matthew ? demanda doucement Jennifer Dean.

— Disons que nous l'avons rarement évoqué. J'ai une chronique dans le *New York Globe*, et lors de la disparition de cet enfant, j'avais écrit un article dans lequel je suppliais l'auteur de son enlèvement de comprendre le désespoir des parents. Je lui suggérais d'amener Matthew dans un centre commercial ou dans un lieu public et de lui désigner un vigile. Puis de dire à l'enfant de fermer les yeux et de compter jusqu'à dix avant d'aller trouver l'homme et de lui donner son nom. Le vigile retrouverait sa maman.

— Matthew avait à peine plus de trois ans quand il a disparu, objecta Billy. Peu d'enfants de cet âge savent compter jusqu'à dix.

— Sa mère avait précisé dans une interview qu'il adorait jouer à cache-cache. En fait, l'une des rares fois où nous avons parlé de Matthew, elle m'a raconté qu'en apprenant sa disparition elle avait espéré qu'il s'était réveillé et levé tout seul de sa poussette pour jouer à cache-cache avec Tiffany. » Alvirah s'interrompit avant d'ajouter : « Elle m'a dit que Matthew savait compter jusqu'à vingt. C'était visiblement un enfant très intelligent.

— Avez-vous vu aujourd'hui à la télévision et dans la presse les photos montrant Zan Moreland en train de prendre Matthew dans sa poussette, madame Meehan ? demanda Jennifer Dean.

— J'ai vu les photos d'une femme ressemblant à Zan Moreland qui prenait l'enfant dans la poussette, répondit prudemment Alvirah.

— Pensez-vous qu'il s'agisse de Zan Moreland sur ces photos, madame Meehan ? demanda Billy Collins.

— Je vous en prie, appelez-moi Alvirah, comme tout le monde. »

Elle cherche à gagner du temps, pensa l'inspecteur.

« Je vais vous répondre, commença Alvirah. On pourrait croire en effet qu'il s'agit de Zan. Je suis loin d'en savoir suffisamment sur le plan technique, mais il n'est pas exclu que ces photos aient été trafiquées. Ce que je sais, en revanche, c'est que Zan Moreland est dévastée par la perte de son fils. Elle était chez nous hier soir. Elle a des amis, ici comme à l'étranger, qui l'ont souvent invitée pour les vacances, mais elle est toujours restée seule chez elle. Elle ne pouvait plus supporter de sortir.

— Savez-vous dans quels pays vivent ses amis ? demanda vivement Jennifer Dean.

— Eh bien, là où ses parents ont jadis séjourné. Je sais que l'un d'eux habite en Argentine, et un autre en France.

— Et n'oubliez pas que ses parents étaient en Italie quand ils ont perdu la vie dans l'accident », ajouta Willy.

Billy Collins comprit qu'ils n'apprendraient rien de plus d'Alvirah et de son mari. Ils pensent qu'il s'agit bien de Zan Moreland sur les photos, se dit-il en se levant pour partir, mais ils ne l'admettront pas.

« Inspecteur Collins, dit Alvirah, il faut que vous compreniez que si c'est effectivement Zan Moreland qui figure sur ces photos la montrant en train d'enlever son fils, elle n'était pas consciente de ce qu'elle faisait. J'en suis persuadée.

— Êtes-vous en train de suggérer qu'il pourrait s'agir d'un dédoublement de la personnalité ? demanda Collins.

— Je ne suggère rien, dit Alvirah. Je sais seulement que Zan ne joue pas la comédie. Dans son esprit, elle a perdu son enfant. Elle a dépensé une fortune en détectives privés et en médiums pour essayer de le retrouver. Si elle jouait la comédie, elle n'aurait pas eu besoin d'en faire autant, mais elle est sincère.

— Encore une question, madame – pardon, Alvirah. Zan Moreland a cité un religieux, frère Aiden O'Brien. Le connaîtriez-vous ?

— Oh oui, c'est un très bon ami. Un moine franciscain de l'église Saint-François-d'Assise dans la 31ᵉ Rue. Zan a fait sa connaissance chez nous hier soir. Elle s'apprêtait à partir quand il est arrivé. Il lui a dit qu'il prierait pour elle et je crois qu'elle en a été un peu réconfortée.

— Elle ne l'avait jamais rencontré auparavant ?

— Je ne crois pas. Mais je sais qu'elle s'est arrêtée à l'église lundi soir, un peu avant que j'aille moi-même y allumer un cierge. Frère O'Brien recevait les confessions ce soir-là dans l'église basse.

— Alexandra Moreland s'est-elle confessée ?

— Oh, je n'en sais rien, et je n'ai pas posé la question, naturellement. Mais ça vous intéressera peut-être de savoir que j'y ai observé un type dont le comportement m'a semblé bizarre. Il était agenouillé devant la chapelle de saint Antoine, la tête entre les mains. Et à la minute où frère Aiden a quitté la salle de réconciliation, cet homme s'est redressé et ne l'a plus quitté des yeux jusqu'à ce qu'il ait franchi le seuil de la Fraternité.

— Mme Moreland était-elle encore dans l'église à ce moment-là ?

— Non, dit Alvirah sans hésitation. C'est par hasard que j'ai su qu'elle s'y était arrêtée. Je suis retournée à l'église hier matin et j'ai demandé à visionner les vidéos des caméras de surveillance. Je voulais repérer cet individu qui m'avait paru louche. Je n'ai pas pu le reconnaître dans la foule mais sur la bande j'ai vu Zan entrer. Ce devait être un quart d'heure avant que je n'arrive moi-même. Les enregistrements montrent qu'elle n'est restée que quelques minutes. L'homme dont j'essayais de voir le visage est parti un peu avant moi, il était impossible de le distinguer clairement au milieu de la foule qui entrait dans l'église.

— Vous êtes-vous étonnée que Mme Moreland s'arrête dans cette église en particulier ?

— Non. L'anniversaire de Matthew tombait le lendemain. J'ai pensé qu'elle voulait mettre un cierge à saint Antoine à son intention. C'est le saint que les gens prient quand ils ont perdu quelque chose.

— En effet. Nous vous remercions tous les deux de nous avoir reçus aussi longtemps », dit Billy Collins au moment où Jennifer Dean et lui se levaient pour partir.

« Bon, nous ne sommes pas beaucoup plus avancés, fit remarquer Jennifer Dean dans l'ascenseur.

— Qui sait ? Nous avons quand même appris qu'Alexandra Moreland a des amis à l'étranger. Je veux savoir si elle s'est rendue dans un de ces pays depuis la disparition de son fils. Nous allons obtenir un mandat pour vérifier ses cartes de crédit et ses comptes bancaires. Et demain nous irons à Saint-François-d'Assise rendre visite à frère O'Brien. Nous saurons s'il a entendu Zan Moreland en confession. Et, dans ce cas, je me demande ce qu'elle a pu lui raconter.

— Billy, tu es *catholique* ! protesta Jennifer Dean. Pas moi, mais je sais qu'aucun prêtre ne révélera jamais ce qui a été dit dans le secret du confessionnal.

— Non, en effet, mais quand nous interrogerons Zan Moreland à nouveau, si nous la harcelons suffisamment, elle finira peut-être par craquer et nous faire partager ses petits secrets. »

54

Matthew n'avait jamais vu Glory pleurer, pas une seule fois. Elle avait paru très en colère au téléphone, mais après avoir raccroché elle s'était mise à pleurer. À pleurer très fort. Puis elle l'avait regardé et avait dit : « Matty, nous ne pouvons pas continuer à nous cacher comme ça. »

Il savait que cela signifiait qu'ils allaient encore déménager, et il ne savait pas s'il était content ou triste. La chambre où il dormait était assez grande pour qu'il puisse mettre tous ses camions sur le plancher et les faire rouler les uns à la suite des autres comme les gros camions qu'ils croisaient sur la route la nuit quand Glory et lui allaient s'installer dans une nouvelle maison.

Et il y avait un lit superposé, une table et des chaises dans la pièce. Glory lui avait dit que d'autres enfants l'avaient sans doute occupée parce que la table et les chaises étaient juste à la bonne hauteur pour qu'un enfant de sa taille puisse s'asseoir et dessiner.

Matthew aimait beaucoup dessiner. Parfois il pensait à sa maman et esquissait le visage d'une dame sur la feuille. Il n'arrivait jamais à la représenter tout à fait, mais il se souvenait toujours de ses longs cheveux et de la sensation qu'il éprouvait quand ils lui chatouillaient la joue, et il faisait de longs cheveux à la dame sur son dessin.

Parfois aussi il prenait sous l'oreiller le savon qui sentait le parfum de maman et le posait près de sa main sur la table avant d'ouvrir sa boîte de crayons de couleur.

L'endroit où ils iraient la prochaine fois ne serait peut-être pas aussi bien. Cela lui était égal d'être enfermé dans la penderie de cette maison quand Glory le laissait seul. La lumière restait allumée à l'intérieur, il y avait assez de place pour ses camions et elle lui donnait de nouveaux livres à lire jusqu'à son retour.

Maintenant Glory avait de nouveau l'air furieux. « Je ne serais pas étonnée que cette vieille toupie trouve une excuse pour se pointer ici avant dimanche. Il ne faut pas que j'oublie de mettre le verrou à la porte d'entrée. »

Matthew ne savait pas quoi dire. Glory s'essuya les joues avec le dos de sa main. « Bon, on va juste avancer notre programme. Je vais le lui annoncer ce soir. » Elle alla à la fenêtre. Elle laissait toujours le store baissé et quand elle regardait dehors, elle le repoussait un peu sur le côté.

Elle fit un drôle de bruit comme si elle retenait sa respiration. « Voilà l'emmerdeuse aux muffins qui revient. Qu'est-ce qu'elle cherche ? » Puis elle ajouta : « C'est à cause de toi, Matty. Monte dans ta chambre, restes-y et fais attention de ne plus jamais laisser traîner un de tes camions en bas. »

Matthew monta dans sa chambre, s'assit à la table, prit ses crayons et se mit à pleurer.

55

Bartley Longe avait fermé la porte de son bureau et s'efforçait de calmer l'indignation qui l'avait saisi en entendant l'inspecteur lui ordonner carrément de remettre tous ses rendez-vous jusqu'à leur rencontre.

Mais il ne pouvait dissimuler son inquiétude. Le père de Brittany avait donc tenu sa promesse et était allé trouver la police. Il ne pouvait les laisser une seconde fois fouiller dans son passé. La plainte pour harcèlement sexuel qu'une réceptionniste avait déposée contre lui huit ans auparavant n'avait pas fait bon effet dans la presse.

Qu'il ait été obligé de débourser une grosse somme pour régler l'affaire l'avait atteint, personnellement et professionnellement. La jeune femme avait attesté qu'il s'était emporté quand elle avait repoussé ses avances et l'avait plaquée contre le mur, et qu'elle avait craint pour sa vie. « Son visage était blême de fureur, avait-elle dit aux policiers. Il ne supporte pas qu'on lui résiste. J'ai cru qu'il allait me tuer. »

Comment va réagir ce flic quand il tombera sur cette histoire ? Faut-il que j'en parle spontanément pour avoir l'air honnête ? Brittany a disparu depuis bientôt deux ans. La seule chose qui puisse les persuader que je ne suis pour rien dans cette histoire est qu'elle réapparaisse bientôt au Texas et rende visite à son père.

Et ce n'était pas tout. Pourquoi Kevin Wilson n'avait-il pas répondu à son appel ce matin ? Lui ou l'un de ses employés avaient dû voir à la télévision Zan entrer dans le commissariat avec son avocat. Il devait se douter qu'elle allait être arrêtée et, dans ce cas, comment pourrait-elle s'occuper d'un chantier ?

Il faut que j'obtienne ce contrat, se dit-il. C'est un projet prestigieux. Bien sûr, j'ai assez de commandes de gens célèbres, mais la plupart d'entre eux négocient les prix. Ils prétendent qu'il y aura des photos de leurs nouveaux intérieurs dans les magazines et que c'est de la publicité gratuite pour moi. Je n'ai pas besoin de leur publicité.

Il avait perdu quelques-uns de ses clients importants après cette déplorable affaire. S'il était compromis dans un autre scandale, il en perdrait d'autres.

Pourquoi ce silence de Wilson ? Son appel d'offres stipulait qu'il importait de livrer les plans au plus tôt parce qu'ils étaient déjà en retard sur le programme. Et maintenant, plus un mot.

L'interphone sonna. « Monsieur Longe, avez-vous l'intention de sortir après votre réunion avec l'inspecteur Johnson, ou voulez-vous que je fasse monter quelque chose après son départ ? demanda Elaine.

— Je n'en sais rien, répondit sèchement Longe. Je déciderai le moment venu.

— Entendu. Oh, Phyllis appelle. L'inspecteur est sans doute arrivé.

— Faites-le entrer. »

Nerveusement, Longe ouvrit le tiroir supérieur de son bureau et jeta un coup d'œil au miroir qu'il conservait à l'intérieur. Le léger lifting de l'an passé avait été un succès. L'opération avait corrigé un début de bajoues qui alourdissaient son menton. Les quelques fils blancs dans sa chevelure convenaient parfaitement à son physique. Il avait pris un soin particulier de son apparence. Il tira sur les manches de sa chemise Paul Stuart afin de mettre en valeur les boutons de manchettes à son chiffre.

Elaine Ryan frappa à la porte et l'ouvrit sans attendre de réponse, l'inspecteur Wally Johnson dans son sillage. Longe se leva et, avec un sourire affecté, accueillit son hôte indésirable.

56

Dès l'instant où Wally Johnson pénétra dans le bureau de Bartley Longe, l'homme lui inspira de l'antipathie. Son air supérieur trahissait le dédain et la condescendance. En guise d'entrée en matière, il précisa qu'il avait décalé une réunion importante et espérait que les questions que l'inspecteur désirait lui poser ne s'éterniseraient pas, il ne disposait que d'une quinzaine de minutes.

« Je l'espère, moi aussi, répondit Johnson. Venons-en donc sans tarder à l'objet de ma visite. Margaret Grissom, dont le nom de théâtre est Brittany La Monte, a disparu. Son père est persuadé qu'il lui est arrivé quelque chose ou qu'elle a des ennuis. Son dernier travail connu est celui dont vous l'aviez chargée lors de la présentation de vos appartements-témoins. Il est aussi notoire qu'elle entretenait une relation particulière avec vous et a passé de nombreux week-ends dans votre propriété de Litchfield.

— Elle a passé quelques week-ends dans ma maison de Litchfield parce qu'elle désirait être présentée à des gens de théâtre, corrigea Longe. Comme je l'ai dit hier à son père, aucun d'eux n'a jugé que Brittany possédait cette qualité presque indéfinissable, cet éclat particulier qui aurait fait d'elle une star. Ils ont tous prédit qu'elle pourrait, au mieux, tourner dans des spots publicitaires à petit budget ou dans des petits films de producteurs indépendants. Pendant les dix ou onze années qu'elle a passées à New York, elle n'a jamais réussi à obtenir le moindre engagement.

— Dans ces conditions, vous avez cessé de l'inviter chez vous ? demanda Johnson.

— Brittany commençait à se faire des idées. Elle a cherché à transformer notre relation informelle en mariage. J'ai été marié autrefois à une future actrice, ce qui m'a coûté une fortune. Je n'ai aucune intention de répéter cette erreur.

— Vous le lui avez donc dit. Comment l'a-t-elle pris ?

— Elle m'a fait quelques remarques particulièrement désobligeantes et elle est partie comme une furie.

— De votre maison de Litchfield ?

— Oui. J'ajoute qu'elle s'est enfuie au volant de ma Mercedes décapotable. J'aurais pu porter plainte, mais elle m'a prévenu par téléphone qu'elle l'avait laissée dans le parking de mon immeuble. »

Johnson vit le visage de Bartley Longe s'assombrir. « Pouvez-vous me préciser à quelle date cet incident a eu lieu, monsieur Longe ?

— Début juin. Il y aura par conséquent presque deux ans.

— Pouvez-vous me donner une date plus précise ?

— C'était le premier week-end de juin, elle est partie le dimanche en fin de matinée.

— Bien. Où est situé votre appartement ?

— Au 10 Central Park West.

— Vous habitiez alors à cette adresse ?

— C'est ma résidence à New York depuis huit ans.

— Bien. Et ensuite, après ce dimanche de juin, avez-vous revu Mlle La Monte ou eu de ses nouvelles ?

— Non, jamais. Et je ne tenais ni à la revoir ni à entendre parler d'elle. »

Un ange passa. Ce type crève de peur, songea Wally Johnson, il ment et il sait que je vais m'obstiner à rechercher Brittany. Johnson savait également qu'il ne tirerait rien de plus de Bartley Longe pour l'instant.

« Monsieur Longe, reprit-il, j'aimerais avoir une liste des invités qui ont passé des week-ends à Litchfield en même temps que Brittany La Monte.

— Bien sûr. Vous comprenez certainement que je reçois beaucoup. Bien traiter des gens fortunés ou célèbres vous permet d'en faire de très bons clients. Il est possible que j'oublie certains noms.

— Je le comprends, mais je vous recommande de fouiller dans votre mémoire et de me faire parvenir cette liste demain matin au plus tard. Voici ma carte avec mon adresse mail. »

Sur ce, Johnson se leva.

Longe resta assis à son bureau. Johnson s'approcha délibérément de lui et lui tendit la main, ne lui laissant d'autre choix que de la serrer.

Comme il l'avait pressenti, la main manucurée de Longe était moite.

Sur le trajet du commissariat, Wally Johnson décida de faire un détour et de s'arrêter au parking du 10

Central Park West. Il sortit de sa voiture et montra sa carte à l'employé qui s'avançait vers lui. « Pas de parking aujourd'hui, dit-il, je veux seulement vous poser quelques questions. » Il jeta un coup d'œil au badge du jeune homme. « Depuis combien de temps travaillez-vous ici, Danny ?

— Huit ans, monsieur, depuis l'ouverture », répondit fièrement Danny.

Johnson parut étonné. « Je ne vous aurais pas donné plus de vingt ans.

— Merci. On me le dit souvent. » Avec un grand sourire, Danny ajouta : « Cela n'a pas que des avantages. J'ai trente et un ans, monsieur.

— Vous connaissez probablement M. Bartley Longe ? »

Ce fut sans surprise qu'il vit s'évanouir le sourire de Danny lorsqu'il confirma qu'il connaissait en effet M. Longe.

« Avez-vous jamais vu une jeune femme avec lui, une certaine Brittany La Monte ? demanda Johnson.

— M. Longe connaissait beaucoup de jeunes femmes, répondit Danny, hésitant. Il amenait tout le temps des amies différentes.

— Danny, j'ai l'impression que vous vous souvenez de Brittany La Monte.

— Oui, monsieur. Je ne l'ai pas vue depuis un certain temps, mais cela ne m'étonne pas.

— Pourquoi ?

— Eh bien, la dernière fois qu'elle est venue au garage, elle conduisait la décapotable de M. Longe. Elle paraissait hors d'elle. » Une grimace amusée déforma la bouche de Danny. « Elle avait emporté les perruques et postiches de M. Longe. Elle les avait mis en charpie et avait collé les mèches avec du scotch sur le volant, le tableau de bord et le capot. Personne ne pouvait manquer de les remarquer. Il y avait des cheveux partout sur les sièges avant. Puis elle a dit "Salut les mecs", et elle s'est tirée.

— Et qu'est-il arrivé ensuite ?

— Le lendemain, M. Longe est arrivé. Il était fou furieux. Le concierge avait fourré les postiches dans un sac qu'il lui a remis. M. Longe avait une casquette de base-ball sur la tête et on s'est dit que Brittany lui avait piqué toute sa collection. Entre nous, M. Longe n'est pas très apprécié au garage, et nous avons tous bien ri de cette histoire.

— Je n'en doute pas, dit Wally Johnson. Il est probablement du genre ultra-pingre à Noël.

— Ne parlons pas de Noël, monsieur, il ne sait pas que ça existe. Quand il vient chercher sa voiture, il vous refile maximum un dollar, si vous avez de la chance. » Danny eut l'air inquiet. « J'aurais dû me taire, monsieur. J'espère que vous ne le répéterez pas à M. Longe. Je perdrais ma place.

— Ne vous en faites pas. Vous m'avez beaucoup aidé. »

Wally Johnson s'apprêtait à remonter dans sa voiture.

Danny lui tint la portière ouverte. « Est-ce que Mlle La Monte va bien, monsieur ? demanda-t-il. Elle était toujours très gentille avec nous quand elle venait avec M. Longe.

— Je l'espère, Danny. Merci beaucoup. »

À son retour, Johnson trouva Toby Grissom installé dans son bureau.

« Alors, avez-vous pu manger ce Big Mac, monsieur Grissom ? demanda-t-il.

— Oui. Et vous, qu'avez-vous découvert chez ce fumier de faux jeton ?

— J'ai découvert que votre fille et Longe avaient eu une violente querelle, qu'elle lui avait emprunté sa voiture pour venir en ville et l'avait laissée à son garage. Il prétend qu'il ne l'a jamais revue depuis. L'employé du garage m'a confirmé qu'elle n'était jamais revenue par la suite, du moins pas au garage.

— Qu'est-ce que vous en déduisez ? demanda Grissom.

— J'en déduis qu'ils ont rompu pour de bon. Comme je vous l'ai déjà dit, je lui ai demandé de me communiquer la liste des gens qu'il invitait pendant les week-ends et nous essaierons de savoir si certains ont entendu parler de Brittany, ou, comme vous l'appelez, de Glory. J'ai aussi demandé à rencontrer les jeunes filles avec lesquelles elle logeait. Je veux savoir exactement à quelle date elle a quitté son appartement. Monsieur Grissom, je vous assure que je suivrai cette affaire jusqu'au bout. Et maintenant, laissez-moi vous faire conduire à l'aéroport et promettez-moi que vous irez voir votre médecin dès demain matin. Après votre départ, j'appellerai les colocataires de votre fille et prendrai rendez-vous avec elles. »

S'appuyant sur les bras de son fauteuil, Toby Grissom se leva. « J'ai le sentiment que je ne reverrai plus ma fille avant de mourir. Je vous fais confiance pour tenir la promesse que vous m'avez faite, inspecteur. Et j'irai voir mon médecin demain. »

Ils se serrèrent la main. Avec un sourire hésitant, Toby Grissom dit : « Bien. Allons trouver mon escorte pour l'aéroport. Si je le demande très poliment, croyez-vous qu'ils actionneront la sirène ? »

57

Le jeudi après-midi, après avoir fondu en larmes dans son bureau, Zan demanda à Josh de la reconduire chez elle. À bout de forces, elle se mit aussitôt au lit avec un somnifère. Le vendredi matin, encore hébétée, elle resta couchée et n'apparut à son bureau qu'à midi.

« J'ai cru que je n'y arriverais pas, Josh », dit-elle. Assis à son bureau, ils mangeaient les sandwichs à la dinde que Josh avait commandés chez le traiteur du coin. Il avait préparé un café très fort. Elle prit sa tasse et but lentement, appréciant l'arôme du café italien. « Il est tout de même meilleur que celui que nous a servi l'inspecteur Collins au commissariat », fit-elle remarquer avec une moue ironique.

Puis, devant la mine inquiète de Josh, elle dit : « Écoute, je me suis écroulée hier, mais ça va aller. Charley m'avait avertie de ne pas dire un mot aux journalistes. Je leur ai affirmé que Matthew était toujours en vie, et je suis certaine qu'en ce moment ils sont en train de déformer mes paroles, comme l'ont fait ces inspecteurs quand ils m'ont interrogée. Je ferais mieux de l'écouter la prochaine fois.

— Je me sens tellement impuissant, Zan. Je voudrais tant pouvoir t'aider », dit Josh, masquant difficilement son émotion. Mais il avait encore besoin de lui poser certaines questions. « Crois-tu que nous devrions signaler le billet d'avion pour Buenos Aires qui a été débité sur ta carte de crédit ? Et les vêtements achetés chez Bergdorf ? Et les fournitures qui ont été commandées comme si nous avions déjà le contrat des appartements de Carlton Place ?

— Et le fait que mon compte bancaire a été pratiquement vidé ? demanda Zan avant d'ajouter : Car tu ne me crois pas, n'est-ce pas, quand je dis que je n'ai rien commandé, et que ce n'est pas moi qui ai fait ces achats. Je le sais. Et je sais qu'Alvirah, Willy et Charley Shore croient tous que je suis une malade mentale, pour parler gentiment. »

Elle ne laissa pas à Josh le temps de répondre : « Tu sais, Josh, je ne t'en veux pas. Je n'en veux pas à Ted d'avoir dit ces horreurs sur moi, je n'en veux même pas à Tiffany qui, je viens de l'apprendre de la bouche des inspecteurs, est persuadée que je l'ai droguée pour qu'elle s'endorme dans Central Park et que je puisse emmener mon enfant dans cette maudite maison et l'y laisser attaché et bâillonné dans la réserve – à moins, naturellement, que je l'aie assassiné.

— Zan, protesta faiblement Josh. Je t'aime, Alvirah et Willy t'aiment. Et Charley Shore veut te protéger.

— Le plus triste, c'est que je le sais. Toi, Alvirah et Willy vous m'aimez tous. Charley Shore veut me protéger. Mais aucun de vous ne veut comprendre que quelqu'un s'est fait passer pour moi afin d'enlever mon enfant, et que cette personne, ou celle qui l'a engagée, essaie de détruire en même temps mon travail. Pour répondre à ta question, je ne pense pas qu'il faille donner à ces inspecteurs davantage de "preuves" de mon état mental déficient et les aider à poursuivre leur inquisition. »

Elle eut l'impression que Josh aurait aimé pouvoir s'insurger contre ce qu'elle venait de dire, mais que par honnêteté il préférait se taire. Elle finit son café, lui tendit sa tasse en silence et attendit qu'il revienne pour reprendre : « Je n'étais évidemment pas en état de parler à Kevin Wilson à mon retour hier, mais j'ai entendu ce qu'il t'a dit. Penses-tu qu'il parlait sérieusement lorsqu'il a proposé de prendre en charge le paiement de nos fournisseurs ?

— Oui, je le crois, dit Josh, soulagé de pouvoir changer de sujet.

— C'est plus que correct de sa part. Je n'ose imaginer ce que les journalistes auraient raconté s'il avait déclaré en public n'avoir jamais donné son accord à aucun des projets que je lui ai soumis. Au total, les commandes représentent des dizaines de milliers de dollars. Il voulait ce qu'il y a de mieux et c'est ce que nous lui avons fourni.

— Kevin a dit qu'il préférait notre – je veux dire *ta* – proposition à celle de Bartley Longe, lui dit Josh.

— *Notre* proposition, le reprit Zan. Tu es très doué, Josh. Tu le sais. J'étais comme toi, il y a neuf ans, quand j'ai commencé à travailler pour Bartley Longe. Tu as pris une part importante à l'élaboration de ce projet avec moi. »

Elle reposa la moitié de son sandwich. « Tu veux que je te dise ce qu'il va m'arriver ? Je vais sans doute être arrêtée, accusée d'avoir enlevé Matthew. Je crois au fond de mon cœur qu'il est vivant, mais si je me trompe, je t'assure que l'État de New York n'aura pas besoin de me poursuivre pour meurtre ni de me jeter en prison. Car si mon enfant est mort, mon existence sera de toute manière la pire des prisons. »

58

Le vendredi matin, une mauvaise nouvelle accueillit
Ted à son bureau. Rita Moran l'attendait, l'air tendu,
une expression consternée sur le visage. « Ted,
Melissa a convoqué les médias chez elle pour annoncer qu'elle offrait une récompense de cinq millions de
dollars pour le retour de Matthew sain et sauf. Son
assistante a appelé pour nous tenir au courant. Elle ne
voulait pas vous laisser dans l'ignorance. Melissa
ne cache pas qu'elle croit que Matthew est mort, mais
elle dit que cette incertitude vous tue. »

Sarcastique, Rita ajouta : « Bref, c'est pour vous
qu'elle fait ça, Ted.

— Nom de Dieu, hurla Ted, je lui ai dit, je l'ai
implorée, je l'ai suppliée...

— Je sais, dit Rita. Mais n'oubliez pas une chose.
Vous ne pouvez pas vous permettre de perdre Melissa
Knight. Nous venons de recevoir un nouveau devis
pour la plomberie de l'immeuble, et je vous assure
qu'il y en a pour une fortune. Melissa et les amis
qu'elle vous a déjà amenés nous maintiennent la tête
hors de l'eau et si Jaime-boy vient s'ajouter à la liste,
nous pourrons respirer. Je vous suggère de vous débarrasser du boulet que représente cet immeuble en en

baissant le prix jusqu'à ce que vous trouviez un acheteur, d'absorber la perte, et de vous concentrer sur la recherche de nouveaux clients tels que Melissa. Prenez seulement garde à ne pas déclencher les foudres de la dame contre vous. Vous n'en avez pas les moyens.

— Je sais. Merci, Rita.

— Ted, je suis désolée, je sais tout ce que vous avez sur les épaules. Mais ne l'oubliez pas, il nous reste de formidables chanteurs, des groupes et des acteurs exceptionnels qui, lorsque leur heure viendra, n'oublieront pas tout ce que vous avez fait pour leur carrière. Donc, je vous propose d'appeler l'ensorceleuse quand elle aura offert ses cinq millions de dollars pour lui dire à quel point vous lui êtes reconnaissant et combien vous l'aimez. »

59

Le vendredi, Penny Hammel passa en voiture devant la ferme Owens, assez lentement pour voir le store bouger à l'une des fenêtres en façade. Cette bonne femme a dû entendre ma voiture bringuebaler sur la route pleine de trous, se dit-elle. Qu'est-ce que Gloria Evans cherche donc à cacher ? Pourquoi les stores sont-ils toujours baissés ?

Se sentant observée, Penny fit délibérément demi-tour. Au cas où la mystérieuse écrivaine en douterait encore, se dit-elle, qu'elle sache que je l'ai à l'œil. Pourquoi reste-t-elle toujours enfermée ? Il fait un temps magnifique ! Elle n'a donc pas envie d'en profiter ? Elle prétend écrire un livre ! Je parie que la plupart des écrivains ne restent pas assis devant leur ordinateur dans l'obscurité alors que le soleil brille !

Penny avait fait le détour par la ferme de Sy Owens alors qu'elle allait en ville. Elle avait des courses à faire au supermarché et envie de s'éloigner un peu de Bernie. C'était son jour de bricolage, et il était occupé à son atelier au sous-sol. Mais elle devait descendre admirer son travail chaque fois qu'il avait fini une réparation, qu'il s'agisse du manche d'une casserole ou du couvercle d'un sucrier.

Il fallait le comprendre. À force de rester seul à son volant des journées entières, il avait besoin de compagnie, réfléchit Penny en s'engageant dans Middletown Avenue. Elle n'avait pas prévu de s'arrêter chez Rebecca, mais elle trouva une place de stationnement en face de l'agence immobilière Schwartz et la vit assise à son bureau.

Pourquoi pas ? se dit-elle. Elle traversa le trottoir et poussa la porte de l'agence. « *Bonjour, madame* Schwartz, lança-t-elle avec son meilleur accent français. Je suis venue pour acheter cette horrible demeure m'as-tu-vu dans Turtle Avenue qui est à vendre depuis deux ans. Je voudrais la démolir parce qu'elle dépare le paysage. J'ai quatre millions d'euros dans le coffre de ma limousine. Pouvons-nous conclure ce que vous autres Américains appelez un deal ? »

Rebecca éclata de rire. « Très drôle, mais laisse-moi te parler d'un vrai miracle. J'ai un acheteur pour la ferme de Sy.

— Et qu'est-ce que tu fais de la locataire ?

— Elle doit quitter les lieux dans un délai de trente jours. »

Penny ne put s'empêcher d'éprouver un brin de déception, s'avouant qu'elle s'était bien amusée à broder un mystère autour de Gloria Evans. « Tu lui en as parlé ?

— Oui, et la dame n'a pas été très contente. Elle m'a raccroché au nez. Je lui ai dit que je pouvais lui montrer au moins cinq ou six maisons beaucoup plus attrayantes qu'elle pourrait louer au mois sans s'engager dans une location à l'année.

— Et elle t'a malgré tout raccroché au nez ? »

Penny se laissa tomber sur la chaise la plus proche du bureau de Rebecca.

« Oui. Elle semblait vraiment fâchée.

— Rebecca, je viens de passer en voiture devant la ferme de Sy. Tu es entrée depuis que cette femme s'y est installée ?

— Non. Je t'ai dit que j'étais allée y faire un tour le jour de son arrivée et que j'avais vu sa voiture devant le garage. Mais je ne suis pas entrée.

— Tu devrais peut-être trouver un prétexte, aller frapper à la porte et t'excuser du dérangement causé par cette vente inopinée, lui dire que tu regrettes de la voir contrariée. Si elle n'a pas la politesse de t'inviter à entrer, je dirais que c'est la preuve manifeste qu'elle cache quelque chose de louche. »

Se prenant au jeu, Penny émit toutes sortes d'hypothèses pour encourager Rebecca : « Tu sais que ce serait un endroit parfait pour un dealer. Une route de campagne isolée qui se termine en cul-de-sac. Pas de voisins. Réfléchis. Si les flics font une descente, qu'adviendra-t-il de ta vente ? Imagine que cette femme soit déjà recherchée par la police ? »

Consciente d'être dépourvue d'éléments pour étayer sa théorie, Penny ajouta : « Tu sais ce que je vais faire ? Je ne vais pas attendre jusqu'à mardi. Je vais téléphoner à Alvirah dans le courant de la journée, tout lui raconter à propos de cette Gloria Evans et lui demander conseil. Suppose qu'elle soit en fuite et qu'on offre une récompense pour la retrouver ? Ce serait la cerise sur le gâteau, non ? »

60

Frère Aiden O'Brien commença sa journée à sept heures en distribuant les repas sur le parvis de l'église. Comme tous les matins, il y avait plus de trois cents personnes qui patientaient dans l'attente d'un petit-déjeuner. Certains faisaient la queue depuis au moins une heure. Une des bénévoles lui chuchota à l'oreille : « Avez-vous remarqué qu'il y a beaucoup de nouveaux visages, mon père ? »

Elle avait raison. Une partie de ces gens participaient aux activités des anciens de la paroisse. Certains lui avaient dit qu'il leur fallait dorénavant choisir entre la nourriture et les médicaments dont ils avaient un besoin urgent.

C'était là son principal souci mais aujourd'hui, à son réveil, il avait prié pour Zan Moreland et son petit garçon. Le petit Matthew était-il en vie, et si oui, où sa mère le cachait-elle ? Il avait vu une telle détresse dans les yeux de Zan Moreland quand il avait tenu ses mains entre les siennes. Était-il possible, comme Alvirah semblait le croire, que la jeune femme souffre du syndrome de la personnalité multiple et qu'une partie d'elle-même ait ignoré ce que faisait son autre moi ?

Dans ce cas, était-ce l'autre moi qui était venu se confesser et avait avoué être complice d'un acte criminel et être incapable d'empêcher un meurtre ?

De toute façon, quelle que soit la personne dont il avait entendu la confession, il était tenu par le secret et ne pourrait jamais révéler ce qu'elle lui avait avoué.

Il se souvint que les mains délicates de Zan Moreland étaient glacées quand il les avait prises dans les siennes.

Ses mains. Quelque chose l'avait frappé à propos de ses mains. Quoi ? Il avait beau se creuser la cervelle, le souvenir lui échappait.

Après avoir déjeuné à la Fraternité, frère Aiden venait de regagner son bureau quand il reçut un appel de l'inspecteur Billy Collins qui désirait lui rendre visite. « Ma collègue et moi aimerions vous poser quelques questions. Pouvez-vous nous recevoir ? Nous serons là dans une vingtaine de minutes.

— Bien sûr. Puis-je vous demander à quel sujet ?

— C'est à propos de Zan Moreland. À tout de suite, mon père. »

Vingt minutes plus tard, Billy Collins et Jennifer Dean pénétraient dans son bureau. Après les présentations d'usage, assis à son bureau en face de ses visiteurs, frère Aiden attendit que l'un d'eux entame la conversation.

Billy Collins commença : « Mon père, Alexandra Moreland s'est bien arrêtée dans cette église lundi soir, n'est-ce pas ? » demanda-t-il.

Frère Aiden pesa soigneusement ses mots : « Alvirah Meehan l'a identifiée sur les vidéos de nos caméras de surveillance. Elle y apparaît en effet le lundi soir.

— Mme Moreland est-elle venue se confesser ?

— Inspecteur Collins, votre nom permet de penser que vous êtes irlandais, il y a donc des chances pour que vous soyez catholique, ou que vous ayez été élevé dans cette religion.

— J'ai été élevé comme un bon catholique et le suis resté, dit Billy. Certes, je n'assiste pas tous les dimanches à la messe, mais assez régulièrement tout de même.

— Je suis ravi de l'entendre, dit frère Aiden avec un sourire. Dans ce cas, vous savez sûrement que je suis lié par le secret de la confession – je ne peux rien révéler, ni qui j'y ai reçu ni ce que j'ai entendu.

— Naturellement. Mais vous avez bien rencontré Alexandra Moreland chez Alvirah Meehan l'autre soir ? demanda calmement Jennifer Dean.

— En effet, je l'ai croisée.

— Ce qu'elle vous a dit alors n'est pas couvert par le secret de la confession, n'est-ce pas ? insista Dean.

— Pas nécessairement. Elle m'a demandé de prier pour son fils.

— Elle n'a pas mentionné par hasard qu'elle venait de vider son compte en banque et d'acheter un aller simple à destination de Buenos Aires pour mercredi prochain ? » demanda Billy Collins.

Frère Aiden s'efforça de dissimuler sa stupéfaction. « Non, absolument pas. Je répète que nous avons parlé à peine quelques secondes.

— Et c'était la première fois que vous vous trouviez en face d'elle ? insinua Jennifer Dean.

— Je vous en prie, n'essayez pas de me tendre un piège, inspecteur Dean, répondit sèchement frère Aiden.

— Nous ne cherchons pas à vous tendre un piège, reprit Billy Collins. Mais si je vous disais qu'après plusieurs heures d'interrogatoire Mme Moreland ne nous avait pas informés de son intention de quitter le pays ? Nous l'avons découvert par nous-mêmes. Bien, mon père, si vous n'y voyez pas d'inconvénient, nous allons jeter un coup d'œil sur ces vidéos qui la montrent en train d'entrer dans l'église et d'en sortir.

— Bien sûr. Je vais demander à Neil, notre homme à tout faire, de vous les montrer. » Au moment de décrocher le téléphone, frère Aiden se reprit : « Oh, j'oubliais. Neil est absent aujourd'hui. C'est Paul, notre bibliothécaire, qui s'occupera de vous. »

En attendant, Billy Collins demanda : « Alvirah Meehan croit avoir vu un homme vous observer avec beaucoup d'insistance l'autre soir. Savez-vous si quelqu'un pourrait vous en vouloir, mon père ?

— Personne, absolument personne », répondit frère Aiden avec force.

Lorsque Paul et les inspecteurs eurent quitté la pièce, frère Aiden se prit la tête dans les mains. Elle est coupable, se dit-il. Elle avait l'intention de prendre la fuite.

Mais pourquoi était-il hanté par les mains de Zan Moreland ? Qu'avaient-elles de particulier ?

Deux heures plus tard, frère Aiden était assis à son bureau quand Zan Moreland lui téléphona. Espérant empêcher que s'accomplisse le meurtre dont elle lui avait parlé, il dit : « J'attendais d'avoir de vos nouvelles. Zan, voulez-vous venir me voir ? Peut-être pourrais-je vous aider.

— Non, je ne le crois pas, mon père. Mon avocat vient de m'appeler. Je vais être arrêtée. Je dois me rendre avec lui au commissariat à dix-sept heures. Peut-être pourriez-vous prier aussi pour moi.

— Madame Moreland, je n'ai pas cessé de prier pour vous, dit frère Aiden avec ferveur. Si vous... »

Il ne termina pas sa phrase. Zan avait raccroché.

Il était attendu à la confession à seize heures. J'appellerai Alvirah après dix-huit heures. Elle saura alors si Zan Moreland a une chance d'être libérée sous caution.

Ce qu'il ne soupçonnait pas, c'est que quelqu'un allait pénétrer dans la salle de réconciliation, non pour confesser un crime, mais avec l'intention d'en commettre un.

61

Le vendredi à seize heures quinze, Zan appela Kevin Wilson. « Je ne sais comment vous remercier de prendre à votre charge toutes les commandes qui ont été passées pour les appartements, dit-elle d'une voix posée, mais je ne peux l'accepter. Je suis sur le point d'être arrêtée. Mon avocat pense que je bénéficierai d'une libération sous caution, mais de toute façon je ne serai plus à même de décorer quoi que ce soit.

— Vous allez être arrêtée, Zan ? »

Kevin ne put cacher sa stupéfaction malgré les commentaires de Louise qui s'étonnait que la mesure n'ait pas été prise plus tôt.

« Oui. Je dois me rendre au commissariat à dix-sept heures. D'après ce que j'ai compris, le mandat me sera signifié ensuite. »

Kevin perçut l'effort que faisait Zan pour empêcher sa voix de trembler. « Zan, ceci ne change rien au fait que... », commença-t-il.

Elle l'interrompit : « Josh va prévenir les fournisseurs et leur expliquer qu'ils doivent tout reprendre ; j'essaierai de trouver un arrangement avec eux.

— Écoutez-moi, Zan. Ne croyez pas que ma décision était un acte de générosité irréfléchi. Vos projets me plaisent et je n'aime pas ceux de Bartley Longe. C'est aussi simple. Avant votre arrivée hier, Josh m'a raconté que vous aviez travaillé ensemble sur deux projets à la fois, et que pendant que vous étiez sur l'un, il était sur l'autre. Est-ce exact ?

— Oui. Josh a beaucoup de talent.

— Très bien. D'un point de vue commercial, je charge l'agence Moreland de la décoration de mes appartements-témoins. Que vous soyez libérée sous caution ou non, ma décision est ferme et définitive. Et naturellement, j'ai besoin d'une facture séparée de vos honoraires en plus du coût des fournitures. »

Zan voulut protester : « Je ne sais que dire. Kevin, vous devez être conscient du genre de publicité que suscite mon affaire, une publicité qui va s'accroître chaque jour. Êtes-vous certain d'accepter que tout le monde sache qu'une femme accusée de kidnapping, voire du meurtre de son enfant, travaille pour vous ?

— Je sais que c'est irrationnel, Zan, mais je crois en votre innocence, je suis persuadé qu'il y a une autre explication à toute cette histoire.

— Il y en a une, et plaise à Dieu qu'on la découvre. » Zan eut un rire étranglé. « Vous savez que vous êtes la première personne à m'exprimer sa conviction que je suis innocente ?

— Je suis heureux d'être le premier, mais je suis sûr que je ne serai pas le dernier, dit fermement Kevin. Je n'ai cessé de penser à vous. Comment arrivez-vous à tenir le coup ? Quand je vous ai vue, vous étiez tellement bouleversée que j'en ai eu le cœur brisé pour vous.

— Vous savez comment je me sens ? demanda Zan. J'ai cherché à formuler la chose, et je crois avoir trouvé. Il y a des années, quand mes parents étaient en poste en Grèce, nous sommes allés en Israël et avons visité la Terre sainte. Êtes-vous jamais allé là-bas, Kevin ?

— Non. J'en ai toujours eu envie. Pendant longtemps je n'avais pas assez d'argent. Maintenant je n'ai plus le temps.

— Que savez-vous de la mer Morte ?

— Pas grand-chose sinon qu'elle se trouve en Israël.

— Je vais vous expliquer ce que je ressens. J'y ai nagé lors de notre séjour. C'est un lac d'eau salée qui est à quatre cent dix-sept mètres sous le niveau de la mer. C'est le point le plus bas du globe. Il est si chargé en sel que vous risquez de vous brûler les yeux à son contact.

— Zan, quel rapport avec votre situation actuelle ? »

La voix de Zan se brisa : « J'ai l'impression d'être au fond de la mer Morte avec les yeux grands ouverts. Cela répond-il à votre question, Kevin ?

— Oui. Mon Dieu, je suis désolé, Zan.

— Je sais. Kevin, mon avocat vient d'arriver. Le moment est venu. Ils vont prendre mes empreintes digitales et m'inculper. Merci encore. »

Kevin raccrocha, puis se détourna pour cacher son émotion à Louise Kirk qui venait d'entrer dans son bureau.

62

Le vendredi après-midi, il appela Glory. Comme il l'avait prévu, elle lui répondit sur un ton renfrogné. « Il était temps. Parce que ton idée de prolonger de huit ou dix jours va foirer. Je vais probablement être obligée de décamper rapidos, et dimanche après-midi l'agent immobilier va débarquer avec un type qui veut acheter la maison. Et si tu crois pouvoir me coincer encore dans un bled perdu comme celui-ci, tu te goures. Dimanche matin, tu ferais mieux de t'amener avec l'argent si tu ne veux pas que j'aille à la police réclamer la prime de cinq millions de dollars.

— Tout sera bouclé dès dimanche, Gloria. Mais si tu espères me doubler et toucher cette récompense, tu es plus stupide que je l'imaginais. Tu te souviens de ce tueur en série du Bronx, qui s'était baptisé lui-même le Fils de Sam ? Renseigne-toi. Il a tué six personnes et tiré sur plusieurs autres. Il a écrit ses Mémoires et on a édicté une loi stipulant qu'aucun criminel ne peut tirer de profit financier de ses crimes. Que tu le veuilles ou non, tu es plongée jusqu'au cou dans cette affaire. Tu as kidnappé Matthew Carpenter et tu le séquestres depuis presque deux ans. Si on te trouve, tu vas en taule. Tu piges ?

— Ils font peut-être des exceptions, répliqua Gloria sur un ton de défi. Le gosse est malin. Lorsqu'ils l'auront trouvé, tu peux être certain qu'il leur dira que ce n'est pas sa maman qui l'a enlevé. Je suis sûre qu'il s'en souvient. Quand il s'est réveillé dans la voiture, je portais encore la perruque. Il s'est mis à hurler au moment où je l'ai ôtée. Il ne l'a sûrement pas oublié. Et un jour où je croyais la porte fermée, j'ai essayé la perruque que je venais de laver. Il a ouvert la porte et il est entré avant que je puisse la retirer. Il m'a demandé : "Pourquoi tu essaies de ressembler à ma maman ?" Suppose qu'il leur dise que c'est Glory qui l'a pris dans sa poussette ? Génial pour moi, non ?

— Tu ne lui as montré aucun des reportages qui sont passés à la télévision, j'espère ? » demanda-t-il, soudain confronté à l'inquiétante réalité.

Si Matthew racontait à la police que ce n'était pas sa mère qui l'avait enlevé, tous ses plans s'écroulaient.

« Tu as le chic pour poser des questions stupides. Bien sûr que je ne lui ai rien montré.

— Tu es vraiment idiote, Brittany. Presque deux ans se sont écoulés depuis son enlèvement. Il était trop petit pour s'en souvenir.

— Ne compte pas sur lui pour rester muet quand on le trouvera. Et ne m'appelle pas Brittany. Je pensais que nous étions d'accord sur ce point.

— Bon. Bon. Écoute-moi, il va falloir modifier notre plan. Il n'est plus question de te grimer pour ressembler à Zan et de retourner à l'église. Je me chargerai seul du problème. Fourre toutes tes affaires dans ta voiture. Je te retrouverai demain soir à l'aéroport de

La Guardia. J'aurai ton argent, et un billet d'avion pour que tu rentres au Texas.

— Et Matthew ?

— Fais comme d'habitude, mais cette fois ce sera un peu plus long. Fourre-le dans la penderie, laisse la lumière allumée et donne-lui assez de céréales, de sandwichs et de soda pour qu'il tienne le coup. Tu dis que ces gens doivent venir visiter la maison dimanche ?

— Oui. Mais suppose qu'ils ne viennent pas ? On ne peut pas laisser ce gosse enfermé dans la penderie.

— Bien sûr que non. Préviens l'agent immobilier que tu pars dimanche matin et que tu lui préciseras plus tard où adresser le remboursement du trop-perçu. Tu peux être sûre qu'elle n'attendra pas longtemps pour venir inspecter la maison, accompagnée ou non du nouvel acheteur. Et qu'elle trouvera Matthew.

— Six cent mille dollars, cinq mille en liquide, le reste viré sur le compte bancaire de mon père au Texas. Sors ton stylo. Note le numéro de son compte. »

Sa main transpirait tellement qu'il avait du mal à tenir son stylo, néanmoins il parvint à noter le numéro qu'elle lui dictait d'un ton cassant.

Restait la possibilité – qu'il n'avait jamais envisagée – que Matthew se souvienne que ce n'était pas sa mère qui l'avait kidnappé ce jour-là.

Dans ce cas, le récit de Zan deviendrait crédible. Tous les plans qu'il avait élaborés avec soin tomberaient à l'eau. Même s'il la tuait, comme il en avait eu l'intention, la police chercherait quand même qui avait pu monter cette machination et kidnapper l'enfant.

Et ils finiraient par découvrir la vérité, d'une manière ou d'une autre, et ils reporteraient sur lui toute l'obstination qu'ils mettaient à poursuivre Zan.

Il était désolé, sincèrement désolé, mais il était hors de question que l'on découvre Matthew dans cette penderie. Il fallait qu'il ait disparu avant l'arrivée de l'agent immobilier le dimanche après-midi.

Je n'ai jamais eu l'intention de le tuer, pensa-t-il tristement. Je n'ai jamais cru que cela finirait ainsi. Il haussa les épaules. Le moment était venu de se rendre à l'église.

« Bénissez-moi, mon père, car j'ai péché. »

63

À son arrivée avec Charley Shore au commissariat de Central Park, Zan ignora les journalistes. Tête baissée, soutenue par son avocat, elle fonça depuis la voiture jusqu'à la porte d'entrée. Ils furent introduits dans la salle d'interrogatoire où les attendaient les inspecteurs Collins et Dean.

« J'espère que vous n'avez pas oublié d'apporter votre passeport, madame Moreland », dit Billy Collins sans la saluer.

Charley Shore répondit à sa place : « Nous l'avons.

— Très bien, parce que le juge vous le demandera, dit Collins. Madame Moreland, pourquoi ne nous avez-vous pas dit que vous aviez l'intention de prendre l'avion pour Buenos Aires ?

— Parce que je n'en ai jamais eu l'intention, répondit Zan calmement. Et, avant que vous posiez la question, je n'ai pas non plus vidé mon compte en banque. Je suis sûre que vous l'avez aussi vérifié.

— D'après vous, donc, la personne qui a enlevé votre enfant serait la même que celle qui a acheté ce billet pour l'Argentine et piraté votre compte bancaire ?

— C'est *exactement* ce que je dis, répondit Zan. Et au cas où vous ne le sauriez pas, cette même personne a acheté des vêtements dans les magasins où je possède un compte et commandé toutes les fournitures nécessaires à l'aménagement intérieur des appartements que j'avais le projet de réaliser. »

Le froncement de sourcils de Charley Shore lui rappela qu'elle devait se borner à répondre aux questions, sans fournir aucune autre information. Elle se tourna vers lui. « Charley, je sais ce que vous pensez, mais je n'ai rien à cacher. Si ces inspecteurs examinaient tous ces faits, peut-être se rendraient-ils compte que je ne suis impliquée dans aucun. Et peut-être finiraient-ils par se demander si je n'ai pas dit la vérité. »

Zan reporta son regard vers les deux inspecteurs : « Mais autant croire au père Noël. Vous m'avez fait venir ici pour m'arrêter, alors faites-le. »

Ils se levèrent. « Nous effectuerons les formalités au tribunal, dit Billy Collins. Nous allons vous y accompagner. »

Ils ne mettront pas longtemps à me cataloguer comme criminelle, pensa-t-elle une heure plus tard, quand ils eurent émis le mandat d'arrêt, lui eurent attribué un numéro correspondant, eurent relevé ses empreintes digitales et pris une photo d'identité judiciaire.

On la conduisit ensuite dans une salle du tribunal devant un juge au visage sévère. « Madame Moreland, vous êtes accusée d'enlèvement d'enfant, d'entrave à la justice et d'opposition à l'exercice de l'autorité parentale. Si vous êtes mise en liberté sous caution, vous ne pouvez cependant pas quitter le pays sans l'autorisation du tribunal. Avez-vous votre passeport sur vous ?

— Oui, Votre Honneur, répondit à nouveau Charley Shore à sa place.

— Veuillez le remettre au greffier. La caution est fixée à deux cent cinquante mille dollars. »

Le juge se leva et quitta la salle.

Zan tourna vers Charley un regard affolé. « Je n'ai pas les moyens de rassembler une telle somme, Charley. C'est impossible.

— Nous en avons discuté avec Alvirah. Elle a donné en garantie l'acte de propriété de son appartement à un agent spécialisé chargé d'obtenir le total de la caution auprès des banques et elle vous avancera le montant de ses honoraires. Dès que je l'aurai prévenu, Willy apportera l'argent. Une fois la caution versée, vous serez libre de vous en aller.

— Libre, murmura Zan, contemplant les traces noires sur ses doigts. Libre. »

Un garde de la sécurité la prit par le bras. « Veuillez me suivre, madame.

— Vous devez patienter dans une cellule jusqu'à ce que la caution soit versée. Nous attendrons ensemble. Ce n'est rien d'autre que la procédure habituelle. »

D'un pas lourd, Zan suivit docilement le garde. Elle franchit une porte qui donnait sur un étroit couloir. Au bout, une cellule vide avec des toilettes apparentes et un banc. Obéissant à une légère poussée dans le dos, elle y pénétra et entendit la clé tourner dans la serrure derrière elle.

Un mot lui revint en mémoire *Huis clos*, le titre de la pièce de Sartre. J'ai joué le rôle de la femme adultère au collège. *Huis clos, Huis clos*. Elle se tourna, regarda les barreaux et les effleura d'une main hésitante. Mon Dieu, comment est-ce possible ? Pourquoi ? Pourquoi ?

Elle resta debout sans bouger pendant presque une demi-heure, puis Charley Shore réapparut. « J'ai parlé à l'agent de la caution au téléphone, Zan. Willy devrait être là dans quelques minutes. Lorsqu'il aura signé divers papiers, déposé la garantie et payé les honoraires, vous sortirez d'ici. Je devine ce que vous ressentez, mais c'est à partir de maintenant que votre avocat, en l'occurrence moi, sait ce qui nous attend et commence à se bagarrer.

— C'est-à-dire plaider l'aliénation mentale ? N'est-ce pas votre intention, Charley ? Je parie que si. Au bureau, avant votre arrivée, Josh et moi avons regardé la télévision dans la pièce du fond. Le présentateur de CNN interrogeait un médecin spécialiste du syndrome de la personnalité multiple. D'après sa brillante démonstration, je suis une candidate toute trouvée pour ce type d'argumentation. Il a cité une affaire dans laquelle l'avocat de la défense avait plaidé que la "personnalité hôte" ignorait ce que faisait celle qui avait commis le crime. Vous savez ce que le juge a fait de ce raisonnement, Charley ? s'écria Zan. Il a dit : *Je ne veux pas savoir combien de personnalités possède cette femme. Elles doivent toutes obéir à la loi.* »

Devant sa véhémence, Charley Shore comprit qu'il n'existait aucun moyen de la rassurer ou de la réconforter.

Il préféra ne pas la contredire.

64

Gloria Evans, née Margaret Grissom, surnommée « Glory » par un père aimant, nom de théâtre Brittany La Monte, hésitait à croire que tout serait terminé dans quarante-huit heures. Mille fois au cours de tous ces mois, de toutes ces nuits blanches, elle s'était répété : « Si seulement », en mesurant l'énormité de son crime.

Et si tout foirait ? pensait-elle. Supposons qu'ils me trouvent ? Je passerai le restant de mes jours en prison. Que représentent six cent mille dollars ? Ils ne dureront même pas deux ans. Le temps que je m'installe, que j'achète de nouvelles fringues, que je fasse faire de nouvelles photos, que je prenne des cours de théâtre et me trouve un attaché de presse et un agent, en deux ans tout aura disparu. Il a dit qu'il pourrait m'introduire auprès de gens importants à Hollywood, mais à quoi ont servi ceux qu'il m'a présentés à New York ? À rien. Zéro.

Et Matty ? C'est un si gentil petit bonhomme. Je n'aurais pas dû m'attacher à lui, mais comment ne pas aimer ce gosse ?

Je l'aime vraiment, songea Glory en fourrant dans sa valise ses vêtements identiques à ceux de Zan. Je suis franchement pas mauvaise, pensa-t-elle avec un sourire ironique. J'ai fait gaffe à tous les détails. Zan Moreland est un peu plus grande que moi. J'ai fait ajouter un centimètre aux talons de ces sandales au cas où quelqu'un me photographierait au moment où je prenais le gosse.

Avec un soupir d'autosatisfaction, Glory se rappela le mal qu'elle s'était donné pour que sa perruque ait l'apparence, la couleur et la coupe des cheveux de Zan. Elle avait cousu des épaulettes à sa robe parce que Zan Moreland avait les épaules plus larges qu'elle. Je parie qu'en ce moment les flics sont plongés dans l'analyse des photos et qu'ils vont en conclure que cette femme ne peut être que Zan. Mon maquillage était parfait.

Elle parcourut du regard la chambre aux murs d'un blanc triste, le mobilier de chêne fatigué, le tapis usé jusqu'à la corde. « Et qu'est-ce que j'en ai tiré ? » demanda-t-elle à haute voix. Deux années à déménager d'une maison à une autre. Deux années à laisser Matty enfermé dans son placard pendant qu'elle allait au supermarché ou parfois à une séance de cinéma. Ou à New York pour faire croire que Zan s'était rendue ici ou là.

Ce type serait capable de cambrioler Fort Knox, pensa-t-elle, se rappelant le jour où il lui avait donné rendez-vous à Penn Station et lui avait tendu une carte de crédit. Il avait découpé une publicité pour des vêtements en solde. « Je veux que tu achètes ces fringues, lui avait-il ordonné. Elle porte les mêmes. »

Un autre jour, il lui avait expédié par la poste un carton de vêtements identiques à ceux de Zan Moreland. « Au cas où... », avait-il dit.

Glory avait porté un de ces tailleurs, le noir avec le col de fourrure, et s'était soigneusement maquillée quand elle avait pris la voiture le lundi pour aller à Manhattan. Il lui avait dit d'acheter des vêtements chez Bergdorf et de les faire mettre sur le compte de Zan. Elle ne savait pas exactement quels étaient ses plans, mais elle avait bien vu en le retrouvant qu'il était inquiet. Il lui avait dit : « Rentre tout de suite à Middletown. »

C'était tard dans l'après-midi du lundi. Je me suis mise en rogne, se souvint Glory. Je lui ai dit d'aller au diable et que j'irais à pied jusqu'au parking. J'aurais dû ôter ma perruque et nouer mon écharpe autour du cou pour ne pas ressembler à Zan, mais je ne l'ai pas fait. Puis, en passant devant l'église, sans réfléchir, j'y suis entrée. Je ne sais pas ce qui m'a poussée à vouloir me confesser. C'est à croire que j'avais perdu la tête ! J'aurais dû me douter qu'il me suivrait. Comment aurait-il su que j'y étais sinon ?

« Glory, est-ce que je peux entrer ? »

Elle leva les yeux. Matthew se tenait sur le pas de la porte. Elle le regarda. Il avait maigri. Il n'a pas beaucoup mangé récemment, pensa-t-elle. « Bien sûr. Entre, Matty.

— Est-ce qu'on va encore changer de maison ?

— J'ai une très bonne nouvelle à t'annoncer. Maman va venir te chercher dans quelques jours.

— *C'est vrai ?*

— Vrai de vrai. Je ne vais plus m'occuper de toi. Et les méchants qui essayaient de te voler sont tous partis. C'est merveilleux, non ?

— Maman me manque tellement, murmura-t-il.

— Je sais. Et crois-le si tu veux, tu vas me manquer, toi aussi.

— Tu pourras peut-être venir nous voir de temps en temps ?

— On verra. »

Observant le regard intelligent et pénétrant de Matthew, Glory imagina soudain qu'il la verrait peut-être un jour à la télévision ou dans un film et s'écrierait : « C'est Glory, la dame qui me gardait. »

Oh, mon Dieu, pensa-t-elle aussitôt avec effroi, c'est aussi ce qu'*il* pense. Il sait qu'il doit tout faire pour que l'on ne retrouve pas Matthew. Serait-il capable... ?

Oui, il en serait capable.

Je dois l'en empêcher, se dit Glory. Je vais téléphoner et essayer de toucher la récompense. Mais pour l'instant, je ne peux que lui obéir. Demain matin, je téléphonerai à la femme de l'agence et la préviendrai que je pars dimanche matin. Demain soir, j'irai le retrouver à New York, comme prévu, mais avant, je me rendrai à la police et je leur proposerai un marché. Ils pourront enregistrer l'entretien s'ils veulent la preuve que je dis la vérité.

« Glory, est-ce que je peux descendre et prendre un soda ? demanda Matthew.

— Bien sûr, mon chéri, mais je vais descendre avec toi et te donner quelque chose à manger.

— Je n'ai pas faim, Glory, et je ne te crois pas quand tu dis que je vais revoir maman bientôt. Tu me dis toujours ça. »

Matthew descendit chercher un soda, le rapporta à l'étage, s'étendit sur son lit et tendit la main vers le savon. Mais il le reposa aussitôt. Glory me raconte des mensonges, pensa-t-il. Elle me promet que je vais revoir maman bientôt. Mais maman ne veut pas venir me chercher.

65

Le vendredi à quinze heures cinquante, frère Aiden se rendit à l'église basse. Il marchait lentement. Il était resté assis à son bureau pendant quatre heures d'affilée et son arthrite le faisait toujours souffrir quand il demeurait trop longtemps dans la même position.

Aujourd'hui, comme toujours, les gens faisaient la queue devant les deux salles de réconciliation. Une personne était agenouillée devant Notre-Dame-de-Lourdes et une autre sur le prie-Dieu devant saint Jude. D'autres encore étaient assises sur le banc contre le mur du fond. Se reposaient-elles, rassemblaient-elles leur courage avant de se confesser ? Se repentir ne devrait pas demander de courage. Seulement la foi.

En passant devant la chapelle de saint Antoine, il remarqua un homme à l'abondante chevelure noire vêtu d'un trench-coat. Il lui vint à l'esprit que c'était peut-être celui qu'Alvirah disait avoir vu l'autre soir et qu'elle soupçonnait de l'avoir regardé, lui, avec un intérêt suspect. Il écarta cette pensée. Si c'est lui, peut-être a-t-il l'intention de se débarrasser de son fardeau. Je l'espère.

À quinze heures cinquante-cinq, il afficha son nom à l'extérieur de la première salle de réconciliation et se recueillit. Sa prière avant de recevoir les pénitents était toujours la même : que Dieu lui permette de satisfaire les attentes de ceux qui venaient chercher l'apaisement.

À seize heures, il appuya sur le bouton qui allumait la lampe verte, indiquant à la première personne dans la file qu'elle pouvait entrer.

Les fidèles étaient inhabituellement nombreux, même pour la saison du carême, et presque deux heures plus tard, voyant qu'il ne restait que quelques personnes à attendre, frère Aiden décida de toutes les entendre avant de s'en aller.

À dix-sept heures cinquante-cinq, l'homme au trench-coat s'approcha.

Le col de son imperméable était relevé. Il portait de larges lunettes noires. Son épaisse chevelure noire couvrait son front et ses oreilles. Il avait les mains enfoncées dans ses poches.

Pendant un instant, frère Aiden ressentit de la peur. Ce n'était pas un pénitent qui venait vers lui, il en était certain. Mais au même moment, l'homme s'assit et, d'une voix basse et rauque, dit : « Pardonnez-moi, mon père, parce que j'ai péché. » Puis il fit une pause.

Frère Aiden attendit.

« Je ne suis pas sûr d'obtenir votre pardon, mon père, car les crimes que je vais commettre sont infiniment plus graves que ceux que j'ai déjà commis. Je vais tuer deux femmes et un enfant. Vous connaissez l'une des victimes, Alexandra Moreland. Et en plus, je ne peux pas prendre de risque avec *vous*, mon père. Car j'ignore ce que vous avez entendu ou ce que vous soupçonnez. »

Frère Aiden tenta de se lever, mais il n'en eut pas le temps. L'homme avait sorti un pistolet de sa poche et l'appuyait contre la robe du prêtre. « Personne n'entendra rien, dit-il. Pas avec un silencieux et, de toute manière, ils sont tous trop occupés à prier. »

Le religieux sentit une violente douleur lui déchirer la poitrine, et tout devint noir. Il eut conscience que les mains de l'homme le redressaient sur sa chaise.

Les mains. Les mains de Zan Moreland. Voilà le souvenir qu'il avait tant cherché à retrouver. Zan avait de longues mains, très belles.

La femme qui s'était confessée, et qu'il avait prise pour Zan, avait des mains plus petites et des doigts courts…

L'image s'effaça de son esprit, le laissant dans une obscurité silencieuse.

66

Quand ils purent enfin quitter le tribunal, Willy se fraya un chemin à travers la marée d'appareils photo et de caméras, se précipita dans la rue et héla un taxi.

Se mordant les lèvres pour les empêcher de trembler, cramponnée à la main de Charley Shore, Zan courut vers le taxi. Mais elle ne put éviter les flashes et les micros brandis sous son nez. « Une déclaration, madame Moreland ? » lui cria un journaliste.

S'immobilisant brusquement, elle cria : « Je ne suis pas la femme qui figure sur ces photos, ce n'est pas moi, ce n'est pas moi. »

Willy lui ouvrit la portière du taxi. Charley Shore l'aida à y monter. « À moi de jouer maintenant », dit-il calmement.

Pendant plusieurs minutes, ni Zan ni Willy ne prononcèrent une parole. Puis, alors qu'ils approchaient de Central Park, elle se tourna vers Willy. « Je ne sais pas comment vous remercier. Je suis sous-locataire de mon appartement. Je n'ai plus un sou en banque. Je n'aurais jamais pu verser la caution. Sans votre intervention et celle d'Alvirah, je serais aux Tombs à l'heure qu'il est, dans la tenue orange des prisonniers.

— Il était hors de question de les laisser vous enfermer aux Tombs, Zan, protesta Willy. Il aurait fallu me passer sur le corps. »

Alvirah les attendait dans l'appartement. Des verres étaient disposés sur la table basse. Elle dit : « Charley m'a téléphoné, Willy. Il a dit que Zan avait besoin d'un bon remontant. Que voulez-vous, Zan ?

— Pourquoi pas un scotch, répondit Zan avec un faible sourire tandis qu'elle ôtait son foulard et retirait sa veste. Peut-être même deux ou trois. »

Comme elle la débarrassait de sa veste, Alvirah la prit dans ses bras. « En m'annonçant votre arrivée, Charley m'a dit de vous rappeler que ce n'est que la première étape d'un long processus et qu'il va se battre pied à pied pour vous défendre. »

Zan avait quelque chose à dire, mais elle hésitait à le formuler. Pour gagner du temps, elle s'assit sur le canapé et regarda autour d'elle. « Je suis contente que vous ayez choisi ces fauteuils club, Alvirah. Vous rappelez-vous qu'il avait été question au départ que l'un des deux soit un fauteuil à oreillettes ?

— Vous m'avez conseillé dès le début de choisir des fauteuils identiques, dit Alvirah. Quand nous nous sommes mariés, Willy et moi, comme tous nos amis, nous avons acheté un divan, un fauteuil à oreillettes et un fauteuil club. Les tables d'appoint de part et d'autre du divan se mariaient à la table basse. Les lampes aussi étaient assorties. Disons-le franchement : les décorateurs étaient rares dans le Queens à l'époque. »

Tout en parlant, Alvirah observait Zan, les cernes profonds autour de ses yeux, la pâleur de son teint, sa silhouette frêle.

Zan prit le verre que Willy lui avait préparé, fit lentement tinter les glaçons et commença : « J'ai du mal à vous parler franchement parce que j'ai l'impression de me montrer ingrate. »

Elle regarda leurs visages inquiets. « Je devine ce que vous pensez, dit-elle doucement. Vous pensez que je vais tout avouer et dire que, oui, j'ai kidnappé mon enfant et qu'il est même possible que je l'aie tué, lui, la chair de ma chair. Mais ce n'est pas ce que je vais dire. Je sais que je ne suis pas maniaco-dépressive, que je ne suis pas psychotique. Pas plus que je ne suis une personnalité multiple. J'en connais les symptômes, et je ne vous reproche pas de croire que je souffre plus ou moins de tout cela. »

Sa voix monta d'un ton : « Quelqu'un a enlevé Matthew. Une personne qui s'applique à me ressembler en tout point. C'est elle que l'on voit sur les photos prises à Central Park. J'ai lu un article sur une femme qui a passé un an en prison parce que deux amis de son ex-fiancé prétendaient qu'elle les avait menacés avec un pistolet. L'un d'eux a fini par craquer et reconnaître qu'il mentait. »

Zan fixa sur Alvirah des yeux implorants. « Alvirah, je le jure devant Dieu, je suis innocente. Vous êtes une bonne détective. J'ai lu votre livre. Vous avez résolu des énigmes très difficiles. Je voudrais que vous repreniez toute cette lamentable affaire de zéro. Que vous vous disiez : "Zan est innocente. Tout ce qu'elle m'a dit est vrai. Je dois démontrer son innocence au lieu de la plaindre." Est-ce possible ? »

Alvirah et Willy échangèrent un regard. Ils partageaient la même conviction. Depuis l'instant où ils avaient vu les photos, ils avaient rendu leur verdict. *Coupable.*

Je n'ai jamais envisagé que Zan ne soit pas cette femme qui figure sur les photos et qui lui ressemble de façon si frappante, pensa Alvirah. Peut-être y a-t-il une autre explication. « Zan, commença-t-elle lentement, je suis honteuse, et vous avez raison. Je suis une assez bonne détective, mais je vous ai jugée trop rapidement. Vous *êtes* présumée innocente, ce qui est le fondement de la justice, un principe que, comme beaucoup d'autres, j'ai oublié dans votre cas. Par où dois-je commencer ?

— Je suis sûre que Bartley Longe a tout manigancé, dit vivement Zan. J'ai repoussé ses avances – chose à ne pas faire quand on travaille pour lui. Je suis partie et j'ai ouvert ma propre agence. Je lui ai pris certains de ses clients. Aujourd'hui, j'ai appris que j'avais été choisie pour l'aménagement des appartements-témoins de Carlton Place. »

La surprise d'Alvirah et de Willy ne lui échappa pas.

« Oui, Kevin Wilson, l'architecte, m'a engagée tout en sachant que j'allais me retrouver en prison. Bien sûr, maintenant que je suis libérée sous caution, je peux travailler avec Josh, mais lorsque Kevin Wilson nous a choisis, il pensait que Josh aurait peut-être à prendre en charge seul tout le chantier.

— Zan, je sais ce que représente ce contrat pour vous, dit Alvirah, et vous l'avez emporté contre Bartley Longe !

— Oui, et vous pouvez imaginer qu'il me haïra encore davantage quand il apprendra la nouvelle. »

Alvirah se sentit soudain effrayée à la pensée que Zan négligeait peut-être autre chose. Si elle ne se trompait pas et qu'une femme habilement déguisée se faisait passer pour elle, si Bartley Longe avait engagé cette femme pour kidnapper Matthew, à quoi fallait-il s'attendre maintenant ? Était-il capable de s'en prendre à l'enfant après ce nouvel affront que représentait la perte d'un prestigieux contrat ? S'il était coupable et que Matthew était encore vivant, Longe ne risquait-il pas d'aller encore plus loin dans son désir de faire souffrir la jeune femme ?

Sans laisser à Alvirah le temps d'exprimer sa pensée, Zan poursuivit : « J'ai essayé de réfléchir. Pour une raison que j'ignore, Nina Aldrich a dit aux inspecteurs que nous étions convenues que je la retrouve à son appartement de Beekman Place. C'est faux. On peut espérer que la gouvernante l'aura entendue me donner rendez-vous dans sa maison de la 69ᵉ Rue.

— Très bien, Zan, c'est peut-être une bonne piste. Je vais essayer de rencontrer cette femme. Je ne suis pas mauvaise pour mettre en confiance ce genre de personne. N'oubliez pas que j'ai été femme de ménage pendant des années. »

Alvirah alla dans la cuisine prendre le bloc et le stylo qui étaient sur l'étagère au-dessous du téléphone.

À son retour, Zan lui dit : « Et, je vous en prie, interrogez Tiffany Shields. Elle m'a demandé un Pepsi et m'a suivie quand je suis allée le chercher dans la cuisine. Elle l'a pris dans le réfrigérateur et l'a ouvert elle-même. Je n'y ai pas touché. Elle m'a demandé si j'avais un médicament contre le rhume. Je lui ai donné du Tylenol. Je ne lui ai pas donné la version du médicament contenant un sédatif, contrairement à ce qu'elle affirme aujourd'hui, je n'en ai jamais eu à la maison. »

Le téléphone sonna. « Il sonne toujours quand nous allons nous mettre à table », grommela Willy en allant répondre.

Un instant plus tard son expression changea. « Oh, mon Dieu ! Quel hôpital ? Nous partons immédiatement. Merci, mon père. »

Willy raccrocha, puis se tourna vers Alvirah et Zan qui le regardaient, interdites.

« Qui est-ce, Willy, demanda Alvirah, une main pressée contre son cœur.

— Frère Aiden. Un homme lui a tiré dessus dans la salle de réconciliation. Il est au New York University Hospital. Au service de réanimation. Son état est critique. Il ne passera peut-être pas la nuit. »

67

Alvirah, Willy et Zan restèrent dans la salle d'attente du service de réanimation jusqu'à trois heures du matin. Deux moines franciscains veillaient avec eux. Ils avaient tous été autorisés à s'approcher du lit de frère Aiden pendant un court moment.

Sa poitrine était entourée de bandages. Un respirateur artificiel lui couvrait la plus grande partie du visage. Une perfusion intraveineuse injectait du liquide dans son bras. Mais le médecin s'était montré relativement optimiste. Par miracle, les trois balles n'avaient pas atteint le cœur. Bien que son état soit encore critique, les signes vitaux s'amélioraient. « Je ne suis pas sûr qu'il vous entende, mais vous pouvez lui dire deux ou trois mots », dit le médecin.

Alvirah murmura : « Aiden, nous sommes près de vous. »

Willy dit : « Allons, mon père, vous serez bientôt sur pied. »

Zan posa sa main sur la sienne. « C'est Zan, mon père. Dans ma détresse, je sais que ce sont vos prières qui m'ont redonné espoir. Maintenant c'est moi qui prie pour vous. »

Quand ils quittèrent l'hôpital, Alvirah et Willy

ramenèrent Zan chez elle. Alvirah attendit pendant que Willy la reconduisait à sa porte. À son retour, il grommela : « Il fait trop froid pour les charognards. Pas un photographe en vue. »

Ils dormirent jusqu'à neuf heures le lendemain matin. Dès son réveil, Alvirah téléphona à l'hôpital. « L'état de frère Aiden est stable, rapporta-t-elle. Oh, Willy, quand j'ai vu cet homme dans l'église lundi soir, je l'ai aussitôt trouvé louche. Je regrette que nous n'ayons pas pu distinguer ses traits sur la vidéo. On aurait probablement réussi à l'identifier.

— La police va sûrement examiner en détail toutes les images enregistrées hier soir, ils auront peut-être une vue plus précise de cet individu », dit Willy.

Pendant le petit-déjeuner, ils parcoururent les premières pages des journaux. Le *Post* et le *New York Daily News* publiaient une photo de Zan en première page, au moment où elle quittait le tribunal avec Charley Shore. Son cri de protestation : « JE NE SUIS PAS LA FEMME QUI FIGURE SUR CES PHOTOS » faisait la une du *News*. Le *Post* titrait : « CE N'EST PAS MOI », CLAME ZAN MORELAND. Le photographe du *Post* avait pris un gros plan illustrant le désespoir qui accompagnait ces mots.

Alvirah découpa la première page du *Post* et la plia en deux. « Willy, nous sommes samedi, j'ai peut-être une chance de trouver la baby-sitter chez elle. Zan m'a communiqué son adresse et son numéro de téléphone, mais je préfère y aller directement. Tu as entendu comme moi ce qu'affirme Zan à propos du Pepsi et du

334

cachet contre le rhume. La vérité c'est que cette fille s'est endormie pendant qu'elle avait la garde de Matthew et aujourd'hui elle rejette la faute sur Zan.

— Pourquoi aurait-elle inventé une histoire pareille ?

— Qui sait ? Probablement pour se disculper de s'être endormie. »

Une heure plus tard, Alvirah sonnait chez le gardien de l'ancien immeuble de Zan. Une jeune fille en robe de chambre entrouvrit la porte.

« Vous êtes sans doute Tiffany Shields, dit Alvirah en arborant son plus aimable sourire.

— Oui. Et alors ? Que désirez-vous ? »

Alvirah lui tendit sa carte de visite. « Je suis Alvirah Meehan, journaliste au *New York Globe*. J'aimerais vous interviewer dans le cadre d'un article que j'écris sur Alexandra Moreland. » Je ne mens pas, se dit Alvirah. Ma prochaine chronique sera consacrée à Zan.

Tiffany se rebiffa : « Vous voulez écrire un article sur cette idiote de baby-sitter que tout le monde a accusée de s'être endormie alors que c'était la mère du gamin qui était la ravisseuse ?

— Non. Je veux écrire un papier sur une jeune fille qui était souffrante et a accepté de garder un enfant parce que sa mère avait un rendez-vous important et que la nouvelle nounou ne s'était pas présentée.

— Tiffany, qui est là ? »

Alvirah vit un homme apparaître dans l'entrée. Plutôt costaud, le cheveu rare. Elle s'apprêtait à se présenter quand Tiffany dit : « Papa, cette dame veut m'interviewer pour un article qu'elle est en train d'écrire.

— Ma fille a été suffisamment harcelée par les gens de votre espèce, dit le père de Tiffany. Rentrez chez vous, madame.

— Je n'ai l'intention de harceler personne, dit Alvirah sans se démonter. Tiffany, écoutez-moi. Zan Moreland m'a raconté que Matthew vous était très attaché et qu'elle vous considérait comme une amie. Elle m'a dit qu'elle savait que vous étiez malade et se reprochait de vous avoir demandé de venir malgré tout ce jour-là. C'est l'histoire que je veux raconter, Tiffany. »

Pourvu que ça marche, se dit Alvirah en voyant Tiffany et son père échanger un regard. Puis le père dit : « Je pense que tu devrais parler à cette dame, Tiffany. »

Tiffany ouvrit la porte pour laisser Alvirah entrer et son père la conduisit dans le séjour et se présenta : « Je m'appelle Marty Shields. Je vais vous laisser toutes les deux. Je dois aller dans les étages réparer une serrure. » Puis son regard tomba sur la carte d'Alvirah. « Hé, dites donc. C'est pas vous la dame qui a gagné à la loterie et écrit un bouquin sur des affaires criminelles ?

— Si, c'est moi, dit Alvirah.

— Tiffany, ta mère a adoré ce livre. Vous le lui avez dédicacé dans une librairie, madame Meehan. Elle a dit que vous en aviez même parlé ensemble. Elle est à son travail en ce moment. Elle est vendeuse chez Bloomingdale's. Je peux vous assurer qu'elle va regretter de vous avoir ratée. Bon, je vous laisse. »

C'est une chance que sa femme ait aimé mon livre, songea Alvirah en s'asseyant sur une chaise près du canapé où Tiffany s'était pelotonnée. Tiffany n'est qu'une gosse, et je comprends qu'elle ait souffert de la pression à laquelle elle a été soumise. Comme des millions de gens, j'ai entendu son appel désespéré à la police quand on l'a diffusé à la télévision.

« Tiffany, dit-elle, mon mari et moi avons connu Zan à l'époque de la disparition de Matthew. Nous sommes très vite devenus amis. Je dois vous dire que je ne l'ai jamais entendue vous accuser de ce qui est arrivé. Je ne lui parle jamais de Matthew car je sais à quel point c'est douloureux pour elle de l'évoquer. À quoi ressemblait-il ?

— C'était un enfant adorable, répondit vivement Tiffany. Et très éveillé. Ce n'est pas étonnant. Sa mère lui lisait des histoires tous les soirs, et elle l'emmenait partout pendant le week-end. Il adorait aller au zoo, il connaissait le nom de tous les animaux. Il savait compter jusqu'à vingt sans se tromper. Zan est une véritable artiste. Ses croquis sont magnifiques. Et à trois ans Matthew montrait déjà un don pour le dessin. Il avait de grands yeux bruns qui prenaient un air grave quand il réfléchissait. Et ses cheveux avaient des reflets roux.

— Vous vous entendiez bien avec Zan ? »

Tiffany se rembrunit. « Oui, je suppose que oui.

— Il y a un peu plus d'un an, je me souviens qu'elle m'a dit que vous étiez devenues de bonnes amies, et que vous admiriez sa façon de s'habiller. Ne lui arrivait-il pas de vous offrir une écharpe, des gants ou un sac qu'elle n'utilisait plus ?

— Elle était gentille avec moi. »

Alvirah ouvrit son sac et en sortit la page découpée du *Post*. « Zan a été arrêtée hier soir et inculpée d'enlèvement. Regardez son visage. On y lit une telle souffrance. »

Tiffany jeta un coup d'œil sur la photo et détourna rapidement les yeux.

« Les inspecteurs ont dit à Zan que vous pensiez qu'elle vous avait droguée.

— C'est possible qu'elle l'ait fait. Ce qui expliquerait pourquoi j'avais tellement sommeil. Il y avait peut-être quelque chose dans le Pepsi et dans ce médicament contre le rhume. Je parie que c'était un sédatif.

— En effet, c'est ce que vous avez dit aux inspecteurs, mais Zan a des souvenirs très précis. Vous lui avez demandé un soda et vous l'avez suivie dans la cuisine où elle vous a ouvert la porte du réfrigérateur. Vous vous êtes servie et vous avez ouvert vous-même le Pepsi. Elle n'y a pas touché. Est-ce exact ?

— J'ai oublié. »

Tiffany semblait maintenant sur la défensive.

« Et vous avez demandé à Zan si elle avait un cachet contre le rhume. Elle vous a donné du Tylenol, mais elle n'a jamais eu chez elle de Tylenol contenant un sédatif. Elle vous a donné le médicament prescrit contre le rhume. Maintenant, j'admets que les antihistaminiques peuvent provoquer une certaine somnolence, mais c'est vous qui le lui avez demandé. Zan ne vous l'a pas proposé.

— Je ne m'en souviens pas. »

Tiffany s'était redressée dans le canapé.

Elle s'en souvient, pensa Alvirah, et Zan a raison. Tiffany cherche à réécrire l'histoire pour avoir le beau rôle. « Tiffany, je voudrais que vous regardiez bien cette photo. Ces accusations sont très graves pour Zan. Elle jure qu'elle n'est pas la femme qui est en train d'enlever Matthew. Elle ignore où il se trouve, et seul la soutient l'espoir qu'on le retrouvera en vie. Elle va comparaître devant le tribunal et vous serez appelée comme témoin. J'espère seulement que vous réfléchirez bien quand vous témoignerez sous serment, et que si le récit de Zan est conforme à la vérité, vous direz la même chose. Je dois m'en aller maintenant. Lorsque j'écrirai mon article, je vous promets de souligner que Zan s'est toujours sentie coupable de la disparition de son enfant et qu'elle ne vous en a jamais blâmée. »

Tiffany ne se leva pas pour la raccompagner.

« Je vous ai laissé ma carte, Tiffany. Mon numéro de téléphone y est inscrit. Si un souvenir vous revient, appelez-moi. »

Elle était sur le pas de la porte quand Tiffany l'appela : « Madame Meehan, ça n'a peut-être aucun rapport mais… » Elle se leva : « … mais je voudrais vous montrer une paire de sandales que Zan m'a données. Quand j'ai vu ces photos, un détail m'a frappée. Attendez une minute. »

Elle alla au bout du couloir et revint un instant plus tard avec une boîte à chaussures dans une main et un journal dans l'autre. Elle ouvrit la boîte. « Zan avait une paire exactement semblable à ces sandales. Elle me les a données. Quand je l'ai remerciée, elle m'a dit qu'elle avait acheté par erreur une deuxième paire de la même couleur, et que, par-dessus le marché, elle en avait une autre pareille sauf qu'elle avait des brides plus larges. Elle m'a dit qu'elle avait l'impression d'avoir trois paires du même modèle. »

Ne voyant pas où elle voulait en venir, Alvirah resta silencieuse.

Tiffany lui tendit le journal qu'elle tenait à la main. « Vous voyez les chaussures que porte Zan, ou la femme qui lui ressemble, au moment où elle se penche sur la poussette ?

— Oui. Qu'ont-elles de particulier ?

— La bride est plus large que sur celles-ci. »

Elle sortit une sandale de la boîte et l'éleva à la hauteur des yeux d'Alvirah.

« Oui. Elle est différente, pas de beaucoup, mais où voulez-vous en venir, Tiffany ?

— J'ai remarqué, et je peux en jurer, que Zan portait la paire de sandales avec des brides étroites le jour où Matthew a disparu. Nous sommes sorties ensemble de la maison. Elle s'est précipitée dans un taxi et je suis partie au parc avec la poussette. »

Le visage de Tiffany s'assombrit. « Je ne l'ai pas dit à la police. J'étais tellement écœurée par la manière dont tout le monde me jugeait que j'ai accusé Zan. Mais j'ai commencé à réfléchir, hier soir, et cette histoire de chaussures ne m'a pas paru logique. Je veux dire, pourquoi Zan serait-elle rentrée chez elle ce jour-là et aurait-elle troqué ses sandales pour celles qui ont des brides plus larges ? »

Son regard chercha celui d'Alvirah.

« Est-ce que ça vous paraît logique, madame Meehan ? »

68

Le samedi matin, l'inspecteur Wally Johnson entra dans le hall du petit immeuble de pierre qu'habitaient Angela Anton et Vita Kolber et appuya sur le bouton de l'interphone étiqueté ANTON/KOLBER 3B. C'était l'appartement que Brittany La Monte avait partagé avec ses deux amies avant sa disparition.

Quand elles n'avaient pas répondu au message qu'il leur avait laissé le jeudi soir, il avait envisagé de se rendre directement à leur adresse dans l'espoir de les trouver chez elles. Mais Vita Kolber l'avait rappelé dès le lendemain matin à huit heures et l'avait invité à passer les voir le samedi dans la matinée. Elles avaient toutes les deux des répétitions le vendredi qui dureraient toute la journée.

C'était une excuse raisonnable et Wally passa le vendredi à enquêter sur les personnes dont la secrétaire de Bartley Longe lui avait communiqué les noms au téléphone. « Ce sont des gens qui travaillent dans le théâtre et ont pu rencontrer Brittany La Monte dans la maison de campagne de M. Longe », expliqua-t-elle.

Deux d'entre eux étaient des producteurs de cinéma aujourd'hui à l'étranger. La troisième personne, une directrice de casting, dut se creuser la cervelle pour se souvenir de Brittany La Monte. « Bartley avait toujours une nuée de blondes autour de lui, dit-elle. Difficile de les distinguer les unes des autres. Si je n'arrive pas à me rappeler cette Brittany, c'est qu'elle ne m'a pas frappée. »

Le samedi matin donc, quand il s'annonça à l'interphone, une voix mélodieuse lui répondit : « Montez, je vous prie. » Il poussa la porte intérieure et monta au deuxième étage.

Une svelte jeune fille lui ouvrit la porte du 3B. Une cascade de cheveux blonds lui tombait jusqu'au milieu du dos. « Je suis Vita Kolber, dit-elle. Entrez. »

La petite pièce de séjour était meublée de bric et de broc et de quelques vieux souvenirs de famille, mais le décor était chaleureux et harmonieux, avec des coussins colorés sur le canapé ancien, des stores aux teintes vives devant les hautes fenêtres étroites, et des affiches d'anciennes pièces de Broadway sur les murs blancs.

Quand, à l'invitation de Vita, Johnson eut pris place sur une des chauffeuses capitonnées, Angela Anton sortit de la cuisine en apportant deux tasses de cappuccino. « Une pour vous, une pour moi, annonça-t-elle en les posant sur le guéridon bas métallique. Vita est une buveuse de thé mais elle n'en veut pas pour le moment. »

Angela Anton mesurait environ un mètre soixante-cinq. Avec sa frange de cheveux châtains et ses yeux bruns aux reflets verts, ses mouvements gracieux évoquaient ceux d'une danseuse.

Les deux jeunes femmes s'installèrent sur le canapé et attendirent qu'il prenne la parole. Wally avala une gorgée de café et en fit compliment à Angela. « Il est bien meilleur que celui que je prends à mon bureau. Mais venons-en au fait. Comme je vous le disais dans mon message, je voudrais m'entretenir avec vous de Brittany La Monte.

— Brittany a des ennuis ? demanda Vita d'un ton inquiet, avant de poursuivre sans attendre la réponse : Vous comprenez, elle est partie depuis presque deux ans, et elle nous a quittées d'une façon très mystérieuse. Elle nous avait invitées à dîner, Angela et moi. Elle était tout excitée. Elle a raconté qu'on lui avait proposé un travail très bien payé qui durerait un certain temps, et qu'elle irait ensuite en Californie parce qu'elle n'avait plus envie de traîner à New York à chercher en vain un engagement à Broadway.

— Le père de Brittany s'inquiète à son sujet, comme vous le savez, dit Johnson. Il m'a dit qu'il était venu vous voir. »

Ce fut Angela qui répondit : « Vita lui a parlé à peine quelques minutes. Elle devait se rendre à une séance de casting. C'est donc moi qui ai écouté M. Grissom me raconter sa vie. À la fin, j'ai été bien obligée de lui dire que nous n'avions jamais eu aucune nouvelle de sa fille.

— Il m'a dit vous avoir montré la carte postale de Brittany qu'il a reçue il y a six mois, postée de Manhattan. Croyez-vous que ce soit elle qui l'ait envoyée ? » demanda Johnson.

Les deux jeunes femmes se regardèrent. « Je ne sais pas, dit lentement Angela. Brittany avait une écriture très ornée, pleine de fioritures. Ce n'est pas étonnant qu'elle ait préféré écrire en petits caractères d'imprimerie sur cette carte. Mais je ne comprends pas pourquoi elle ne nous a pas fait signe si elle était de retour à Manhattan. Nous étions très liées toutes les trois.

— Depuis combien de temps habitez-vous cet appartement ? demanda l'inspecteur en reposant sa tasse de café.

— Quatre ans en ce qui me concerne, répondit Angela.

— Trois ans, dit Vita.

— Que savez-vous de Bartley Longe ? »

Wally Johnson s'étonna de les voir éclater de rire. « Oh là là, s'exclama Vita. Vous savez ce que Brittany a fait des postiches de ce type ?

— J'en ai entendu parler. Quelles étaient leurs relations ? Avait-elle une liaison avec lui, était-elle amoureuse de lui ? »

Angela but lentement une gorgée de café, et Wally se demanda si elle réfléchissait à la question ou si elle cherchait un moyen de rester loyale envers Brittany. Elle finit par dire : « Je pense que Brittany avait mésestimé ce mec. Elle a eu une aventure avec lui, mais elle allait dans sa maison de Litchfield dans le seul but de rencontrer des gens susceptibles de l'aider dans sa carrière d'actrice. Vous ne pouvez pas savoir à quel point elle désirait être célèbre. Elle se moquait de Bartley Longe. Elle nous faisait mourir de rire quand elle l'imitait. »

Wally Johnson se rappela ce que Longe lui avait dit, que Brittany souhaitait que leur liaison débouche sur un mariage. « Espérait-elle l'épouser ? » demanda-t-il.

Les deux jeunes femmes s'esclaffèrent à nouveau. « Oh, là là. Jamais de la vie ! Elle aurait encore préféré se marier avec un… je n'arrive pas à trouver de comparaison.

— Alors quelle raison l'a poussée à ce geste de dépit : détruire ses postiches ?

— Elle s'est aperçue que les gens qu'il invitait étaient surtout des clients, pas des gens de théâtre. Elle a décrété qu'il lui faisait perdre son temps. Ou peut-être qu'elle avait déjà en tête ce mystérieux engagement. Bartley Longe lui avait offert quelques bijoux. Quand il a compris qu'elle en avait assez de venir chez lui, il les a repris dans son coffret. C'est ce qui l'a mise hors d'elle. Ils ont eu une violente dispute. Il refusait de les lui rendre. Alors, pendant qu'il était sous la douche, elle a ramassé tous ses postiches, lui a piqué sa bagnole et est rentrée à New York. Elle nous a dit qu'elle avait taillé en menus morceaux tous ses "paillassons", comme elle les appelait, et qu'elle avait répandu les touffes de poils dans la voiture afin que personne dans le garage ne rate le spectacle.

— A-t-elle eu des nouvelles de Longe après ça ? »

Vita ne souriait plus. « Il lui a laissé un message. Elle nous l'a fait entendre. Il ne râlait pas comme il le faisait d'habitude quand elle arrivait en retard à Litchfield. Il disait : "Tu regretteras ça, Brittany. Si tu vis assez longtemps pour le regretter."

— Il l'a menacée en des termes aussi directs ? demanda Johnson avec un vif intérêt.

— Oui. Nous étions inquiètes pour elle mais elle s'est bornée à rire. Elle nous a dit qu'il n'était qu'un vantard. Mais j'ai enregistré le message sur une cassette. Je vous l'ai dit, je n'étais pas rassurée. Quelques jours plus tard, elle a fait ses valises et elle est partie. »

Wally Johnson réfléchit un moment. « Avez-vous gardé cet enregistrement ?

— Oui bien sûr, dit Vita. J'étais ennuyée que Brittany se soit contentée d'en rire, mais après son départ je me suis dit que Bartley Longe finirait par se calmer.

— Pourriez-vous me montrer cette cassette si vous l'avez sous la main ? » dit Johnson.

Lorsque Vita fut sortie, il se tourna vers Angela : « Vous aussi vous travaillez dans le spectacle ?

— Oui, je suis danseuse. En ce moment je répète une revue qui débute dans deux mois. » Et, sans lui laisser le temps de poser la question, elle déclara : « Et si vous vouloir savoir, Vita est une très bonne chanteuse. Il y a une reprise de *Show Boat* off-Broadway et elle fait partie du chœur. »

Wally regarda les affiches qui couvraient les murs et demanda : « Brittany était-elle chanteuse ou danseuse ?

— Elle se débrouillait dans les deux branches, mais c'était surtout une comédienne. »

Johnson devina à son intonation qu'Angela n'avait pas une grande admiration pour le talent d'actrice de Brittany La Monte. « Angela, commença-t-il. Toby Grissom n'a plus pour très longtemps à vivre et il s'angoisse à la pensée que sa fille puisse avoir des ennuis. Brittany était-elle une bonne actrice ? »

Angela Anton contempla d'un air pensif l'affiche accrochée au mur derrière Johnson. « Brittany n'était pas mauvaise, dit-elle. Serait-elle devenue une star ? Je ne le crois pas. Je me souviens d'un soir, il y a

346

presque quatre ans, où je l'ai trouvée en larmes parce qu'elle avait été une fois de plus éconduite par un agent. Mais voyez-vous, inspecteur Johnson, c'était une maquilleuse extraordinaire. *Fabuleuse !* Elle pouvait en un clin d'œil vous transformer en quelqu'un d'autre. Parfois, quand nous n'avions pas d'engagement, elle s'amusait à nous grimer. Elle avait une collection de perruques incroyable. Nous nous déguisions et partions faire un tour et on nous prenait pour les célébrités que nous imitions. Je disais à Brittany qu'elle ferait une grande carrière de maquilleuse dans le milieu du spectacle. Elle ne voulait rien entendre. »

Vita Kolber était revenue les rejoindre dans le séjour. « Je regrette, ça m'a pris un peu de temps, la cassette n'était pas dans le tiroir où je croyais l'avoir rangée. Voulez-vous que je vous la fasse entendre, inspecteur Johnson ?

— S'il vous plaît. »

Vita pressa le bouton du magnétophone. La voix puissante de Bartley Longe, pleine de rage et de menace, retentit dans la pièce : « *Tu regretteras ça, Brittany. Si tu vis assez longtemps pour le regretter.* »

Wally Johnson demanda à l'écouter une seconde fois. Un frisson lui parcourut l'échine « Il faut que j'emporte cette bande », dit-il.

69

Penny Hammel savait qu'il était déraisonnable de sa part d'aller faire un tour du côté de la ferme Owens, au risque d'être repérée par Gloria Evans. Mais, comme elle le disait à Bernie, elle était sûre qu'il se passait quelque chose d'anormal dans cette maison, probablement un trafic de drogue. « Et il y a peut-être une récompense, dit-elle. Tu sais qu'on peut garder l'anonymat. Personne ne saura que c'est moi qui ai découvert le pot aux roses. »

Certains jours, Bernie n'était pas malheureux de passer son temps sur les routes, en particulier ceux où Penny se mettait en tête de découvrir un mystère dans les environs. « Chérie, souviens-toi du jour où tu as cru que le caniche qui errait dans la rue était le chien de concours qui s'était échappé à l'aéroport ? Quand tu as vérifié, il était plus grand de trente centimètres et pesait six kilos de plus que l'autre.

— Je sais. Mais c'était un chien très gentil. J'ai fait passer une annonce et son propriétaire est venu le rechercher.

— Et en guise de remerciement, il t'a apporté une bouteille du vin, le moins cher qu'on puisse trouver, lui rappela Bernie.

« — Et alors ? Le chien était tellement content d'avoir retrouvé son maître. »

Philosophe, Penny avait oublié l'incident. On était samedi matin. Pendant le petit-déjeuner ils avaient vu à la télévision Alexandra Moreland quitter le commissariat en protestant qu'elle n'avait pas kidnappé son enfant. Penny avait une fois de plus réaffirmé avec vigueur ce que méritait, selon elle, cette mère dénaturée.

Bernie devait rouler toute la nuit et revenir le lundi soir. Penny lui avait rappelé à plusieurs reprises qu'il ne pouvait sous aucun prétexte rater la réunion des gagnants de la loterie chez Alvirah et Willy le mardi.

Il remonta la fermeture à glissière de son blouson et coiffa sa casquette de laine. C'est alors qu'il remarqua que Penny avait enfilé son survêtement et de grosses bottes. « Tu vas faire une marche ? demanda-t-il. Il fait plutôt frisquet dehors.

— Oh, je ne sais pas, répondit Penny négligemment. Je vais peut-être aller faire un tour en ville et m'arrêter pour dire bonjour à Rebecca.

— Tu ne vas pas à pied en ville, tout de même ?

— Non, mais j'irai peut-être faire quelques courses.

— Bon. N'en fais pas trop. » Il l'embrassa sur la joue. « Je t'appellerai demain, chérie.

— Sois prudent. Si tu as sommeil, arrête-toi. Souviens-toi que je t'aime et que je n'ai pas envie de devenir une veuve joyeuse. »

C'était leur façon de se dire au revoir quand Bernie prenait la route.

Penny lui laissa tout le temps nécessaire pour sortir de la ville puis, vers dix heures, elle alla chercher dans la penderie son gros blouson, son bonnet et ses gants d'hiver. Elle avait caché les jumelles derrière une lampe sur la commode pour ne pas que Bernie les voie. J'arrêterai la voiture au bord de la route qui longe l'extrémité du terrain de Sy, se dit-elle, puis j'irai me planquer dans le bois pendant un moment. C'est peut-être stupide, mais qui sait ? Cette femme manigance quelque chose. J'en ai l'intuition.

Vingt minutes plus tard, elle était postée derrière un buisson touffu d'où elle avait vue sur la maison. Elle attendit presque une heure puis, les mains et les pieds gelés, décida de rentrer. C'est alors que la porte latérale de la ferme s'ouvrit et qu'elle vit sortir Gloria Evans, chargée de deux valises.

Elle s'apprête à partir, pensa Penny. Pourquoi si vite ? Rebecca avait dit qu'elle avait un mois de délai si la maison était vendue. Mais elle lui avait dit aussi qu'elle viendrait faire visiter la maison dimanche. C'est probablement ce qui inquiète la mystérieuse Mme Evans. Ma main à couper que j'ai raison. Qu'a-t-elle à cacher ?

Après avoir mis les valises dans le coffre de sa voiture, Gloria Evans regagna la maison. Quand elle en ressortit, elle traînait un énorme sac-poubelle qui semblait peser très lourd. Elle entreprit de le fourrer lui aussi dans le coffre. L'œil aux aguets, Penny vit un papier s'échapper du sac et s'envoler dans la cour. Gloria Evans le regarda disparaître sans se donner la peine de le rattraper. Puis elle rentra à nouveau et ne réapparut pas pendant la demi-heure qui suivit.

Trop frigorifiée pour attendre plus longtemps, Penny retourna à sa voiture. Il était presque midi et elle se rendit directement en ville. Rebecca avait laissé un mot sur la porte : « Je reviens dans un instant. »

Désappointée, elle se remit en route avec l'intention de rentrer chez elle. Mais, cédant à une impulsion, elle décida de rebrousser chemin et d'aller à nouveau se poster derrière la ferme. Dépitée, elle constata que la voiture de Gloria Evans n'était plus là. Bon, ça veut dire que l'oiseau s'est envolé, pensa-t-elle. Retenant son souffle, elle fit le tour du bâtiment. Les stores étaient baissés, sauf un seul qui était relevé d'une quinzaine de centimètres. Penny s'approcha et vit l'intérieur de la cuisine avec son lourd mobilier démodé et son sol recouvert de linoléum. On ne voit rien de particulier, pensa-t-elle. Je me demande si elle est partie pour de bon.

En revenant sur ses pas, elle aperçut, accrochée dans un buisson, la feuille de papier qui s'était envolée du sac-poubelle. Dévorée de curiosité, elle courut la ramasser.

C'était une feuille de papier à dessin sur laquelle une main d'enfant avait crayonné un portrait. On distinguait le visage d'une femme avec de longs cheveux, un visage qui ressemblait un peu à celui de Gloria Evans. Sous le dessin était inscrit un mot : « Maman ».

Elle *a* donc un enfant, conclut Penny, et elle ne veut pas qu'on le sache. Je parie qu'elle le planque pour que son père ne le retrouve pas. Ce serait bien son genre. Je me demande si elle s'est coupé les cheveux récemment. Pas étonnant qu'elle ait été contrariée que je voie le camion. Je sais ce que je vais faire. Je vais appeler Alvirah et tout lui raconter – peut-être pourra-t-elle découvrir qui est Mme Gloria Evans. Si elle cache ce gosse à son père, peut-être y aura-t-il une récompense. C'est Bernie qui sera surpris.

Avec un sourire satisfait, Penny regagna sa voiture, serrant le dessin entre ses doigts gantés. Elle le déposa sur le siège du passager et fronça les sourcils. Quelque chose la titillait, comme une dent qui vous élance.

Quoi ? Elle n'en avait pas la moindre idée. Agacée, elle démarra et s'éloigna.

70

Le samedi matin, l'intense satisfaction qu'il aurait dû éprouver à la vue des photos de Zan Moreland s'étalant en première page des journaux à scandale n'était pas au rendez-vous. Il avait passé une nuit exécrable, remplie de rêves agités dans lesquels il tentait d'échapper à des hordes de poursuivants.

Tirer sur le religieux l'avait perturbé. Il avait essayé de presser le pistolet contre la soutane du vieil homme, mais au dernier moment celui-ci s'était tourné sur le côté. D'après les communiqués, il était dans un état critique.

Dans un état critique, mais vivant.

Que faire maintenant ? Il avait dit à Gloria de le retrouver à La Guardia, ce soir, mais, réflexion faite, c'était une mauvaise idée. Elle avait peur d'être arrêtée. Elle doutait qu'il lui apporte l'argent. Je la connais, pensa-t-il. Je la crois capable de vouloir toucher une partie de la récompense. Elle est assez stupide pour vouloir conclure un marché avec les flics et les laisser la filer jusqu'à l'endroit de notre rencontre. Si elle leur donne mon nom, tout est fichu.

Mais si elle réfléchit, si elle est assez cupide pour tenir bon, attendre de mettre la main sur mon fric et échapper à la prison, elle peut encore marcher dans ma combine.

Je ne peux pas risquer qu'on me voie en plein jour aux alentours de la ferme. Pourtant, il faut que j'arrive là-bas avant qu'elle ne parte pour La Guardia. J'emporterai tous ses effets personnels et ceux de Matthew. Et quand la femme de l'agence les trouvera morts, personne ne pourra deviner que Gloria jouait le rôle de Zan.

Il avait projeté de tuer Zan et de maquiller sa mort en suicide. D'une certaine manière, ce serait mieux comme ça. Elle ne se remettrait jamais de la perte de Matthew.

À la réflexion, c'était infiniment plus satisfaisant que de lui tirer une balle en plein cœur. Il s'était bien amusé pendant toutes ces années, même avant la naissance de Matthew, à l'observer chez elle, à sa guise, en branchant la caméra. Et durant les deux dernières années, il l'avait maintes fois regardée dans son lit en train de sangloter pendant son sommeil, puis, à son réveil le lendemain matin, ne se doutant pas qu'elle était surveillée, tendre la main et toucher la photo de Matthew.

Il était onze heures. Il composa le numéro du portable de Gloria sans obtenir de réponse. Peut-être était-elle déjà en route pour New York, prête à aller trouver les flics.

Cette pensée le terrifia. Que pouvait-il faire ? Où s'enfuir ?

Nulle part.

Il rappela à onze heures trente, puis à midi trente. Ses mains tremblaient. Mais cette fois, elle répondit.

« Où es-tu ? demanda-t-il.

— Où crois-tu que je sois ? Je suis coincée ici, dans cette foutue ferme.

— Tu étais sortie ?

— Je suis allée faire des courses. Matty ne mange plus rien. Je lui ai acheté un hot-dog pour son déjeuner. À quelle heure veux-tu que nous nous retrouvions ?

— Ce soir à onze heures.

— Pourquoi si tard ?

— Parce qu'il n'est pas nécessaire de partir plus tôt. Matthew sera profondément endormi à cette heure-là et il n'aura pas à rester seul pendant trop longtemps. J'aurai la totalité de l'argent. Faire un transfert serait trop compliqué. Tu peux prendre le risque de passer la sécurité à l'aéroport avec le paquet ou l'envoyer par colis postal à ton père, de cette façon tu seras sûre de l'avoir, Brittany…

— Ne m'appelle pas comme ça ! C'est toi qui as tué ce religieux, hein ?

— Gloria, je dois te prévenir. Si tu as toujours l'intention d'aller trouver la police et de conclure un marché avec eux, ça ne marchera pas. Je leur dirai que c'est toi qui m'as supplié de tuer ce bon vieillard parce que tu as été assez bête pour lâcher le morceau en confession. Ils me croiront. Tu n'en sortiras pas libre comme l'air. Tu as encore une chance de faire ce que tu as toujours voulu, une carrière d'actrice. Même si tu t'arranges avec les flics, tu ne t'en tireras pas à moins de vingt ans. Crois-moi, les opportunités sont rares pour une actrice ou une maquilleuse en prison.

— Tu ferais mieux d'avoir le fric avec toi. »

Si elle avait eu l'intention de se rendre à la police, il était clair qu'elle hésitait maintenant. « Je l'ai sous les yeux, dit-il.

— Six cent mille dollars ? Le compte y est ?

— J'attendrai pendant que tu compteras les billets.

— Et si Matthew raconte que c'est moi qui l'ai pris dans sa poussette ?

— J'ai pensé à ce que tu as dit. Il avait à peine trois ans. Il n'y a pas à s'inquiéter. Ils croiront qu'il confond sa mère avec quelqu'un d'autre, c'est-à-dire toi. Sais-tu qu'ils ont inculpé Zan hier soir ? Les flics ne croient pas un mot de ce qu'elle raconte.

— Tu as sans doute raison. J'ai hâte d'en finir avec toute cette histoire. »

Tu me facilites la tâche, songea-t-il. « Ne laisse traîner aucune des affaires que tu portais pour ressembler à Zan.

— Ne t'en fais pas. Tout est emballé. Tu as mon billet d'avion ?

— Oui. Tu feras une escale à Atlanta. Mieux vaut ne pas prendre un vol direct. Par simple prudence. N'oublie pas ta carte d'identité pour le trajet d'Atlanta au Texas. Tu es enregistrée sur le vol Continental de dix heures trente demain matin au départ de La Guardia. Ainsi, si tu préfères envoyer l'argent à ton père par la poste, ce qui me paraît une bonne idée, tu auras le temps nécessaire. Je te retrouverai dans le parking du Holiday Inn sur Grand Central Parkway. Je t'ai réservé une chambre.

— Bon. Tu as bien fait. Et puisque je dois te retrouver à onze heures, comme tu l'as dit, je n'ai pas besoin d'enfermer Matty dans la penderie avant neuf heures et demie.

— Exactement. » Il changea de ton, devint soudain plus affectueux : « Tu sais, Gloria, tu es une merveilleuse actrice. Chaque fois qu'on t'a vue dehors, non seulement tu ressemblais à Zan mais tu bougeais comme elle. C'est flagrant sur les photos prises par ce touriste anglais. Incroyable. Même la police s'y est laissé prendre.

— Ouais. Merci. »

Elle raccrocha.

J'ai passé une nuit blanche pour rien, pensa-t-il. Elle n'ira pas trouver la police. Il prit l'un des journaux où apparaissait le visage de Zan. « J'aimerais bien voir ta tête demain quand cette femme de l'agence et son acheteur vont trouver les corps de Brittany et de Matthew, et que tu apprendras la triste nouvelle », dit-il tout haut.

Et soudain, la solution lui apparut. Elle lui coûterait un peu cher, mais il pouvait facilement se l'offrir.

Il n'avait pas le courage de tuer l'enfant de ses propres mains.

71

La matinée était bien avancée lorsque Wally Johnson retourna à son bureau après avoir vu les colocataires de Brittany La Monte. Il se cala confortablement dans son fauteuil. Sourd aux sonneries du téléphone et aux conversations qui bourdonnaient dans la salle, il examina le montage de photos de Brittany. C'est vrai qu'elle présentait une certaine ressemblance avec Zan Moreland. Angela Anton lui avait dit qu'elle était une maquilleuse hors pair. Il confronta les photos avec celle de la première page du *Post* qui montrait Alexandra Moreland sortant du tribunal. Le journal titrait : ZAN MORELAND PROTESTE : « JE NE SUIS PAS LA FEMME QUI FIGURE SUR CES PHOTOS. »

Y avait-il une chance infime qu'elle eût raison ?

Wally ferma les yeux. Par ailleurs, Brittany était-elle encore vivante, ou Bartley Longe avait-il mis sa menace à exécution ? On ne l'avait pas revue depuis presque deux ans, et la carte postale pouvait être un faux.

L'enregistrement de son appel téléphonique suffisait pour convoquer Longe. Mais supposons... Wally Johnson n'alla pas au bout de sa pensée. Il saisit son téléphone portable et appela Billy Collins : « Ici Wally Johnson. Tu es à ton bureau ?

— J'y serai dans vingt minutes. Je sors de chez le dentiste, répondit Billy.

— Je passe te voir. Je veux te montrer quelque chose.

— Bien sûr », dit Billy, contenant sa curiosité.

La veille au soir, Billy Collins était allé directement du tribunal où Zan Moreland avait été officiellement inculpée au campus de Rose Hill de l'université de Fordham, dans le Bronx, où son fils tenait l'un des rôles principaux d'une pièce de théâtre. Billy et Eileen avaient appris la nouvelle de la tentative d'assassinat de frère Aiden alors qu'ils rentraient chez eux, à Forest Hills.

« Je regrette que cette affaire ne soit pas pour nous, mais elle a eu lieu dans un autre district, avait-il dit à sa femme. Tirer sur un religieux de soixante-dix-huit ans au moment où il vous offre le pardon est un des crimes les plus odieux qu'on puisse commettre. J'avais justement parlé à frère O'Brien dans la matinée, à propos de l'affaire Moreland. Le plus incroyable c'est qu'Alvirah Meehan, l'amie de Zan Moreland dont je t'ai parlé, avait vu lundi soir un individu observer bizarrement le frère. Elle avait même voulu voir les enregistrements des caméras de surveillance de l'église, sans trouver malheureusement une quelconque image distincte de cet homme. »

Billy n'avait pas fermé l'œil de la nuit. Il se reprochait d'avoir personnellement manqué de vigilance.

Nous avons pourtant passé tout l'enregistrement en revue, pensa-t-il. La silhouette de ce type avec sa masse de cheveux noirs était trop vague. Ç'aurait pu être n'importe qui.

Son premier geste dans la matinée fut de téléphoner à l'hôpital. Un policier qui avait été posté devant le service de réanimation le rassura : « Son état est stable. »

Au commissariat, Jennifer Dean l'attendait à son bureau en compagnie de David Feldman, un des inspecteurs chargés de l'enquête concernant la tentative de meurtre de frère O'Brien.

Jennifer semblait calme, mais Billy la connaissait suffisamment pour voir qu'elle était nerveuse. « Écoute ce que Dave est venu nous raconter, Billy, dit-elle. C'est plutôt explosif. »

Feldman abrégea les préliminaires : « Dès que les ambulanciers sont venus chercher le religieux pour l'emmener à l'hôpital, nous avons examiné les vidéos des caméras. » Les rides au coin des yeux de Dave Feldman témoignaient de son caractère enjoué, mais aujourd'hui il arborait une mine grave. « Une description précise nous a été fournie par des gens qui se trouvaient dans l'atrium quand ils ont entendu trois détonations. Ils ont vu un homme mesurant entre un mètre quatre-vingts, un mètre quatre-vingt-cinq, avec une masse de cheveux noirs, vêtu d'un trench-coat au col relevé et portant des lunettes noires, qui sortait en courant de la salle de réconciliation. Nous n'avons eu aucun mal à le repérer sur les vidéos, pendant qu'il entrait et sortait de l'église. Je pense qu'il portait une perruque. Mais impossible de distinguer son visage.

— Quelqu'un a-t-il remarqué la direction qu'il prenait ? demanda Billy

— Une femme a dit avoir vu un homme partir en courant vers la Huitième Avenue. C'est peut-être notre type.

— Continuez. »

Billy savait que David avait d'autres choses à dire, mais qu'il le ferait à sa manière, en décrivant méticuleusement le déroulement de l'enquête.

« Ce matin l'homme à tout faire de l'église, Neil Hunt, est revenu. Il s'était rendu à une réunion des Alcooliques Anonymes hier soir et il était rentré directement chez lui pour se coucher. Il n'a eu connaissance de l'agression que ce matin. Mais ce n'est pas tout. » Feldman rapprocha sa chaise du bureau de Billy et se pencha en avant. « Hunt est un ancien flic. Il a été viré de la police après deux cures de désintoxication. Surpris en état d'ébriété pendant le service. La troisième fois on lui a demandé de rendre son insigne.

— Attends la suite, Billy, dit Jennifer, sans chercher à dissimuler sa stupéfaction. Tu te rappelles qu'Alvirah Meehan nous a dit qu'elle était allée à l'église lundi soir, et qu'elle avait trouvé suspecte la façon dont cet homme qui était censé prier s'était brusquement redressé en voyant frère Aiden sortir de la salle de réconciliation ? Elle était si troublée qu'elle a pris le temps d'y retourner pour visionner les enregistrements. »

Feldman lança un regard agacé à Jennifer Dean, contrarié d'avoir été interrompu. « Nous avons examiné les bandes de lundi, dit-il. C'est le même individu que celui qui apparaît sur les vidéos d'hier soir, au moment où il entre dans l'atrium de l'église basse et quelques minutes plus tard quand il en ressort, après avoir tiré sur le frère. Impossible de le rater. Une masse de cheveux noirs, de grosses lunettes sombres, le même trench-coat. Frère Aiden ne pouvait pas savoir.

« Mais ce n'est pas tout, Billy. Nous pensons que Zan Moreland se trouvait aussi dans l'église lundi soir. Elle est arrivée et repartie avant Alvirah, mais il est possible que notre homme l'ait suivie. Il n'est parti qu'après avoir longuement observé frère Aiden.

— Zan Moreland est-elle entrée seulement pour prier, ou croyez-vous qu'elle ait un rapport avec l'individu qui a tiré sur le religieux ? questionna vivement Billy Collins. À moins qu'elle soit allée se confesser et qu'il ait pris peur.

— C'est une possibilité, dit Feldman. Mais il y a encore une chose, Billy. Comme je l'ai dit, Neil Hunt, l'homme à tout faire, est un ancien flic.

— Ce n'est pas lui qui nous a montré les vidéos hier, l'interrompit à nouveau Jennifer Dean.

— Il prétend avoir une excellente mémoire visuelle, poursuivit Feldman. Il m'a dit que je pouvais le vérifier dans son dossier. Il jure que lundi soir, juste après le départ d'Alexandra Moreland, il rentrait chez lui à pied quand une femme qui lui ressemblait est montée dans un taxi. Il a pensé qu'il s'agissait de la même personne, sauf que celle du taxi portait une veste et un pantalon. L'autre était vêtue d'une tenue plus habillée. »

Billy Collins et Jennifer Dean échangèrent un long regard. Ils partageaient la même pensée. Se pouvait-il qu'Alexandra Moreland dise la vérité, qu'elle ait un sosie ? À moins que cet ex-policier cherche à se donner de l'importance en inventant une histoire de toute façon invérifiable.

« Je me demande si notre ancien copain de la police de New York n'a pas lu la presse du matin et trouvé un bon moyen de se faire payer pour accorder une interview ? suggéra Billy, bien que son instinct lui dise le contraire. David, convoquons Neil Hunt et voyons s'il s'en tient à son histoire. »

Le portable de Billy se mit à sonner. Plongé dans ses pensées, il l'ouvrit et énonça brièvement son nom. C'était Alvirah Meehan. Elle dit d'un ton triomphant : « Il faut que je vienne vous voir sans tarder, dit-elle. J'ai quelque chose d'extrêmement important à vous dire.

— Je suis à mon bureau, madame Meehan, et je serai ravi de vous voir. »

Il leva les yeux. Wally Johnson accourait en slalomant entre les rangées de bureaux.

72

Le samedi en fin de matinée, Kevin Wilson passa plus d'une heure dans sa salle de gymnastique. Il en profita pour regarder la télévision, zappant d'une chaîne à une autre, désireux de voir tous les extraits qui montraient Zan en train de quitter le tribunal. Sa protestation désespérée : « Je ne suis pas la femme qui figure sur ces photos », lui transperça le cœur comme un coup de poignard.

L'air sombre, il écouta un psychiatre comparer les photos de Zan dans Central Park après la disparition de Matthew à celles où on la voyait prendre Matthew dans sa poussette et l'emmener. « Il n'y a aucun doute possible, cette femme est la mère de l'enfant, disait le psychiatre. Regardez ces photos. Qui serait capable de se procurer exactement les mêmes vêtements en l'espace de quelques heures ? »

Il fallait qu'il voie Zan aujourd'hui même. Elle lui avait dit qu'elle habitait Battery Park City, à un quart d'heure de chez lui. Elle lui avait donné son numéro de portable. Il le composa.

Au bout de cinq sonneries, il entendit sa voix : « Bonjour, ici Zan Moreland. Veuillez laisser votre numéro, je vous rappellerai. »

« Zan, c'est Kevin. Je n'aime pas m'imposer, mais j'ai besoin de vous rencontrer aujourd'hui. Les ouvriers doivent commencer lundi à travailler dans les appartements et il y a certaines choses que j'aimerais vérifier avec vous. » Puis il ajouta vivement : « Rien de sérieux, juste des choix à faire. »

Il prit une douche, puis enfila sa tenue préférée : un jean, une chemise de sport et un pull. Il n'avait pas faim, avala un bol de céréales et un café. Assis à la petite table qui donnait sur l'Hudson, il lut le journal, prenant connaissance des chefs d'accusation retenus contre Zan : enlèvement d'enfant, entrave à la justice, obstacle au droit parental, fausse déclaration à la police.

Elle avait dû leur remettre son passeport et avait interdiction de quitter le pays.

Il tenta d'imaginer ce que l'on devait ressentir devant un juge en entendant des accusations de ce genre proférées contre vous. Lui-même avait été juré dans un procès pour homicide et il avait vu la terreur sur le visage de l'accusé, un jeune toxico de vingt ans qui avait tué deux personnes dans un accident de voiture et se retrouvait condamné à vingt ans de prison.

La défense avait dit que quelqu'un avait versé de la drogue dans son soda. Kevin se demandait si c'était possible, mais le gosse avait déjà été condamné pour usage de stupéfiants.

« Je ne suis pas la femme qui figure sur ces photos. » Pourquoi est-ce que je la crois alors que tout l'accuse ? se demanda Kevin. Je suis sûr et certain qu'elle dit la vérité.

Son portable sonna. C'était sa mère. « Kevin, as-tu lu les journaux à propos de l'arrestation d'Alexandra Moreland ? »

Il se retint de lui répondre : Tu sais très bien que je les ai lus.

« Kevin, vas-tu malgré tout engager cette femme ?

— Maman, je sais que cela paraît absurde, mais j'ai la conviction que Zan est une victime, pas une ravisseuse. On sait parfois ce genre de choses. C'est ce que je ressens. »

Il attendit, puis Cate Wilson dit : « Tu as toujours eu un cœur d'or, mon Kevin, mais certains ne le méritent pas. Penses-y. Au revoir, chéri. »

Elle avait raccroché.

Kevin hésita, puis composa à nouveau le numéro de Zan. Il raccrocha en entendant le même message. *Je vous rappellerai.*

Il était presque treize heures trente. Vous ne me rappellerez pas, songea-t-il.

Il se leva, mit quelques assiettes dans le lave-vaisselle et décida d'aller faire un tour à pied. Un tour qui le conduirait à Battery Park City. J'irai jusqu'à l'appartement de Zan et je frapperai à sa porte tout simplement, songea-t-il. Sans parler du reste, j'imagine que ce contrat est plus important pour elle que jamais – ses frais judiciaires doivent commencer à peser lourd sur son budget.

Il se dirigeait vers la penderie pour y prendre son blouson de cuir quand le téléphone sonna. J'espère que ce n'est pas Louise qui triomphe à cause de l'arrestation de Zan. Si c'est elle, je la vire.

Son allô fut aussi aimable qu'un aboiement.

C'était Zan. « Je suis désolée, Kevin. J'ai laissé mon portable dans la poche de mon manteau hier soir et en mode silencieux. Voulez-vous que nous nous retrouvions à Carlton Place ?

— Non, j'ai passé la semaine sur le chantier et j'en ai assez. J'allais sortir. Vous habitez à un quart d'heure de chez moi. Puis-je monter ? Nous parlerons tranquillement. »

Il y eut un moment d'hésitation, puis Zan dit : « Oui, bien sûr, si c'est plus commode pour vous. Je vous attends. »

73

« Allons, Matty, mange ton hot-dog, le pressa Gloria. Je suis allée l'acheter exprès pour toi. »

Matthew s'efforça d'en avaler une bouchée, puis reposa le hot-dog. « Je ne peux pas, Gloria. » Il crut qu'elle allait le gronder, mais elle eut seulement l'air triste. « Il est temps que tout cela finisse, Matty. Ni toi ni moi ne pourrons continuer longtemps à mener ce genre de vie.

— Glory, pourquoi as-tu mis toutes mes affaires dans un sac ? Est-ce qu'on va habiter dans une autre maison ? »

Elle eut un sourire amer. « Non, Matty. Je te l'ai dit, mais tu ne me crois pas. Tu vas rentrer chez toi. »

Il secoua la tête, incrédule. « Et toi, où tu vas aller ?

— Je vais retourner chez mon papa. Je ne l'ai pas vu depuis aussi longtemps que tu n'as pas revu ta maman. Ensuite, je pense que j'essaierai de m'occuper de ma carrière. Bon, je ne vais pas te forcer à manger ce hot-dog. Que dirais-tu d'un peu de glace ? »

Matthew ne voulait pas avouer à Glory qu'il n'avait envie de rien. Elle avait mis dans le sac tous ses jouets et toutes ses voitures, les coloriages et les crayons. Elle avait même pris le dessin de maman, celui qu'il avait remis dans la boîte parce qu'il ne voulait pas le finir. Il ne voulait pas le jeter, pourtant. Et elle avait pris aussi le savon qui sentait le parfum de maman.

Tous les jours, il essayait de se rappeler ce qu'était la vie avec maman. Ses longs cheveux qui lui chatouillaient le nez. Ce qu'il ressentait quand elle l'enveloppait dans sa robe de chambre. Tous les animaux du zoo. Il se forçait à répéter leurs noms quand il était au lit. Éléphant, gorille, lion, singe, tigre, zèbre. Comme A, B, C, D. Maman lui avait appris que c'était amusant de mettre des lettres et des mots ensemble. E pour éléphant. Il savait qu'il était en train d'en oublier certains et ça le rendait triste. Glory lui mettait de temps en temps un DVD avec des animaux mais ce n'était pas pareil, il préférait les voir au zoo avec maman.

Après le déjeuner, Glory lui dit : « Matty, tu peux regarder un film sur ton lecteur de DVD si tu veux. Je dois boucler les bagages. Ferme la porte de ta chambre. »

Matthew savait que Glory avait envie de regarder la télévision. Elle la regardait tous les jours, mais ne lui permettait jamais de rester. Son petit poste ne marchait que pour les DVD, et il avait beaucoup de films. Mais il n'avait pas envie d'en voir un en ce moment.

Il préféra monter dans sa chambre, s'étendit et remonta la couverture sur lui. Il glissa machinalement sa main sous l'oreiller pour toucher le savon qui sentait comme maman, mais il n'y était pas. Il avait tellement sommeil. Il ferma les yeux et ne se rendit pas compte qu'il pleurait.

Margaret, alias Glory, alias Brittany, finit le hot-dog que Matthew avait à peine entamé et s'assit l'air pensif à la table de la cuisine. Elle regarda autour d'elle. « Cette baraque est minable, cette cuisine est minable, l'existence est minable », dit-elle à voix haute. Elle s'en voulait de s'être mise dans cette situation, mais à sa colère se mêlait un sentiment d'accablement. Il l'avait envahie pendant la nuit et elle savait qu'il avait un rapport avec son père.

Son père n'allait pas bien. Elle le savait au plus profond d'elle-même. Elle tendit la main vers son portable, puis se ravisa. Je serai auprès de lui demain soir, se dit-elle. Je préfère lui faire une surprise.

Elle dit tout haut : « Je vais lui faire une surprise. » Les mots sonnèrent creux à son oreille.

74

Assise dans le bureau de Billy Collins, Alvirah lui rapportait avec force détails, ainsi qu'à sa collègue Jennifer Dean, sa rencontre avec Tiffany Shields. La boîte à chaussures contenant les sandales que lui avait données Tiffany était posée sur le bureau. Elle en avait retiré une. Ce qu'elle ignorait, c'est qu'elle l'avait placée sur le photomontage de Brittany La Monte que Billy Collins avait hâtivement retourné.

« Je ne blâme pas Tiffany, dit-elle. Elle a souffert d'être critiquée par les médias et par tous ces gens pleins de bons sentiments. Quand elle a cru que Zan Moreland avait enlevé Matthew, il est compréhensible qu'elle se soit sentie trahie. Mais je lui ai expliqué que Zan ne l'avait jamais accusée, et je lui ai rappelé qu'elle témoignerait sous serment au tribunal. Alors elle a changé d'attitude.

— Si je comprends bien, dit Billy Collins, Mme Moreland avait acheté deux paires de chaussures identiques, et elle en avait une troisième paire très semblable, à part la largeur des brides.

— C'est exactement ça, dit Alvirah. J'en ai parlé avec Tiffany et elle s'en est souvenue avec plus de précision. Zan lui a dit qu'elle les avait commandées sur l'Internet et qu'elle avait reçu par erreur deux paires de la même couleur. Elle s'est ensuite aperçue que ces nouvelles sandales ressemblaient à une troisième paire qu'elle avait déjà, et elle en a donné une à Tiffany.

— Les souvenirs de Tiffany semblent assez changeants, fit remarquer Jennifer Dean. Pourquoi est-elle aussi sûre que Zan Moreland portait ce jour-là les sandales avec les brides plus étroites ?

— Elle s'en souvient parce qu'elle portait les mêmes, la deuxième paire à brides étroites. Elle m'a dit s'en être rendu compte, mais elle n'était pas d'humeur à plaisanter et Zan paraissait nerveuse et pressée. »

Alvirah regarda tour à tour les deux inspecteurs. « Je suis venue vous trouver aussitôt après ma conversation avec Tiffany. Je n'ai pas vu les photos qui montrent Zan portant une paire de sandales au moment où elle est censée kidnapper Matthew et une paire différente quand elle revient dans le parc après la disparition de son enfant. Mais vous les avez. Prenez le temps de les examiner. Et dites à vos experts d'en faire autant. Et ensuite demandez-vous si une femme sur le point d'enlever son enfant prendrait la peine de rentrer chez elle et de changer de chaussures. »

Billy et Jennifer Dean se regardèrent. Une fois de plus ils partageaient la même pensée. Si la thèse d'Alvirah Meehan se vérifiait, l'affaire Moreland allait partir en quenouille. Tous deux avaient été frappés par la ressemblance de Brittany La Monte avec Zan Moreland que Wally Johnson avait soulignée. En outre, Brittany, qui était une experte en maquillage, avait disparu à l'époque de l'enlèvement de Matthew Carpenter, et elle avait travaillé pour Bartley Longe, que Zan Moreland accusait de la disparition de son enfant.

Dans cette affaire très médiatisée, mieux valait rester prudent. Billy Collins ne voulait pas admettre qu'il était ébranlé – plus ébranlé qu'il ne l'avait jamais été au cours de toutes les enquêtes qu'il avait menées.

Nous avons interrogé Longe, se rappela-t-il. Nous l'avons écarté comme suspect. Mais à présent ? Avec ces nouveaux éléments ? L'ex-flic Neil Hunt a-t-il vraiment vu une femme ressemblant à Zan Moreland s'engouffrer dans un taxi près de l'église ? Il a relevé le numéro de la voiture pour que nous puissions nous renseigner auprès des chauffeurs de taxi qui circulaient lundi soir.

C'était sa prochaine priorité.

Tiffany Shields était-elle un témoin fiable ? Probablement pas. Laissant libre cours à son imagination, cette fille avait changé de version concernant la matinée où elle avait gardé Matthew Carpenter.

Mais si elle disait vrai à propos des chaussures ?

Alvirah s'apprêtait à partir. « Monsieur Collins, hier soir, après avoir été arrêtée et placée en garde à vue, Zan Moreland m'a imploré de reconsidérer toute l'affaire en faisant l'hypothèse qu'elle était innocente. Dès la minute où je me suis décidée, j'ai contacté Tiffany et je lui ai rappelé qu'elle témoignerait sous serment au cours du procès. Je crois que ce qu'elle m'a dit reflète la vérité. »

Alvirah respira profondément. « Je vous considère comme un homme honnête, désireux de protéger les innocents et de punir les coupables. Pourquoi ne pas agir comme Mme Moreland vous en a prié ? Pourquoi ne pas présumer de son innocence ? Enquêtez donc sur l'homme qu'elle croit être à l'origine de la disparition de Matthew, Bartley Longe. Voyez-vous, bien qu'elle ait été arrêtée, c'est toujours elle qui est chargée de ce projet important à la place de Longe – la décoration de nouveaux appartements de grand luxe. Si Longe a su organiser l'enlèvement de Matthew, et si Matthew est toujours en vie, alors il pourrait s'attaquer de nouveau à Zan avec la seule arme dont il dispose. Son fils. »

Billy Collins se leva et tendit la main à Alvirah. « Vous avez raison, madame Meehan. Notre mission est de protéger les innocents. C'est tout ce que je suis autorisé à vous dire pour l'instant. Merci d'avoir encouragé Tiffany Shields à vous préciser ce qui s'est passé quand elle s'est rendue chez Mme Moreland avant que Matthew disparaisse. »

Tandis qu'il regardait Alvirah se diriger vers la sortie, son instinct lui dit qu'elle avait raison et que le temps était désormais compté.

Dès qu'elle fut sortie, il ouvrit rapidement le tiroir et en retira les photos de Zan Moreland publiées dans les journaux à travers tout le pays durant ces derniers jours, les premières qui la montraient dans le parc après l'enlèvement de son fils et celles qui avaient été prises par le touriste anglais. Il les étala sur son bureau et s'empara d'une loupe. Il les étudia avec soin puis passa la loupe à Jennifer.

« Alvirah a raison, Billy. Elle ne porte pas les mêmes chaussures », murmura Jennifer.

Billy prit le photomontage de Brittany La Monte et le rapprocha des autres photos. « Une maquilleuse peut-elle transformer une similitude en parfaite ressemblance ? » demanda-t-il à Jennifer.

Il connaissait la réponse.

Quand Zan lui ouvrit la porte à treize heures quarante-cinq, Kevin la contempla longuement puis, comme si c'était la chose la plus naturelle du monde, il la prit dans ses bras. Pendant quelques secondes, ils restèrent immobiles, Zan les bras ballants, cherchant son regard.

« Zan, dit Kevin d'un ton décidé, j'ignore si vous avez un bon avocat, mais vous avez surtout besoin d'un bon détective privé qui soit capable de renverser la situation.

— Alors, vous ne croyez pas que je suis folle ? dit Zan timidement.

— Je suis ainsi, Zan. Je vous fais confiance. Faites-moi confiance à votre tour. »

Kevin parcourut des yeux le séjour chaleureux et raffiné, avec ses murs coquille d'œuf, son vaste canapé vert pâle, des fauteuils à rayures, et un tapis à motifs géométriques vert foncé et crème. Sur le canapé et les fauteuils étaient posés des cartons ouverts provenant de chez Bergdorf.

« Ils sont arrivés ce matin, dit Zan. Ils ont été débités sur mon compte. Ce n'est pas moi qui les ai achetés. Je n'ai rien acheté, Kevin. J'ai parlé à une vendeuse que je connais bien. Elle dit qu'elle ne s'est pas occupée de cet achat lundi après-midi, mais qu'elle m'a reconnue et s'est sentie un peu vexée que je me sois adressée à une autre vendeuse. Elle a dit que j'avais acheté le même tailleur quelques semaines auparavant. Pourquoi en aurais-je acheté un deuxième ? Le mien est dans la penderie. Alvirah croit m'avoir vue sur la vidéo du lundi soir vêtue d'un tailleur noir avec un col de fourrure. Je ne portais pas ce tailleur lundi soir. Je l'ai mis le lendemain, quand je suis venue vous voir. » Zan eut un geste de désespoir. « Quand ce cauchemar va-t-il finir ? Comment puis-je l'arrêter ? Pourquoi ? Pourquoi ? »

Kevin prit ses mains dans les siennes. « Tenez bon, Zan. Venez. Asseyez-vous. » Il la guida vers le canapé. « Avez-vous remarqué si quelqu'un vous suivait ?

— Non, mais j'ai l'impression d'être enfermée dans un bocal. J'ai été arrêtée. Quelqu'un se fait passer pour moi. Les journalistes me poursuivent. Quelqu'un marche dans mes pas, me suit comme une ombre, m'imite. *Et cette personne détient mon enfant !*

— Revenons en arrière, Zan. J'ai vu dans la presse les photos de cette femme qui vous ressemble en train de prendre votre enfant dans sa poussette.

— Elle portait la même robe que la mienne.

— C'est le point auquel je veux en venir. Quand êtes-vous sortie avec cette robe dans la rue, quand a-t-on pu vous voir la porter ?

— Quand je suis sortie dans la rue avec Tiffany. Matthew dormait dans sa poussette. J'ai attrapé un taxi dans la 69e Rue pour me rendre chez les Aldrich.

— Ce qui signifie que, si quelqu'un vous a vue et a voulu prendre votre apparence, il lui a fallu trouver une robe exactement semblable à la vôtre en l'espace d'une heure.

— Un des journalistes a soulevé cette question. Il a dit que c'était impossible.

— Sauf si quelqu'un vous avait vue en train de vous habiller, quelqu'un qui possédait une robe identique à celle que vous aviez choisi de porter.

— Il n'y avait personne dans l'appartement à part Matthew pendant que je m'habillais.

— Et ces achats de vêtements continuent… » Kevin se leva. « Zan, voyez-vous un inconvénient à ce que je jette un coup d'œil à l'appartement ?

— Non, prenez votre temps, mais pour quelle raison ?

— Comme ça. »

Kevin Wilson alla dans la chambre. Le lit était garni de coussins, la photo d'un enfant souriant était posée sur la table de nuit. Une coiffeuse, un petit secrétaire et une chauffeuse meublaient la pièce. La cantonnière de la grande baie vitrée était assortie au dessus-de-lit bleu et blanc.

Sensible à l'harmonie qui régnait dans la chambre, Kevin fouillait chaque recoin du regard. Il se souvenait d'un incident survenu trois ans plus tôt à un de ses clients qui avait acheté un appartement à un couple qui venait de divorcer. En remplaçant l'installation électrique, les ouvriers avaient découvert une caméra cachée dans la chambre à coucher.

Se pourrait-il que Zan ait été épiée pendant qu'elle choisissait la robe qu'elle allait porter le jour de la disparition de Matthew ? Et se pourrait-il qu'elle le soit encore ?

Cette pensée à l'esprit, il retourna dans le séjour. « Zan, avez-vous un escabeau ? demanda-t-il. J'ai besoin de vérifier quelque chose.

— Oui, j'en ai un. »

Kevin la suivit jusqu'au placard de l'entrée et prit l'escabeau qu'elle lui tendait. Elle l'accompagna dans la chambre pendant qu'il faisait courir sa main le long des moulures de la corniche qui ornait les murs.

Face au lit, au-dessus de la coiffeuse, il trouva ce qu'il cherchait, l'œil minuscule d'une caméra.

76

Le *Post* et le *Times* étaient livrés tous les matins à la maison des Aldrich. Maria Garcia les plaçait dans la poche sur le côté du plateau de Nina Aldrich qui aimait prendre son petit-déjeuner au lit. Avant d'apporter le plateau à sa patronne, elle jeta un coup d'œil à la manchette et au cri de protestation de Zan Moreland qui barrait la première page : « JE NE SUIS PAS LA FEMME QUI FIGURE SUR CES PHOTOS. »

Mme Aldrich a menti à la police, pensa Maria, et je sais pourquoi. M. Aldrich n'était pas là et Bartley Longe est venu à l'improviste. Et il s'est *attardé*. Longtemps. Elle savait qu'elle faisait attendre cette jeune femme et elle s'en fichait pas mal. Et ensuite, elle a menti effrontément aux inspecteurs. Faute de trouver une excuse pour avoir fait patienter Mme Moreland pendant des heures.

Elle apporta le plateau. Appuyée sur ses oreillers, Mme Aldrich s'empara du *Post* et vit la première page. « Oh, ils l'ont arrêtée ? s'exclama-t-elle. Walter va être furieux s'ils me forcent à témoigner. Mais je répéterai simplement ce que j'ai dit à la police, et ça s'arrêtera là. »

Maria Garcia sortit de la chambre sans répondre.

Mais à midi, elle ne put se retenir davantage. Elle avait la carte que l'inspecteur Collins lui avait remise. Prenant garde que Mme Aldrich ne soit pas en train de descendre, elle composa le numéro du policier.

Au commissariat de Central Park, Billy Collins attendait Bartley Longe qui, furieux, avait accepté de s'y présenter à la demande de l'inspecteur David Feldman. Billy décrocha le téléphone et entendit une voix timide : « Inspecteur Collins, je suis Maria Garcia. J'avais peur de vous appeler parce que je n'ai pas encore ma carte verte. »

Maria Garcia, la femme de ménage des Aldrich, se souvint Billy. Allons bon ? Il prit un ton rassurant : « Madame Garcia, ne vous inquiétez pas pour votre carte. Y a-t-il quelque chose de nouveau dont vous désirez me parler ?

— Oui. » Maria prit son élan, puis se mit à parler avec nervosité. « Inspecteur Collins, ce jour-là, il y a deux ans, je jure sur la tombe de ma grand-mère que Mme Aldrich a dit à Mme Moreland de la retrouver ici, dans la maison. Je l'ai entendue et je sais pourquoi elle ment. Bartley Longe, le décorateur, était venu voir Mme Aldrich à Beekman Place. Ils étaient très intimes. Elle a laissé cette pauvre Mme Moreland faire tout le travail et elle a ensuite choisi Bartley Longe quand il a commencé à lui faire la cour. Mais ce jour-là, elle s'apprêtait à rejoindre Mme Moreland dans la maison de la 69e Rue lorsque M. Longe est arrivé. Elle savait parfaitement que Mme Moreland l'attendait, et qu'elle resterait à patienter jusqu'à ce qu'elle daigne arriver. »

Billy allait lui répondre quand Maria Garcia poussa un cri étouffé : « J'entends Mme Aldrich qui descend, il faut que j'y aille. »

Elle raccrocha et Billy Collins était en train de méditer cette nouvelle faille dans les preuves rassemblées contre Alexandra Moreland quand il vit, accompagné de son avocat, un Bartley Longe écumant de rage faire son entrée dans le commissariat.

77

Le samedi, à midi quarante-cinq, Melissa téléphona à Ted. « Tu as lu les journaux ? Ils disent tous que j'ai fait preuve d'une formidable générosité en offrant cette récompense exceptionnelle à celui qui retrouverait ton fils. »

Ted avait évité de la revoir la veille au soir, prétextant qu'il était encore grippé. Cédant aux insistances de Rita, il avait appelé Melissa après sa déclaration aux médias et lui avait lâchement exprimé sa gratitude.

À présent, d'une voix mécanique, serrant les dents, il dit : « Ma belle, je prédis que dans un an tu seras la plus grande star du monde, voire de l'univers. »

Melissa répondit en riant. « Tu es trop gentil. Oh, j'ai une bonne nouvelle, Jaime-boy s'est une fois de plus disputé avec son agent. C'est chouette, non ? La grande scène du tout-est-pardonné n'a duré que vingt-quatre heures. Il veut te rencontrer. »

Ted se tenait dans la salle de séjour de son superbe duplex de Meatpacking où il vivait depuis huit ans. Cet appartement représentait le symbole de sa réussite, du succès de son agence qui lui avait permis de l'acheter et de le meubler à son goût. Bartley Longe et Zan

Moreland, son assistante, s'étaient chargés de la décoration. C'était ainsi qu'il avait fait la connaissance de Zan.

Ces pensées lui occupaient l'esprit quand il se rappela qu'il était hors de question de vexer Melissa. « Quand Jaime-boy désire-t-il me voir ? demanda-t-il.

— Sans doute lundi.

— *Formidable !* »

L'enthousiasme de Ted n'était pas feint. Il n'avait pas le courage de rencontrer Jaime-boy aujourd'hui. Melissa prenait l'avion pour Londres où elle devait assister à l'anniversaire d'une star du show-business. Et il savait que même si elle craignait d'attraper la grippe, elle n'irait pas là-bas sans cavalier.

Il fut saisi d'une envie irrépressible de rire. Et si quelqu'un retrouvait Matthew et que Melissa soit obligée de cracher les cinq millions de dollars ?

« Ted, si tu te sens mieux, saute dans un avion, sinon je vais me trouver un autre jules à cette fête. Les Anglais sont tellement séduisants.

— Ne t'y risque pas ! »

Ces mots prononcés d'une voix un peu sévère, quasi paternelle, étaient une bonne façon de conclure. Il put enfin raccrocher. Il ouvrit la porte-fenêtre et sortit sur la terrasse. L'air froid le saisit. Il regarda en bas.

Je me demande parfois s'il ne serait pas préférable de sauter et d'en finir avec tout ça, se dit-il.

78

Marcher dans Central Park avait aiguisé l'appétit de Willy. Alvirah et lui avaient l'habitude de déjeuner dehors le samedi, puis d'aller voir une exposition ou un film.

Il essaya en vain de l'appeler sur son portable. J'imagine que la jeune Tiffany a fini de lui raconter ce qu'elle avait à lui dire. Alvirah est peut-être allée faire quelques achats ensuite.

Il hésita à manger un morceau en attendant son retour. Mais quinze minutes plus tard le téléphone sonna.

« Willy, tu ne devineras jamais ce que je viens d'apprendre, commença Alvirah. Je suis au comble de l'excitation. Écoute, je quitte à l'instant l'inspecteur Collins et l'inspecteur Dean, du commissariat de Central Park. Retrouvons-nous au Russian Tea Room.

— Je te rejoins tout de suite », promit Willy.

Il savait que, s'il commençait à poser des questions, elle n'attendrait pas pour lui raconter ce qui l'excitait tant et il préférait l'entendre pendant le déjeuner.

« À tout à l'heure », dit Alvirah.

Willy raccrocha et alla prendre sa veste et ses gants dans la penderie du couloir. Il ouvrait la porte de l'appartement quand le téléphone sonna à nouveau. Il attendit un instant, au cas où ce serait encore Alvirah. Le répondeur se mit en marche et il écouta le début du message : « Alvirah, ici Penny Hummel. J'ai essayé de vous joindre sur votre portable, mais vous ne répondez pas. Écoutez. Vous n'allez pas croire ce que je vais vous raconter. Je suis certaine de ne pas me tromper. Ce matin... »

Willy referma la porte, laissant le message de Penny se dérouler derrière lui. On verra plus tard, Penny, se dit-il en appelant l'ascenseur.

À la fin du message Penny disait à Alvirah qu'elle était prête à parier que Matthew Carpenter était l'enfant que Gloria Evans cachait dans la ferme.

« Que dois-je faire ? demandait Penny. Prévenir la police ? Mais je préférerais vous parler auparavant parce que je n'ai absolument aucune preuve. Alvirah, rappelez-moi, je vous prie. »

79

« Kevin, qu'est-ce que cela signifie ? demanda Zan. Vous dites qu'il y a dans ma chambre une caméra qui enregistre chacun de mes gestes ?

— Oui. » Kevin Wilson préféra ne pas imaginer l'affreuse sensation d'intrusion qui envahirait Zan quand elle prendrait conscience de toutes les implications de cette découverte. « Quelqu'un a installé cette caméra ou l'a fait installer, Zan. Cette personne avait probablement placé le même dispositif dans votre premier appartement. Voilà pourquoi votre sosie a pu porter exactement les mêmes vêtements que vous. »

Quittant la caméra du regard, il se tourna vers Zan. Son visage était blême. Elle secouait la tête dans un geste de protestation : « Oh, mon Dieu. Ted a fait appel à cet homme qu'il a connu dans sa jeunesse dans le Wisconsin, Larry Post, s'écria-t-elle. Il lui sert de chauffeur, de cuisinier et d'homme à tout faire. Il s'occupe de tout pour lui. C'est lui qui a installé l'électricité et la télévision ici ainsi que dans l'autre appartement, et il a mis en place mon système informatique au bureau. Voilà sans doute comment mes comptes ont été détournés. Et pendant tout ce temps, je n'ai cessé d'accuser Bartley Longe. C'est Ted qui a tout manigancé ! s'écria-t-elle d'une voix stridente. C'est Ted. Mais qu'a-t-il fait de mon fils ? »

80

Larry Post arriva à Middletown peu après quatorze heures. La mission que Ted lui avait confiée n'était pas aisée. « Je suis censé me débrouiller pour faire croire que Brittany a tué l'enfant avant de se suicider, maugréa-t-il dans sa barbe. Plus facile à dire qu'à faire. »

Il n'avait pas été surpris quand Ted avait changé d'avis et renoncé à les envoyer lui-même *ad patres*. Ted avait une trouille bleue que Brittany se rende à la police, et il se rendait compte que l'enfant parlerait et convaincrait facilement les flics que ce n'était pas Zan qui l'avait enlevé dans le parc. Auquel cas, il savait que la police remonterait jusqu'à lui.

Post comprenait que Ted ne puisse se résoudre à tuer son propre fils, mais à ce stade, était-ce vraiment nécessaire ? Je ne suis pas un tendre, pourtant je n'aurais jamais imaginé que travailler pour lui se terminerait de cette façon, pensa Larry Post. Mais il m'a bien fait comprendre que si les flics continuaient à fouiller et découvraient les caméras dans l'appartement de Zan, elle se souviendrait que c'était moi qui avais installé l'électricité et son ordinateur.

Lorsque Zan avait décidé de quitter Ted et d'emmenager dans l'appartement de la 86ᵉ Rue, puis à Battery Park City après la disparition de Matthew, c'était « Ted au grand cœur » qui l'avait aidée à résoudre les problèmes pratiques. Il a envoyé un plombier pour vérifier toutes les canalisations, se remémorait Larry Post, et ma pomme pour rénover l'électricité. Et poser les caméras. Le jour où elle a quitté la 86ᵉ Rue, je me suis débarrassé des caméras. J'avais déjà mis en place les autres dans son nouvel appartement.

Pendant les trois premières années, Ted s'est contenté de l'espionner pour son plaisir. Mais il est devenu jaloux de sa réussite professionnelle et il a commencé à ne plus supporter de les voir si unis, Matthew et elle. C'est à ce moment qu'il a rencontré Brittany à une fête et concocté ce plan dément.

Ted a raison. Si nous n'agissons pas maintenant, les flics vont venir frapper à ma porte sous peu. Je ne veux pas retourner en prison, plutôt crever. Et il doit me refiler l'argent qu'il a déposé dans un fonds pour Matthew. Soyons clairs, Ted a besoin de moi et j'ai besoin de lui.

Ted a déclaré que Brittany était devenue trop imprévisible, qu'elle représentait une sérieuse menace pour nous deux. Il dit qu'elle est assez timbrée pour croire qu'elle pourra non seulement négocier avec la police, mais aussi toucher les cinq millions de dollars promis par Melissa lors de son grand show publicitaire.

Larry rit tout haut. Si jamais ce gosse revenait sain et sauf à la maison, Melissa aurait une attaque. Mais ce n'est pas prévu au programme. Ted et moi avons tout combiné.

Brittany reconnaîtra la camionnette quand je m'arrêterai dans l'allée. Elle ne sera pas inquiète en me voyant parce qu'elle sait que j'ai participé à tout depuis le début. Quand je serai près de la maison, je lui téléphonerai pour la prévenir que j'ai deux gros cartons pleins de billets, six cent mille dollars. Je dirai que Ted a voulu qu'elle sache qu'il était réglo et lui donner le temps d'envoyer l'argent au Texas. Si elle se méfie et hésite à ouvrir la porte, je lui montrerai un des cartons à la fenêtre afin qu'elle voie les billets de cent dollars rangés sur le dessus. Elle ne saura pas qu'il est rempli de vieux journaux.

Quand elle me fera entrer, je ferai ce que j'ai à faire. Si elle refuse de m'ouvrir, je ferai sauter la serrure. Si on en arrive là, ça ne ressemblera plus à un meurtre suivi d'un suicide, mais je n'y peux rien. L'important est que ni l'un ni l'autre ne puissent plus jamais parler.

81

Billy Collins ne fut guère impressionné par le numéro de Bartley Longe. « Monsieur Longe, dit-il, je suis heureux que vous soyez accompagné de votre avocat. Car avant d'entrer dans le vif du sujet, je vous informe que vous êtes cité à comparaître comme témoin dans l'affaire de la disparition de Brittany La Monte. Ses anciennes colocataires ont conservé une bande magnétique où on vous entend proférer des menaces. »

Billy n'avait pas l'intention de dire à Longe qu'il était depuis peu soupçonné d'avoir engagé Brittany La Monte afin qu'elle se déguise en Zan Moreland et kidnappe son enfant. C'était un détail qu'il préférait garder sous le coude.

« Je n'ai jamais revu Brittany La Monte depuis qu'elle est partie de chez moi, il y a presque deux ans, au début du mois de juin, rétorqua sèchement Longe. Je n'ai proféré ces menaces, comme vous dites, que parce qu'elle avait vandalisé des biens m'appartenant. »

Wally Johnson et Jennifer Dean étaient présents dans la pièce. « Vos postiches, monsieur Longe ? demanda Johnson. Les auriez-vous par hasard remplacés par une épaisse perruque de cheveux noirs ?

— Absolument pas, protesta Longe. Soyons clairs. Je n'ai jamais revu Brittany après ce jour. Vous pouvez me soumettre au détecteur de mensonge. Je passerai le test les doigts dans le nez. » Il se tourna vers Wally Johnson. « Vous êtes-vous intéressé aux personnes dont ma secrétaire vous a donné le nom ?

— Deux sont à l'étranger, répliqua Wally Johnson. Peut-être saviez-vous qu'elles étaient difficilement joignables.

— Je ne suis pas à la trace les nombreux amis que j'ai parmi les producteurs célèbres. » Longe se tourna vers son avocat. « J'insiste pour être soumis immédiatement au détecteur de mensonge. Je n'ai pas l'intention d'être harcelé plus longtemps par ces policiers. »

Jennifer Dean n'avait encore rien dit. C'était parfois leur façon de mener un interrogatoire. Il posait les questions, elle écoutait les réponses. Billy Collins estimait que sa collègue était meilleure que n'importe quel détecteur de mensonge.

Mais pas toujours, se rappela-t-il. Si Zan Moreland dit vrai quand elle affirme que quelqu'un s'est fait passer pour elle, nous nous sommes vraiment trompés tous les deux.

Et si elle a raison, cela ne répond pas à ces questions : où se trouve Matthew Carpenter ? Est-il toujours vivant ?

Son téléphone sonna. C'était Kevin Wilson.

Billy décrocha et écouta, le visage impassible. « Merci, monsieur Wilson. Nous allons nous en occuper. »

Il se tourna vers Bartley Longe. « Vous pouvez partir quand vous voudrez, monsieur Longe, dit-il. Nous ne retiendrons aucune charge contre vous concernant les menaces que vous avez proférées à l'adresse de Brittany La Monte. Au revoir. »

Billy se leva en hâte et se dirigea vers la sortie. S'efforçant de ne pas montrer leur surprise, Jennifer Dean et Wally Johnson le suivirent. « On file chez Ted Carpenter, leur dit Billy laconiquement. À mon avis, s'il est en train de regarder son ordinateur, il saura que tout est fini pour lui. »

82

Elle ne pouvait attendre davantage. Il fallait qu'elle entende la voix de son père. Il fallait qu'elle lui dise qu'elle rentrait à la maison. Mais d'abord... Glory monta sans bruit à l'étage pour s'assurer que la porte de la chambre était fermée.

Elle s'attendait à le voir devant un de ses films, mais il était endormi sur le lit, blotti sous une couverture. Il est si pâle, songea-t-elle en se penchant sur lui. Il a encore pleuré. Le remords l'envahit tandis que, attentive à ne pas le réveiller, elle sortait de la chambre sur la pointe des pieds et refermait la porte.

Dans la cuisine, elle prit son dernier téléphone portable prépayé et composa le numéro de son père au Texas. Un étranger répondit à son appel.

« Euh... M. Grissom est-il là ?

— Êtes-vous un membre de la famille ? »

La panique submergea Glory. Elle sut qu'elle allait apprendre une mauvaise nouvelle.

« Je suis sa fille. » Sa voix trébucha. « Est-il malade ?

— Je suis navré. Je fais partie du service médical d'urgence. Il a appelé le 911, mais il était trop tard pour le sauver. Il a eu une crise cardiaque massive. Vous êtes Glory ?

— Oui, oui.

— Bien, mademoiselle, j'espère que ses derniers mots vous apporteront un peu de consolation. Il a murmuré : "Dites à ma Glory que je l'aime." »

Glory raccrocha. Je veux rentrer à la maison, pensa-t-elle. Je veux l'embrasser une dernière fois. Elle avait une réservation le lendemain matin à dix heures trente à La Guardia, sur le vol Continental Airlines pour Atlanta. Je vais modifier la réservation, se dit-elle. J'irai directement à la maison. Il faut que je le voie. Je dois lui demander pardon. Pardon.

Elle ouvrit son ordinateur portable. Folle de chagrin et de regret, elle parcourut le site de Continental Airlines. Ses doigts coururent fébrilement sur les touches du clavier, puis elle s'interrompit. J'aurais dû m'en douter, murmura-t-elle. J'aurais dû m'en douter.

Il n'y avait pas de réservation au nom de Gloria Evans à dix heures trente pour Atlanta.

Il n'y avait pas de vol Continental Airlines à cette heure-là pour Atlanta.

Margaret, alias Glory, alias Brittany referma l'ordinateur. Il va arriver, s'angoissa-t-elle. Il n'aura pas l'argent. Je ne pourrai pas lui échapper. Il me traquera avec la même haine qu'il a montrée envers Zan Moreland. La faute de Zan a été de le rejeter, la mienne est d'être une menace pour lui.

Il serait là d'une minute à l'autre. Elle le savait. Elle se tenait devant la fenêtre qui faisait face à la route. Une camionnette blanche passa lentement devant la maison. Elle retint sa respiration. Larry Post l'avait attendue dans la même camionnette quand elle avait quitté Central Park avec Matthew.

S'il était là aujourd'hui, c'était pour s'assurer qu'elle ne pourrait pas donner Ted à la police.

Elle n'avait pas le temps de prendre Matthew et de courir jusqu'à la voiture. Dans son affolement, il lui vint une idée. Se précipitant à l'étage, elle souleva dans ses bras l'enfant qui dormait profondément sur son lit. Comme le jour où elle l'avait pris dans sa poussette, se rappela-t-elle. Elle l'emporta au rez-de-chaussée et le déposa sur le matelas pneumatique, dans la penderie.

« Tu t'en vas maintenant ? demanda Matthew d'une voix ensommeillée.

— Bientôt, Matty. »

Elle n'avait pas besoin de lui recommander de rester là sans faire de bruit jusqu'à ce qu'elle revienne le chercher. Je l'ai bien habitué, le pauvre petit, pensa-t-elle.

La sonnerie de la porte d'entrée retentit à travers la maison.

Elle verrouilla la porte de la penderie et laissa la clé tomber derrière la desserte de la salle à manger avant de se diriger vers la porte.

Larry Post, tout sourire, regardait par la fenêtre de la cuisine. « Brittany, j'ai un cadeau pour vous de la part de Ted », lui cria-t-il.

« Le déjeuner était excellent, dit Willy d'un air satisfait en savourant les dernières gouttes de son cappuccino.

— Oui, excellent. Willy, je sais que l'inspecteur Collins voit à présent toute cette affaire d'un autre œil. Il est évident qu'aucune femme sur le point de kidnapper son enfant ne prendrait la peine de troquer ses chaussures pour une autre paire pratiquement identique. L'inquiétant est que celui qui a tout manigancé pourrait être pris de panique s'il se doute que la police commence à croire Zan.

— Et après toutes ces épreuves, même si elle arrive à prouver son innocence, combien de temps Zan pourra-t-elle tenir le coup si on ne retrouve pas Matthew ? »

Le visage de Willy s'assombrit. Puis, comme il sortait son portefeuille, il se rappela : « Chérie, au moment où je quittais l'appartement pour venir te rejoindre, Penny Hammel a appelé. Je n'ai pas répondu.

— Oh Willy, je n'ai pas été gentille avec elle. J'avais éteint mon portable durant la réunion avec l'inspecteur Collins, mais quand je t'ai appelé, j'ai vu qu'il y avait un message de Penny sur le répondeur et je n'ai pas pris la peine de l'écouter. J'étais trop excitée à la pensée que la chance avait peut-être tourné en faveur de Zan. »

Elle regarda autour d'elle. « Je sais que ce n'est pas poli de parler au téléphone au restaurant, je vais juste écouter ce qu'elle dit. » Alvirah se baissa, pour donner l'impression qu'elle cherchait quelque chose dans son sac, ouvrit son téléphone et appuya sur la touche de lecture des messages. Soudain son visage pâlit.

« Willy, dit-elle d'une voix tremblante, Penny a peut-être découvert où se trouve Matthew ! Oh, doux Jésus, ça paraît possible. Mais cette femme qui ressemble tellement à Zan est sur le point de s'en aller. Mon Dieu… »

Alvirah ne termina pas sa phrase. Elle se redressa et composa le numéro du portable de Billy Collins.

Un numéro qu'elle connaissait maintenant par cœur.

84

Son plan allait-il marcher ? Depuis qu'il avait envoyé Larry à Middletown plus d'une heure auparavant, Ted Carpenter était torturé à la pensée de ce qu'il avait mis en marche. Il savait qu'il n'avait pas le choix. Si Brittany se rendait à la police, il passerait le restant de ses jours en prison. Mais plus terrible encore serait le spectacle des retrouvailles de Zan et de Matthew.

Mon fils, pensa-t-il. Zan ne voulait pas de moi. Je lui ai donné un fils et elle prétend qu'elle ignorait être enceinte quand elle m'a largué.

« Merci beaucoup de ta bonté et au revoir, murmura-t-il pour lui-même, singeant la voix de Zan. Tu ne t'attendais pas à avoir un enfant, tu n'as donc aucune pension à me verser. Ce serait injuste. Mais c'était vraiment gentil de ta part de t'être occupé de l'appartement dans lequel j'ai emménagé et de celui que j'ai loué après la disparition de Matthew. De vérifier que la plomberie, le chauffage et l'électricité fonctionnaient correctement. »

Bien sûr que ce serait injuste, ragea Ted, car tu ne voulais pas le partager. Il était à *toi*. Tu m'as dit de lui constituer un fonds, mais je n'étais pas obligé de le faire. Eh bien, ma très chère, ce fonds va servir à ce que ton petit trésor retourne au ciel aujourd'hui.

Je me demande si elle est chez elle en ce moment. Je ne l'ai pas épiée hier soir. J'étais trop crevé et inquiet, mais Larry est en route pour Middletown maintenant. Avec un peu de chance, les choses vont se dérouler comme prévu.

Ted alluma son ordinateur et entra le code qui l'introduisait dans l'appartement de Zan. Son sang se glaça dans ses veines. Face à la caméra, Zan hurlait son nom.

Engourdie par le froid, Penny Hammel attendait dans le bois derrière la vieille ferme de Sy Owens. Après avoir examiné le dessin d'enfant et acquis la certitude que Gloria Evans ressemblait trait pour trait à Zan Moreland, elle avait repris sa voiture, appelé Alvirah et lui avait laissé un message. Elle était ensuite revenue, avait vu que la voiture de Gloria Evans avait réapparu et s'était à nouveau postée dans le bois.

Il n'était pas question de laisser cette femme repartir. Si, comme je le crois, elle séquestre Matthew Carpenter dans la ferme de Sy, je ne peux pas la laisser disparaître une fois encore, se dit Penny en battant la semelle et en agitant ses doigts dans ses moufles pour les réchauffer. Si elle tente de s'en aller, je la suivrai où qu'elle aille.

Elle hésita à rappeler Alvirah, puis se ravisa, certaine qu'Alvirah essaierait de la joindre dès qu'elle aurait son message. Je lui ai téléphoné chez elle et sur son portable, se dit-elle. Mais, après avoir attendu encore un moment, elle décida de faire une nouvelle tentative.

Elle sortit son portable de sa poche, l'ouvrit, retira une de ses moufles avec impatience mais n'eut pas le temps de consulter sa liste de contacts que son appareil sonnait.

Comme elle l'avait espéré, c'était Alvirah. « Penny, où êtes-vous ?

— Je surveille cette ferme dont je vous ai parlé. Je ne veux pas laisser cette femme s'éclipser. Elle faisait ses valises ce matin. Alvirah, je suis certaine qu'elle garde un enfant à l'intérieur de la maison. Et elle ressemble à Zan Moreland.

— Penny, soyez prudente. J'ai prévenu les inspecteurs qui suivent l'affaire. Ils ont pris contact avec la police de Middletown. Ils seront là d'une minute à l'autre. Mais vous...

— Alvirah, l'interrompit Penny, une camionnette s'approche de la maison. Elle s'arrête dans l'allée. Le conducteur en descend. Il porte un grand carton. Pourquoi a-t-elle besoin d'un grand carton si elle a l'intention de partir ? Que veut-elle y mettre ? »

86

Une voiture de police conduisit Billy Collins, Jennifer Dean et Wally Johnson au domicile de Ted Carpenter. Billy avait mis ses deux collègues au courant de l'appel de Kevin Wilson. « Nous ne nous sommes jamais intéressés au père, se reprocha-t-il. Carpenter n'a jamais fait le moindre faux pas. Jamais. Il s'est montré indigné que la baby-sitter se soit endormie. Indigné que Zan Moreland ait engagé une fille aussi jeune. Ensuite, il s'est publiquement excusé auprès de Zan Moreland. Pour s'indigner à nouveau devant les photos publiées dans les journaux. Il nous a roulés depuis le début. »

Son téléphona sonna. C'était Alvirah qui lui transmettait le message de Penny Hammel. Billy se tourna vers Jennifer Dean : « Que la police de Middletown se rende immédiatement à la ferme Owens sur Linden Road. Qu'ils agissent avec précaution. On nous informe que Matthew Carpenter pourrait y être détenu. »

L'appartement de Ted Carpenter était situé en bas de la ville. « Branchez la sirène, ordonna Billy au policier qui les conduisait. Il faut que ce type se sente coincé. »

Alors même qu'il prononçait ces mots, il eut le sentiment qu'ils arriveraient trop tard.

À voir la foule qui se pressait autour de l'immeuble à leur arrivée, il comprit que ses craintes venaient de se confirmer. Avant même de sortir de la voiture, il sut que le corps qui était passé au travers de la marquise de l'immeuble et gisait sur le trottoir était celui de Ted Carpenter.

Aidez-moi, pria Brittany. Je ne le mérite pas, mais je vous en prie, aidez-moi. Souriante, elle fit un signe de la main à Larry Post en passant devant la fenêtre. Elle avait encore son portable dans sa poche. Larry ouvrait le couvercle d'un grand carton. Elle vit des rangées de billets de cent dollars alignées à l'intérieur, chaque paquet entouré d'un ruban numéroté.

Je vais ouvrir la porte, réfléchit-elle. Essayer de le faire patienter. Je n'ai pas mis l'alarme. Il ne lui faudra pas une minute pour forcer la porte ou briser un carreau. Il ne me croit pas capable d'appeler la police. J'ai une chance sur mille. Mais peut-être que…

« Salut, Larry, lui cria-t-elle à travers la porte. Je vous ouvre. »

Le dos tourné, elle sortit son téléphone et composa le 911. Quand l'opérateur répondit, elle murmura : « Un homme tente de rentrer par effraction. Je le connais. Il est dangereux. » La police locale savait où se trouvait la ferme, elle cria donc seulement : « La ferme Owens. Dépêchez-vous, vite, dépêchez-vous. »

Je vais tenter le coup, décida Penny. Si ce type embarque Gloria Evans et l'enfant dans cette camionnette, tout peut arriver. Je vais prendre le dessin et dire que je l'ai trouvé en passant et que j'ai pensé qu'il venait sans doute de la maison. La police doit être en route, mais les appels du 911 sont parfois mal dirigés.

Elle quitta son poste d'observation dans le bois, courut à travers champs et trébucha sur une grosse pierre. Instinctivement, elle se baissa pour la ramasser. On ne sait jamais, pensa-t-elle. Puis elle reprit sa course jusqu'à la maison et jeta un regard par la fenêtre de la cuisine. Gloria Evans se tenait dans la pièce. L'homme que Penny avait vu sortir de la camionnette chargé d'un carton était debout à un mètre d'elle, brandissant un pistolet.

« Vous arrivez trop tard, Larry, disait Brittany. J'ai déposé Matthew dans un centre commercial il y a une heure. Je suis surprise que vous ne l'ayez pas appris en écoutant la radio dans votre voiture. C'est un beau dénouement, mais il risque de ne pas être du goût de Ted.

— Vous mentez, Brittany.

— Pourquoi mentirais-je ? N'était-ce pas le plan initial ? Que je laisse Matthew dans un endroit où on pourrait le retrouver facilement, que je rentre chez moi avec l'argent, et que tout le monde soit heureux – heureux d'en avoir fini ? Je sais que Ted a peur de me laisser ici, il croit que je pourrais lui causer des ennuis, mais dites-lui que je n'en ferai rien. Je veux mener une vie normale dorénavant. Si je le dénonce, j'irai aussi en prison. Vous m'apportez l'argent. Six cent mille dollars. Le compte y est, j'espère. Malheureusement, je ne peux pas fêter ça car mon père vient de mourir.

— Brittany, où est Matthew ? Donnez-moi la clé de l'endroit où vous le cachez. Ted m'en a parlé. »

Brittany vit dans son regard que Larry Post était prêt à tout. Il trouvera sans mal la penderie. Elle est au bout du couloir et il saura l'ouvrir même sans la clé. Comment l'arrêter avant l'arrivée de la police ?

« Je regrette, Brittany. » Larry pointa le pistolet sur elle. Son regard ne montrait aucune émotion.

Penny n'avait pu entendre ce qui se disait dans la cuisine, mais elle comprit que l'homme qui se trouvait avec Gloria Evans s'apprêtait à la tuer. Il ne lui restait qu'une chose à faire. Elle leva le bras et, de toutes ses forces, lança la pierre en direction de la fenêtre.

Surpris par les éclats de verre qui tombaient en pluie autour de lui, Larry Post appuya sur la détente mais le coup passa au-dessus de la tête de Penny.

Brittany en profita pour se jeter sur lui. Il perdit l'équilibre, trébucha et tomba, ouvrit la main pour éviter de heurter le fourneau et lâcha son arme.

À l'instant où elle se baissait pour la ramasser, Brittany entendit les voitures de la police arriver en trombe devant la maison. Dirigeant le pistolet vers Larry Post, elle dit : « Ne bougez pas ! Je n'hésiterai pas à l'utiliser contre vous, et je sais m'y prendre. Mon père m'a souvent emmenée à la chasse au Texas. »

Sans le quitter des yeux, elle recula de quelques pas et ouvrit la porte à Penny. « Tiens. La dame aux myrtilles, dit-elle. Soyez la bienvenue. Matthew est caché dans la penderie au bout du couloir, et la clé est derrière la desserte de la salle à manger. »

Larry Post s'était relevé. Il se rua vers la porte d'entrée, l'ouvrit brutalement et se trouva devant une mer d'uniformes bleu marine. Ils se précipitèrent dans la maison. Brittany La Monte était affalée sur une chaise, à la table de la cuisine. Elle tenait mollement le pistolet à la main.

« Lâchez cette arme ! Lâchez cette arme ! » lui intima un policier.

Elle posa le pistolet sur la table. « J'aurais seulement voulu avoir le courage de le retourner contre moi », dit-elle.

Penny trouva la clé et courut vers la penderie. Elle l'ouvrit doucement. Le petit garçon avait visiblement entendu le coup de feu car il était recroquevillé dans un coin, terrifié. La lumière était allumée. Penny l'avait suffisamment vu en photo dans les journaux pour être sûre que c'était Matthew.

Avec un grand sourire, les larmes lui montant aux yeux, elle se pencha, le souleva et le tint serré contre elle. « Il est temps de rentrer chez toi maintenant, Matthew. Maman t'a cherché partout. »

89

Billy Collins, Jennifer Dean et Wally Johnson se tenaient dans le hall d'entrée du luxueux immeuble qu'avait habité Ted Carpenter. Les policiers du commissariat local avaient établi un périmètre de sécurité autour du corps en attendant l'arrivée de la brigade criminelle et du médecin légiste.

Ils étaient tendus, impatients de connaître le résultat de l'appel urgent que Billy avait passé au commissariat de Middletown demandant qu'on vérifie si Matthew Carpenter se trouvait enfermé dans la ferme de Sy Owens.

L'amie d'Alvirah Meehan avait-elle vu juste ? Se pouvait-il qu'une femme ressemblant à s'y méprendre à Zan Moreland ait caché Matthew pendant tout ce temps ? Après l'appel téléphonique de Kevin Wilson les prévenant de la présence d'une caméra dans l'appartement de Zan, où était passé Larry Post ? Ils avaient retrouvé son nom dans les dossiers du commissariat central et découvert qu'il avait purgé une peine de prison pour homicide. Il est à parier qu'il a participé au scénario de l'enlèvement de Matthew Carpenter, et pas seulement en posant des caméras chez Zan Moreland, pensa Billy.

Son téléphone sonna. Jennifer Dean et Wally Johnson, qui retenaient leur souffle, virent un large sourire éclairer le visage de Billy. « Ils ont l'enfant, dit-il, et il va bien.

— Merci, mon Dieu ! » s'écrièrent Jennifer Dean et Wally Johnson à l'unisson.

Jennifer se tourna vers Billy : « Nous nous sommes *tous* trompés sur Zan Moreland, Billy. Ne culpabilise pas. Tout semblait l'accuser. »

Il hocha la tête. « Je sais. Et je suis très heureux de m'être trompé. Maintenant, prévenons-la. La police de Middletown va ramener Matthew ici. »

Frère Aiden apprit la nouvelle par le policier qui était en faction devant sa chambre à l'hôpital. Son état s'était amélioré. Il murmura une prière de remerciement. Le secret de la confession, qui l'avait obligé à taire sa conviction que Zan Moreland était elle-même une victime, ne le hanterait plus désormais. Son innocence avait été prouvée d'une autre manière. Et elle allait retrouver son enfant.

Zan et Kevin foncèrent au commissariat de Central Park où ils retrouvèrent Alvirah et Willy. Billy Collins, Jennifer Dean et Wally Johnson les attendaient. Billy avait averti Zan que la police de Middletown avait trouvé Matthew en bonne santé, bien que pâle et amaigri. En principe, lui expliqua-t-il, il aurait fallu que l'enfant soit examiné sur-le-champ par un médecin, mais dans son cas cela pourrait se faire plus tard ou le lendemain. Billy leur avait dit de l'amener immédiatement.

« Vous savez, Zan, dit-il avec un grand sourire, d'après ce qu'ils m'ont dit, Matthew ne vous a pas oubliée. Penny Hammel, cette femme que nous pouvons remercier de l'avoir découvert, a montré à la police un dessin probablement fait par Matthew. Elle l'a trouvé dans la cour de la ferme. C'est un portrait qui vous ressemble avec le mot "Maman" inscrit en bas de la feuille. Mais si vous lui apportiez un jouet, un coussin ou quelque chose à quoi il était attaché, cela pourrait le réconforter après tout ce qu'il a enduré. »

Depuis qu'elle était entrée dans le commissariat, après avoir embrassé et chaleureusement remercié

Alvirah et Willy, Zan était restée silencieuse. Kevin Wilson, un bras protecteur passé autour de ses épaules, tenait un grand sac. Quand ils entendirent les sirènes se rapprocher, Zan plongea sa main dans le sac et en sortit une robe de chambre bleue. « Il ne l'aura pas oubliée, dit-elle. Il aimait tellement s'y blottir avec moi. »

Le téléphone sonna sur le bureau de Billy Collins. Il écouta en souriant. « Venez avec moi, dit-il doucement à Zan. Ils sont en bas. Je vais le chercher. »

Moins d'une minute plus tard, la porte s'ouvrit et le petit Matthew Carpenter s'immobilisa et regarda autour de lui. Zan courut vers lui et tomba à genoux. Tremblante, elle l'enveloppa dans la robe de chambre.

D'un geste hésitant, Matthew tendit la main vers la boucle de cheveux qui retombait sur le visage de sa mère et la tint contre sa joue. « Maman, murmura-t-il, tu m'as manqué. »

Épilogue

Un an plus tard

Zan, Willy, Penny, Bernie, frère Aiden, Josh, Kevin et sa mère Cate regardaient avec émotion le petit Matthew, devenu un adorable rouquin, souffler les bougies de son sixième anniversaire.

« Je les ai toutes eues, annonça-t-il fièrement. D'un seul coup. »

Zan ébouriffa ses cheveux. « Bravo. Veux-tu ouvrir tes cadeaux avant que je découpe le gâteau ?

— Oui », répondit le petit garçon avec détermination.

Il s'est merveilleusement remis, pensa Alvirah. Zan l'avait amené régulièrement voir un pédopsychiatre, et l'enfant timide que Zan avait enveloppé dans sa robe de chambre le jour où Penny l'avait retrouvé était devenu un petit bonhomme épanoui et heureux qui s'accrochait encore parfois à sa mère en disant : « Maman, ne me laisse pas. » Mais la plupart du temps, c'était un gamin enthousiaste et impatient de retrouver sa maîtresse d'école et ses camarades.

Zan savait qu'en grandissant Matthew commencerait à poser des questions. Il faudrait alors affronter sa tristesse et sa colère quand il apprendrait les actes commis par son père et la façon dont il s'était donné la mort. Mais Kevin et elle étaient convenus de ne rien brusquer. Les choses se feraient peu à peu. Ils s'en chargeraient ensemble.

La fête avait lieu chez Zan à Battery Park City. Matthew et elle n'y resteraient plus longtemps. Kevin et elle avaient arrêté la date de leur mariage, quatre jours plus tard, date anniversaire du retour de Matthew à la maison. Frère Aiden bénirait leur union. Après le mariage, ils habiteraient l'appartement de Kevin. Cate, qui était devenue la baby-sitter préférée de Matthew, savourait déjà son rôle de grand-mère.

Alvirah se rappela les articles qu'elle avait lus le matin dans la presse à sensation en prenant son petit-déjeuner. Ils ressassaient l'histoire de l'enlèvement de Matthew, revenaient sur l'usurpation d'identité dont avait été victime Zan Moreland, le suicide de Ted Carpenter et la condamnation de Larry Post et de Margaret Grissom, alias Glory, alias Brittany La Monte. Larry Post avait été condamné à perpétuité, Brittany à vingt ans de prison.

Tandis que Matthew commençait à ouvrir ses cadeaux, Alvirah se tourna vers Penny : « Sans vous, nous ne serions pas tous réunis aujourd'hui. »

Penny sourit. « C'est grâce à mes muffins aux myrtilles, au petit camion que j'ai vu dans l'entrée ce jour-là et au dessin que j'ai trouvé coincé dans un buisson derrière la ferme de Sy. Bernie a été obligé de l'admettre, fouiner donne parfois des résultats. La chose la plus importante, la seule importante, c'est que Matthew soit sain et sauf. La prime de Melissa Knight n'est qu'un bonus. »

Elle est sincère, songea Alvirah avec indulgence. Melissa Knight avait utilisé toutes les ficelles possibles pour éviter de payer la récompense, mais elle avait fini par signer le chèque.

Alvirah observa Matthew qui déballait ses derniers cadeaux. Soudain sérieux, il mit ses bras autour du cou de Zan, écartant une mèche de cheveux qui lui effleurait la joue.

Puis il dit d'un air content : « Maman, je voulais juste être sûr que tu étais toujours là. » Il sourit. « Maman, est-ce que nous pouvons découper le gâteau maintenant, s'il te plaît ? »

Remerciements

Je dis souvent en plaisantant que mon mot préféré est le mot « FIN ».

C'est réellement mon mot préféré. Il signifie que l'histoire a été racontée, que le voyage est terminé. Il signifie que ces personnages qui l'année dernière n'existaient même pas dans mon imagination ont vécu la vie que j'ai choisie pour eux, ou plus précisément, qu'ils se sont choisie.

Mon éditeur Michael Korda et moi avons fait ce même voyage pendant trente-six ans, depuis ce jour de mars 1974 où j'ai reçu un incroyable appel, m'annonçant que Simon & Schuster avaient acheté mon premier livre, *La Maison du guet,* pour trois mille dollars. Pendant tout ce temps, Michael a été le capitaine de mon navire littéraire, et rien ne peut me réjouir autant et m'honorer davantage que cette collaboration. L'année dernière, à cette époque, il m'a fait cette suggestion : « Il me semble qu'un livre sur l'usurpation d'identité serait un bon sujet pour vous. » Le voici.

Kathy Sagan, responsable éditoriale, est mon amie depuis de nombreuses années. Il y a dix ans, elle était rédactrice du *Mary Higgins Clark Mystery Magazine*. C'est la première fois, en collaboration avec Michael, qu'elle a travaillé avec moi sur ce roman. Merci, Kathy.

Comme toujours merci à Gypsy da Silva, responsable du travail éditorial et à mes fidèles lectrices, Irene Clark, Agnes Newton et Nadine Petry, ainsi qu'à mon attachée de presse, Lisl Cade.

Une fois encore, le sergent Steven Marron et l'inspecteur Richard Murphy, du bureau du District Attorney de New York, ont accepté de me guider pour décrire avec précision le processus de l'application de la loi pénale.

Naturellement, mon amour sans limites va à mon mari, John Conheeney, et à notre famille commune de neuf enfants et dix-sept petits-enfants.

Et enfin, à vous, mes lecteurs, merci pour toutes les années que nous avons partagées. « *Que la route monte à ta rencontre.* »

Mary Higgins Clark
dans Le Livre de Poche

Les Années perdues   n° 33229

Mariah retrouve sa mère, une arme à la main, près du cadavre de son père. La culpabilité de Kathleen Lyons ne fait aucun doute pour la police. Mais Mariah n'y croit pas une seconde.

Avant de te dire adieu   n° 17210

Un luxueux yacht explose dans le port de New York. À son bord, Adam Cauliff, un architecte impliqué dans d'importantes opérations immobilières. Meurtre ou accident ?

Le Billet gagnant   n° 37050

Alvirah et Willy ont touché le gros lot. Autrefois femme de ménage et plombier, les voici désormais milliardaires. Les ennuis vont commencer...

Ce que vivent les roses   n° 14377

Kerry McGrath fait une constatation troublante : le Dr Smith, chirurgien plasticien, donne à ses patientes le visage d'une jeune femme assassinée quelques années plus tôt. Cette jeune femme, Kerry s'en souvient bien : c'est elle, alors procureur adjoint, qui avait fait condamner son mari...

Cette chanson que je n'oublierai jamais   n° 31222

Une ritournelle lancinante trotte dans la tête de Kay. Pourquoi l'obsède-t-elle à ce point ? En plongeant dans ses souvenirs, la jeune femme revoit une scène un peu floue, dans la propriété des Carrington où elle a grandi.

La Clinique du docteur H.   n° 7456

Avec une habileté remarquable, Mary Higgins Clark tisse la trame effrayante d'un complot médical qui doit rester secret à tout prix.

Dans la rue où vit celle que j'aime   n° 17266

En 1891, des jeunes filles disparaissent mystérieusement. Un siècle plus tard, on découvre leurs squelettes ainsi que des cadavres plus récents : Spring Lake, station balnéaire chic de la côte atlantique, est tétanisée. Chacun semble avoir quelque chose à cacher.

Le Démon du passé   n° 7545

Pat Traymore, journaliste de télévision, a été appelée à Washington pour produire une série d'émissions : *Les Femmes au gouvernement*. En s'installant dans la maison de Georgetown où un crime a brisé son enfance, Pat commet sa première erreur...

Deux petites filles en bleu   n° 37257

Goûter d'anniversaire chez les Frawley : on fête les trois ans des jumelles, Kelly et Kathy. Mais le soir même, de retour d'un dîner, les parents sont accueillis par la police : les petites ont été kidnappées.

Dors ma jolie   n° 7573

Ethel Lambston, écrivain et journaliste, est assassinée alors
qu'elle se disposait à publier, sur le milieu new-yorkais de
la mode, un livre compromettant pour des personnalités en
vue. Dont ce grand couturier accusé de trafic de drogue...

Douce nuit   n° 17012

Brian, sept ans, n'a plus qu'un seul espoir : la médaille de saint
Christophe que lui a offerte sa grand-mère pourrait sauver
la vie de son papa, hospitalisé pour une grave maladie...

Et nous nous reverrons...   n° 17163

Accusée du meurtre de Gary, son époux, un médecin de
Manhattan, Molly a passé six ans en prison. Lorsqu'elle en
sort, la jeune femme avec laquelle Gary avait une liaison est
assassinée à son tour...

Le Fantôme de lady Margaret   n° 7599

Quel rapport peut-il y avoir entre les attentats qui en-
sanglantent Londres et visent la famille royale, et les
recherches d'une jeune historienne sur lady Margaret, déca-
pitée au XVIIe siècle ? La vengeance, peut-être.

Je t'ai donné mon cœur   n° 32048

Une des reines de Broadway est assassinée. Suspect numéro 1 : son agent et mari, dont elle était en train de se
séparer. Emily Wallace, substitut du procureur, n'a jamais
instruit une affaire d'une telle ampleur. Elle se plonge
avec passion dans le dossier... sans se douter qu'elle y est
impliquée !

Joyeux Noël, Merry Christmas n° 17053

Après huit ans passés à la présidence des États-Unis, Henry
Parker Britland coule des jours heureux auprès de Sunday,
son épouse. Mais on n'est pas impunément le couple le plus
en vue des médias...

La Maison du clair de lune n° 17037

Une vieille dame riche, Nuala Moore, retrouve après vingt
ans de séparation la fille de son ex-mari. Des morts sus-
pectes se produisent dans une luxueuse maison de retraite
pour milliardaires. Et Maggie, jeune et séduisante photographe new-yorkaise, a vu ce qu'elle ne devait pas voir.

La Maison du guet n° 7516

Voulant échapper à son passé, Nancy a changé de nom,
d'apparence et de couleur de cheveux, quitté la côte Ouest
et s'est s'installée à Cape Cod, où elle a épousé Ray El-
dredge. Mais le passé a l'art de resurgir inopinément...

Ne pleure pas, ma belle n° 7561

Elizabeth Lange est hantée par la mort tragique de sa sœur,
tombée mystérieusement de la terrasse de son appartement
de New York. A-t-elle été assassinée ? S'est-elle suicidée ?

Ni vue ni connue n° 17056

Alors qu'elle s'apprête à vendre un appartement dans Manhattan, Lacey Farrell, agent immobilier, est témoin du
meurtre de la propriétaire. Or celle-ci lui avait fait ses confi-
dences sur la mort de sa fille, actrice de Broadway, dans un
étrange accident d'automobile.

Nous n'irons plus au bois   n° 7640

Laurie Kenyon, vingt et un ans, est arrêtée pour le meurtre de
son professeur. Tout l'accuse. Cependant Laurie ne se souvient
de rien. Sarah, elle, refuse de croire que sa sœur est coupable.

La Nuit du renard   n° 7441

Un livre qu'il n'est pas question de poser avant d'être arrivé
à la dernière page. On suit pas à pas, dans leurs cheminem-
ments périlleux et inquiétants, des personnages attachants
auxquels on croit de la façon la plus absolue.

La nuit est mon royaume   n° 37121

À Cornwall, les anciens élèves de la Stonecroft Academy
fêtent le vingtième anniversaire de la création de leur club.
Parmi les invités d'honneur, l'historienne Jean Sheridan.
Derrière le sourire de Jean, l'angoisse : elle vient de recevoir des menaces à l'encontre de sa fille.

L'Ombre de ton sourire   n° 32428

Olivia Morrow sait que l'heure est venue de révéler un terrible secret familial qu'elle est la seule à connaître. Qui
pourrait soupçonner sa cousine Catherine, une religieuse en
voie de béatification, d'avoir eu un enfant, à dix-sept ans,
et de l'avoir abandonné ?

Où es-tu maintenant ?   n° 31636

Cela fait dix ans que Mack a disparu. Dix ans qu'il téléphone, chaque année, à l'occasion de la fête des mères. Sa
sœur Carolyn décide de le retrouver coûte que coûte. Malgré l'avertissement glissé à leur oncle, un prêtre, dans la
corbeille de la quête à l'église : « Dites à Carolyn qu'il ne
faut pas qu'elle me cherche. »

Mary et Carol Higgins Clark
dans Le Livre de Poche

Ce soir je veillerai sur toi   n° 17302

Les portes du paradis s'ouvriront pour Sterling Brooks à
une condition : retourner sur terre et sauver une personne
en danger. Sa mission : aider Marissa, une petite fille de six
ans. Ses parents ont divorcé, et une terrible menace pèse sur
son père...

La Croisière de Noël   n° 31167

Alvirah Meehan et Regan Reilly embarquent sur un paque-
bot de luxe pour une croisière. Mais les vacances seront
mouvementées : une vieille dame prétend avoir vu le fantôme d'un écrivain, puis un fan du même auteur disparaît…

Le Mystère de Noël   n° 31992

Regan Reilly, Alvirah Meehan et leurs proches sont réunis
pour un week-end à Branscombe, dans le New Hampshire.
Au milieu des préparatifs du Festival de la Joie, précédant
Noël, des ouvriers gagnent au Loto, mais un incident vient
tout perturber.

Trois jours avant Noël n° 17256

Alvirah Meehan fait ici la connaissance de Regan Reilly, au moment où cette dernière apprend l'enlèvement de son père.

Le Voleur de Noël n° 37162

Au pied du Rockefeller Center, on fête Noël autour d'un immense sapin. Mais cette année, une disparition dans le Vermont risque de gâcher la tradition. À moins que Regan Reilly et Alvirah Meehan ne démasquent le coupable.

AVANT DE TE DIRE ADIEU
DANS LA RUE OÙ VIT CELLE QUE J'AIME
TOI QUE J'AIMAIS TANT
LE BILLET GAGNANT
UNE SECONDE CHANCE
ENTRE HIER ET DEMAIN
LA NUIT EST MON ROYAUME
RIEN NE VAUT LA DOUCEUR DU FOYER
DEUX PETITES FILLES EN BLEU
CETTE CHANSON QUE JE N'OUBLIERAI JAMAIS
LE ROMAN DE GEORGE ET MARTHA
OÙ ES-TU MAINTENANT ?
JE T'AI DONNÉ MON CŒUR
L'OMBRE DE TON SOURIRE
LES ANNÉES PERDUES
UNE CHANSON DOUCE
LE BLEU DE TES YEUX

En collaboration avec Carol Higgins Clark :

TROIS JOURS AVANT NOËL
CE SOIR JE VEILLERAI SUR TOI
LE VOLEUR DE NOËL
LA CROISIÈRE DE NOËL
LE MYSTÈRE DE NOËL

Le Livre de Poche s'engage pour
l'environnement en réduisant
l'empreinte carbone de ses livres.
Celle de cet exemplaire est de :
400 g éq. CO$_2$
Rendez-vous sur
www.livredepoche-durable.fr

**PAPIER À BASE DE
FIBRES CERTIFIÉES**

Composition réalisée par NORD COMPO

Achevé d'imprimer en juillet 2014 en France par
CPI BRODARD ET TAUPIN
La Flèche (Sarthe)
N° d'impression : 3006247
Dépôt légal 1re publication : décembre 2012
Édition 04 – juillet 2014
LIBRAIRIE GÉNÉRALE FRANÇAISE
31, rue de Fleurus – 75278 Paris Cedex 06

31/6631/1